L'ARME À L'ŒIL

Ken Follett est né à Cardiff en 1949. Diplômé en philosophie de l'University College de Londres, il travaille comme journaliste à Cardiff puis à Londres avant de se lancer dans l'écriture. En 1978, *L'Arme à l'œil* devient un best-seller et reçoit l'Edgar des Auteurs de romans policiers d'Amérique. Ken Follett ne s'est cependant pas cantonné à un genre ni à une époque : outre ses thrillers, il a signé des fresques historiques, tels *Les Piliers de la terre*, *Un monde sans fin*, *La Chute des géants*, ou encore *L'Hiver du monde*. Ses romans sont traduits dans plus de vingt langues et plusieurs d'entre eux ont été portés à l'écran. Ken Follett vit aujourd'hui à Londres.

Paru dans Le Livre de Poche :

APOCALYPSE SUR COMMANDE

LE CODE REBECCA

CODE ZÉRO

COMME UN VOL D'AIGLES

L'HOMME DE SAINT-PÉTERSBOURG

LES LIONS DU PANSHIR

LA MARQUE DE WINDFIELD

LA NUIT DE TOUS LES DANGERS

PAPER MONEY

LE PAYS DE LA LIBERTÉ

PEUR BLANCHE

LES PILIERS DE LA TERRE

LE RÉSEAU CORNEILLE

LE SCANDALE MODIGLIANI

LE SIÈCLE
1. La Chute des géants
2. L'Hiver du monde
3. Aux portes de l'éternité

TRIANGLE

LE TROISIÈME JUMEAU

UN MONDE SANS FIN

LE VOL DU FRELON

KEN FOLLETT

L'Arme à l'œil

ROMAN TRADUIT DE L'ANGLAIS PAR ROBERT BRÉ

LE LIVRE DE POCHE

Titre original :

EYE OF THE NEEDLE

ISBN : 978-2-253-02778-2 – 1re publication LGF

PRÉFACE

Dès le début de 1944, l'espionnage allemand rassemblait des éléments indiquant la présence d'une vaste armée dans le sud-est de l'Angleterre. Les avions de reconnaissance rapportaient des photographies de casernements, d'aérodromes et d'escadres de navires dans le Wash[1]. On pouvait voir aussi le général George S. Patton, portant ses traditionnels jodhpurs roses, promener son bouledogue blanc. On pouvait constater des périodes d'activité sur les ondes, recueillir des messages échangés par les régiments cantonnés dans la région ; et les espions allemands qui opéraient en Grande-Bretagne confirmaient cet ensemble de renseignements.

Il n'y avait, bien sûr, pas la moindre armée. Les navires étaient des simulacres de bois et de toile caoutchoutée, les casernements un décor de cinéma ; Patton n'avait pas un seul homme sous son commandement ; les messages radio ne voulaient rien dire ; les espions étaient des agents doubles.

---

1. Estuaire situé entre les comtés de Lincoln et de Norfolk.

Le but était d'amener l'ennemi à se préparer en vue d'un débarquement sur la côte du Pas-de-Calais, de façon qu'au jour J, l'assaut réel sur la Normandie ait l'avantage de la surprise.

C'était une colossale duperie presque impossible à mener à bien. Littéralement, des milliers de personnes prirent part à la réalisation de cet incroyable trucage. Ç'aurait été miracle si aucun des espions de Hitler n'était parvenu à apprendre la vérité.

Mais y avait-il réellement des espions ? À l'époque les gens se croyaient entourés de membres de ce que l'on appelait la Cinquième Colonne. Un mythe est né après la guerre qui voulait que le MI 5 [1] eût arrêté l'ensemble des espions dès Noël 1939. La vérité serait plutôt qu'ils étaient peu nombreux et qu'en effet le MI 5 les avait arrêtés presque tous.

Mais il suffisait d'un seul…

On sait que les Allemands ont bien vu les signes que l'on désirait qu'ils voient en East Anglia [2]. On sait également qu'ils ont flairé une ruse et qu'ils ont fait l'impossible pour découvrir la vérité.

Tout cela appartient à l'Histoire. Ce qui va suivre est pure fiction.

Cela dit, on peut croire que quelque chose d'assez semblable à cette fiction a dû se produire.

Camberley, Surrey, juin 1977.

---

1. Military Intelligence 5 : Service de renseignements de l'armée britannique.
2. Sud-est de l'Angleterre.

Les Allemands se sont presque tous trompés… Seul Hitler avait deviné la vérité, mais il a hésité à suivre son inspiration…

A. J. P. TAYLOR
Histoire d'Angleterre, 1914-1945.

Première partie

I

Ce fut l'hiver le plus rude que l'on eût connu depuis quarante-cinq ans. Dans la campagne anglaise, la neige ensevelissait les villages et la Tamise était prise par la glace. Un certain jour de janvier, le train Glasgow-Londres arriva à Euston avec vingt-quatre heures de retard. La neige et le black-out combinés rendaient la circulation périlleuse ; le nombre des accidents était multiplié par deux et les gens disaient en plaisantant qu'il était plus dangereux de conduire une Austin dans Piccadilly la nuit que de franchir la ligne Siegfried avec un tank.

Puis vint le printemps et il fut resplendissant. Les barrages de ballons flottaient paresseusement dans le ciel bleu et les soldats en permission flirtaient dans les rues de Londres avec des filles aux bras nus.

Bref, la ville ne ressemble guère à la capitale d'un pays en guerre. On en aperçoit, certes, des traces et Henry Faber, roulant à bicyclette de la gare de Waterloo à Highgate, ne manque pas de les remarquer : les remparts de sacs de sable devant les principaux bâtiments publics, les tunnels métalliques des abris Anderson dans les jardinets de banlieue, les affiches de propagande en faveur de l'évacuation et celles indiquant les précautions à prendre en cas d'alerte aérienne. Faber note ce genre de choses... il est bien plus observateur que la moyenne des employés de chemin de fer. Il voit une foule de gosses dans les jardins publics et il en conclut que l'évacuation n'a eu aucun succès. Il remarque le nombre de voitures dans les rues, malgré le rationnement de l'essence, et il peut lire comme tout le monde que les fabricants d'automobiles annoncent de nouveaux modèles. Il comprend la signification des équipes de travailleurs de nuit qui se pressent dans les usines alors qu'il y a quelques mois seulement il y avait à peine assez de travail pour les équipes de jour. Et surtout, il enregistre le mouvement des troupes sur le réseau ferroviaire britannique ; tous les documents passent par son bureau. Et l'on peut apprendre énormément en examinant ces papiers-là. Aujourd'hui encore, par exemple, il a estampillé une pile de formulaires qui l'ont amené à conclure que l'on rassemblait un nouveau corps expéditionnaire. Il est à peu près convaincu qu'il se montera à un total de cent mille hommes et qu'il est destiné à la Finlande.

Les faits ne manquent certes pas, mais on les traite à la blague. Les commentateurs de la radio critiquent la paperasserie des règlements du temps de guerre, on chante en chœur dans les abris antiaériens et les femmes chic portent leur masque à gaz dans des sacs coupés par les grands couturiers. Les gens parlent de « la guerre de l'ennui ». La guerre semble à la fois capitale et insignifiante, on dirait un peu une représentation cinématographique. Toutes les alertes aériennes, sans exception, sont fausses.

Faber a là-dessus un autre point de vue… mais il faut dire qu'il n'est pas non plus un homme comme les autres.

Il engage sa bicyclette dans Archway Road et se courbe légèrement pour attaquer la pente, ses longues jambes montent et descendent sans plus d'effort visible que les pistons d'une locomotive. Il est remarquablement en forme pour son âge – trente-neuf ans, encore qu'il mente lorsqu'il en parle ; il ment la plupart du temps, c'est plus sûr.

En arrivant à Highgate, Faber commence à transpirer. L'immeuble qu'il habite est l'un des plus haut perchés de Londres, c'est pourquoi il l'a choisi. C'est une maison de brique de style victorien, la dernière d'une rangée de six. Toutes sont petites, étroites et sombres, comme l'esprit des hommes pour qui elles avaient été construites. Elles ont chacune trois étages sur sous-sol, avec une entrée de service – au XIXe siècle, les Anglais de classe moyenne tenaient beaucoup à cette entrée de service, même s'ils n'avaient personne pour les servir. Faber n'est guère indulgent pour les Anglais.

Le numéro 6 était la propriété de M. Harold Garden, des « Thés et Cafés Garden », une petite société qui a sombré dans la tempête de la Dépression. Ayant vécu dans le strict respect du principe que l'insolvabilité est un péché mortel, M. Garden, ayant fait faillite, n'avait d'autre choix que de mourir. La maison est tout ce qu'il a laissé à sa veuve qui a été obligée de prendre des pensionnaires. Elle est assez contente d'ailleurs d'être devenue logeuse, encore que l'étiquette de son milieu social exige qu'elle prétende en souffrir. La chambre de Faber est au dernier étage et elle prend jour par une fenêtre mansardée. Il y habite du lundi au vendredi et il explique à Mme Garden qu'il va passer ses week-ends chez sa mère, à Erith. En réalité, Faber a une autre logeuse, à Blackheath, qui l'appelle M. Baker. Elle le croit voyageur de commerce pour un fabricant de papier à lettres et pense qu'il passe toutes ses semaines sur la route.

Il pousse sa bicyclette dans l'allée du jardinet sous le regard désapprobateur des hautes et étroites fenêtres de la façade. Il la place dans le hangar et la cadenasse avec la tondeuse – il est contraire à la loi de laisser un véhicule non cadenassé. Les semences de pommes de terre qui encombrent le sol commencent à germer. Mme Garden a transformé ses massifs fleuris en jardin potager pour contribuer à l'effort de guerre.

Faber entre, accroche son chapeau au portemanteau ; après s'être lavé les mains, il se présente pour le thé.

Trois des autres pensionnaires sont déjà à table : un jeune garçon boutonneux du Yorkshire qui essaie de s'enrôler dans l'armée, un représentant en vêtements de confection aux cheveux rares et un officier de marine retraité aux mœurs particulières, du moins Faber en est-il convaincu. Faber les salue de la tête et s'assoit.

Le représentant est en train de raconter une blague :

« Alors le chef d'escadrille lui dit : "Vous voilà déjà de retour ?" Et le pilote se retourne et répond : "Oui, j'ai lâché mes prospectus de propagande en paquets, au-dessus des lignes, j'ai eu tort ?" Alors le chef d'escadrille dit : "Mon Dieu, vous auriez pu blesser quelqu'un !"

L'officier de marine glousse, Faber sourit. Mme Garden fait son entrée avec la théière.

« Bonsoir, monsieur Faber. Nous avons commencé sans vous… j'espère que vous nous pardonnerez. »

Faber étend une mince couche de margarine sur une tranche de pain complet et il est saisi un instant par une folle envie de saucisses bien dodues.

« Vos semences de pommes de terre sont bonnes à mettre en place », dit-il.

Faber expédie son thé. Les autres discutent sur le problème de savoir s'il faut chasser Chamberlain et donner sa place à Churchill. Mme Garden donne fréquemment son avis et regarde Faber pour guetter sa réaction. C'est une femme grassouillette, peut-être même un peu trop forte. Elle a à peu près l'âge de Faber, s'habille comme une femme de trente ans, et il pense qu'elle voudrait bien donner un successeur à son mari. Il n'intervient pas dans la discussion.

Mme Garden ouvre la radio. Le poste ronfle un instant, puis un présentateur annonce : « Ici le programme national de la B.B.C. Nous commençons par notre feuilleton : *Encore cet homme !* »

Faber connaît la série. La vedette en est généralement un espion allemand dénommé Funf. Le pensionnaire s'excuse à la ronde et monte dans sa chambre.

Mme Garden reste seule après le feuilleton : l'officier de marine et le représentant sont allés au pub voisin et le garçon du Yorkshire, qui a de la religion, assiste à une prière en commun. Elle reste dans le salon, un petit verre de gin à la main ; elle fixe sans les voir les rideaux de black-out en pensant à M. Faber. Elle aimerait qu'il ne passe pas tellement de temps dans sa chambre. Elle a besoin de compagnie et il est précisément le genre de compagnie qu'elle souhaiterait.

Cette pensée lui donne un sentiment de culpabilité. Pour le combattre, elle pense à M. Garden. Ses souvenirs sont familiers mais vagues pourtant, comme un vieux film strié, marqué de dentelures et à la piste sonore éraillée ; si bien que, si elle se rappelle facilement ce que c'était que d'avoir M. Garden ici, dans le salon, il lui est difficile de retrouver son visage ou les vêtements qu'il aurait portés et les commentaires qu'il aurait pu faire sur le communiqué du jour. C'était un petit homme, coquet, heureux en affaires lorsque la chance était pour lui, malheureux quand elle lui était contraire, réservé en public et d'une passion insatiable au lit. Elle l'a beaucoup aimé. Il y aura bien des femmes aussi seules qu'elle, si jamais cette guerre commence sérieusement. Elle remplit son verre.

M. Faber est trop apathique… voilà le hic. Il semble n'avoir aucun vice. Il ne fume pas, son haleine ne sent jamais l'alcool et il passe toutes ses soirées dans sa chambre à écouter de la musique classique à la radio. Il lit beaucoup de journaux et fait de longues promenades. Elle le croit très intelligent en dépit de sa situation modeste ; ses interventions dans les conversations à la table du dîner sont toujours légèrement plus profondes que celles des autres. Il pourrait certainement obtenir de l'avancement s'il s'en donnait la peine. Mais on dirait qu'il refuse la chance qu'il mérite tellement.

C'est la même chose pour son aspect physique.

C'est un bel homme, grand, avec des épaules et un cou puissants, pas un pouce de graisse et de longues jambes. Et il a le visage énergique, le front haut, une forte mâchoire et des yeux bleus étincelants ; pas beau comme un artiste de cinéma, non, mais le genre de visage qui plaît à une femme. Sauf la bouche, peut-être... petite, lèvres minces et assez cruelles, lui semble-t-il. M. Garden aurait, lui, été incapable de cruauté.

Et pourtant, au premier abord, ce n'est pas le genre d'homme sur lequel une femme se retournerait. Le pantalon de son vieux complet n'est jamais repassé – elle le lui repasserait et avec plaisir, mais il ne l'a jamais demandé –, enfin, il porte toujours un imperméable fatigué et une plate casquette de docker. Faber n'a pas de moustache et se fait couper court les cheveux tous les quinze jours. On dirait qu'il tient à paraître insignifiant.

Il a pourtant besoin d'une femme, cela ne fait pas de doute. Elle se demande un instant s'il ne serait pas ce que les gens appellent efféminé, mais elle repousse aussitôt cette idée. Ce qu'il lui faut, c'est une femme qui le secoue et lui donne de l'ambition. Elle, il lui faut un homme qui lui tienne compagnie et pour... mais oui... pour faire l'amour.

Pourtant, il n'a jamais esquissé le moindre geste. Parfois, elle en crierait de regret. Elle est attirante, pourtant, elle le sait. Elle jette un coup d'œil à son miroir en se servant un autre verre de gin. Elle a un aimable visage, des cheveux blonds frisés et tout ce qu'il faut pour combler la main d'un honnête homme... Cette idée la fait rire. Elle doit être un peu pompette.

Mme Garden déguste son gin et se demande si elle ne devrait pas faire le premier geste. M. Faber est de toute évidence timide… d'une timidité maladroite. Il n'est pas asexué… elle peut le dire en se rappelant son regard les deux fois qu'il l'a aperçue en chemise de nuit. Peut-être pourrait-elle vaincre cette timidité en faisant les premiers pas. Que risque-t-elle ? Elle s'efforce d'imaginer le pire, simplement pour voir l'effet que cela lui ferait. Supposons qu'il la repousse. Certes, ce serait embarrassant… humiliant, même. Ce serait dur pour son amour-propre. Mais personne ne saurait jamais ce qui s'était passé. Il faudrait simplement qu'il s'en aille.

L'idée d'être repoussée lui a fait abandonner son idée. Elle se lève lentement en pensant : « Allons, je ne suis pas le genre effronté. C'est l'heure d'aller se coucher. » Un gin de plus au lit la fera dormir. Elle emporte la bouteille.

Sa chambre à coucher est au-dessous de celle de M. Faber et elle peut entendre un violon pleurer dans le haut-parleur pendant qu'elle se déshabille. Mme Una Garden passe une nouvelle chemise de nuit – rose, avec de la dentelle au décolleté… dire qu'il n'y a personne pour la voir ! – et elle se verse un dernier verre. Elle se demande à quoi ressemble M. Faber lorsqu'il est déshabillé. Il doit avoir le ventre plat, du poil sur la poitrine et l'on doit lui voir les côtes parce qu'il est mince. Il a probablement de petites fesses. Elle rit nerveusement et se dit : « Tu n'as pas honte ! »

Elle se couche, le verre à la main et reprend son livre mais c'est un trop gros effort que de suivre les lignes imprimées. Et d'ailleurs, elle est fatiguée des romances des autres. Les histoires d'amours dangereuses, c'est très joli quand vous avez vous-même une parfaite histoire d'amour avec votre mari, mais une femme a besoin d'autre chose que de Barbara Cartland. Elle avale une gorgée de gin et elle voudrait bien que M. Faber éteigne son poste. C'est un peu comme d'essayer de dormir à un thé dansant !

Elle n'a, évidemment, qu'à lui demander de tourner le bouton. Sa pendule de chevet indique qu'il est plus de dix heures. Il lui suffit de mettre sa robe de chambre, assortie à sa chemise de nuit, de se donner un léger coup de peigne, de chausser ses mules – très coquettes avec leurs roses brodées –, de monter jusqu'au dernier palier et puis... eh bien, il suffira de frapper à la porte. M. Faber ouvrira, il sera peut-être en pantalon et torse nu et alors il la regardera comme il l'a regardée lorsqu'il l'a aperçue en chemise de nuit, le soir où elle allait à la salle de bains...

« Vieille folle, dit-elle à voix haute, tu te donnes tout simplement des excuses pour aller le voir. »

Et elle se demande alors pourquoi elle aurait besoin d'une excuse. Elle est majeure, après tout ; elle est chez elle et elle n'a pas rencontré depuis dix ans un homme qui lui convienne ; enfin, que diable ! elle a besoin de sentir sur son corps quelqu'un de musclé, de puissant et de velu, quelqu'un qui lui pétrisse les seins, qui halète à son oreille et qui lui écarte les cuisses de ses mains fermes, dures... oui, car demain les bombes asphyxiantes peuvent pleuvoir d'Allemagne, tout le monde mourra étouffé, et elle aura manqué sa dernière chance.

Alors, elle vide son verre, quitte son lit, elle met sa robe de chambre, se donne un léger coup de peigne, glisse ses pieds dans ses jolies mules et prend le trousseau de clefs, dans le cas où il aurait fermé sa porte et où il ne l'entendrait pas frapper, à cause de sa radio.

Il n'y a personne sur le palier. Elle monte l'escalier dans le noir. Elle avait l'intention d'enjamber la marche qui craque mais elle se prend le pied dans le tapis et retombe lourdement sur cette satanée marche ; pourtant, on dirait que personne n'a entendu, elle continue donc de monter et frappe à la porte. Elle essaie de l'ouvrir silencieusement : elle est fermée.

Le poste de radio baisse d'un ton et M. Faber répond :

« Oui ? »

Il parle bien : sans accent cockney ou étranger – rien de particulier en fait, une voix neutre et agréable, tout simplement.

« Pourrais-je vous dire un mot ? » demande-t-elle.

Il semble hésiter, puis il explique.

« Je ne suis pas habillé.

— Moi non plus », glousse-t-elle en ouvrant la porte avec son passe-partout.

Il est devant son poste de radio, une sorte de tournevis à la main. Il est en pantalon, en effet, et torse nu. Son visage est livide et il semble mortellement effrayé.

Elle entre, ferme la porte derrière elle et ne sait trop que dire. Soudain, une réplique d'un film américain lui revient :

« Vous offrirez bien un verre à une pauvre fille abandonnée ? »

C'est idiot, en fait, car elle sait bien qu'il n'a rien à boire dans sa chambre, et elle n'est certes pas habillée pour sortir, mais elle pense que ça fait très vamp.

En tout cas, sa réplique semble avoir l'effet voulu. Sans un mot, M. Faber vient lentement vers elle. Il a bien, en effet, du poil sur la poitrine. Elle avance d'un pas et il la prend dans ses bras. Elle ferme les yeux, lui offre sa bouche, il lui baise les lèvres et elle bouge légèrement dans ses bras et puis elle sent une douleur terrible, affreuse, insupportable lui vriller le dos et elle ouvre la bouche pour hurler.

Faber l'a entendue trébucher dans l'escalier. Si elle avait attendu une minute de plus, il aurait eu le temps de remettre l'émetteur dans sa valise et les codes dans le tiroir et il n'aurait pas été nécessaire qu'elle meure. Mais avant qu'il puisse dissimuler les preuves compromettantes, il a entendu la clef dans la serrure et lorsqu'elle a ouvert la porte il avait déjà le stylet à la main.

Comme elle a remué légèrement dans ses bras, le premier coup de poignard de Faber a manqué le cœur et il a fallu qu'il lui enfonce les doigts dans la bouche pour étouffer son cri. Il frappe de nouveau, mais elle bouge encore et la lame heurte une côte et fait une simple estafilade. Le sang se met à couler et il comprend que ce ne sera pas une mort propre, soignée ; ça ne l'est jamais quand vous ratez votre premier coup.

Elle se débat trop pour qu'il puisse la tuer maintenant d'un coup de pointe. Les doigts toujours enfoncés dans sa bouche, il attrape la mâchoire avec son pouce et repousse la femme contre la porte. La tête cogne lourdement contre le panneau et il regrette d'avoir baissé la radio, mais aussi, comment s'attendre à une chose pareille ?

Il réfléchit avant de la tuer : il serait bien mieux qu'elle meure sur le lit – bien préférable pour la mise en scène à laquelle il pense déjà – mais il n'est pas certain de pouvoir la déplacer jusqu'au lit en silence. Il assure sa prise sur la mâchoire, lui maintient la tête en place en la bloquant contre la porte et frappe en arc de cercle : un coup qui lui déchire presque toute la gorge – le stylet n'est pas une arme tranchante et la gorge n'est pas la cible favorite de Faber.

Il se jette en arrière pour éviter l'horrible jet de sang puis revient pour la retenir avant qu'elle ne tombe sur le sol. Il la traîne jusqu'au lit, en s'efforçant de ne pas regarder son cou, et il la couche.

Faber a déjà tué, aussi s'attend-il à la réaction – elle lui revient toujours lorsqu'il se sent rassuré. Il va au lavabo dans un coin de sa chambre et il attend. Dans le petit miroir, il est pâle et ses yeux sont fixes. Il se regarde et prononce : « Assassin. » Et il vomit.

Après, il se sent mieux. Maintenant, il peut se mettre au travail. Il sait ce qu'il doit faire, les détails lui en sont venus alors qu'il était en train de la tuer.

Il se lave le visage, se brosse les dents et nettoie la cuvette du lavabo. Puis il s'assoit à sa table, près de l'émetteur. Il cherche dans son carnet de notes, retrouve le passage et commence à pianoter. C'est un long message ; il y est question du rassemblement d'une armée destinée à opérer en Finlande et il en était à la moitié lorsqu'il a été interrompu. Ses notes sont déjà chiffrées. Lorsqu'il a fini, le signe de l'habituel : « Meilleur souvenir à Willi. »

Ayant soigneusement remis l'émetteur dans sa valise spéciale, Faber place le reste de ce qui lui appartient dans une autre. Il ôte son pantalon, éponge les taches de sang puis il se lave de la tête aux pieds.

Enfin, il se décide à regarder le cadavre.

Il peut le faire calmement maintenant. C'est la guerre ; ce sont des ennemis ; s'il ne l'avait pas tuée, elle aurait causé sa mort. Elle représentait un danger et il ne ressent plus maintenant que le soulagement d'avoir écarté ce danger. Elle n'aurait pas dû le surprendre et lui faire peur.

Il n'en reste pas moins que la dernière corvée est déplaisante. Il ouvre la robe et relève la chemise de nuit jusqu'à la ceinture. Elle portait une culotte. Il la déchire de façon que la toison du pubis soit visible. Pauvre femme qui voulait seulement le séduire ! Mais il ne pouvait pas la faire sortir de la chambre sans qu'elle vît l'émetteur et la propagande britannique a mis tout le monde en garde contre les espions. C'est ridicule, d'ailleurs. Si l'Abwehr avait autant d'agents que le prétendent les journaux, les Britanniques auraient déjà perdu la guerre.

Il s'écarte et penche la tête de côté pour observer. Il y a quelque chose qui ne va pas. Il essaie de se mettre à la place d'un maniaque sexuel. Si j'étais fou de désir pour une femme comme Una Garden et que je la tue pour en jouir à ma guise, que ferais-je ensuite ?

Évidemment, ce genre de malade désirerait voir ses seins. Faber se penche sur le corps, prend la chemise par l'encolure et la déchire jusqu'à la ceinture. Les seins volumineux s'écartent.

Le médecin légiste découvrira vite qu'elle n'a pas été violée, mais Faber ne croit pas que ce détail soit important. Il a suivi des cours de criminologie à Heidelberg et il sait que bien des violences sexuelles ne vont pas jusqu'à la consommation de l'acte. D'ailleurs, il serait incapable de soigner la mise en scène à ce point-là, non, pas même pour le Vaterland. Il n'est pas dans les S.S. Certains d'entre eux attendraient leur tour pour abuser du cadavre… Il chasse cette pensée de son esprit.

Il se lave les mains une fois de plus et il s'habille. Il est près de minuit. Il attendra une heure encore avant de partir. Plus tard, ce sera moins dangereux.

Il s'assoit pour réfléchir à ce qui a cloché.

Indiscutablement, il a commis une erreur. Si sa couverture avait été parfaite, sa sécurité aurait été absolue. Si cette couverture avait été parfaite personne n'aurait pu découvrir son secret. Mme Garden avait découvert ce secret – ou plutôt, elle l'aurait découvert si elle avait vécu quelques secondes de plus –, donc sa sécurité n'avait pas été parfaitement assurée, donc sa couverture n'était pas parfaite, donc il a fait une erreur.

Il aurait dû poser un verrou à sa porte ! Il est préférable de passer pour maladivement timide que de voir arriver chez soi une logeuse en chemise de nuit armée d'un passe-partout.

Cela, c'est l'erreur visible. Le défaut essentiel c'est qu'il est trop bel homme pour être célibataire. Il se le dit avec colère, sans nulle vanité. Il sait bien qu'il est un garçon agréable, attirant et qu'il n'existe aucune raison valable qui justifie son célibat. Faber se met à penser à une couverture qui puisse expliquer cela sans provoquer les avances des autres Una Garden de cette terre.

Peut-être trouvera-t-il en examinant sa véritable personnalité. Pourquoi est-il célibataire ? Gêné, il se détourne – il a horreur des miroirs. La réponse est simple. Il est célibataire à cause de sa profession. S'il existe d'autres raisons profondes, il ne tient pas à les connaître.

Il va lui falloir passer la nuit à la belle étoile. Le parc de Highgate fera l'affaire. Demain matin, il portera ses valises à la consigne d'une gare et demain soir, il prendra le chemin de sa chambre à Blackheath.

Il adoptera sa seconde identité. Il ne craint guère d'être retrouvé par la police. Le voyageur de commerce qui habite la chambre de Blackheath est fort différent de l'employé de chemin de fer qui a tué sa propriétaire. Le personnage de Blackheath est communicatif, vulgaire et voyant. Il porte des cravates rutilantes, paie volontiers sa tournée et sa coiffure est différente. La police fera passer le signalement d'un minable maniaque sexuel qui ne ferait pas de mal à une mouche quand il n'est pas sous l'empire de sa passion. Qui pourrait songer à ce voyageur de commerce, élégant dans son complet rayé, et visiblement le type d'homme plus ou moins constamment aiguillonné par la passion mais qui n'a certes pas à tuer une femme pour qu'elle lui dévoile ses seins ?

Il lui faudra se créer une nouvelle identité – il en a toujours au moins deux. Il devra trouver un autre emploi, de nouveaux papiers : passeport, carte d'identité, carte d'alimentation, acte de naissance. Tout cela est tellement risqué. Maudite Mme Garden ! Pourquoi ne s'est-elle pas soûlée pour s'endormir, comme d'habitude ?

Une heure sonne. Faber jette un dernier regard sur la chambre. Laisser des indices ne lui importe guère – ses empreintes digitales doivent se trouver dans toute la maison et personne n'aura la moindre peine à désigner le meurtrier. Peu lui chaut également d'abandonner cet endroit qu'il habitait depuis deux ans ; il ne l'a jamais considéré comme un foyer. Il n'a jamais considéré aucun endroit comme son foyer.

Cette maison restera toujours pour lui celle où il a appris qu'il faut mettre un verrou à sa porte.

Faber éteint la lumière, prend ses valises ; il descend l'escalier, ouvre la porte et s'enfonce dans la nuit.

II

Henry II fut un roi remarquable. À une époque où le terme « visite éclair » n'avait pas encore été inventé, il allait et venait entre l'Angleterre et la France avec une telle célérité qu'on lui attribuait des pouvoirs magiques, croyance qu'il ne fit rien pour discréditer, on s'en doute. En 1173 – en juin ou septembre selon les sources d'information que l'on préfère – il vint en Angleterre et repartit si vite pour la France qu'aucun chroniqueur de l'époque ne s'aperçut jamais de cette visite. Les historiens, plus tard, allaient découvrir le montant de ses frais de voyage dans les Pipe Rolls[1]. En ce temps-là, son royaume était assiégé par ses fils à ses confins nord et sud – la frontière d'Écosse et le sud de la France. Cela dit, quel pouvait bien être, exactement, l'objet de sa visite ? Qui rencontra-t-il ? Pourquoi cette visite éclair resta-t-elle secrète quand le mythe de sa vitesse magique valait une armée ? Et qu'a-t-il accompli ?

Voilà le problème qui tourmentait Percival Godliman en l'été de 1940, alors que les armées de Hitler

1. Manuscrits anglais parmi les plus importants du Moyen Âge.

abattaient comme une faux les champs de blé de France et que les Britanniques s'échappaient du goulet de Dunkerque dans un sanglant désarroi.

Le professeur Godliman connaît le Moyen Âge mieux qu'aucun de ses contemporains. Son ouvrage sur la Peste noire a modifié radicalement toutes les connaissances médiévales ; c'est devenu un best-seller et il a été publié dans la collection Penguin. Cela terminé, le professeur s'en est pris à une période légèrement plus ancienne et encore plus hermétique.

À midi et demi, par une merveilleuse journée de juin à Londres, une secrétaire affamée retrouve Godliman penché sur un manuscrit enluminé, traduisant laborieusement un latin médiéval et prenant des notes d'une écriture encore moins déchiffrable que le manuscrit. La secrétaire, qui a l'intention de déjeuner sur un banc du jardin de Gordon Square, n'aime pas la salle des manuscrits parce qu'elle sent la mort. Il faut tant de clefs pour y pénétrer que ce pourrait tout aussi bien être un tombeau.

Godliman est à un pupitre. Debout sur une jambe comme un échassier, le visage éclairé par la lumière indigente d'un réflecteur, on le prendrait pour le spectre du moine qui a écrit l'ouvrage et qui monterait une garde glaciale devant sa précieuse chronique. La jeune femme tousse discrètement pour signaler sa présence à ce petit quinquagénaire aux épaules tombantes, à la vue basse et au complet de tweed. Elle sait pourtant qu'il peut être tout à fait lucide quand on réussit à l'arracher au Moyen Âge. Elle tousse de nouveau.

« Professeur Godliman ? » dit-elle.

Il lève la tête, sourit en l'apercevant et soudain il ne

ressemble plus à un spectre mais bien davantage à un gentil papa un peu toqué.

« Hello ! lance-t-il du ton étonné qu'il aurait s'il tombait sur un de ses voisins au beau milieu du Sahara.

— Vous m'avez demandé de vous rappeler que vous déjeuniez au *Savoy* avec le colonel Terry.

— Ah ! oui. »

Il tire sa montre de sa poche de gilet et l'examine.

« Si je veux y aller à pied, je ferais bien de partir tout de suite.

— Sans doute. Je vous ai apporté votre masque à gaz.

— Vous pensez à tout ! »

Il sourit encore et la secrétaire lui trouve l'air gentil. Le professeur prend le masque et demande :

« Dois-je mettre mon pardessus ?

— Vous ne l'aviez pas ce matin et il fait très bon. Dois-je fermer derrière vous ?

— Oui. Merci. Merci. »

Il fourre son carnet de notes dans la poche de son veston et franchit la porte.

La jeune femme jette un regard circulaire, frissonne et s'empresse de le suivre.

Le colonel Andrew Terry est un Écossais rougeaud, desséché par un long passé de fumeur impénitent ; il a les cheveux blonds, rares mais couverts de brillantine. Godliman le trouve à une table dans un coin du grill du *Savoy* ; il est en civil. Il y a déjà trois mégots dans le cendrier. Il se lève pour serrer la main du professeur.

« Bonjour, oncle Andrew, dit Godliman. (Terry est le cadet des frères de sa mère.)

— Comment vas-tu, Percy ?

— Je suis en train d'écrire un bouquin sur les Plantagenêts, répond Godliman en s'asseyant.

— Tes manuscrits sont encore à Londres ? C'est étonnant.

— Pourquoi ?

— Tu devrais les emporter à la campagne, à cause des bombardements, dit Terry en allumant une cigarette.

— Est-ce vraiment nécessaire ?

— La moitié des œuvres de la *National Gallery* a été déménagée et enfouie dans un grand trou qu'on a creusé quelque part au pays de Galles. Le jeune Kenneth Clark est plus rapide que toi. Et ce ne serait pas plus mal de suivre tes manuscrits pendant que tu y es. J'imagine qu'il ne te reste plus beaucoup d'élèves.

— C'est vrai, reconnaît Godliman. (Il prend le menu que lui tend le garçon.) Non, pas d'apéritif, merci. »

Terry n'a pas encore regardé son menu.

« Sérieusement, Percy, pourquoi restes-tu encore à Londres ? »

Le regard de Godliman s'éclaire enfin, comme sur une image que le photographe viendrait de mettre au point et comme s'il se mettait à penser à ce qu'il fait pour la première fois depuis son arrivée.

« C'est bon pour les enfants de s'en aller, ou pour les institutions nationales comme Bertrand Russell. Mais moi, ce serait un peu comme déserter et laisser les autres se battre à ma place. Je sais que ce n'est pas un argument rigoureusement logique, mais c'est une question de sentiment, non de logique. »

Terry a le sourire de quelqu'un qui entrevoit la réalisation de ses espoirs. Il abandonne le sujet pour consulter le menu. Au bout d'un instant, il s'exclame :

« Dieu du ciel ! *Le pâté à la Lord Woolton* [1].

— Je vous parie que c'est encore seulement des pommes de terre et des légumes. »

Lorsqu'ils ont commandé, Terry reprend :

« Que penses-tu de notre nouveau Premier Ministre ?

— Cet homme est un âne. Mais après tout, Hitler est un crétin et regardez ce qu'il arrive à faire. Et vous, qu'en pensez-vous ?

— Nous nous arrangerons bien avec Winston. Celui-là a envie de se battre, au moins. »

Godliman hausse les sourcils.

« Nous, avez-vous dit ? Vous avez repris du service ?

— En fait, je ne l'ai jamais quitté, tu sais.

— Mais vous aviez dit…

— Percy. Peux-tu imaginer actuellement un service public dont le personnel au complet dirait qu'il ne travaille pas pour l'armée ?

— Je veux bien être pendu ! Et moi qui pensais… »

On leur sert l'entrée et ils attaquent une bouteille de bordeaux blanc. Godliman picore son pâté de saumon d'un air pensif.

Bientôt, Terry reprend.

« Tu penses à la dernière ? »

Godliman acquiesce.

« J'étais jeune, vous savez. C'était terrible, dit-il, mais il y a presque du regret dans sa voix.

1. Ministre du Ravitaillement, créateur d'une recette de pâté dans lequel n'entrait pas un atome de viande.

— Cette fois-ci ce n'est pas du tout la même chose. Mes garçons ne vont pas derrière les lignes ennemies pour compter les bivouacs, comme tu le faisais. Ils le font, d'ailleurs, mais cet aspect du service est beaucoup moins important maintenant. Aujourd'hui, nous écoutons simplement la radio.

— Ils n'émettent donc pas en code ?

— Les codes, ça se déchiffre, répond Terry. En vérité, nous arrivons aujourd'hui à savoir à peu près tout ce qui nous intéresse. »

Godliman jette un regard autour d'eux mais personne n'a pu entendre et ce n'est pas à lui de rappeler à Terry que les paroles imprudentes font des morts.

« En fait, poursuit Terry, mon rôle est de veiller à ce qu'ils n'obtiennent pas sur nous les renseignements qui les intéressent. »

Ils en sont maintenant au *chicken pie*. Pas de bœuf au menu. Godliman mange en silence ; Terry continue :

« Canaris est un type bizarre, tu sais. L'amiral Wilhelm Canaris, chef de l'Abwehr. Je l'ai connu avant que nous en soyons là. Il aime l'Angleterre. À mon avis, il n'aime pas tellement Hitler. En tout cas, nous savons qu'il a reçu l'ordre de monter contre nous un vaste service de renseignements, afin de préparer l'invasion ; mais il n'arrive pas à grand-chose. Nous avons arrêté leur meilleur homme le lendemain de la déclaration de guerre. Il est actuellement logé à la prison de Wandsworth. Des bons à pas grand-chose, les espions de Canaris. De vieilles bonnes femmes dans des pensions de famille, des fascistes déchaînés, de minables criminels...

— Écoutez, mon cher oncle ! s'exclame Godliman, trop c'est trop. (Il tremble légèrement, agité par un mélange de colère et d'incompréhension.) Tout cela est secret. Je ne veux pas en entendre parler ! »

Terry ne se démonte pas.

« Qu'aimerais-tu maintenant ? demande-t-il. Moi, je vais prendre une glace au chocolat. »

Godliman se lève.

« Non, je ne veux plus rien. Je vais retourner à mes manuscrits, si vous n'y voyez pas d'inconvénient. »

Terry le regarde froidement.

« Le monde peut attendre ta nouvelle version de l'histoire des Plantagenêts, Percy. C'est la guerre, mon vieux. Je voudrais que tu travailles pour moi. »

Godliman le fixe un long moment.

« Et que diable pourrais-je faire ?

— La chasse aux espions », lui répond Terry avec un sourire carnassier.

En retournant au collège, et malgré le beau temps, Godliman se sent abattu. Il va accepter l'offre du colonel Terry, cela ne fait aucun doute. Son pays est en guerre ; c'est une guerre juste et s'il n'a plus l'âge de se battre il est encore assez jeune pour y jouer son modeste rôle.

Mais l'idée d'abandonner ses travaux – et pour combien d'années ? – le déprime. Il adore l'histoire et il s'est plongé entièrement dans l'Angleterre médiévale depuis la mort de sa femme, il y a dix ans maintenant. Il adore élucider les mystères, découvrir d'infimes indices, redresser les contradictions, démasquer les mensonges, le parti pris et le mythe. Son nouvel ouvrage sera le meilleur écrit sur ce sujet depuis une centaine d'années et il n'y aura personne capable de l'égaler pendant un siècle au moins. L'histoire est sa raison de vivre depuis si longtemps que l'idée de l'abandonner lui semble presque irréelle, aussi impossible à accepter que la découverte que l'on est orphelin et qu'on n'a aucun lieu avec ceux que l'on appelait depuis toujours : mon père et ma mère.

Une sirène d'alerte aérienne interrompt ses réflexions. Il songe à n'en pas tenir compte – tant de gens le font maintenant et il n'est qu'à dix minutes de marche du collège. Mais il n'a pas de raison urgente de retourner à ses études – il sait qu'il ne pourra plus travailler aujourd'hui. Alors, il se précipite vers une station de métro et se joint à la foule des Londoniens qui se pressent sur les marches des escaliers et sur les quais poussiéreux. Il se place près du mur, regarde sans la voir une affiche de Bovril[1] et se dit : « Mais il ne s'agit pas seulement des choses que j'abandonne. »

Reprendre du service, cela aussi le déprime. Certes, il y trouve bien des aspects qui l'attirent : l'importance des petites choses, le prix de l'intelligence, le souci du détail, le travail de l'imagination. Mais il a horreur du chantage, de la ruse, de l'espoir que l'on déçoit et de toujours frapper l'ennemi dans le dos.

Le quai s'emplit de plus en plus. Godliman s'empresse de s'asseoir pendant qu'il reste encore de la place et il se trouve coude à coude avec un homme en uniforme de conducteur d'autobus. L'homme sourit.

« "Ah ! être en Angleterre quand l'été vient de naître !" vous savez qui a dit ça ?

— "Quand avril vient de naître", rectifie Godliman. Et c'est de Browning.

---

1. Concentré de bouillon de bœuf.

— On m'avait dit que c'était Adolf Hitler», dit le conducteur.

La femme qui est sa voisine hurle de rire et il se tourne vers elle.

«Vous savez ce que l'évacué disait à la femme du fermier?»

Godliman les oublie pour se rappeler un mois d'avril où il aurait tout donné pour être en Angleterre, alors qu'il était couché sur la haute branche d'un platane, sondant à travers une brume glacée les profondeurs d'une vallée française, derrière les lignes allemandes. Il ne voyait pas grand-chose, sinon de vagues silhouettes sombres, malgré ses jumelles télescopiques, et il était sur le point de descendre pour aller un peu plus avant lorsque trois soldats allemands étaient sortis Dieu sait d'où pour venir s'asseoir et griller une cigarette au pied de son arbre. Au bout d'un moment ils avaient sorti des cartes à jouer et le jeune Percival avait compris que les trois gaillards faisaient momentanément la guerre buissonnière et qu'ils étaient là pour la journée. Il resta donc dans son arbre, remuant à peine jusqu'à ce qu'il soit saisi de tremblements, les muscles noués de crampes et la vessie sur le point d'éclater. Prenant son revolver, il les avait abattus tous les trois, l'un après l'autre, d'une balle au sommet de leur crâne aux cheveux ras. Ainsi, trois hommes, qui plaisantaient, riaient et juraient en jouant leur paie, avaient simplement cessé d'exister. C'était la première fois qu'il tuait et sa seule pensée avait été: tout cela parce que j'avais envie de pisser.

Godliman change de position sur le ciment du quai et laisse ce souvenir s'évanouir. Une bouffée d'air chaud souffle du tunnel; un train arrive. Les voyageurs qui en descendent se mêlent à la foule et ils se disposent à attendre. Godliman écoute.

« Tu as entendu Churchill à la radio? On l'écoutait au comptoir du *Duc de Wellington.* Le vieux Jack Thorton en pleurait. Cette vieille pomme…

— Je n'ai pas vu de filet mignon au menu depuis si longtemps que je ne me rappelle plus le goût que ça peut avoir… le comité qui s'occupe du vin au club a senti la guerre venir et il en a acheté vingt mille caisses, Dieu merci…

— Oui, le mariage a été discret mais pourquoi attendre quand vous ne savez pas de quoi demain sera fait?

— Non, Peter n'est pas revenu après Dunkerque… »

Le conducteur d'autobus lui offre une cigarette, Godliman la refuse et sort sa pipe. Quelqu'un se met à chanter.

Un chef d'îlot lui criait:
— Ohé, la vieille, ferme donc tes volets.
Tu te rends compte de ce qu'on peut voir?
Et les voisins répondaient: T'en fais pas! Ohé...
Allez, jambes en l'air, Mère Brown.

La chanson gaillarde fait tache d'huile dans la foule et bientôt tous la reprennent. Godliman chante lui aussi, mais il se dit: voilà un peuple en train de perdre une guerre et qui chante; il chante pour cacher sa peur, comme un homme siffle en passant la nuit devant un cimetière. Cette affection soudaine qu'il éprouve pour Londres et les Londoniens est un sentiment fugitif, semblable à l'hystérie d'une foule. Il entend à peine la voix intérieure qui lui dit : « Voilà pourquoi nous faisons la guerre, voilà ce qui vaut la peine de se battre. » Il n'est pas dupe, bien sûr, mais il s'en moque parce que, pour la première fois depuis bien des années, il ressent l'émotion primitive de la camaraderie et il en est heureux.

Quand sonne la fin de l'alerte, tout le monde remonte les escaliers et se retrouve dans la rue. Godliman entre dans une cabine et téléphone au colonel Terry pour lui demander quand il peut commencer.

III

Faber… Godliman… Les deux bases d'un triangle dont le sommet allait être un jour tragiquement formé par David et Lucy, les héros d'une cérémonie qui se déroulait en cet instant même dans une humble église de campagne, très ancienne et très belle. Un muret de pierre y cerne un cimetière hanté de fleurs sauvages. L'église elle-même était là déjà – certaines parties, en tout cas – la dernière fois que l'Angleterre avait été envahie, il n'y a pas loin de mille ans. Le mur nord de la nef, épais de quelques pieds et percé seulement de deux fenêtres étroites, peut se rappeler cette dernière invasion ; il a été bâti lorsque l'église était un sanctuaire non seulement pour les âmes mais aussi pour les corps de ses ouailles et ces étroites fenêtres étaient davantage faites pour les arbalétriers que pour permettre aux rayons du soleil du Bon Dieu de réchauffer ses fidèles. En fait, l'unité locale de défenseurs volontaires dispose d'un plan précis pour utiliser l'église si jamais la bande de malandrins qui ravage l'Europe traverse la Manche.

Mais en ce mois d'août 1940, nul bruit de bottes ne

résonne sur les dalles du chœur, pas encore, en tout cas. Le soleil fait flamboyer les vitraux qui ont pu échapper aux iconoclastes de Cromwell et à la cupidité de Henry VIII et les voûtes vibrent au grondement d'un orgue qui a résisté aux vers et à la moisissure.

C'est un beau mariage. Lucy est en blanc, bien sûr, et ses sœurs, ses demoiselles d'honneur, sont en toilette couleur abricot. David étrenne l'uniforme de sortie des officiers de la Royal Air Force, tout neuf et encore raide. Ils chantent le psaume XXIII, *L'Éternel est mon berger*, sur la musique de Crimond.

Le père de Lucy est fier, comme peut l'être un homme le jour où sa «fille aînée est la plus belle» épouse un merveilleux garçon en uniforme. Il est agriculteur, mais il y a longtemps qu'il n'est monté sur un tracteur; il loue ses terres cultivables et consacre le reste à l'élevage de chevaux de course, encore que l'hiver qui vient ses pâturages passeront sous la charrue et qu'on y plantera des pommes de terre. Bien qu'il soit donc maintenant plus gentleman que farmer, il n'en garde pas moins le teint hâlé par le grand air, la large poitrine et les mains solides des gens de la terre. Et la plupart des hommes qui l'entourent à l'église lui ressemblent: poitrine en armoire à glace et visage tanné par les intempéries; quant à ceux qui ne portent pas la queue-de-pie, ils sont en tweed et en bottes.

Les demoiselles d'honneur, elles aussi, évoquent le grand air, ce sont des filles de la campagne. Mais la mariée est comme leur mère: chevelure roux très foncé, longue, fournie, éclatante; yeux ambrés qui animent un visage ovale. Et lorsqu'elle a fixé le curé de son regard clair et direct pour répondre «oui» d'une voix ferme et sonore, l'ecclésiastique, surpris, a pensé : « Dieu me pardonne, c'est qu'elle ne plaisante pas ! »... pensée pour le moins étrange chez un curé au beau milieu d'un mariage.

Ceux qui ont pris place de l'autre côté de la nef ont, eux aussi, un air de famille. Le père de David est un homme de loi – son air constamment sévère est purement professionnel et cache un naturel enjoué. (Il avait les galons de major lors de la dernière guerre et il est persuadé que cette histoire à propos de la R.A.F. et de la guerre aérienne est une sorte de snobisme qui ne durera pas.) Mais personne ne lui ressemble, pas même son fils, pour le moment debout devant l'autel et en train de promettre d'aimer sa femme jusqu'à sa mort, ce qui, Dieu nous garde ! n'est peut-être pas tellement lointain. Non, ils ressemblent tous à la mère de David, assise en ce moment près de son mari, avec ses cheveux presque noirs, sa peau mate et sa taille élancée.

David est le plus grand de tous. Il battait encore le record du saut en hauteur, l'an dernier, à l'université de Cambridge. Il est presque trop beau pour un homme – son visage serait même féminin n'était l'ombre noire, indélébile de sa barbe. Il doit se raser deux fois par jour. Il a de longs cils, l'air intelligent – il l'est – et sensible.

Le tableau est simplement idyllique : deux héritiers de familles solides, aisées, du genre piliers de l'Angleterre, deux êtres heureux, beaux, qui se marient dans une charmante église de campagne par une des plus belles journées d'été britannique qui se puisse voir.

Lorsqu'ils ont été déclarés mari et femme, les deux mères avaient l'œil sec mais les deux pères pleuraient.

Embrasser la mariée est une coutume barbare, songe Lucy, alors qu'une autre bouche humide de champagne glisse sur ses joues. Cela doit remonter probablement à des coutumes plus primitives encore de l'âge des ténèbres, quand tous les hommes de la tribu avaient le droit de… enfin, en tout cas, il serait grand temps de se conduire comme des civilisés et d'abandonner ces usages.

Elle savait d'avance que ce moment du mariage ne lui plairait pas. Elle aime le champagne, mais elle ne raffole pas des pilons de poulet ni des petits tas de caviar amoncelés sur des carrés de toast rassis ; quant aux discours, aux photographies et aux plaisanteries à propos de la lune de miel, ma foi… Mais cela aurait pu être pire. Si nous étions en temps de paix, papa aurait loué l'*Albert Hall*.

Pour le moment, neuf personnes leur ont dit : « Puissent tous vos ennuis être insignifiants » et l'une, à peine plus originale, a dit : « Je veux voir autre chose qu'une clôture courir autour de votre jardin. » Lucy a serré d'innombrables mains en faisant semblant de ne pas entendre certaines remarques du genre de : « Je ne serais pas fâché de me trouver dans le pyjama de David ce soir. » David a fait un discours pour remercier les parents de Lucy de lui avoir donné leur fille et le père de Lucy a répondu qu'en fait il ne perdait pas une fille mais qu'il gagnait un fils. Le tout est d'une irrésistible niaiserie mais on doit bien cela à ses parents.

Un oncle éloigné revient du buffet, tanguant légèrement, et Lucy réprime un frisson. Elle le présente à son mari.

« David, mon oncle Norman. »

Norman secoue la main dure de David.

« Alors, mon gars, quand reprenez-vous votre service ?

— Demain, monsieur.

— Quoi, pas de lune de miel ?

— Vingt-quatre heures seulement.

— Mais vous venez tout juste de terminer votre entraînement, si j'ai bien compris.

— Oui, mais je pilotais déjà avant, vous savez. J'ai appris à Cambridge. Et d'ailleurs, avec tout ce qui se passe, ils ont besoin de pilotes. Je dois voler dès demain.

— David, tais-toi, dit doucement Lucy, mais l'oncle Norman ne le lâche pas.

— Qu'allez-vous piloter ? demande-t-il avec l'enthousiasme d'un gamin.

— Un Spitfire. Je l'ai vu hier. C'est un très joli zinc... »

David a déjà adopté l'argot de la R.A.F... les zincs, les caisses, le bouillon et les salopards à deux heures.

« Il est armé de huit pièces, fait plus de six cents à l'heure et il peut virer sur un guéridon.

— Merveilleux, merveilleux. Vous en faites vraiment voir de toutes les couleurs à la Luftwaffe, hein ?

— Nous en avons descendu soixante hier et perdu seulement onze des nôtres, dit David aussi fier que s'il les avait abattus lui-même. Et la veille, quand ils attaquaient sur le Yorkshire, nous les avons renvoyés sur la Norvège, la queue entre les jambes – et sans perdre un seul zinc ! »

L'oncle Norman presse l'épaule de David avec une cordialité avinée.

« Jamais, récite-t-il pompeusement, jamais tout un peuple ne devra autant à si peu de braves. Churchill le disait l'autre jour. »

David affecte un sourire modeste.

« Il devait parler de nos notes de bar. »

Lucy a horreur de leur façon de banaliser le sang versé et les destructions.

« David, il est temps d'aller nous changer maintenant. »

Ils s'en vont chez la mère de Lucy, chacun dans sa voiture. Sa mère l'aide à ôter sa robe de mariage et lui dit :

« Au fait, mon enfant, je ne sais pas exactement ce à quoi tu t'attends ce soir, mais il faut que tu saches...

— Oh ! maman. Nous sommes en 1940, imagine-toi ! »

Sa mère rougit légèrement.

« Très bien, ma chérie, dit-elle avec douceur. Mais si par hasard tu as envie de me parler plus tard... »

Lucy se rend compte que parler de ces choses-là coûte à sa mère un effort considérable et elle regrette de lui avoir répondu si cavalièrement.

« Merci, reprend-elle en lui pressant la main. Je n'y manquerai pas.

— Bon, alors, je te laisse maintenant. Appelle-moi si tu as besoin de quoi que ce soit », fait-elle en embrassant sa fille.

Lucy s'assoit en slip devant sa table de toilette et se met à brosser ses cheveux. Elle sait très exactement ce qui l'attend ce soir. Et elle éprouve un secret plaisir à se le rappeler.

Cela s'est passé en juin, un an après qu'ils eurent fait connaissance au bal costumé d'un collège de

Londres. À l'époque, ils se voyaient chaque semaine. David avait passé une partie des vacances de Pâques dans la famille de Lucy. Il avait fait la conquête de papa et maman – il était beau garçon, intelligent, et bien élevé, enfin il appartenait précisément à la même souche sociale qu'eux. Papa le trouvait un peu entier dans ses opinions mais maman répondait que les gentlemen-farmers pensent cela des étudiants depuis plus de six cents ans et qu'elle estimait en tout cas qu'il serait un bon mari, ce qui tout bien pesé comptait bien davantage. Et au mois de juin, Lucy, à son tour, était allée passer le week-end dans la maison de famille de David.

C'est la réplique d'un manoir du XVIIIe siècle, réalisée sous le règne de la reine Victoria ; une maison carrée de neuf chambres et une terrasse avec une vue superbe. Ce qui a frappé Lucy, c'est l'idée que les ancêtres qui les avaient conçus seraient morts depuis longtemps avant que le parc et le jardin n'atteignent leur épanouissement. L'ambiance est cordiale ; ils ont bu de la bière tous les deux sur la terrasse, au soleil de l'après-midi. C'est ce jour-là que David lui a dit que sa candidature à un stage de formation d'officiers pour la R.A.F. avait été acceptée en même temps que celle de quatre de ses camarades du club aéronautique de l'université. Il veut être pilote de chasse.

« Je ne pilote pas mal, lui explique-t-il, et ils auront besoin de monde lorsque la guerre commencera vraiment – on dit que cette fois on la gagnera ou on la perdra dans les airs.

— Vous n'avez, pas peur ? demande-t-elle doucement.

— Pas du tout, dit-il, mais il la regarde et ajoute : Si, bien sûr. »

Elle le trouve très brave et lui prend la main.

Un peu plus tard, ils ont passé leurs maillots et sont descendus vers le lac. L'eau est claire et froide mais le soleil brille, il fait bon et ils pataugent gaiement.

« Êtes-vous bonne nageuse ? demande-t-il.

— Meilleure que vous !

— Très bien. Alors, au premier arrivé dans l'île ! »

Elle met ses mains en visière pour abriter ses yeux du soleil et garde la pose un moment sans paraître savoir combien elle est désirable dans son maillot humide, avec ses bras levés et ses épaules rejetées en arrière. L'île est un petit lopin de terre planté d'arbres et de buissons, à près de trois cents mètres de la rive.

Elle baisse les bras en criant « Allons-y ! » et en se lançant dans un crawl frénétique.

David gagne, évidemment, avec ses jambes et ses bras interminables. Lucy est au bout du rouleau alors qu'il lui reste encore cinquante mètres à couvrir. Elle passe à la brasse mais elle est trop épuisée, alors elle se met sur le dos et fait la planche. David, qui l'attend sur la rive en soufflant comme un phoque, plonge pour aller à sa rencontre. Il arrive derrière elle, la prend sous les bras dans la position classique du sauveteur et la ramène lentement au bord. Ses mains se trouvent juste sous les seins.

« C'est bien agréable », dit-il, et elle est obligée de rire bien qu'elle ait encore du mal à retrouver son souffle.

Quelques instants plus tard, il reprend :

« Je vous dois un aveu.

— Quoi donc ? fait-elle, haletante.

— Le lac n'a guère qu'un mètre de profondeur.

— Oh ! vous... » crie-t-elle en s'échappant de ses bras. Et elle reprend pied en riant et en recrachant de l'eau.

Il la prend par la main, la sort du lac et l'emmène sous les arbres. Un vieux canot en bois, quille en l'air, pourrit au pied d'une aubépine.

« Quand j'étais gamin, dit-il en le lui montrant, je venais ici à la rame, avec une des pipes de mon père, une boîte d'allumettes et une pincée de tabac entortillée dans du papier. C'est ici que j'ai appris à fumer. »

Ils sont dans une clairière entièrement cernée de buissons. Sous leurs pieds nus le sol est doux et élastique. Lucy se laisse tomber.

« Nous nagerons tout doucement pour le retour, dit David.

— Ne parlons pas tout de suite de repartir », répond-elle.

Il s'assoit près d'elle, l'embrasse et la renverse gentiment jusqu'à ce qu'elle soit étendue. Il lui caresse les jambes, l'embrasse dans le cou et elle cesse de trembler. Et lorsqu'il pose doucement la main sur le tendre mont entre ses cuisses, elle arque le bassin pour qu'il presse plus fort. Elle lui prend la tête entre ses mains et l'embrasse, à bouche ouverte. David prend les bretelles de son maillot et les fait glisser de ses épaules.

« Non », dit-elle.

Il plonge son visage entre ses seins et implore :

« Lucy, je t'en prie.

— Non. »

Il la regarde.

« C'est une chance que je ne retrouverai peut-être plus jamais. »

Elle s'écarte de lui et se redresse. Et puis, parce que c'est la guerre et à cause du regard implorant dans le visage rouge de David et à cause de cette chaleur au plus profond de son corps et qui ne veut pas s'évanouir, elle retire son maillot d'un seul geste, arrache son bonnet de bain pour laisser ses cheveux acajou rouler sur ses épaules. Elle s'agenouille devant lui, lui prend la tête entre ses mains et guide sa bouche vers ses seins.

Et elle perd sa virginité sans souffrance, avec joie et à peine un peu trop vite.

Le sel du péché rend le souvenir plus agréable encore. Même si sa séduction a été le fruit d'une machination bien ourdie, elle en a été la victime consentante, sinon empressée, surtout à la fin.

Elle commence à s'habiller pour le départ. Elle l'a beaucoup étonné, deux fois, cet après-midi-là, dans l'île ; la première lorsqu'elle lui a demandé de lui embrasser les seins et ensuite, lorsque de sa main, elle l'a guidé en elle. Apparemment, ce genre de choses ne se passe pas dans les livres qu'il lit. Lucy, comme la plupart de ses amies, a puisé ses informations sur les choses sexuelles dans la lecture de D.H. Lawrence. Elle croit en la chorégraphie amoureuse lawrencienne mais guère à son accompagnement sonore. Les ébats de ses personnages lui paraissent, certes, remarquables, mais pas à un tel point. Aussi n'attendait-elle nul crescendo de trompettes, de tonnerre, de cymbales à son éveil sexuel.

David était un peu plus ignorant qu'elle, mais il a été gentil, il a pris plaisir à son plaisir et elle est certaine que c'est là le plus important.

Ils n'ont fait l'amour qu'une seule fois après ce début : une semaine exactement avant leur mariage et cela a été la cause de leur première dispute.

Ce jour-là, c'était chez ses parents à elle, le matin, après que tout le monde fut parti. Il est venu dans sa chambre en peignoir et il s'est couché auprès d'elle. Et elle en avait presque changé d'avis pour ce qui est des trompettes et des cymbales de Lawrence. Puis David avait quitté son lit tout de suite.

« Ne t'en va pas, dit-elle.

— Quelqu'un pourrait entrer.

— J'en accepte le risque. Reviens te coucher. »

Elle est tiède, engourdie, elle se trouve bien et elle veut le sentir en elle.

Il remet son peignoir.

« Non, j'ai peur, dit-il.

— Tu n'avais pas peur, il y a cinq minutes. » Elle essaie de le retenir. « Couche-toi près de moi. Je veux apprendre à connaître ton corps. »

Cette liberté de ton l'embarrasse visiblement et il se détourne.

Alors, Lucy bondit du lit, les seins palpitants.

« Tu me donnes l'impression que je suis une fille de rien ! »

Et s'asseyant au bord du lit, elle éclate en sanglots.

David la prend dans ses bras.

« Je suis désolé, navré, navré. Tu es la première pour

moi aussi et je ne sais pas ce qui doit se passer et je me sens perdu… Enfin, la vérité, c'est que personne ne vous dit rien de ces choses-là, hein ? »

Reniflant ses larmes, elle hoche la tête pour lui montrer qu'elle comprend et elle comprend soudain aussi que ce qui réellement l'inquiète c'est de savoir que dans huit jours exactement il décollera dans un appareil fragile comme un jouet pour aller défendre sa peau au-dessus des nuages… Alors, elle lui pardonne, sèche ses larmes et ils se remettent au lit. Il a été très gentil après cela…

Elle finit de s'habiller. Elle s'examine dans la psyché. Son costume est vaguement militaire : épaules carrées et épaulettes mais le corsage, très féminin, rétablit l'équilibre. Sa chevelure retombe en un rouleau sous une toque pimpante. Une toilette fastueuse ne serait pas convenable, pas cette année ; mais elle sent qu'elle a réussi à donner à son ensemble cet aspect à la fois pratique et séduisant qui sera bientôt à la mode.

David l'attend dans le hall.

« Vous êtes superbe, madame Rose », lui dit-il en l'embrassant.

Ils retournent à la réception pour prendre formellement congé de leurs invités. Ils doivent aller passer la nuit à Londres, au *Claridge's*, puis David se rendra à Biggin Hill et Lucy rentrera à la maison. Elle va continuer d'habiter chez ses parents – un petit cottage a été prévu pour eux lorsque David viendra en permission.

Une autre demi-heure se passe en poignées de main et en baisers d'adieux et ils prennent enfin la voiture.

Les cousins de David se sont chargés de décorer la MG décapotable. Ils ont attaché des boîtes de conserve, de vieilles chaussures aux pare-chocs, les marchepieds sont couverts de confettis et quelqu'un a écrit au rouge à lèvres et en hautes lettres sur la carrosserie : « Vive la mariée ! »

Ils s'éloignent en souriant et en saluant de la main les invités qui les ont suivis jusque sur la route. Un ou deux kilomètres plus loin, ils s'arrêtent et débarrassent la voiture de sa décoration nuptiale.

Ils repartent alors que tombe le crépuscule. Les phares sont équipés d'écrans de black-out mais David n'en conduit pas moins très vite. Lucy est heureuse.

« J'ai mis une bouteille de côté dans la boîte à gants », lui dit-il.

Lucy ouvre le petit compartiment ; elle y trouve la bouteille et deux verres soigneusement emballés dans du papier de soie. Le champagne est encore glacé. Le bouchon saute dans la nuit avec un bruit joyeux. David allume une cigarette pendant que Lucy emplit leurs verres.

« Nous allons dîner tard, dit David.

— Quelle importance ? » fait-elle en lui tendant son verre.

Elle est trop fatiguée vraiment, pour apprécier le champagne. Elle somnole. La voiture paraît aller comme le vent. Elle laisse sa part du vin pétillant à David qui se met à siffler *Saint Louis Blues*.

Rouler dans le black-out à travers la campagne est une expérience étrange. On cherche instinctivement les lumières familières qu'on remarquait à peine avant la guerre : les lanternes des porches et les fenêtres de fermes, les signaux lumineux sur les clochers, au-dessus des portes des auberges et – surtout – dans le ciel, le reflet à l'horizon des mille lumières d'une ville voisine. Et même si l'on y voyait clair, il n'y a plus de poteaux indicateurs ; on les a enlevés pour égarer les parachutistes allemands qu'on attend d'un jour à l'autre. (Il n'y a que quelques jours encore, des fermiers des Midlands ont trouvé des parachutes, des postes de radio et des cartes mais comme aucune trace de pas ne s'éloignait du point de chute on en a conclu que personne n'a atterri et que tout cela n'était qu'une tentative maladroite des nazis pour affoler la population.) De toute manière, David connaît admirablement la route de Londres.

Ils roulent sur une longue côte. La petite voiture l'avale lestement. Lucy, les yeux mi-clos, regarde dans le noir. La descente est abrupte et tout en virages. Lucy entend le grondement d'un camion qui approche.

Les pneus de la MG chantent quand David attaque les virages.

« Il me semble que tu vas bien vite », dit Lucy avec calme.

L'arrière de la voiture chasse dans un virage à gauche. David rétrograde : il craint de freiner si la voiture chasse encore. La lumière occultée des phares révèle vaguement les haies des deux côtés de la route. Il y a maintenant un court virage à droite et David chasse de nouveau. Ces virages n'en finissent pas. La petite décapotable dérape des quatre roues, de côté, puis vire à 180 degrés, roule en arrière et fait un tour complet.

« David ! » hurle Lucy.

La lune brille tout à coup et ils voient le camion.

Il monte la côte à une allure d'escargot, sa fumée d'échappement argentée par la lune. Lucy a le temps de distinguer la figure du camionneur et même sa casquette de drap, ses moustaches ; il a la bouche grande ouverte et il est debout sur sa pédale de frein.

La MG a repris sa bonne direction. Il y a juste assez de place pour croiser le camion si David peut maîtriser sa voiture. Il tourne le volant et accélère. C'est la faute.

Le camion et la voiture se heurtent de front.

IV

Les étrangers ont des espions ; la Grande-Bretagne a sa Military Intelligence. Et comme si cet euphémisme ne suffisait pas, on dit simplement le MI. En 1940, il relevait du ministère de la Guerre. Et en ce temps-là, il proliférait comme le chiendent – ce qui n'a rien de surprenant – et ses différentes sections étaient désignées par des numéros : le MI 9 organisait les voies d'évasion des camps de prisonniers entre l'Europe occupée et les pays neutres ; le MI 8 écoutait les communications radio de l'ennemi et à lui seul il valait largement six régiments ; enfin le MI 6 envoyait des agents en France.

Mais c'est au MI 5 que le professeur Godliman arrive à l'automne de 1940. Il débarque à Whitehall, au ministère de la Guerre, par une froide matinée de septembre, après une nuit passée à éteindre les incendies dans les quartiers pauvres de l'East End ; le Blitz fait rage et Godliman est pompier auxiliaire.

En temps de paix, la Military Intelligence est le domaine des militaires, mais – de l'avis de Godliman, au moins – l'espionnage n'importe guère alors. C'est aujourd'hui un monde peuplé d'amateurs et il est enchanté de découvrir qu'il connaît la moitié des membres du MI 5. Ainsi, le jour de son arrivée, il rencontre un avocat qui fait partie de son club, un spécialiste de l'histoire de l'art avec lequel il a fait ses études, un archiviste de son université et l'auteur de ses romans policiers préférés.

On le fait entrer dans le bureau du colonel Terry à dix heures. Terry est déjà là depuis de longues heures ; il y a deux paquets de cigarettes vides dans sa corbeille à papiers.

« Dois-je dire maintenant : "Mon colonel" ? demande Godliman.

— On ne fait pas tant de chichis dans notre coin : "Oncle Andrew" fera parfaitement l'affaire. Assieds-toi. »

Il émane tout de même de Terry une certaine autorité qui n'était pas sensible pendant leur déjeuner au *Savoy*. Godliman remarque vite que le colonel ne sourit pas et que son attention revient sans cesse à une pile de messages posés sur son bureau et qu'il n'a pas encore lus.

Le colonel regarde sa montre.

« Je vais te dresser rapidement un tableau de ce qui se passe... pour terminer l'amphi que j'avais commencé l'autre jour en déjeunant.

— Et je ne monterai pas sur mes grands chevaux, cette fois », dit Godliman en souriant.

Terry allume une nouvelle cigarette.

« Les espions de Canaris en Grande-Bretagne ne valent rien. (Le colonel enchaîne comme si leur conversation avait été interrompue il y a cinq minutes et non pas trois mois plus tôt.) Dorothy O'Grady en est un exemple typique – nous l'avons surprise en train de couper des lignes téléphoniques militaires dans l'île de Wight. Elle envoyait des lettres au Portugal qu'elle rédigeait avec le genre d'encre sympathique que les gosses achètent dans les boutiques de farces et attrapes.

« Une nouvelle vague d'espions a déferlé en septembre. Leur tâche consistait à reconnaître le pays en vue de l'invasion – à relever les plages accessibles aux débarquements, les champs et les routes sur lesquels pouvaient atterrir les planeurs porteurs de troupe, les pièges à tanks, les barrages routiers et les réseaux de barbelés.

« Il semble qu'ils aient été mal choisis, rassemblés à la hâte, insuffisamment entraînés et mal équipés. L'exemple le plus frappant, c'est celui des quatre hommes parachutés dans la nuit du 2 au 6 septembre : Meier, Kieboom, Pons et Waldberg. Kieboom et Pons ont atterri à l'aube près de Hythe et ils ont été arrêtés par le soldat Tollervey du régiment d'infanterie légère du Somerset qui leur est tombé dessus dans les dunes où ils étaient en train de se partager une énorme saucisse couverte de sable.

« Waldberg, lui, avait réussi à envoyer un message à Hambourg : ARRIVÉ SAIN ET SAUF. DOCUMENTS DÉTRUITS. POSTE MILITAIRE À 200 MÈTRES DE LA CÔTE. PLAGE COUVERTE DE FILETS MARRON ET PLANTÉE DE TRAVERSES DE CHEMIN DE FER SUR UNE PROFONDEUR DE 50 MÈTRES. AUCUNE MINE. PEU DE SOLDATS. BLOCKHAUS EN CONSTRUCTION. NOUVELLE ROUTE. WALDBERG.

« De toute évidence, il ignorait où il se trouvait et il n'avait même pas un indicatif codé. La qualité de sa formation se révèle dans son ignorance des lois anglaises – il est entré dans un pub à neuf heures du matin et il a commandé une bouteille de cidre. »

Godliman se met à rire et Terry lui dit :

« Attends, c'est de plus en plus drôle. L'aubergiste a dit à Waldberg de revenir à dix heures. Il lui a conseillé de tuer le temps en visitant l'église du village. Le plus étonnant c'est que Waldberg est revenu à dix heures précises… pour tomber dans les bras de deux policiers à bicyclette qui l'attendaient et qui l'ont arrêté.

— On dirait un épisode de *Encore cet homme*[1] !, dit Godliman.

— Meier a été découvert un peu plus tard. Onze autres agents ont été cueillis au cours des semaines suivantes, la plupart, quelques heures après leur arrivée sur le territoire britannique. La plupart finiront sur l'échafaud.

— La plupart ? s'étonne Godliman et Terry lui répond :

— Oui, deux ou trois ont été confiés à notre service B-I (a). J'y reviendrai dans une minute. D'autres ont atterri en Irlande. L'un d'eux, Ernst Weber-Drohl, est un acrobate bien connu qui a deux enfants illégitimes dans le pays – il y fait une tournée de music-hall pour présenter son numéro : "L'homme le plus fort du monde." Il a été arrêté par le garde Siochana, condamné à une amende de trois livres et envoyé ensuite au B-I (a).

« Un autre encore, Hermann Goetz, a été parachuté par erreur en Ulster et non en Eire. Il a été dévalisé

1. Feuilleton de la radio britannique de l'époque.

par l'I.R.A., il a dû traverser la Boyne dans sa combinaison fourrée et il a fini par avaler sa pilule-suicide. Il portait une lampe de poche marquée "made in Dresden".

« S'il est si facile de ramasser ces imbéciles, poursuit Terry, pourquoi recherchons-nous des types comme toi avec quelque chose dans le crâne ? Pour deux raisons. Un : parce que nous n'avons aucun moyen de savoir combien ont pu nous échapper. Deux : parce que c'est ce que nous faisons de ceux que nous ne pendons pas qui compte. Et c'est là qu'intervient le B-I (a). Mais pour te l'expliquer il me faut remonter à 1936.

« Alfred George Owens était ingénieur électricien. Il travaillait pour une firme avec laquelle le gouvernement avait passé quelques contrats. Owens a fait un certain nombre de voyages en Allemagne au cours des années 30, et il a communiqué spontanément à l'Amirauté quelques renseignements techniques qu'il y avait recueillis. Par la suite, la Naval Intelligence l'a passé au MI 6 qui a commencé à lui donner une formation d'agent. L'Abwehr l'a recruté à peu près à la même époque : le MI 6 l'a découvert en interceptant une de ses lettres. Il a bien fallu constater que l'homme ignorait absolument tout loyalisme ; ce qu'il voulait, c'était être espion. Nous l'appelions "Snow" ; les Allemands l'avaient baptisé "Johnny".

« En janvier 1939, Snow reçut une lettre contenant : 1° le mode d'emploi d'un émetteur radio et, 2°, un bulletin pour la consigne de la gare de Victoria.

« Il a été arrêté le lendemain de la déclaration de guerre. Le bonhomme et l'émetteur qu'on lui avait remis dans une valise lorsqu'il avait présenté son bulletin de consigne, ont été enfermés à la prison de Wandsworth. Il continue à communiquer avec Hambourg, mais maintenant ses messages sont rédigés par la section B-I (a) du MI 5.

« L'Abwehr l'a mis en relation avec deux autres agents allemands en Angleterre et nous les avons pincés aussitôt. Ils lui avaient également passé un code et des instructions de transmission détaillées, le tout d'une valeur inestimable.

« Snow a été suivi chez nous de Charlie, Rainbow, Summer, Biscuit et finalement par une petite armée d'espions ennemis, tous restés en contact régulier avec Canaris, tous semblant jouir de sa confiance et tous entièrement contrôlés par le dispositif du contre-espionnage britannique.

« À ce moment-là, le MI5 a commencé à entrevoir une perspective fort séduisante : avec un peu de chance, *ils pourraient contrôler et manipuler entièrement le réseau d'espionnage allemand en Angleterre.*

« Retourner un agent pour en faire un agent double au lieu de le pendre présente deux avantages essentiels, conclut le colonel Terry. Comme l'ennemi pense que ses espions sont toujours opérationnels, il ne cherche pas à les remplacer par d'autres qui pourraient nous échapper. Et comme c'est nous qui fournissons les renseignements que les espions transmettent à leurs patrons, nous pouvons tromper l'ennemi et induire ses stratèges en erreur.

— Cela n'est sûrement pas aussi facile qu'il y paraît.

— Certes non, répondit le colonel en ouvrant la fenêtre pour chasser un nuage de fumée de cigarette et de pipe à couper au couteau. Pour réussir, le dispositif doit agir sur l'ensemble du réseau. S'il reste ici un certain nombre d'agents en activité, leurs renseignements contrediront ceux des agents doubles et l'Abwehr commencera à se poser des questions.

— C'est simplement passionnant », dit Godliman qui a laissé sa pipe s'éteindre.

Terry sourit pour la première fois de la matinée.

« Ceux qui travaillent ici te diront que ce n'est pas facile ; il n'y a pas d'heure, la tension est extrême et l'on ne remporte pas que des succès... mais il faut bien l'avouer : oui, c'est passionnant. (Il jette un coup d'œil à sa montre.) Et maintenant je vais te présenter un des membres les plus brillants de mon équipe. Je te conduis à son bureau. »

Ils sortent, montent des étages, suivent de longs corridors.

« Il s'appelle Frederick Bloggs, reprend le colonel. Nous l'avons arraché à Scotland Yard où il était inspecteur à la Special Branch [1]. Si tu as besoin de deux bras et deux jambes solides, fais appel à lui. Tu auras un grade supérieur au sien mais à ta place je n'y penserais pas trop – ça ne se fait guère ici. Je suis certain d'ailleurs qu'il est inutile de te le dire. »

C'est un tout petit bureau, à peu près nu, et qui donne sur un mur tout proche. Pas de moquette. La photo d'une jolie fille fixée au mur et des menottes accrochées au portemanteau.

« Frederick Bloggs, Percy Godliman, annonce Terry. Je vous laisse bavarder. »

---

1. Service de la police britannique.

L'homme assis à son bureau est blond, petit et trapu – il devait avoir tout juste la taille requise pour la police, songe Godliman. Sa cravate fait mal aux yeux mais son visage est agréable, ouvert et son sourire, communicatif. Il a aussi une solide poignée de main.

« Dites donc, Percy… j'allais justement faire un saut jusqu'à la maison pour déjeuner, dit-il d'emblée. Vous ne voudriez pas m'accompagner ? Ma femme fait remarquablement les saucisses et les frites. » Il a l'accent résolument cockney.

La saucisse aux frites n'est pas l'idée que se fait Godliman d'un repas gastronomique mais il accepte. Ils vont à pied jusqu'à Trafalgar Square où ils prennent l'autobus pour Hoxton.

« Ma femme est quelqu'un d'épatant, dit Bloggs, mais elle ne saurait pas faire un œuf dur. Je me nourris de saucisses et de frites à longueur d'année. »

Le quartier fume encore du bombardement de la nuit. Ils passent devant des équipes de pompiers et de volontaires qui fouillent les ruines, arrosent les débris brûlant encore et dégagent les rues. Un vieillard sort d'une maison à demi écrasée, emportant son poste de radio.

« Alors, nous allons chasser l'espion ensemble ? dit Godliman pour meubler la conversation.

— Nous allons essayer, Percy. »

Bloggs habite un trois-pièces dans une rue bordée de maisons toutes semblables. Tous leurs jardinets ont été transformés en potagers. Mme Bloggs est la jolie fille de la photographie fixée au mur du bureau. Elle a l'air fatigué.

« Elle conduit une ambulance pendant les raids, hein, ma chérie ? » annonce Bloggs avec fierté.

« Ma chérie » s'appelle Christine et elle répond :

« En revenant chaque matin, je me demande si je retrouverai la maison debout.

— Vous remarquerez que c'est pour la maison qu'elle a peur, pas pour moi », souligne Bloggs.

Godliman prend sur le manteau de la cheminée une médaille dans un présentoir.

« Comment avez-vous gagné celle-là ? »

C'est Christine qui répond.

« Il a arraché son fusil à un bandit qui dévalisait un bureau de poste.

— Vous faites vraiment la paire, remarque Godliman.

— Vous êtes marié, Percy ? demande Bloggs.

— Je suis veuf.

— Oh ! excusez-moi.

— Ma femme est morte de tuberculose en 1930. Nous n'avions pas d'enfants.

— Nous ne tenons pas à en avoir pour le moment, dit Bloggs. Pas tant que le monde sera dans cet état.

— Voyons, Frederick, coupe Christine. Crois-tu vraiment que notre progéniture éventuelle intéresse monsieur ? » lance-t-elle en allant à la cuisine.

Ils prennent place autour d'une table carrée au centre de la pièce. Godliman est conquis par ce couple gentil, par l'ambiance familière et il se prend à penser à Eleanor. C'est curieux : il y a des années que ses souvenirs le laissent en paix. Peut-être ses facultés sentimentales se réveillent-elles enfin. La guerre a d'étranges effets.

Les talents culinaires de Christine sont réellement inexistants. Les saucisses sont brûlées. Bloggs inonde son assiette de sauce tomate et Godliman s'empresse de l'imiter.

Dès qu'ils sont de retour à Whitehall, Bloggs montre à Godliman le dossier des agents ennemis non repérés et qui, pense-t-on, peuvent opérer en Grande-Bretagne.

On dispose sur eux de trois sources de renseignements. La première, ce sont les registres de l'immigration du ministère de l'Intérieur. Les services du contrôle des passeports sont depuis longtemps un instrument de la Military Intelligence et ils possèdent une liste – qui remonte jusqu'à la dernière guerre – des étrangers qui sont entrés dans le pays mais ne sont pas repartis ou que l'on ne peut situer d'une autre manière, certificats de décès ou de naturalisation. À la déclaration de guerre, ils ont tous comparu devant les tribunaux qui les ont divisés en trois groupes. Au début, seuls les étrangers de la catégorie « A » ont été internés, mais en juillet 1940, après une campagne alarmiste sortie des rotatives de Fleet Street, les catégories « B » et « C » ont à leur tour été retirées de la circulation. Il reste un certain nombre d'émigrants qui n'ont pas été « situés » et l'on peut avancer sans grand risque d'erreur que certains d'entre eux sont des espions.

Leurs papiers sont classés dans les dossiers de Bloggs.

La deuxième source de renseignements provient des communications radiophoniques. La section C du MI 8 fait toutes les nuits le tour des longueurs d'onde, elle enregistre tout ce qui ne provient pas des émissions britanniques et le transmet à l'École gouvernementale du code et du chiffre. Ce service, qui a été récemment transféré de Berkeley Street dans une maison de campagne de Bletchley Park, n'est pas le moins du monde une école mais un rassemblement de champions d'échecs, de musiciens, mathématiciens et fanatiques des mots croisés, tous absolument persuadés que si un homme peut inventer un code, un autre peut aussi bien le déchiffrer. Et les émissions lancées des îles Britanniques qui ne peuvent être attribuées à aucun des services officiels sont considérées comme des messages d'espionnage.

Ces messages déchiffrés se trouvent dans les dossiers de Bloggs.

Il y a enfin les agents doubles, mais les services qu'ils peuvent rendre sont plus hypothétiques que réels. Les messages que leur adresse l'Abwehr nous avaient prévenus de l'arrivée de plusieurs agents et ils ont révélé un agent fixe – Matilda Krafft, de Bournemouth, qui avait envoyé à Snow de l'argent par la poste et qui fut par la suite incarcérée à la prison de Holloway. Mais ces agents doubles n'ont pas pu nous apprendre l'identité ni l'adresse des espions professionnels discrets et efficaces qui sont les plus précieux pour un service secret. Personne ne doute que ces gens-là existent. Il y a des indices – par exemple, il a bien fallu que quelqu'un apporte d'Allemagne un émetteur à Snow et le dépose à la consigne de la gare de Victoria où il est allé le chercher. Mais, malgré nos agents doubles, nous n'avons pas encore réussi à coincer un seul de ces pros de l'espionnage – ceux-là, ou bien l'Abwehr, ont été jusqu'ici trop malins.

Toutefois, les indices figurent dans les dossiers de Bloggs.

On crée aussi d'autres sources. Les spécialistes travaillent pour améliorer le système de triangulation : le repérage des postes émetteurs ; et le MI 6 essaie de rebâtir en Europe le réseau d'agents qui a sombré dans le raz de marée des armées de Hitler.

Les rares informations sur ce sujet sont dans les dossiers de Bloggs.

« Il y a de quoi devenir enragé, parfois, dit-il à Godliman. Tenez, regardez ça. »

Il sort de ses dossiers un long message intercepté, relatif à un projet de constitution d'un corps expéditionnaire pour la Finlande.

« Celui-là a été relevé au début de l'année. L'information est parfaitement exacte. Ils étaient en train d'essayer de le localiser quand il s'est interrompu en pleine transmission, sans raison appréciable – peut-être a-t-il été dérangé. Il a repris quelques minutes plus tard mais il avait terminé avant que nos gars aient la chance de trouver ses coordonnées. »

Godliman interroge.

« Qu'est-ce que c'est que ça… "Meilleur souvenir à Willi" ?

— Ça, c'est important, explique Bloogs dont le ton s'anime. Voici le brouillon d'un autre message, tout à fait récent. Regardez : "Meilleur souvenir à Willi." Cette fois il y a une réponse. Elle est adressée à "Die Nadel".

— L'Aiguille ?

— Celui-là est un pro. Regardez-moi ses messages : concis, courts mais détaillés et sans aucune ambiguïté. »

Godliman examine les passages du second message.

« Il semble qu'il ait trait aux effets des bombardements.

— Il a certainement fait le tour de l'East End. C'est un pro, un vrai pro.

— Que savons-nous d'autre sur Die Nadel ? »

L'expression de juvénile enthousiasme de Bloggs disparaît.

« C'est tout, j'en ai peur.

— Son nom de code est Die Nadel, il signe "Meilleur souvenir à Willi" et il a des renseignements sûrs – c'est tout ?

— J'en ai bien peur, je vous le répète. »

Godliman s'assied sur le coin du bureau et regarde par la fenêtre. Sur le mur du bâtiment d'en face, sous le rebord sculpté d'une fenêtre, il aperçoit le nid d'une hirondelle.

« En partant de ça, quelles chances avons-nous de le prendre ?

— En partant de ça, pas la moindre », répond Bloggs en haussant les épaules.

V

C'est pour des endroits pareils que l'adjectif « désolé » a été inventé.

L'île est une bande de roche en forme de « J » qui sort tristement de la mer du Nord. Elle apparaît sur les cartes marines comme la moitié supérieure d'une canne brisée, parallèlement à l'Équateur mais infiniment plus au nord ; le bec de la canne pointe vers Aberdeen, son tronçon brisé, déchiqueté, menace le lointain Danemark. Elle a une quinzaine de kilomètres de longueur.

Sur ses côtes, les falaises surgissent de la mer glacée sans se soucier d'offrir la courtoisie d'une plage. Les vagues alors pilonnent le roc avec une rage impuissante ; un accès de colère qui dure depuis une dizaine de milliers d'années et que l'île ignore impunément.

Dans le demi-cercle intérieur du « J », la mer est plus calme ; là elle s'est ménagé un accueil plus agréable. Ses marées ont rejeté dans l'anse tant de sable, d'algues, de bois d'épaves, de galets, de coquillages qu'on y trouve aujourd'hui, entre le pied de la falaise et la ligne de marée, un croissant qui ressemble assez à de la terre ferme et même presque à une plage.

Chaque été, la végétation qui croît au sommet de la falaise laisse tomber une poignée de graines sur la plage, comme un homme fortuné lance une poignée de monnaie aux mendiants. Si l'hiver a été clément et que le printemps est précoce, quelques-unes de ces graines prendront faiblement racine, mais elles n'auront jamais assez de force pour fleurir et porter des graines à leur tour, si bien que la plage vit d'aumônes d'une année sur l'autre.

Sur l'île elle-même, sa propre terre gardée de l'atteinte des vagues par les falaises, de la verdure croît et prolifère. Cette végétation est constituée surtout d'herbe rude, bonne seulement à nourrir quelques moutons étiques mais assez résistante pour ancrer la terre à son lit de roc. Il s'y trouve aussi quelques buissons, épineux comme des oursins, qui offrent un abri aux lapins de garenne ; il y a enfin une escouade de conifères courageux accrochés à la pente de la colline sous le vent du côté est.

Les hautes terres sont le domaine de la bruyère. Tous les trois, quatre ans, l'homme – oui, il y a un homme ici –, l'homme met le feu à la bruyère, alors l'herbe fait son apparition et les moutons peuvent paître là aussi ; et elle chasse les moutons jusqu'à ce que l'homme incendie de nouveau.

Les lapins sont là parce qu'ils y sont nés, les moutons parce qu'on les y a amenés et l'homme pour garder les moutons, mais les oiseaux sont là parce qu'ils s'y plaisent. Il y en a des centaines de milliers : des pipits à longues pattes qui sifflent *pip pip pip* en prenant leur essor et *pi pi pi pi* en plongeant comme un Spitfire, soleil arrière, sur un Messerschmitt ; des râles, des genêts que l'homme aperçoit rarement, mais dont il sait bien qu'ils sont présents car leur crécelle l'empêche de dormir ; des corbeaux, des corneilles noires, des mouettes et d'innombrables goélands, et enfin un couple d'aigles royaux que l'homme tire lorsqu'il les voit car il sait – au mépris de ce que les naturalistes et les ornithologues d'Édimbourg peuvent lui dire –, il sait qu'ils se nourrissent d'agneaux vivants et non de carcasses d'animaux morts.

Le visiteur le plus assidu de l'île, c'est le vent. Il souffle en général du nord-est, de pays réellement froids où l'on trouve des fjords, des glaciers et des icebergs et il apporte souvent avec lui – présents indésirés – la neige ou la pluie battante et froide. Il arrive aussi parfois les mains vides, simplement pour le plaisir de hululer, de hurler et de faire le diable à quatre, d'écheveler les buissons, de coucher les arbres et de fouetter l'océan déchaîné en de nouveaux paroxysmes de rage écumante. Il ne cesse jamais, ce vent, et c'est là son erreur. S'il venait par crises, il pourrait prendre l'île par surprise et faire de sérieux dégâts, mais comme il souffle sans arrêt, l'île a appris à vivre avec lui.

Les plantes enfoncent de profondes racines, les lapins se réfugient au cœur des buissons, les arbres poussent le dos courbé d'avance sous les rafales, les oiseaux font leurs nids sur des corniches abritées et la maison de l'homme est basse, solide, construite par un artisan qui connaissait bien ce sacré vent.

Cette maison est de grosses pierres et d'ardoises grises couleur de la mer. Elle a d'étroites fenêtres, des portes bien ajustées et une cheminée sur son pignon de troncs de pin. Elle est assise au sommet de la colline à l'extrémité est de l'île, tout près de la cassure déchiquetée de la canne. Elle coiffe la colline, dans le vent et la pluie, non par bravade mais pour que l'homme puisse surveiller son troupeau.

Il y a une autre maison, très semblable, à quinze kilomètres de là, à l'autre bout de l'île, près de l'ébauche de plage mais personne ne l'habite. Il y avait une fois un autre homme. Il se croyait plus fort que l'île ; il croyait pouvoir faire pousser de l'avoine et des pommes de terre et élever quelques vaches. Il s'est battu trois longues années contre le vent, le froid et la terre avant de reconnaître son erreur. Après son départ, personne ne l'a remplacé dans cette maison.

C'est un endroit rude. Seule la rudesse permet d'y survivre : les choses coriaces comme le roc, le chiendent, les moutons les plus résistants, les oiseaux sauvages, les maisons trapues ou les hommes les plus durs.

C'est pour des endroits pareils que l'adjectif « désolé » a été inventé.

« On l'appelle Storm Island, l'île des Tempêtes, dit Alfred Rose. Je crois qu'elle vous plaira. »

Assis à la proue du bateau de pêche, David et Lucy Rose regardent au loin, au-dessus de la mer qui clapote. C'est une belle journée de novembre, froide et venteuse mais claire et sèche. Un soleil pâle brille sur les vaguelettes.

« Je l'ai achetée en 1926, explique papa Rose, quand nous nous attendions à une révolution et pensions que nous aurions besoin d'un coin où nous pourrions échapper aux classes laborieuses. C'est exactement l'endroit qu'il faut pour un convalescent. »

Lucy trouve cette jovialité un peu forcée, mais elle doit reconnaître que l'île est jolie, décoiffée par le vent, encore naturelle et fraîche. Et la décision qu'ils ont prise est raisonnable. Il leur fallait s'éloigner de la famille, recommencer leur vie de jeunes mariés et pourquoi aller s'installer dans une ville qui serait bombardée alors que ni l'un ni l'autre n'ont une santé qui leur permette de contribuer à l'effort du pays ? C'est alors que le père de David leur a appris qu'il avait une île à lui sur les côtes d'Écosse ; cela semblait trop beau pour être vrai.

« Le troupeau aussi est à moi, poursuit papa Rose. Le tondeur vient du continent au printemps et la laine rapporte à peu près assez pour payer les gages de Tom MacAvity. Le vieux Tom, c'est le berger.

— Quel âge a-t-il ? demande Lucy.

— Mon Dieu, il doit avoir dans les… soixante-dix ans.

— J'imagine qu'il doit être un peu excentrique. »

Le bateau s'engage dans l'anse et Lucy peut distinguer deux silhouettes : celles d'un homme et d'un chien.

« Excentrique ? Pas plus que vous ne le seriez si vous viviez seule ici depuis une bonne vingtaine d'années. Il parle à son chien.

— Quand venez-vous ici ? demande Lucy en s'adressant au pilote du petit bateau.

— Tous les quinze jours, m'dame. J'apporte à Tom ce qu'il a commandé et c'est pas grand-chose ; et aussi son courrier, ce qui est encore moins. Vous n'avez qu'à me donner votre liste, tous les lundis en quinze et si ce que vous voulez se trouve à Aberdeen, je vous l'rapporte. »

Il coupe le moteur et lance un cordage à Tom. Le chien aboie et court en rond, fou de joie. Lucy pose le pied sur le plat-bord et saute sur la jetée.

Tom lui serre la main. Son visage est comme le cuir d'un vieux fauteuil ; une pipe à couvercle est plantée dans sa bouche. Il est plus petit que Lucy mais large comme une porte de grange et il éclate de santé. Sa veste de tweed est la plus poilue qu'elle ait jamais vue, son sweater a dû être tricoté par sa sœur aînée ; enfin il porte une casquette à carreaux et des bottes militaires. Son nez, énorme, est rouge et veiné.

« Heureux de vous voir », dit-il, poli, aussi simplement que si elle était la dixième personne qu'il rencontre de la journée et non le premier visage humain qu'il ait vu depuis quatorze jours.

« Tiens, Tom, dit le patron en lui tendant deux cartons qu'il sort du bateau. Je n'ai pas pu te trouver d'œufs, cette fois, mais tu as une lettre qui vient du Devon.

— Ce doit être la nièce. »

Voilà qui explique le sweater, pense Lucy.

David est resté dans le bateau. Le patron se place derrière lui.

« Êtes-vous prêt ? » lui demande-t-il.

Tom et papa Rose se penchent pour donner un coup de main et, à eux trois, ils soulèvent David et son fauteuil roulant et le déposent sur la jetée.

« Si je ne pars pas tout de suite, il faudra que j'attende quinze jours le prochain autobus, dit papa Rose en souriant. La maison a été arrangée très joliment, vous verrez. Toutes vos affaires y sont. Tom vous fera voir tout ça. »

Il embrasse Lucy, serre l'épaule de son fils et la main de Tom.

« Passez quelques mois à vous reposer et à vivre en tête à tête, retrouvez la forme et revenez après ; il vous restera encore bien des choses à faire pour la défense nationale, n'ayez crainte. »

Ils ne reviendront pas avant la fin de la guerre, Lucy le sait. Mais elle ne l'a encore dit à personne.

Papa remonte à bord. Le bateau s'éloigne en décrivant un demi-cercle, Lucy agite le bras en signe d'adieu jusqu'à ce qu'il ait disparu derrière la pointe de l'île.

Tom pousse le fauteuil, Lucy porte les sacs d'épicerie. Entre la jetée et le sommet de la colline, une longue rampe abrupte et étroite s'élève au-dessus de la petite plage. Lucy aurait eu grand-peine à pousser le fauteuil roulant jusqu'au faîte mais Tom y arrive sans effort apparent.

Le cottage est, en effet, très joli.

Il est petit, gris, et abrité du vent par un repli de terrain. Toute la boiserie a été fraîchement repeinte et un buisson d'églantines pousse près de la porte. Des bouffées de fumée s'échappent de la cheminée et la brise les emporte. Les petites fenêtres donnent sur la baie.

« C'est adorable », dit Lucy.

L'intérieur a été briqué, aéré et repeint ; des tapis épais s'étendent sur les dalles. La maison comporte quatre pièces : au rez-de-chaussée, une cuisine moderne et un living-room avec une cheminée de pierre ; au premier, deux chambres. Dans l'une des ailes on a aménagé une salle de bains au premier et, au-dessous, une pièce contiguë à la cuisine.

Leurs vêtements sont dans les armoires. On a mis des serviettes dans la salle de bains et des provisions dans la cuisine.

« Il y a dans la grange quelque chose que je vais vous faire voir », annonce Tom.

C'est un appentis plutôt qu'une grange. Il est caché par le cottage et à l'intérieur attend une jeep flambant neuve.

« M. Rose a dit qu'elle avait été spécialement adaptée pour que le jeune M. Rose puisse la conduire. Le changement de vitesse est automatique et l'accélérateur et le frein marchent à la main. C'est M. Rose qui l'a dit. »

Il répète un peu les mots comme s'il les avait appris par cœur et ne semble pas avoir une idée même vague de ce que peuvent être un changement de vitesse, un frein et un accélérateur.

« N'est-ce pas super, David ? dit Lucy.

— Fantastique. Mais où diable irai-je avec ? »

Tom reprend :

« Vous serez toujours le bienvenu chez moi pour fumer une pipe et prendre une goutte de whisky. Il y a longtemps que j'attendais des voisins.

— Merci, dit Lucy.

— Ça, ici, c'est le générateur, dit Tom en le montrant du doigt. J'en ai un tout pareil. Vous mettez le fuel ici. Il fournit du courant alternatif.

— C'est curieux, dit David, les petits générateurs produisent généralement du courant continu.

— Bah ! Je ne vois pas très bien la différence, mais ils disent que c'est moins dangereux.

— C'est vrai. Si vous receviez une décharge de

celui-ci, elle vous culbuterait de l'autre côté de la pièce mais le courant continu vous tuerait. »

Ils rentrent au cottage.

« Bon, vous, il faut que vous vous installiez ; moi, je dois m'occuper du troupeau, alors je vous dis au revoir. Oh ! j'allais oublier... en cas d'urgence je peux appeler le continent par radio.

— Vous avez un émetteur ? fait David, étonné.

— Bien sûr, répond fièrement Tom. Je suis observateur dans le Corps royal d'observation aérienne. Et je signale le passage des avions ennemis.

— Vous en avez déjà vu ? »

Le ton ironique de David choque Lucy mais Tom ne semble pas l'avoir remarqué.

« Pas encore, répond-il.

— Formidable ! »

Après le départ de Tom, Lucy dit :

« Il veut simplement participer à l'effort de guerre.

— Il y a une foule de gens qui voudraient faire comme lui », répond David.

Et voilà bien le problème, pense Lucy qui laisse tomber la conversation et pousse son mari à l'intérieur de la maison.

Lorsqu'on avait prié Lucy d'aller voir le service de neuropsychologie de l'hôpital, elle en avait conclu aussitôt que David avait été touché au cerveau. Il n'en était rien.

« Tout ce qu'il a, c'est simplement une vilaine contusion à la tempe gauche, avait dit le spécialiste. Mais la perte de ses jambes est pour lui un traumatisme et il est impossible de savoir comment il réagira. Tenait-il beaucoup à être pilote ? »

Lucy réfléchit.

« Il avait peur, naturellement mais je suis sûre qu'il y tenait tout de même par-dessus tout.

— Alors, il aura besoin de vous pour le réconforter et lui rendre son assurance. Il faudra être très patiente, aussi. En tout cas, je peux vous prévenir qu'il éprouvera du ressentiment et qu'il sera irritable pendant quelque temps. Il lui faut de l'affection et du repos. »

Pourtant, pendant les premiers mois qu'ils ont passés dans l'île, on aurait dit qu'il n'avait besoin ni de l'un ni de l'autre. Il ne lui fait pas l'amour, peut-être attend-il que ses blessures soient entièrement cicatrisées ? Mais il ne se repose pas non plus. Il s'est jeté tête baissée dans l'élevage des moutons, parcourant l'île dans la jeep, son fauteuil amarré à l'arrière. Il pose des clôtures le long des falaises les plus escarpées, il tire les aigles à l'occasion, il a même aidé Tom à dresser un jeune chien quand Betsy a commencé à n'y plus voir, il brûle la bruyère et au printemps il a passé la plupart des nuits dehors à accoucher les brebis. Un jour, il a abattu près de la maison de Tom un grand sapin très vieux et il a passé une quinzaine de jours à le débiter en bûches qu'il portait au bûcher derrière la maison du berger. Il prend grand plaisir aux travaux manuels les plus durs. Il a appris à s'arrimer dans son fauteuil pour que son corps soit bien ancré lorsqu'il manie la hache ou le maillet. Et il a taillé une paire de massues avec lesquelles il s'entraîne pendant des heures quand Tom ne trouve plus rien à lui donner à faire. Les muscles de ses bras et de son dos sont maintenant énormes, presque grotesques, comme ceux des hommes qui se disputent le titre de monsieur Univers.

Lucy n'est pas malheureuse. Elle craignait qu'il ne passe toutes ses journées au coin du feu à remâcher son malheur. Sa rage de travail est bien un peu inquiétante parce qu'elle touche à l'obsession mais du moins ne vit-il pas comme un végétal.

Elle lui parle du bébé le jour de Noël.

Le matin, elle lui offre une tronçonneuse et il lui donne une pièce de soierie. Tom est venu dîner et ils font un sort à une oie sauvage qu'il a abattue. Après le thé, David rentre les moutons ; quand il revient, elle débouche une bouteille de cognac et elle annonce :

« J'ai un autre cadeau pour toi mais tu ne peux pas y toucher avant le mois de mai.

— Qu'est-ce que c'est que cette histoire ? demande-t-il en riant. Tu n'aurais pas un peu forcé sur le cognac pendant que j'étais dehors ?

— J'attends un enfant. »

Il la regarde abasourdi ; la gaieté a disparu de son visage.

« Dieu du ciel ! il ne nous manquait plus que ça !

— David !

— Enfin, bonsoir de sort... Je me demande bien quand c'est arrivé ?

— Ce n'est pas tellement difficile à savoir, non ? dit-elle. Cela doit remonter à une semaine avant notre mariage. C'est un miracle qu'il ait supporté l'accident.

— As-tu vu un médecin ?

— Heu... non. Quand ?

— Alors, tu n'en es pas certaine ?

— Oh ! David, ne complique pas tout ! J'en suis

certaine, parce que mes règles sont interrompues, que le bout des seins me fait mal, que je vomis tous les matins et que ma taille s'est élargie d'une dizaine de centimètres. Si tu me regardais de temps à autre, tu en serais certain, toi aussi.

— Bon. Bon.

— Qu'est-ce qu'il t'arrive ? Tu devrais être fou de joie !

— Ben voyons ! J'aurais peut-être un fils et alors nous irons nous promener et nous jouerons au football et il grandira en désirant être comme son père, ce héros de la guerre, cette espèce de connard de cul-de-jatte !

— Oh ! David, David, murmure-t-elle en s'agenouillant devant son fauteuil. David, ne parle pas comme ça. Il sera plein de respect pour toi, il essaiera de t'égaler parce que tu as rebâti ta vie, parce que, malgré ton fauteuil, tu peux faire le travail de deux hommes et parce que tu as supporté ton infirmité avec courage, avec sérénité et...

— Pas tant de condescendance, s'il te plaît ! aboie-t-il. Tu parles comme un sacré bon Dieu de curé. »

Elle se relève.

« Tout de même, on dirait que c'est ma faute. Les hommes, eux aussi, peuvent prendre des précautions, tu sais.

— Pas contre les camions invisibles dans le black-out ! »

Ce sont des mots ridicules et ils s'en rendent compte, Lucy se tait donc. Cette notion de Noël est devenue, d'un coup, ridicule : les papiers de couleur sur les murs, l'arbre dans le coin et les restes de l'oie sauvage qu'attend la poubelle – rien de tout cela ne compte plus dans sa vie. Elle se met à se demander ce qu'elle fait sur cette île désolée, avec un homme qui semble ne pas l'aimer, et enceinte d'un enfant dont il ne veut pas. Pourquoi ne s'en... oui, pourquoi pas... voyons, elle pourrait... Et puis elle se rend compte qu'elle ne peut aller nulle part, qu'elle ne peut faire rien d'autre de sa vie, qu'elle ne peut être personne d'autre que Mme David Rose.

« Bon, je vais me coucher », dit David un peu plus tard.

Il manœuvre seul son fauteuil, s'en arrache et monte les marches le dos tourné. Elle l'entend se traîner sur le plancher, elle entend le lit grincer lorsqu'il se hisse, elle entend tomber ses vêtements dans un coin quand il se déshabille puis la plainte finale des ressorts lorsqu'il s'étend et s'enveloppe dans les couvertures.

Mais elle ne pleurera pas.

Elle regarde la bouteille de cognac et pense : si je bois tout cela maintenant et que je prends un bain, je ne serai peut-être plus enceinte demain.

Elle y réfléchit longtemps jusqu'au moment où elle arrive à la conclusion que la vie sans David, sans l'île ni le bébé serait encore pire parce qu'elle serait vide.

Elle n'a pas pleuré, elle n'a pas bu le cognac et elle n'a pas quitté l'île, au contraire, elle est montée plus tard, elle s'est mise au lit et elle est demeurée éveillée auprès de son mari endormi, à écouter le vent, à essayer de ne pas penser, jusqu'à ce que les mouettes commencent à appeler, qu'une aube grise et pluvieuse se lève sur la mer du Nord et emplisse la petite chambre d'une pâle lueur froide ; et alors elle s'est endormie.

Une sorte de paix la gagne au printemps, comme si toutes les difficultés étaient ajournées jusqu'à ce que l'enfant soit né. Quand fond la neige de février, elle sème des fleurs et des légumes dans le carré de terre entre la cuisine et la remise, sans croire réellement qu'ils pousseront. Elle nettoie à fond la maison et déclare à David que, s'il entend qu'elle soit encore nettoyée avant le mois d'août, il devra le faire lui-même. Elle écrit à sa mère, tricote à pleines aiguilles et commande des couches par correspondance. Ses parents lui proposent de venir accoucher à la maison mais elle craint, elle sait, que si elle accepte, elle ne reviendra jamais. Elle fait de longues promenades sur la lande, un livre d'ornithologie sous le bras jusqu'à ce que le poids de son ventre la contraigne à ne pas s'éloigner. Elle a rangé la bouteille de cognac dans un placard que David n'ouvre jamais et lorsqu'elle se sent déprimée, elle la regarde et se rappelle ce qu'elle a failli perdre.

Trois semaines avant la date prévue pour la naissance, elle prend le bateau pour aller à Aberdeen. Sur la jetée, David et Tom lui font des signes d'adieu. La mer est si dure que le patron et elle aussi redoutent qu'elle n'accouche avant de toucher le continent. Elle passe quatre semaines à l'hôpital d'Aberdeen avant de ramener le bébé au cottage, par le même bateau.

David est resté étranger à tout cela. Il croit probablement que les femmes accouchent aussi facilement que les brebis, songe-t-elle. Il ne sait rien des souffrances, des contractions, de cette atroce, cette impossible extension, ni de la douleur qui suit, ni des infirmières abusives, qui savent tout et refusent de vous laisser toucher votre bébé parce que vous n'êtes pas adroite, efficace, habituée et aseptique comme elles le sont. Quant à lui, il vous a seulement vue vous en aller toute grosse et revenir avec un beau petit garçon, vigoureux, tout emmailloté de blanc et il a dit simplement :

« Nous l'appellerons Jonathan. »

Ils y ajoutent Alfred, pour le père de David, Malcolm, pour celui de Lucy et Thomas, pour le vieux Tom mais ils l'appellent Jo, parce qu'il est vraiment trop minuscule pour supporter Jonathan, sans parler de Jonathan, Alfred, Malcolm, Thomas Rose. David apprend à lui donner son biberon, à lui faire faire son rot, à changer ses couches et il le fait même parfois sauter sur ses genoux mais l'intérêt qu'il montre reste lointain, détaché. C'est pour lui comme une espèce de problème professionnel, comme ce l'est pour les infirmières. Tom est plus près du bébé que David. Lucy ne veut pas le laisser fumer dans la pièce où se trouve l'enfant et le vieil homme garde sa pipe avec son couvercle dans sa poche pendant des heures et il glousse, roucoule pour le petit Jo ou bien il le regarde agiter les pieds et aide même Lucy à lui donner son bain. Lucy lui demande gentiment s'il ne néglige pas ses moutons. Et Tom répond qu'ils n'ont pas besoin de lui pour les regarder paître et qu'il préfère regarder Jo téter. Il taille un hochet dans un morceau de bois d'épave, le garnit de petits galets et il est au comble de la joie lorsque Jo le saisit et le secoue aussitôt sans qu'on ait eu besoin de lui montrer comment faire.

David et Lucy ne font toujours pas l'amour.

Il y a eu d'abord ses blessures, puis elle a été enceinte et elle a eu ses relevailles mais désormais il n'y a plus de raison.

« Je suis de nouveau normale, dit-elle un soir.

— Que veux-tu dire ?

— Depuis le petit. Mon corps est normal de nouveau. Je suis rétablie.

— Ah ! je vois. Eh bien, tant mieux. »

Elle s'arrange pour se coucher en même temps que lui, de façon qu'il puisse la voir se déshabiller mais il a toujours le dos tourné.

Quand ils sont couchés, à demi endormis, elle bouge pour que sa main, sa cuisse ou son sein l'effleure, une invite fortuite mais claire. Aucune réaction.

Elle est intimement persuadée qu'elle n'est pas anormale. Elle n'est pas nymphomane – elle ne désire pas simplement faire l'amour, elle veut le faire avec David. Elle est sûre que même s'il y avait dans l'île un autre homme de moins de soixante-dix ans, elle ne serait pas tentée. Ce n'est pas une femelle en mal d'amour, c'est une épouse qui désire son mari.

La crise a éclaté une nuit, alors qu'ils étaient côte à côte, couchés sur le dos, bien éveillés et qu'ils écoutaient le vent hurler au-dehors et les bruits légers de Jo dans la chambre voisine. Lucy songe qu'il est temps que David se décide ou alors qu'il parle et dise pourquoi, mais il essaiera d'éviter l'explication si elle ne l'y force pas et pourquoi ne pas régler l'affaire maintenant ?

Elle passe donc son bras sur les cuisses de David et ouvre la bouche pour parler… et elle retient un cri de surprise en découvrant qu'il est en érection. Il peut donc faire l'amour ! Et il en a envie, sinon… sa main se referme triomphalement sur la preuve du désir, elle se rapproche encore plus de lui et soupire : « David…

— Oh ! pour l'amour du Ciel ! » lance-t-il en lui prenant la main pour la repousser avant de lui tourner le dos.

Mais elle est décidée cette fois à ne pas accepter sa rebuffade par un silence plein de réserve.

« David, pourquoi ?

— Seigneur ! »

Il écarte les couvertures, se laisse glisser sur le plancher, attrape l'édredon d'une main et se traîne vers la porte.

Lucy s'est dressée sur son séant.

« Pourquoi ? » répète-t-elle.

Jo se met à pleurer.

David retrousse alors les jambes vides de son pyjama, il montre le bourrelet de chair blanche sur ses moignons.

« Voilà pourquoi ! Voilà pourquoi ! » lui crie-t-il.

Il se glisse jusqu'en bas pour dormir sur le sofa et Lucy dans la chambre voisine pour consoler Jo.

Elle le berce longtemps avant qu'il se rendorme, sans doute parce qu'elle-même a grand besoin de consolation. Le bébé goûte le sel des larmes sur ses joues et elle se demande s'il a la moindre idée de ce qu'elles signifient – les larmes ne sont-elles pas l'une des premières choses qu'un bébé commence à comprendre ? Elle ne parvient pas à chanter ni même à lui dire que ce n'est rien, que tout va bien ; alors, elle le presse contre elle et le berce et lorsque c'est le bébé qui l'a enfin consolée par sa chaleur et l'étreinte de ses petites mains, il s'endort dans ses bras.

Elle le remet dans son berceau et reste un bon moment à le regarder. Inutile de regagner son lit. Elle peut entendre les ronflements caverneux de David dans le living-room – il prend des somnifères extrêmement puissants pour que la souffrance de ses blessures ne l'empêche pas de dormir. Il faut s'éloigner de lui, Lucy le sait, aller là où elle ne le verra ni ne l'entendra, là où il ne pourra pas la retrouver de quelques heures, même s'il en a envie. Elle passe un pantalon, un sweater, une veste et des bottes, elle descend doucement et sort.

La brume tournoie, humide et glaciale – la brume, spécialité de l'île. Elle relève le col de son manteau, songe à rentrer pour prendre une écharpe puis y renonce. Elle patauge dans le sentier boueux, heureuse que le brouillard la saisisse à la gorge, que la rudesse du temps lui fasse oublier la blessure qui est en elle.

Elle atteint le sommet de la falaise et s'engage prudemment sur la pente étroite, abrupte, posant soigneusement les pieds sur les planches glissantes. Arrivée en bas, elle saute sur le sable et va jusqu'au bord des flots.

Le vent et l'eau poursuivent leur lutte habituelle, le vent descend pour tourmenter les vagues, la mer siffle et crache en s'écrasant contre la terre, éternelle querelle...

Lucy avance sur le sable ferme, elle laisse sa tête s'emplir du bruit et de la fureur des éléments, elle marche jusqu'à l'endroit précis où la mer rencontre la falaise. Là, elle tourne les talons et revient. Elle va ainsi de long en large sur la plage toute la nuit. Quand l'aube se lève, une pensée lui vient tout à coup : « C'est sa manière d'être fort. »

Cette pensée ne lui est pas d'un grand secours, sa signification se trouve dans un poing fortement serré.

Mais elle la tourne et retourne assez longtemps pour que le poing s'ouvre et laisse apparaître enfin comme une petite perle de sagesse nichée au creux de sa paume : la froideur que David lui témoigne ne fait qu'un avec le fait qu'il abat des arbres, s'habille seul, conduit la jeep, s'entraîne avec ses massues et qu'il soit venu vivre sur un froid et cruel îlot de la mer du Nord...

Qu'a-t-il dit déjà ? « ... son père, ce héros de la guerre, cette espèce de connard de cul-de-jatte... » Il veut démontrer quelque chose, quelque chose qui paraîtrait banal exprimé par des mots ; quelque chose qu'il aurait réalisé s'il avait été pilote de chasse mais maintenant il n'a que des arbres, des haies, des massues et un fauteuil. Ils n'ont pas accepté qu'il passe l'examen et il veut pouvoir dire : « Je l'aurais réussi malgré tout, voyez à quel point je suis capable de souffrir. »

C'est cruel, injuste à crier : il a eu le courage et il a enduré les blessures mais il ne peut pas s'en montrer fier. Si un Messerschmitt lui avait enlevé les jambes, le fauteuil aurait été comme une médaille, l'emblème du courage. Mais maintenant, toute sa vie, il ne pourra que dire :

« C'était pendant la guerre... mais non, pas en combat, dans un accident de voiture. J'avais terminé le stage d'entraînement et je devais aller me battre, le lendemain ; j'avais vu mon zinc, une vraie merveille et... »

Oui, c'est sa manière d'être fort. Mais elle est capable d'être forte, elle aussi... elle peut trouver un moyen de relever les ruines de sa vie. Jadis David était bon et gentil et amoureux, elle pourrait apprendre maintenant à attendre patiemment pendant qu'il se bat pour redevenir l'homme intact qu'il était. Elle peut trouver de nouvelles espérances, de nouvelles choses qui vaillent la peine de vivre. D'autres femmes ont eu la force d'affronter les deuils, leur foyer écrasé par les bombes et leur mari dans un camp de prisonniers.

Elle ramasse un galet, lève le bras et lance de toute sa force la pierre dans la mer. Elle ne la voit ni ne l'entend tomber ; elle est peut-être partie pour toujours, tournant autour de la terre comme un satellite dans une légende spatiale.

« Moi aussi, je peux être forte, bon Dieu ! »

Alors, elle se retourne et remonte la pente qui conduit au cottage. C'est presque l'heure du premier biberon de Jo.

VI

Cela ressemble à un manoir et c'en est un, en quelque sorte… une vaste maison, sur sa propre terre, dans la petite ville ombragée de Wohldorf, à la sortie nord de Hambourg. Ce pourrait être la demeure d'un propriétaire de mine, d'un riche importateur ou d'un industriel. Mais, en fait, la maison appartient à l'Abwehr.

Elle doit ce destin au climat – pas celui d'ici mais celui qu'on trouve à trois cents kilomètres au sud-est de Berlin, où les conditions atmosphériques ne conviennent pas aux communications sans fil avec l'Angleterre.

C'est un manoir mais jusqu'au rez-de-chaussée seulement. Au-dessous, on trouve deux vastes abris de béton et pour plusieurs millions de marks de matériel radio. L'installation électronique a été réalisée par le major Werner Trautmann et elle est parfaite. Chaque salle comporte vingt cabines d'écoute insonorisées, occupées par des opérateurs capables de distinguer un espion au doigté avec lequel il transmet son message, aussi facilement que vous pouvez reconnaître l'écriture de votre mère sur une enveloppe.

Le matériel récepteur a été fabriqué en premier lieu pour sa qualité : les émetteurs ont été conçus davantage pour leur compacité que pour leur puissance. La plupart sont de petits postes-valises appelés *Klamotten*, qui ont été spécialement créés par Telefunken pour l'amiral Wilhelm Canaris, chef de l'Abwehr.

Ce soir-là, les ondes sont relativement calmes, si bien que tout le monde peut entendre l'appel de « l'Aiguille ». C'est l'un des opérateurs les plus anciens qui prend le message. Il pianote l'accusé de réception, transcrit la communication, détache vivement la feuille du bloc et va au téléphone. Il lit le message sur la ligne directe du quartier général de l'Abwehr, Sophien Terrasse, à Hambourg, puis il retourne à sa cabine et allume une cigarette.

Il en offre une au jeune opérateur de la cabine voisine et ils restent tous deux quelques minutes à fumer, adossés à la cloison.

« Du nouveau ? » demande le jeune homme.

L'ancien hausse les épaules.

« Il y a toujours du nouveau quand Die Nadel appelle. Cela dit, pas grand-chose cette fois. La Luftwaffe a encore loupé la cathédrale Saint-Paul.

— Pas de réponse pour lui ?

— On dirait qu'il n'attend jamais de réponse. C'est un mec indépendant, et pas depuis hier. C'est moi qui lui ai enseigné à transmettre et quand j'en ai eu terminé il croyait qu'il pianotait mieux que moi.

— Vous avez connu l'Aiguille ? Quel genre de type est-ce ?

— À peu près aussi marrant qu'un merlan bouilli. N'empêche qu'il est le meilleur agent que nous ayons.

Certains disent même le meilleur que nous ayons jamais eu. On raconte qu'il a passé cinq ans à franchir les échelons de la N.K.V.D. en Russie et qu'il a terminé comme l'un des collaborateurs les plus écoutés de Staline… Je ne sais pas si c'est vrai mais c'est le genre de trucs dont il est capable. Un vrai pro. Et le Führer le sait.

— Hitler le connaît ? »

L'ancien hoche le menton.

« À un certain moment, il lisait personnellement tous les messages de l'Aiguille. Je me demande s'il le fait toujours. C'est pas que ça impressionnerait notre gars. Rien n'impressionne ce type. Tu veux que je te dise ? Die Nadel regarde tout le monde de la même manière… comme s'il pensait à la façon dont il va s'y prendre pour te tuer si tu fais un geste de travers.

— Je suis bien content de ne pas l'avoir eu comme élève.

— Il apprend vite. Je dois le reconnaître. Il y a travaillé vingt-quatre heures par jour et lorsqu'il en est venu à bout il ne me disait même pas bonjour. Il faut qu'il fasse un effort pour se rappeler de saluer Canaris. Il signe toujours : "Meilleur souvenir à Willi." Voilà ce qu'il fait des galons. »

Ils terminent leur cigarette, jettent le mégot sur le sol et l'éteignent sous leurs bottes. Et l'ancien les ramasse, et les met dans sa poche parce qu'il est interdit de fumer dans l'abri. Les postes de radio restent muets.

« Et il refuse de se servir de son indicatif codé, reprend l'ancien. C'est von Braun qui le lui a donné et il ne l'aime pas. Il n'a jamais aimé von Braun non plus. Te rappelles-tu l'époque où – non, c'était avant ton arrivée –, l'époque où Braun avait dit à Die Nadel d'aller visiter l'aérodrome de Farnborough, dans le Kent ? La réponse est revenue aussi sec : « Il n'y a pas d'aérodrome à Farnborough, dans le Kent. Il y en a à Farnborough, dans le Hampshire. Heureusement, la Luftwaffe connaît mieux la géographie que vous, espèce de con. » Aussi vrai que je suis là.

— Il me semble que ça se comprend. Si nous faisons une erreur nous mettons leur vie en danger. »

L'ancien fronce les sourcils. C'est lui qui doit émettre ce genre de jugement et il n'aime pas que son public avance des opinions personnelles.

« Peut-être, concède-t-il de mauvaise grâce.

— Mais pourquoi l'Aiguille refuse-t-il de se servir de son indicatif codé ?

— Il dit que ce nom a une signification et qu'un indicatif codé qui signifie quelque chose peut faire repérer celui qui le porte. Von Braun n'a rien voulu entendre.

— Une signification ? L'Aiguille ? Laquelle ? »

Mais au même instant le poste de l'ancien se met à grésiller et il rentre dans sa cabine. Le jeune n'aura jamais l'explication qu'il attendait.

Deuxième partie

VII

Le message contrarie Faber parce qu'il l'oblige à affronter des problèmes qu'il a toujours évités.

Et Hambourg a fait tout ce qu'il fallait pour que le message lui parvienne. Il a lancé comme toujours son indicatif codé et au lieu de l'habituel « Bien reçu – à vous » ils ont répondu : « Allez au rendez-vous numéro un. »

Il accuse réception de l'ordre, transmet son rapport et remet son émetteur dans la valise. Puis il sort à bicyclette d'Erith Marshes – sa couverture est celle d'un ornithologiste – et il s'engage sur la route de Blackheath. En roulant vers son minuscule deux-pièces, il se demande s'il va respecter l'ordre reçu.

Faber a deux raisons de désobéir : l'une d'ordre professionnel, l'autre personnelle.

La raison professionnelle, c'est que « rendez-vous numéro un » est un code vétuste, établi par Canaris en 1937. Cela signifie qu'il doit aller à la porte d'une certaine boutique entre Leicester Square et Piccadilly Circus pour rencontrer un autre agent. Les agents se reconnaîtront parce qu'ils porteront chacun une bible. Et ils échangeront un dialogue convenu.

« Quel est le chapitre du jour ?
— Ier Livre des Rois, verset 13. »

Alors et s'ils sont certains de n'avoir pas été suivis, ils conviendront que le verset est « tout à fait édifiant ». Sinon l'un des deux dira : « Je regrette mais je ne l'ai pas lu encore. »

La boutique peut fort bien n'être plus là mais ce n'est pas ce qui inquiète Faber. Il songe que Canaris a probablement dû passer ce code à la bande d'amateurs balourds qui ont traversé la Manche en 1940 pour tomber dans les bras du MI 5. Faber sait qu'ils ont été arrêtés parce que les pendaisons ont été annoncées dans la presse, pour convaincre sans aucun doute le public que l'on s'occupait sérieusement de la Cinquième Colonne. Or, ils ont certainement parlé avant de mourir et les Anglais connaissent donc plus que probablement ce vieux système de rendez-vous. S'ils ont capté le message de Hambourg, la porte de la boutique doit être peuplée en ce moment de jeunes Anglais diserts porteurs de bibles et s'entraînant à dire « tout à fait édifiant » avec l'accent allemand.

L'Abwehr a fait foin des professionnels aux beaux jours où l'invasion semblait imminente. Depuis, Faber se méfie des gens de Hambourg comme de la peste. Il refuse de leur donner son adresse et d'entrer en relation avec leurs agents en Angleterre ; et il change la fréquence qu'il utilise pour ses transmissions sans se soucier de piétiner celle d'un autre.

S'il avait toujours obéi à ses patrons, il n'aurait pas tenu aussi longtemps.

En arrivant à Woolwich, Faber est rejoint par une foule de cyclistes, dont de nombreuses femmes ; c'est l'heure où les ouvriers de l'équipe de jour quittent l'usine de munitions à la fin de leur service. Leur joyeuse fatigue rappelle à Faber sa raison personnelle de désobéissance : il songe que ceux de son camp sont en train de perdre la guerre.

En tout cas, ils ne sont certes pas en train de la gagner. Les Russes et les Américains s'en sont mêlés, l'Afrique est perdue, les Italiens se sont effondrés et les Alliés vont certainement débarquer en France en cette année 1944.

Faber ne veut pas risquer sa vie pour rien.

Il arrive chez lui et gare sa bicyclette. Et pendant qu'il se rafraîchit le visage il se rend compte que, contre toute logique, il tient à aller à ce rendez-vous.

C'est un risque insensé, qu'il prend pour une cause perdue et pourtant, il n'y peut rien. Et pour la simple raison qu'il s'ennuie à crever. La routine des messages, l'observation des oiseaux, la bicyclette, l'heure du thé à la pension de famille – il y a quatre ans qu'il n'a pas fait l'expérience de quelque chose qui ressemble à la guerre. Il lui semble pourtant qu'aucun danger ne le menace et cela le rend nerveux parce qu'il imagine des menaces inconnues. Il n'est heureux que lorsqu'il peut courir un risque et prendre les mesures qui s'imposent pour le neutraliser.

Oui, il ira au rendez-vous. Mais il ne procédera pas comme ils s'y attendent.

Le West End de Londres est toujours très fréquenté malgré la guerre ; Faber se demande si l'on rencontre la même foule à Berlin. Il achète une bible à la librairie

Hatchard, dans Piccadilly et la cache dans une poche intérieure de son veston. Le temps est doux, humide, avec par moments un peu de crachin et Faber porte un parapluie sous le bras.

Ce rendez-vous numéro un est fixé soit entre neuf heures et dix heures du matin, soit entre cinq et six, l'après-midi. Il est entendu que l'on s'y rend chaque jour jusqu'à ce que l'autre y paraisse. Si la rencontre ne s'est pas réalisée au cours des cinq premiers jours, on n'y va plus qu'un jour sur deux pendant les deux semaines suivantes. Ensuite, on renonce.

Faber arrive à Leicester Square à 9 h 10. Son contact est bien là, à la porte d'un marchand de tabac, une bible reliée de noir sous le bras et il fait semblant de s'abriter de la pluie. Faber l'aperçoit du coin de l'œil et presse le pas, tête basse. C'est un jeune homme à moustache blonde et apparemment bien nourri. Il porte un imperméable croisé noir ; il lit le *Daily Express* et mâche de la gomme. Faber ne le connaît pas.

Lorsqu'il passe pour la seconde fois sur l'autre trottoir, il repère le policier. Un petit homme trapu, avec le trench-coat et le chapeau mou favoris des policiers anglais en civil, attend dans le hall d'un immeuble commercial, surveillant à travers les portes vitrées l'homme qui s'abrite de l'autre côté de la rue sous le porche du marchand de tabac.

Il existe deux possibilités. Si l'agent ignore qu'il est suivi, Faber n'a qu'à l'éloigner du lieu de rendez-vous et dépister l'homme qui le file. Mais il est possible que l'agent se soit fait pincer et que l'amateur de bible qui attend sous le porche soit à l'ennemi. Dans ce cas, ni l'homme ni le policier ne doivent voir le visage de Faber.

Faber imagine le pire et cherche le moyen de résoudre le problème.

Il y a dans le square une cabine téléphonique. Faber y entre et apprend par cœur le numéro d'appel. Puis il trouve dans la bible le Ier Livre des Rois, verset 13, arrache la page et écrit dans la marge : « Allez à la cabine téléphonique du square. »

Il s'engage dans les rues derrière le Musée national et finit par trouver un gamin de dix ou onze ans, assis sur le seuil d'une porte et qui jette des cailloux dans une flaque d'eau.

Faber s'adresse au gosse.

« Tu connais le marchand de tabac du square ?

— Ouais.

— Tu aimes le chewing-gum ?

— Ouais. »

Faber lui donne la page arrachée à sa bible.

« Il y a un monsieur devant la porte du marchand de tabac. Si tu lui donnes ça, il te donnera du chewing-gum.

— Chouette, dit le gosse en se levant. C'est un Amerloque, ce mec ?

— Ouais », répond Faber.

Le gamin s'en va. Faber le suit. Au moment où le petit approche de l'agent, Faber se dissimule sous le porche de l'immeuble d'en face. Le policier est toujours là, surveillant son homme à travers les portes vitrées. Faber se place juste devant la porte, il ouvre son parapluie masquant au policier la scène qui se déroule de l'autre côté de la rue. Faber semble avoir beaucoup de mal à ouvrir son pépin. Ce qui ne l'empêche pas de voir l'agent donner quelque chose au gosse et s'éloigner.

Il met fin au sketch du parapluie et s'en va dans la direction opposée à celle de l'agent. Par-dessus son épaule, il voit le policier foncer dans la rue à la recherche de l'agent disparu.

Faber s'arrête à une cabine téléphonique et compose le numéro de la cabine du square. Il attend la communication quelques minutes. Enfin, une voix profonde lance : « Allô ?

— Quel est le chapitre du jour ? interroge Faber.

— Ier Livre des Rois, verset 13.

— Tout à fait édifiant.

— Oui, n'est-ce pas ? »

L'imbécile n'a aucune idée de la situation dans laquelle il se trouve, songe Faber.

« Alors ? demande-t-il.

— Il faut que je vous voie.

— Impossible.

— Mais il le faut ! » Il a dans la voix un accent proche du désespoir, se dit Faber. « Le message vient vraiment du sommet... comprenez-vous ? »

Faber semble hésiter.

« Bon, très bien alors. Je vous verrai dans une semaine jour pour jour sous le portail de la gare d'Euston à neuf heures du matin.

— On ne peut pas se voir plus vite ? »

Faber raccroche et sort. Marchant rapidement, il tourne deux coins de rue et arrive en vue de la cabine du square. Il voit l'agent prendre la direction de Piccadilly. Le suiveur a disparu. Faber se met à suivre l'agent.

L'agent descend dans la station de métro de Piccadilly Circus et prend un ticket pour Stockwell. Faber se rappelle aussitôt qu'il peut y arriver par une voie plus directe. Il sort, s'en va rapidement à Leicester Square et monte à bord d'une rame de la Northern Line. L'agent, lui, devra changer à Waterloo alors que la ligne de Faber est directe ; il arrivera donc le premier à Stockwell ou, au pire, ils arriveront tous les deux par le même train.

En fait, Faber doit attendre vingt-cinq minutes avant de voir l'agent sortir de terre à la station de Stockwell. Faber reprend sa filature. L'agent entre dans un café.

Il n'y a en vue aucun endroit plausible où un homme puisse rester à attendre : pas de vitrine à examiner, pas un banc où s'asseoir ni de jardin pour se promener, pas d'arrêt d'autobus, de station de taxis ou de bâtiments publics. Faber est donc obligé d'aller et venir dans la rue, toujours de l'allure de quelqu'un qui sait où il va jusqu'au moment où l'on ne peut plus le voir du café, il revient alors de la même manière sur le trottoir opposé... pendant que l'agent reste bien au chaud dans le café, à boire son thé accompagné de rôties grillées.

Il en sort enfin une bonne demi-heure plus tard. Faber le suit le long d'artères résidentielles. L'agent n'est pas pressé. Il marche comme quelqu'un qui rentre chez lui et n'a plus rien à faire de la journée. Jamais il ne lance un coup d'œil derrière lui. Faber en conclut : encore un amateur.

Enfin l'agent pénètre dans une maison – l'une de ces modestes maisons meublées, anonymes, discrètes, faites sur mesure un peu partout pour les espions et les maris inconstants. Il y a sur le toit une fenêtre mansardée ; ce doit être la chambre choisie par l'agent parce que les transmissions y sont meilleures.

Faber dépasse la maison, scrutant le trottoir d'en face. Oui… là. Un mouvement à une fenêtre élevée, la brève vision d'un veston et d'une cravate, un visage qui guettait et disparaît – oui, l'autre camp est là, lui aussi. L'agent a dû aller déjà hier au rendez-vous, ce qui a permis au MI 5 de le suivre jusque chez lui – à moins, bien sûr, qu'il ne soit du MI 5 lui-même.

Au coin de la rue, Faber s'engage dans une rue parallèle ; il compte les maisons. Presque exactement derrière l'endroit où l'agent est entré se trouve la carcasse de deux maisons jumelles soufflées par une bombe. Excellent.

En retournant à la station de métro son pas est plus décidé, son cœur bat un peu plus vite et ses yeux inspectent ce qui l'entoure avec un intérêt tout neuf. C'est bien agréable. La chasse est relancée.

Ce soir-là, il s'habille de noir – un béret de laine, un pull à col roulé, sous un court blouson d'aviateur, le bas du pantalon rentré dans les chaussettes, chaussures à semelles de caoutchouc –, tout est noir. Il sera presque invisible puisque Londres, lui aussi, baigne dans le noir.

Il pédale par les rues tranquilles avec sa lanterne camouflée, évitant les grandes artères. Il est minuit passé, il ne rencontre personne. Faber laisse sa bicyclette à cinq mètres de sa destination, et l'enchaîne à la barrière de la cour d'un pub.

Il gagne, non pas le domicile de l'agent, mais la carcasse des deux maisons jumelles dans la rue voisine. Il avance prudemment dans les décombres du jardinet, passe par la porte béante et va jusqu'au fond de la ruine. Il fait très sombre. Un lourd écran de nuages bas cache la lune et les étoiles. Faber se hasarde doucement, les mains tendues devant lui.

Il est bientôt au fond de la cour, saute une barrière et traverse les deux cours voisines. Dans l'une des maisons, un chien aboie un moment.

Le jardin de la maison meublée est en friche. Il trébuche sur un buisson de ronces. Les épines lui griffent le visage. Il se courbe pour passer sous une corde à linge – il fait assez clair pour qu'il ait pu l'éviter.

Il trouve la fenêtre de la cuisine et prend dans sa poche un cure-pipe. Le mastic qui encadre la vitre est vieux, friable et il est déjà tombé tout seul par endroits. Après vingt minutes d'un travail silencieux, il sort la vitre de son cadre et la pose doucement dans l'herbe. D'un éclair de sa lampe de poche dans l'ouverture, il s'assure qu'il n'y a pas dans la pièce d'obstacles bruyants sur son chemin, il ouvre le loquet, soulève le panneau de la fenêtre et se hisse à l'intérieur.

La maison obscure sent le poisson frit et le désinfectant. Avant de pénétrer dans le hall, Faber déverrouille la porte de derrière – sage précaution en cas de départ précipité. Un nouvel éclair de sa lampe lui révèle un corridor dallé, un guéridon-rognon qu'il doit contourner, un alignement de manteaux accrochés et, à droite, un escalier tapissé de moquette.

Il monte silencieusement.

À mi-chemin du palier du second, il aperçoit de la lumière sous une porte. Une demi-seconde plus tard, on entend une toux d'asthmatique et le bruit d'une chasse d'eau. Faber est à la porte en deux enjambées et s'immobilise, plaqué contre le mur.

La lumière inonde le palier lorsque la porte s'ouvre. Faber tire le stylet de sa manche. Le vieil homme sort des toilettes et traverse le palier en oubliant d'éteindre. Arrivé à la porte de sa chambre, il grogne, se retourne et revient sur ses pas.

Il me voit sûrement, pense Faber. Il étreint la poignée de son arme. Les yeux à demi ouverts du vieillard fixent le sol. Il lève la tête pour actionner l'interrupteur et Faber va le tuer à cet instant... Mais l'homme tâtonne et Faber comprend qu'il est presque en état de somnambulisme.

La lumière éteinte, le vieillard retourne à son lit en traînant les pieds et Faber respire à nouveau.

Il n'y a qu'une seule porte sur le palier du deuxième étage. Faber essaie de l'ouvrir en silence. Elle est fermée à clef.

Il sort un autre outil de sa poche de veston. Le bruit du réservoir de la chasse d'eau qui se remplit couvre celui que fait Faber en forçant la serrure. Il ouvre la porte et tend l'oreille.

On entend le souffle d'une respiration lente et régulière. Faber entre. Le souffle vient de l'autre coin de la pièce. On ne voit rien. Il traverse la chambre obscure très lentement, tâtonnant dans le vide devant lui à chaque pas. Il arrive près du lit.

La lampe dans la main gauche, le stylet prêt dans sa manche, sa main droite est libre. Il allume sa lampe et serre à l'étrangler la gorge de l'homme endormi.

Les yeux de l'agent s'ouvrent brusquement mais il ne peut pas souffler mot. Faber enjambe le lit et s'assoit sur l'homme, avant de murmurer : « Ier Livre des Rois, verset 13 » et de relâcher sa prise.

L'agent regarde : dans le faisceau de lumière, il essaie d'apercevoir le visage de Faber et se frotte le cou à l'endroit que serrait la poigne de son visiteur.

« Pas un geste ! »

Faber dirige la lumière dans les yeux de l'agent et de la main droite il sort le stylet.

« Vous me laisserez bien me lever ?

— Je préfère vous voir au lit, là où vous ne pouvez plus faire de mal.

— Du mal ? Quel mal ?

— On vous guettait à Leicester Square. Vous n'avez pas remarqué que je vous ai suivi jusqu'ici et ils surveillent cette maison. Alors, puis-je réellement vous laisser faire quoi que ce soit ?

— Mon Dieu ! Pardonnez-moi.

— Pourquoi vous ont-ils envoyé ?

— Le message devait être délivré personnellement. Les ordres viennent d'en haut. Du véritable sommet… » L'agent s'arrête brusquement.

« Alors ? Ces ordres ?

— Je… Je dois m'assurer que vous en êtes bien le destinataire.

— Comment pouvez-vous en être sûr ?

— Il faut que je voie votre visage. »

Faber hésite, puis il avance la tête dans le faisceau lumineux de la lampe.

« Vous avez vu ?

— Die Nadel !

— Et vous, qui êtes-vous ?

— Major Friedrich Kaldor, mon colonel.

— Je ne suis pas colonel.

— Oh ! mais si ! Vous avez été promu deux fois en votre absence. Vous êtes maintenant lieutenant-colonel.

— Ils n'ont vraiment rien de mieux à faire à Hambourg ?

— Cela ne vous fait pas plaisir ?

— Ce qui me ferait plaisir, c'est de retourner là-bas et de foutre le major von Braun de corvée de chiottes.

— Puis-je me lever, mon colonel ?

— Certainement pas. Et si le major Kaldor était en ce moment emprisonné à Wandsworth et que vous assumiez son rôle, en attendant de faire signe à vos petits camarades de la maison d'en face ?... Alors, vite, quels sont ces ordres qui tombent du sommet ?

— Eh bien, mon colonel, nous pensons qu'il y aura un débarquement en France cette année.

— Brillant ! Tout à fait brillant ! Continuez.

— Ils pensent que le général Patton rassemble le 1er groupe d'armées dans une partie de l'Angleterre connue sous le nom d'East Anglia. Si cette armée est bien la force d'invasion, il s'ensuit qu'ils débarqueront par le Pas-de-Calais.

— C'est logique. Mais je n'ai relevé aucune trace de cette armée de Patton.

— On en doute également dans les hautes sphères de Berlin. L'astrologue du Führer...

— Quoi ?

— Mais oui, mon colonel, le Führer a un astrologue qui lui dit de défendre la Normandie.

— Dieu de Dieu ! Ils en sont là, au pays ?

— Oh ! les avis de source moins extraterrestre ne lui manquent pas ! Personnellement, je pense que le

Führer se sert de l'astrologue comme excuse quand il sent que les généraux se trompent mais qu'il ne trouve rien à opposer à leurs arguments. »

Faber soupire. Voilà précisément le type de nouvelles qu'il redoutait d'apprendre.

« Continuez, dit-il.

— Votre mission consiste à évaluer la force de ce groupe d'armées : effectifs, artillerie, appui aérien...

— Je sais comment on évalue une armée.

— Oh ! pardon. » L'agent se tait un instant avant de reprendre. « J'ai reçu l'ordre de souligner l'importance de cette mission, mon colonel.

— Vous venez de le faire. Dites-moi, les choses vont si mal à Berlin ? »

L'agent hésite.

« Non, mon colonel. Le moral est élevé, la production de munitions augmente chaque mois, la population se moque des bombardiers de la R.A.F...

— Ça va, ça va, je peux écouter la propagande sur mon poste de radio. »

Le jeune officier se tait.

« Avez-vous d'autres choses à me dire ? reprend Faber. Officiellement, du moins.

— Oui. Pour cette mission on vous a organisé une "sortie de secours" spéciale.

— Ils pensent vraiment que c'est important, alors.

— Vous avez rendez-vous avec un sous-marin dans la mer du Nord, à dix milles à l'est d'une ville appelée Aberdeen. Il vous suffit de les appeler sur votre fréquence habituelle et ils feront surface. Dès que vous ou moi aurons signalé à Hambourg que les ordres vous ont bien été transmis, la voie sera ouverte. Le sous-marin sera au point convenu tous les vendredis et tous les lundis, à partir de six heures du soir et il attendra jusqu'à six heures du matin.

— Aberdeen est une grande ville. Avez-vous des coordonnées plus précises ?

— Oui, répond l'agent en citant des chiffres que Faber enregistre.

— C'est tout, major ?

— Oui, mon colonel.

— Que comptez-vous faire pour le gentleman du MI 5 qui attend dans la maison d'en face ?

— Il faudra que je le perde en route », répond l'agent avec un geste insouciant.

Cela ne tient pas debout, estime Faber.

« Quels sont vos ordres après notre entrevue ? Avez-vous une filière ?

— Non, je dois me rendre dans une ville appelée Weymouth et y voler un bateau pour rentrer en France. »

Ce n'est pas une véritable filière. C'est puéril. Donc, songe Faber, Canaris savait comment cela se terminerait. Parfait, Willi. Comme il vous plaira.

« Et si vous êtes pris par les Anglais et torturé ?

— J'ai une pilule-suicide.

— Et vous l'avalerez ?

— Sans aucun doute. »

Faber l'examine.

« Je vous crois », dit-il.

Il pose sa main gauche sur la poitrine de l'agent et s'y appuie comme pour se lever. Il peut ainsi déceler exactement où se termine la cage thoracique. Il enfonce la pointe du stylet juste au-dessous des côtes et pousse jusqu'au cœur.

Les yeux de l'agent s'agrandissent une seconde. Un râle monte jusqu'à sa gorge mais n'en sort pas. Son corps se convulse. Faber enfonce le stylet plus avant. Les yeux se ferment et le corps se détend.

« Tu avais vu mon visage », dit Faber.

VIII

« Nous ne savons plus où nous en sommes », dit Percival Godliman.

Frederick Bloggs acquiesce d'un hochement de menton.

« C'est ma faute », dit-il.

Cet homme paraît las, pense Godliman. Il a cet air-là depuis près d'un an, depuis que l'on a sorti des décombres d'une maison bombardée à Hoxton le corps écrasé de sa femme.

« Ce n'est pas de savoir qui blâmer qui m'intéresse, explique Godliman. Ce qui m'intéresse, c'est qu'il s'est passé quelque chose à Leicester Square pendant les quelques secondes où vous avez perdu Blondie de vue.

— Croyez-vous que le contact ait été pris ?

— C'est possible.

— Quand nous avons retrouvé sa piste à Stockwell, j'ai cru qu'il avait simplement renoncé pour la journée.

— S'il en était ainsi il aurait été de nouveau au rendez-vous hier et aujourd'hui. » Godliman fait des dessins en assemblant des allumettes sur son bureau, une manière de réfléchir qui lui est venue dernièrement. « Toujours rien de nouveau du côté de son meublé ?

— Rien. Il n'a pas bougé depuis quarante-huit heures. Tout cela est ma faute, répète Bloggs.

— Vous m'emmerdez, mon vieux, dit Godliman. C'est moi qui ai décidé de le laisser courir pour qu'il nous conduise à quelqu'un d'autre et je persiste à penser que c'était une bonne idée. »

Bloggs reste figé, impassible, les mains dans les poches de son imperméable.

« Si le contact a été pris, nous ne devrions pas attendre pour ramasser Blondie, et savoir quelle était sa mission.

— Et de cette manière nous perdons la chance qui nous reste encore de le suivre jusqu'à quelqu'un de plus important.

— À vous de décider. »

Godliman a dessiné une église avec ses allumettes. Il l'observe un moment puis tire un penny de sa poche et le lance en l'air.

« Pile, annonce-t-il. Laissons-lui encore vingt-quatre heures. »

Le propriétaire est un républicain irlandais d'une quarantaine d'années, natif de Lisdoonvarna, dans le comté de Clare, et qui nourrit le secret espoir que les Allemands gagneront la guerre et qu'ils libéreront pour toujours la verte Érin de l'oppression anglaise. Arthritique, il boitille toute la journée dans sa vieille baraque, en recueillant ses loyers hebdomadaires et en pensant à la fortune qu'il aurait s'il lui était permis de les hausser à leur valeur véritable. Il n'est pas riche – il ne possède que deux maisons, celle-ci et une plus petite où il habite. Il est perpétuellement d'une humeur massacrante.

Au premier étage, il frappe à la porte du vieil homme. Ce pensionnaire-là est toujours heureux de le voir. Il serait sans doute heureux de voir n'importe qui.

« Bonjour, monsieur Riley, dit-il. Puis-je vous offrir une tasse de thé ?

— Pas le temps aujourd'hui.

— Ah ! bon, dit le vieil homme en lui remettant l'argent. J'imagine que vous avez vu la fenêtre de la cuisine.

— Non, je n'y suis pas encore allé.

— Ah ! eh bien, il manque un carreau. J'ai bouché l'ouverture avec du rideau de black-out mais évidemment il y a un courant d'air.

— Qui l'a cassé ? demande le propriétaire.

— C'est drôle, il n'est pas cassé. Il est tout simplement posé dans l'herbe. Il faut croire que le mastic a cédé. Je le remettrai en place moi-même si vous pouvez trouver du mastic. »

Vieil imbécile, songe le propriétaire qui dit :

« Vous n'avez pas pensé un instant à un cambriolage ? »

Le vieux en est ahuri.

« Ça ne m'est pas venu à l'idée, en effet.

— Manque-t-il quelque chose chez quelqu'un ?

— Personne ne m'en a parlé. »

Le propriétaire va à la porte.

« Bon, je jetterai un coup d'œil en descendant. »

Le vieil homme le suit sur le palier.

« Je ne crois pas que le jeune type du dessus soit chez lui, dit-il. Je ne l'ai pas entendu bouger depuis deux jours. »

Le propriétaire renifle.

« On dirait qu'il a fait de la cuisine dans sa chambre, non ?

— Je n'en sais rien, monsieur Riley. »

Les deux hommes montent.

« S'il est chez lui, il ne fait vraiment pas de bruit, observe le vieux.

— Je ne sais pas ce qu'il peut cuisiner mais il faudra qu'il arrête. Ça sent vraiment trop mauvais. »

Le propriétaire frappe à la porte. Pas de réponse. Il ouvre et il entre, suivi de son vénérable pensionnaire.

« Tiens, tiens, tiens, déclare allègrement le vieux brigadier. J'ai l'impression que vous en avez un de mort. » Il reste sur le seuil de la porte à examiner la pièce. « Vous n'avez rien touché, Paddy[1] ?

— Non, répond le propriétaire. Et l'on dit : monsieur Riley. »

Le policier ne l'entend même pas.

« Il n'est pas mort depuis très longtemps. J'en ai déjà respiré de pires. »

Son regard inspecte la vieille commode, la valise sur la table basse, le carré de tapis fané, les rideaux sales de la fenêtre mansardée et le lit froissé dans le coin. Aucun signe de lutte.

---

1. Surnom familier et un peu péjoratif donné aux Irlandais par les Anglais.

Il approche du lit. Le visage du jeune homme est calme ; il a les mains croisées sur la poitrine.

« Je pencherais pour une crise cardiaque, s'il n'était pas si jeune. »

Aucun flacon vidé de ses pilules pour laisser supposer un suicide. Il prend le portefeuille de cuir sur la commode et en examine le contenu : une carte d'identité, une carte d'alimentation et une liasse assez épaisse de billets de banque.

« Ses papiers sont en ordre et il n'a pas été volé.

— Il est descendu ici il y a à peu près une semaine, explique le propriétaire. Je ne sais vraiment pas grand-chose de lui. Il est venu du nord du pays de Galles pour travailler en usine.

— Mais, observe le sergent, s'il était en aussi bonne santé qu'il le paraît il aurait dû être dans l'armée, dit le policier en ouvrant la valise. Sacré bon Dieu ! qu'est-ce que c'est que ça ? »

Le propriétaire et le vieux sont peu à peu entrés dans la chambre.

« C'est un poste de radio, dit le propriétaire au moment précis où le vieil homme s'écrie : Il saigne !

— Ne touchez pas au corps, ordonne le sergent.

— Il a reçu un coup de couteau dans les tripes », insiste le vieux.

Prudemment, le sergent écarte une des mains de la poitrine du mort : un mince filet de sang séché apparaît.

« Vous voulez dire : "Il a saigné." Où est le téléphone ? demande-t-il.

— À cinq portes de la maison, répond le propriétaire.

— Fermez cette pièce et ne bougez pas jusqu'à ce que je revienne. »

Le sergent sort dans la rue et cogne à la porte du voisin qui a le téléphone. Une femme ouvre.

« Bonjour, madame. Puis-je me servir de votre téléphone ?

— Entrez, dit-elle en lui montrant l'appareil posé sur une table. Qu'est-ce qui se passe… quelque chose d'intéressant ?

— Un locataire est mort dans la maison meublée du bout de la rue, répond le policeman en composant son numéro.

— Assassiné ? demande-t-elle les yeux brillant de curiosité.

— Je laisse aux experts le soin de nous le dire. Allô ? Le commissaire Jones, s'il vous plaît. Ici, Canter. » Il jette un coup d'œil à la femme. « Puis-je vous demander d'aller attendre dans votre cuisine pendant que je parle à mon patron ? »

Elle sort, visiblement déçue.

« Allô, commissaire. Ce cadavre est titulaire d'un coup de couteau et d'un poste de radio dans une valise.

— Rappelez-moi l'adresse, sergent. »

Le sergent Canter la lui donne.

« Oui, c'est bien celui qu'ils surveillaient. C'est une affaire du MI 5, sergent. Allez au 42 et dites à l'équipe de garde ce que vous avez découvert. Je vais appeler leur patron. Foncez ! »

Canter remercie la femme et traverse la rue. Il est au comble de l'excitation ; c'est seulement sa deuxième affaire de meurtre depuis trente-deux ans qu'il sert dans la police et celle-là se complique d'une histoire d'espionnage ! Il pourrait bien être nommé inspecteur finalement.

Il frappe à la porte du 42. Elle s'ouvre et deux hommes sont là.

« Êtes-vous les agents secrets du MI 5 ? » demande le sergent Canter.

Bloggs arrive en même temps qu'un homme de la Section politique, l'inspecteur Harris – il le connaît depuis le temps où il appartenait, lui aussi, à Scotland Yard. Canter leur montre le corps.

Ils restent un moment à regarder le jeune visage paisible avec sa moustache blonde.

« Qui est-ce ? demande Harris.

— Son nom de code est Blondie, dit Bloggs. Nous pensons qu'il a été parachuté il y a une quinzaine de jours. Nous avons capté un message radio qui arrangeait un rendez-vous avec un autre agent. Comme nous connaissions le code, aller surveiller discrètement le lieu de leur rencontre était facile. Nous espérions que Blondie nous conduirait à l'agent résident qui doit être un spécimen infiniment plus dangereux.

— Alors, que s'est-il passé ici ?

— Je veux bien être pendu si j'en ai la moindre idée. »

Harris examine la blessure à la poitrine de l'agent.

« Stylet ?

— Quelque chose comme ça. Du travail soigné. Sous les côtes et droit au cœur. Vite fait, dit Canter. Voulez-vous voir comment on est entré ? »

Ils descendent à la cuisine où ils examinent la fenêtre et la vitre dans l'herbe.

« Et la serrure de sa chambre a été crochetée », ajoute le sergent.

Les hommes s'assoient à la table de la cuisine et Canter prépare le thé. Bloggs explique :

« Ça s'est passé le soir où je l'ai perdu à Leicester Square. J'ai tout bousillé.

— Ne te fais pas tant de reproches », dit Harris.

Ils boivent leur thé en silence puis Harris reprend.

« Qu'est-ce que tu racontes de neuf, au fait ? On ne te voit plus au Yard.

— J'ai du travail.

— Comment va Christine ?

— Elle a été tuée dans le bombardement. »

Les yeux de Harris s'agrandissent.

« Mon pauvre vieux, murmure-t-il.

— Et toi, ça va ?

— J'ai perdu mon frère en Afrique du Nord. Tu le connaissais ?

— Non.

— C'était un sacré gars. Il buvait, c'en était pas croyable. Il laissait tellement d'argent dans les bars qu'il ne lui en est jamais resté assez pour se marier. Ce qui est aussi bien, d'ailleurs, étant donné ce qui lui est arrivé.

— Tout le monde a perdu quelqu'un, il me semble.

— Si tu es seul, viens donc dîner à la maison dimanche.

— Je te remercie, mais je travaille aussi le dimanche maintenant.

— Eh bien, viens quand tu en auras envie. »

Un policier passe la tête et s'adresse à Harris.

« Est-ce qu'on peut emmener le corps du délit, patron ? »

Harris interroge Bloggs du regard.

« J'ai terminé, dit celui-ci.

— D'accord, mon vieux, allez-y », dit Harris au policier.

Bloggs réfléchit.

« Supposons qu'il ait pris contact après que je l'ai perdu, dit-il, et qu'il ait dit à l'agent résident de venir le retrouver ici. Ce dernier a pu penser que c'était un piège – ce qui expliquerait pourquoi il est entré par la fenêtre et a forcé la serrure.

— Si c'est le cas, alors c'est un type bougrement méfiant, remarque Harris.

— C'est peut-être pour ça que nous ne l'avons jamais pincé. En tout cas, le voilà dans la chambre de Blondie et il le réveille. Il découvre assez vite que ce n'est pas un piège, non ?

— Exact.

— Alors pourquoi a-t-il tué Blondie ?

— Ils se sont peut-être battus.

— Il n'y a aucune trace de lutte. »

Harris fait une grimace à sa tasse vide.

« Il a peut-être deviné que Blondie était suivi. Alors, il a eu peur que nous le ramassions et qu'il se mette à table.

— Dans ce cas, c'est un drôle de sauvage, déduit Bloggs.

— Et c'est peut-être pour ça aussi que nous n'avons jamais mis la main dessus. »

« Entrez. Asseyez-vous. Le MI 6 vient de m'appeler. Canaris a été limogé. »

Bloggs entre, s'assoit et il demande :

« Est-ce une bonne ou mauvaise nouvelle ?

— Très mauvaise, répond Godliman. Elle tombe au pire moment.

— M'est-il permis de savoir pourquoi ? »

Godliman le regarde longuement.

« Je crois qu'il faut que vous le sachiez. En ce moment, nous avons une quarantaine d'agents doubles qui passent à Hambourg de faux renseignements sur les plans alliés de débarquement en France. »

Bloggs siffle.

« J'ignorais que l'affaire était de cette taille-là. Et j'imagine que les "doubles" annoncent que nous allons débarquer à Cherbourg, alors que ce sera réellement Calais, ou vice versa ?

— Oui, quelque chose dans ce genre-là. Il semble que je n'aie pas besoin de connaître tout en détail. En tout cas, ils ne m'en ont pas donné. Mais le plan tout entier est en péril. Nous connaissions Canaris ; nous savions qu'il ne se doutait de rien et nous espérions pouvoir le tromper longtemps encore. Un nouveau patron peut se méfier des agents de son prédécesseur. Il y a plus : nous avons ramassé quelques déserteurs, des types qui auraient pu dénoncer les gens de l'Abwehr qui travaillent ici et qui n'ont pas encore été repérés. C'est pour les Allemands une raison de plus de suspecter nos doubles.

« Enfin il y a la possibilité d'une fuite. Il y a littéralement des milliers de gens au courant du système des doubles. Nous en avons en Islande, au Canada, à Ceylan. Nous avons un système du même genre qui fonctionne au Moyen-Orient.

« Et nous avons fait une lourde faute l'an dernier en leur renvoyant un Allemand, un certain Erich Carl. Nous avons su par la suite qu'il était un agent de l'Abwehr – un vrai – et que pendant son internement dans l'île de Man, il a pu apprendre l'existence de deux doubles, Mutt et Jeff, et même peut-être d'un troisième, Tate.

« Nous sommes donc dans une situation délicate. Si un véritable agent de l'Abwehr opérant en Grande-Bretagne apprend quoi que ce soit sur "Fortitude" – c'est le nom de code du plan d'intoxication – c'est toute notre stratégie qui sera en danger. Bref, ne ménageons pas les mots : nous pourrions perdre cette foutue guerre. »

Bloggs retient un sourire : il se rappelle une époque où le professeur Godliman ignorait l'existence et la signification de ce genre d'adjectifs. Mais le professeur poursuit.

« Le Comité des Vingt, chargé de la manipulation des agents doubles, m'a expliqué sans ambages qu'on attend de moi que je veille à ce qu'il ne reste pas un seul agent opérationnel de l'Abwehr en Grande-Bretagne.

— La semaine dernière nous étions bien persuadés qu'il n'y en avait pas, dit Bloggs.

— Et aujourd'hui nous savons qu'il en reste au moins un.

— Que nous avons laissé filer.

— Et qu'il faut donc maintenant retrouver.

— Oui, mais comment ? dit Bloggs, l'air sombre. Nous ignorons dans quelle partie du pays il opère, nous n'avons pas la moindre idée de la tête qu'il a. Il est trop malin pour se laisser repérer par triangulation lorsqu'il transmet – sinon il y a longtemps qu'on l'aurait piqué. Nous ne connaissons même pas son indicatif. Alors, par où commençons-nous ?

— Par le dossier des affaires criminelles en instance, dit Godliman. Voyons… un espion est obligé de contrevenir aux lois à un moment ou un autre. Il falsifie des papiers, il vole de l'essence ou des munitions, il évite les postes de contrôle, il pénètre dans les zones interdites, il prend des photos et quand des gens le gênent il les tue. La police ne peut pas ne pas être au courant de certains de ces délits ou crimes, si l'espion opère depuis assez longtemps. Si nous examinons les dossiers des crimes non résolus depuis la guerre, nous trouverons des indices.

— Ne vous rendez-vous pas compte que la plupart des crimes restent sans solution ? remarque Bloggs, incrédule, les dossiers rempliraient l'Albert Hall ! »

Godliman a un haussement d'épaules.

« Eh bien, contentons-nous de Londres et commençons par les assassinats. »

Ils trouvent ce qu'ils cherchent dès le premier jour. C'est Godliman qui tombe dessus par chance, et il n'en devine pas tout de suite la signification.

Il s'agit du dossier de l'assassinat en 1940 d'une certaine Mme Una Garden, à Highgate. On lui a coupé la gorge et si elle n'a pas été violée, l'assassin s'est livré sur elle à des violences sexuelles. On l'a découverte dans la chambre de son pensionnaire : elle avait un pourcentage élevé d'alcool dans le sang. L'affaire semble assez claire : elle avait accepté un rendez-vous avec cet homme, il a voulu aller plus loin qu'elle ne l'entendait, il y a eu dispute, il l'a tuée et le meurtre a calmé sa libido. La police n'a jamais retrouvé le pensionnaire.

Godliman a failli laisser passer le dossier – les espions ne sont jamais mêlés à des affaires sexuelles. Mais il est formé à étudier méticuleusement un dossier ; il l'a donc lu, mot à mot et il a découvert ainsi que la malheureuse Mme Garden avait reçu des coups de stylet dans le dos, avant le coup fatal à la gorge.

Godliman et Bloggs sont assis de chaque côté d'une lourde table de bois dans la salle des archives de l'ancien Scotland Yard. Godliman lance le dossier à travers la table.

« Je crois que voilà quelque chose.

— Le stylet », dit Bloggs après avoir jeté un coup d'œil.

Ils signent pour emporter le dossier et refont à pied la courte distance qui sépare le Yard du ministère de la Défense. Lorsqu'ils entrent dans le bureau de Godliman, un message décodé attend sur son buvard. Il le lit machinalement puis cogne du poing sur la table.

« C'est lui ! » s'écrie-t-il.

Bloggs lit : « Ordres bien reçus. Meilleur souvenir à Willi. »

« Vous vous le rappelez ? demande Godliman. Die Nadel ?

— Oui, répond Bloggs avec hésitation : l'Aiguille. Mais ça ne nous apprend pas grand-chose.

— Réfléchissez. Réfléchissez, voyons ! Un stylet est

comme une aiguille. C'est notre homme : l'assassinat de Mme Garden, les messages en 1940 dont nous ne pouvions pas repérer le lieu d'émission, le rendez-vous avec Blondie...

— C'est possible, reconnaît Bloggs, l'air pensif.

— J'en ai la preuve, reprend Godliman. Vous rappelez-vous la communication sur la Finlande que vous m'avez montrée le jour de mon arrivée ici ? Celle qui avait été interrompue ?

— Oui, dit Bloggs en allant la prendre dans un dossier.

— Si ma mémoire ne me trompe pas, la date de ce message est la même que celle du meurtre... et je vous parie que l'heure de la mort coïncide avec l'interruption. »

Bloggs relit le message.

« Vous avez raison les deux fois.

— Vous voyez !

— Il y a au moins cinq ans qu'il opère à Londres, et il nous a fallu tout ce temps pour le situer, observe Bloggs. Il ne sera pas commode à coincer. »

Le visage de Godliman prend soudain une expression cruelle.

« Il est peut-être intelligent, dit-il d'une voix tendue, mais il n'est pas aussi intelligent que moi. Je vais lui mettre la main dessus et le foutre au placard.

— Mon Dieu, vous avez rudement changé, professeur ! s'exclame Bloggs en éclatant de rire.

— Vous êtes-vous aperçu que c'est la première fois que vous riez depuis un an ? »

IX

Le bateau de ravitaillement double le cap et pénètre dans la baie de l'île des Tempêtes sous un ciel tout bleu. Il y a deux femmes à bord: la femme du patron – il a été mobilisé et elle le remplace à la barre – et la mère de Lucy.

Maman saute du bateau; elle est vêtue de manière pratique: un veston, plutôt masculin et une jupe au-dessus du genou. Lucy la serre contre son cœur.

« Maman ! Quelle surprise !

— Mais je t'ai écrit. »

La lettre est en effet dans le courrier qu'apporte le bateau; maman a oublié que la poste ne touche l'île que tous les quinze jours.

« Alors voilà mon petit-fils ? Mais c'est un grand garçon ! »

Le petit Jo, qui va sur ses trois ans, se cache tout intimidé dans la jupe de sa mère. Il est brun, mignon et grand pour son âge.

« Ce qu'il peut ressembler à son père ! dit maman.

— C'est vrai, répond Lucy. Mais tu dois être gelée... viens vite à la maison. Et où as-tu bien pu trouver cette jupe ? »

Elles prennent leur ravitaillement et montent la rampe qui mène au sommet de la falaise. Maman bavarde en marchant.

« C'est la mode, ma chérie. Cela économise le tissu. Mais il fait aussi froid ici que sur le continent. Quel vent ! J'imagine que je ne risque rien à laisser ma valise sur la jetée... personne ne la volera ! Jane est fiancée à un soldat américain... un Blanc, Dieu merci ! Il est d'une ville qui s'appelle Milwaukee et il ne mâche pas de chewing-gum. C'est merveilleux, non ? Il ne me reste plus que quatre filles à marier maintenant. Ton père a été nommé capitaine de la Garde territoriale, je ne te l'avais pas dit ? Il passe toutes ses nuits à patrouiller les environs pour guetter les parachutistes allemands. Le magasin de l'oncle Stephen a été bombardé... je ne sais pas ce qu'il va faire, c'est un dommage de guerre il me semble.

— Ne te presse pas, maman, tu as quinze jours pour m'apprendre toutes les nouvelles », dit Lucy en riant.

Elles arrivent au cottage.

« C'est charmant, dit maman lorsqu'elles entrent. Je trouve cette maison adorable. »

Lucy installe maman à la table de la cuisine et prépare le thé.

« Tom montera ta valise. Il ne tardera pas à venir déjeuner.

— Le berger ?

— Oui.

— Trouve-t-il des choses à donner à faire à David ?

— C'est exactement le contraire, répond Lucy en

riant, mais il t'expliquera tout ça lui-même. Tu ne m'as pas encore dit ce qui t'amène.

— Ma chérie, j'avais envie de te voir. Je sais que l'on ne doit pas faire de voyages inutiles mais, tout de même, une fois tous les quatre ans n'a rien d'extravagant, non ? »

On entend la jeep dehors et un instant plus tard David arrive dans son fauteuil. Il embrasse sa belle-mère et lui présente Tom.

« Tom, dit Lucy. Vous pouvez gagner votre déjeuner en montant la valise de ma mère : c'est elle qui s'est chargée de votre épicerie. »

David se réchauffe les mains devant le poêle.

« Ça pince aujourd'hui.

— Ainsi l'élevage des moutons vous intéresse ? demande maman.

— Le troupeau a doublé en trois ans, annonce David. Mon père ne s'est jamais occupé sérieusement de l'île. J'ai clôturé dix kilomètres au sommet de la falaise, amélioré les pâturages et adopté de nouvelles méthodes d'élevage. Non seulement nous avons davantage de bêtes, mais chacune nous donne plus de viande et de laine.

— J'imagine que c'est Tom qui fait le travail réel et vous qui donnez les ordres ? hasarde maman.

— Nous sommes égaux dans le travail, maman », dit David en riant.

Ils déjeunent de cœurs de moutons et les deux hommes avalent une montagne de pommes de terre. Maman s'extasie sur la manière dont le petit Jo se tient à table. Puis David allume une cigarette et Tom bourre sa pipe.

« Ce que je voudrais bien savoir, dit soudain maman avec un sourire enjoué, c'est quand vous allez vous décider à nous donner d'autres petits-enfants. »

Long, très long silence.

« Enfin, c'est merveilleux de voir comment David fait face, reprend-elle.

— Oui », dit Lucy.

Elles marchent au sommet de la falaise. Le vent s'est apaisé trois jours après l'arrivée de maman et il fait assez doux pour sortir. Elles ont emmené Jo, vêtu d'un tricot de pêcheur et d'un manteau doublé de mouton. Ils se sont arrêtés un instant et regardent David, Tom et le chien qui rassemblent le troupeau. Lucy lit sur le visage de sa mère la lutte intérieure qui se livre entre l'inquiétude et la discrétion. Elle décide d'épargner à sa mère l'ennui de poser la question.

« Il ne m'aime plus », explique-t-elle.

Maman s'assure que Jo ne peut pas les entendre.

« Ma chérie, je ne peux pas croire que ce soit à ce point-là. Tu sais, chaque homme montre son amour à sa ma...

— Maman, nous n'avons pas été mari et femme – selon la Bible – depuis que nous sommes mariés.

— Mais... fait-elle en montrant Jo du menton.

— C'était la semaine avant le mariage.

— Oh ! Ma chérie ! Serait-ce à cause de... l'accident ?

— Oui, mais pas pour ce que tu pourrais croire. Ce n'est pas physique. Non, il... il ne veut pas, c'est tout. »

Lucy pleure silencieusement, les larmes coulent sur ses joues hâlées par le vent.

« En avez-vous discuté ?

— J’ai essayé.

— Peut-être qu’avec le temps…

— Mais cela va faire bientôt quatre ans ! »

Un silence tombe. Elles commencent à avancer dans la bruyère, sous le pâle soleil de l’après-midi. Jo court après les mouettes.

« J’ai failli abandonner ton père, dans le temps », dit maman.

C’est au tour de Lucy d’être stupéfaite.

« Quand cela ?

— Peu après la naissance de Jane. Nous n’étions pas bien riches en ce temps-là – Papa travaillait encore pour son père et c’était la crise. J’étais de nouveau enceinte, pour la troisième fois en trois ans et on aurait dit que la vie qui s’ouvrait devant moi consisterait à faire des enfants et à essayer de joindre les deux bouts sans rien pour rompre la monotonie. Et j’ai découvert à ce moment-là qu’il voyait une de ses anciennes amies – Brenda Simmons, tu ne l’as jamais connue, elle habite Basingstoke. Tout à coup, je me suis demandé ce que je faisais là et je n’ai pas trouvé de réponse sensée. »

Lucy a un vague souvenir, il lui reste certaines images de ce passé : son grand-père à la moustache blanche ; son père, une copie plus mince de l’aïeul ; les longs déjeuners de famille dans la grande cuisine de la ferme ; beaucoup de rires, de soleil et de bêtes. Et à l’époque, le mariage de ses parents lui paraissait cimenté par un bonheur solide et comme une heureuse institution permanente.

« Pourquoi ? demande-t-elle. Pourquoi n’es-tu pas partie ?

— Ah ! ça ne se faisait pas en ce temps-là. Il n'y avait pas tant de divorces et une femme ne pouvait pas trouver de situation.

— Les femmes aujourd'hui font à peu près n'importe quel travail.

— Elles le faisaient aussi pendant la première guerre mais tout a changé par la suite à cause du chômage. Ce sera la même chose cette fois. Les hommes font toujours ce qu'ils veulent, en général.

— Et tu es heureuse d'être restée. » Ce n'est pas une question.

« Les gens de mon âge devraient se garder de faire des déclarations à propos de leur vie. Mais la mienne a été une question d'accommodements et c'est vrai pour la plupart des femmes que je connais. La constance a toujours un peu l'air d'un sacrifice mais d'habitude cela ne l'est pas. D'ailleurs, je ne te donnerai pas de conseils. Tu ne les suivrais pas et si tu les suivais tu me reprocherais ensuite tes difficultés, je vois ça d'ici.

— Oh ! maman, souffle Lucy en souriant.

— Et si nous rentrions ? Il me semble que nous sommes allées assez loin pour aujourd'hui. »

Un soir, dans la cuisine, Lucy parle à David.

« J'aimerais bien que maman reste encore une quinzaine, si elle en a envie. »

Maman est au premier ; elle surveille le coucher de Jo et elle lui raconte une histoire.

« Une quinzaine ne vous a donc pas suffi pour disséquer ma personnalité ? demande David, sarcastique.

— Ne dis pas de bêtises, David.»

Il approche son fauteuil roulant de la chaise de Lucy.

«Tu ne vas pas me dire que vous ne parlez pas de moi, non?

— Bien sûr que nous parlons de toi... tu es mon mari.

— Que lui as-tu raconté?

— Qu'est-ce qui t'inquiète? répond Lucy, non sans amertume. De quoi es-tu tellement gêné?

— Bon Dieu! Il n'y a rien qui puisse me gêner. Mais personne n'aime que sa vie intime soit un sujet de commérages pour deux pipelettes...

— Nous ne cancanons pas à ton sujet.

— Alors, que vous racontez-vous?

— Dieu, que tu es susceptible!

— Réponds-moi.

— Je lui ai dit que je voulais te quitter et elle essaie de me convaincre de n'en rien faire.»

Il détourne son fauteuil et jette en s'éloignant:

«Dis-lui de ne pas s'inquiéter pour moi.

— Tu parles sérieusement?» lui crie-t-elle.

Il s'arrête.

«Je n'ai besoin de personne, tu as compris? Je m'arrangerai fort bien tout seul.

— Et moi? demande-t-elle doucement. Peut-être ai-je besoin de quelqu'un.

— Pour quoi faire?

— Pour m'aimer.»

Maman arrive et se rend compte de l'ambiance.

«Il dort à poings fermés, dit-elle. Il s'est endormi avant que Cendrillon n'arrive au bal. Je vais aller mettre quelques petites choses dans ma valise, pour n'avoir pas à le faire demain, explique-t-elle en sortant.

— Crois-tu que cela changera jamais, David ? demande Lucy.

— Je ne vois pas ce que tu veux dire.

— Crois-tu que nous serons jamais... comme nous étions avant le mariage ?

— Mes jambes ne repousseront pas, si c'est ce que tu veux savoir.

— Mon Dieu ! tu n'es pas encore convaincu que cela ne me gêne pas ? Je veux tout simplement être aimée.

— C'est ton affaire », répond David avec un haussement d'épaules et il sort avant qu'elle se mette à pleurer.

Maman n'est évidemment pas restée une quinzaine de plus. Lucy l'accompagne à la jetée le lendemain. Il pleut à verse et elles ont passé toutes deux un imperméable. En silence, elles attendent le bateau en regardant la pluie creuser dans l'eau de petits cratères. Puis maman prend Lucy dans ses bras.

« Les choses changeront avec le temps, tu verras, lui explique-t-elle. Quatre ans, ce n'est rien dans un mariage.

— Est-ce que je sais ? Mais je n'y peux pas grand-chose. Il y a Jo, la guerre et l'état de David... comment pourrais-je partir ? »

Le bateau arrive, Lucy lui confie sa mère et elle reçoit en échange trois cartons d'épicerie et une demi-douzaine de lettres. La mer est agitée. Maman s'installe dans la minuscule cabine. Ils lui font des signes d'adieu jusqu'à ce que le bateau ait doublé le cap. Lucy se sent très seule. Jo se met à pleurer.

« Je ne veux pas que bonne maman s'en aille, larmoie-t-il.

— Moi non plus », dit Lucy.

X

Godliman et Bloggs marchent côte à côte sur le pavé d'une rue commerçante de Londres. Ils forment un couple hétéroclite : le professeur, voûté, avec son air d'oiseau mouillé, ses lunettes comme des phares, sa pipe, et qui ne regarde pas où il va mais qui y va à petits pas précipités ; et le jeune homme qui marche à grands pas, blond et déterminé, avec son imperméable de flic et son chapeau mou à la Humphrey Bogart. Ils sont comme une caricature en quête d'une légende.

Godliman est en train de dire :

« Je crois que l'Aiguille doit avoir de hautes relations.

— Pourquoi ?

— C'est la seule manière d'expliquer son insubordination impunie. Son "Meilleur souvenir à Willi." Cela doit désigner Canaris.

— Vous croyez qu'il est le copain de Canaris ?

— Il est le copain de quelqu'un… quelqu'un peut-être plus haut placé encore que ne l'était Canaris.

— J'ai l'impression que vous poursuivez une idée.

— Les gens qui ont de hautes relations les ont généralement acquises à l'école, à l'université ou à l'école militaire. Regardez-moi ça. »

Ils sont devant une boutique dont la vitrine a fait place à une ouverture béante. Une pancarte improvisée est clouée à l'huisserie de la vitrine et on y peut lire : « Encore plus ouvert que d'habitude. »

Bloggs éclate de rire et il dit :

« J'en ai vu une à la porte d'un poste de police qui venait d'être bombardé : "Soyez sages, nous sommes toujours là."

— C'est devenu une forme d'art mineur. »

Ils poursuivent leur chemin et Bloggs reprend la conversation.

« Bon, admettons que notre Aiguille ait fait ses études avec quelqu'un de haut placé dans la Wehrmacht. Et après ?

— Après ? Eh bien, il existe une tradition : les photographies d'école. Notre ami Middleton, qui travaille au sous-sol de Kensington – la baraque où le MI 6 logeait avant la guerre, Middleton, donc, possède une collection de milliers de photos d'officiers allemands : photos d'école, de beuveries au mess, de remises de diplômes, de présentation à Adolf, photos découpées dans les journaux – toute la lyre.

— Je vois, dit Bloggs. Donc, si vous avez raison et si Die Nadel est passé par l'équivalent d'Eton ou de Sandhurst, nous avons probablement sa photo.

— Presque à coup sûr. Les espions, par prudence, ont horreur de l'objectif mais on ne devient pas espion à l'école. Nous devrions trouver le jeune Die Nadel dans les dossiers de Middleton. »

Ils contournent un énorme cratère ouvert devant la boutique d'un coiffeur. La boutique est intacte mais le traditionnel cylindre aux bandes rouges et blanches est réduit à un tas de petit bois sur le pavé. Dans la vitrine, une pancarte annonce : « Celle-là nous a rasés de près – et vous, l'êtes-vous ? »

« Mais comment reconnaître notre homme ? Personne ne l'a jamais vu, remarque Bloggs.

— Mais si. Les pensionnaires de la pension de famille de la regrettée Mme Garden le connaissent très bien. »

Au sommet de sa colline, la maison de style victorien domine Londres. Elle est en brique rouge et Bloggs lui trouve l'air furieux des dégâts que Hitler fait à la ville. Elle est très élevée, un site rêvé pour les transmissions. L'Aiguille devait habiter au dernier étage. Bloggs se demande quels secrets il a pu d'ici transmettre à Hambourg, aux sombres jours de 1940 : cotes topographiques d'usines d'aviation, d'aciéries, détails sur les défenses côtières, potins politiques, masques à gaz, abris Anderson et sacs de sable, le moral britannique, comptes rendus des effets des bombardements. « Beau travail, les gars, vous aurez eu enfin Christine Bloggs… » Assez !

Un vieil homme en jaquette et pantalon rayé lui ouvre la porte.

« Bonjour, monsieur. Inspecteur Bloggs, de Scotland Yard. Je voudrais dire un mot au propriétaire de la maison. »

Bloggs voit la crainte voiler le regard du vieil homme mais une jeune femme apparaît derrière lui.

« Entrez, je vous en prie », dit-elle à Bloggs.

Le hall dallé sent la cire à parquet. Bloggs accroche son imperméable et son chapeau au portemanteau. Le vieil homme a disparu dans les profondeurs de la maison. La jeune femme fait entrer Bloggs dans un salon meublé de façon cossue, dans un style ancien. Des bouteilles de whisky, de gin et de xérès attendent sur une table roulante ; aucune n'est ouverte. La femme s'assoit dans un fauteuil fleuri et croise les jambes.

« Pourquoi ce vieux monsieur a-t-il peur de la police ? demande Bloggs.

— Mon beau-père est juif allemand. Il est venu ici en 1935 pour échapper à Hitler et, en 1940, vous l'avez mis dans un camp de concentration. Voyant ce qui l'attendait, sa femme s'est tuée. Il était à l'île de Man et on vient de le libérer. Le roi lui a écrit une lettre d'excuse pour les ennuis qui lui ont été causés.

— Il n'y a pas de camps de concentration chez nous, dit Bloggs.

— Ah ! non ? Nous les avons inventés. En Afrique du Sud. Vous ne le saviez pas ? Nous connaissons notre histoire mais nous en oublions certains passages. Nous excellons à nous dissimuler les vérités déplaisantes.

— C'est peut-être aussi bien.

— Pardon ?

— En 1939, nous nous sommes dissimulé cette vérité déplaisante que nous ne pouvions pas gagner seuls une guerre contre l'Allemagne… et vous voyez ce qui est arrivé.

— C'est ce que dit mon beau-père. Il n'est pas aussi amer que moi. Et maintenant, que pouvons-nous faire pour Scotland Yard ? »

Bloggs a pris plaisir à l'échange verbal ; c'est de mauvaise grâce qu'il en revient à son travail.

« Il s'agit d'un assassinat qui a eu lieu ici il y a quatre ans !

— C'est bien vieux.

— De nouveaux indices ont pu se révéler.

— Je suis au courant, évidemment. L'ancienne propriétaire a été tuée par un locataire. Mon mari a acheté la maison à l'exécuteur testamentaire – elle n'avait pas d'héritiers.

— Je voudrais retrouver les personnes qui logeaient ici à l'époque.

— Bien. » L'hostilité de la femme a disparu et son visage intelligent trahit l'effort qu'elle fait pour ranimer ses souvenirs. « Quand nous nous sommes installés, il y avait trois personnes qui vivaient ici à l'époque de l'assassinat : un officier de marine retraité, un voyageur de commerce et un jeune homme du Yorkshire. Celui-là est dans l'armée – il nous écrit souvent. Le voyageur de commerce a été mobilisé et il est mort en mer. J'en sais quelque chose : deux de ses cinq épouses légitimes nous ont contactés ! Quant au commandant il est toujours ici.

— Toujours ici ! (C'est vraiment de la chance.) Je voudrais bien le voir, s'il vous plaît.

— Certainement, dit-elle en se levant. Je vais vous conduire à sa chambre. Il a beaucoup vieilli. »

Ils montent jusqu'au premier l'escalier recouvert de moquette.

« Pendant que vous lui parlez, reprend la femme, je vais essayer de retrouver la dernière lettre du jeune homme qui est à l'armée. »

Elle frappe à la porte et Bloggs remarque, avec regret, que sa propriétaire, à lui, n'aurait pas autant de tact.

« La porte est ouverte », lance une voix et Bloggs entre.

Le commandant est dans un fauteuil, près de la fenêtre, une couverture sur les genoux. Il porte un blazer, un col avec une cravate et des lunettes. Ses cheveux sont rares, sa moustache grise, sa peau lâche et ridée, sur un visage qui avait peut-être de la vigueur, jadis. La pièce est le foyer d'un homme qui vit de souvenirs... il y a des tableaux de bateaux à voiles, un sextant, une longue-vue et une photo du locataire, jeune marin à bord du *HMS Winchester*.

« Regardez-moi ça, dit-il sans se retourner, et dites-moi pourquoi ce bougre n'est pas dans la Marine ? »

Bloggs va à la fenêtre. Une voiture de boulanger, attelée d'un cheval, est arrêtée le long du trottoir, devant la maison ; la vétuste rossinante fouille et souffle dans sa musette pendant qu'on livre le pain. Le « bougre » est une femme blonde aux cheveux courts : elle porte un pantalon et un buste éloquent.

« Votre "bougre" n'est pas dans la Marine parce que c'est une femme, explique Bloggs en riant.

— Dieu me pardonne, vous avez raison ! dit le commandant en se retournant. Comment s'y retrouver aujourd'hui ? Des femmes qui portent le pantalon ! »

Bloggs se présente :

« Nous venons de rouvrir le dossier d'un assassinat qui a été commis ici en 1940. Il me semble que vous habitiez cette pension à l'époque et que vous avez connu l'assassin, un certain Henry Faber.

— Mais bien sûr ! En quoi puis-je vous être utile ?

— Vous rappelez-vous ce Faber ?

— Oh ! parfaitement. Un grand gaillard, cheveux sombres, très poli, tranquille. Assez pauvrement habillé – quelqu'un qui se fierait aux apparences n'aurait jamais attendu ça de lui. Je n'avais rien contre cet homme… ça ne m'aurait pas ennuyé de le fréquenter davantage, mais il n'était pas liant. Je pense qu'il devait avoir votre âge. »

Bloggs retient un sourire : il est habitué à ce qu'on lui donne plus que son âge parce qu'il est policier.

« Je suis sûr que ce n'est pas lui le coupable, reprend le commandant. J'ai un peu l'habitude de juger les gens – on ne commande pas un bateau sans l'acquérir – et si cet homme était un obsédé sexuel, je veux bien m'appeler Hermann Goering. »

Bloggs fait soudain le rapprochement entre la boulangère blonde en pantalon, l'erreur sur son âge et la conclusion logique le décourage.

« Voyez-vous, commandant, dit-il, vous devriez toujours demander à un policier de vous faire voir sa carte. »

Le commandant est assez décontenancé.

« C'est vrai. Faites-moi la voir, alors. »

Bloggs ouvre son porte-cartes et laisse apparaître la photo de Christine.

Le commandant examine un moment le portrait.

« C'est tout à fait ressemblant », dit-il enfin.

Bloggs soupire. L'ancien marin est aveugle ou peu s'en faut.

« Ce sera tout pour aujourd'hui, commandant, dit-il. Je vous remercie beaucoup.

— À votre service, si je peux vous être utile. Je ne peux plus guère servir l'Angleterre maintenant – il ne faut plus être bon à grand-chose pour être réformé de la Garde territoriale, vous savez.

— Au revoir, monsieur», dit Bloggs en sortant.

La femme l'attendait dans le hall. Elle lui tend une lettre.

«L'adresse du jeune homme est un numéro de secteur postal de l'armée, dit-elle... Il s'appelle Parkin... vous n'aurez certainement aucun mal à le retrouver...

— Vous saviez qu'il était inutile d'aller voir le commandant.

— Je m'en doutais. Mais une visite le distrait pour toute la journée», explique-t-elle en lui ouvrant la porte.

Soudain, Bloggs lui demande :

«Accepteriez-vous de dîner avec moi ?»

Un nuage passe sur le visage de la femme.

«Mon mari est toujours dans l'île de Man.

— Oh ! pardonnez-moi... j'avais cru...

— Ce n'est rien... Je suis très flattée.

— Je voulais vous prouver que nous ne sommes pas la Gestapo.

— Je le sais bien. Mais une femme seule devient amère.

— J'ai perdu ma femme dans un bombardement, dit Bloggs.

— Alors vous savez ce que c'est que la haine.

— Oui, je sais ce qu'est la haine.»

Bloggs descend les marches. La porte se referme derrière lui. Il s'est mis à pleuvoir.

Il pleuvait aussi ce soir-là, Bloggs revenait tard chez

lui. Il avait examiné avec Godliman des documents qui venaient d'arriver. Il se dépêchait de façon à pouvoir passer une demi-heure avec Christine avant qu'elle ne reprenne le volant de son ambulance. Il faisait nuit et le raid ennemi avait déjà commencé. Ce que voyait Christine chaque nuit était tellement horrible qu'elle n'en parlait plus.

Bloggs était fier d'elle, très fier.

… Ceux qui travaillent avec elle disent qu'elle vaut largement deux hommes – elle fonce dans les rues en plein black-out, comme un ancien, prenant les virages sur deux roues, sifflant et plaisantant au milieu des flammes qui dévorent les maisons. Ils l'appellent « l'Intrépide ». Mais Bloggs, lui, sait bien qu'elle est terrifiée et ne le laisse pas paraître. Il le sait parce qu'il voit son regard le matin, lorsqu'il se lève et qu'elle se couche, quand elle baisse sa garde parce que le cauchemar est écarté pour quelques heures ; il sait qu'il ne s'agit pas d'intrépidité mais de courage et il en est fier.

La pluie redouble au moment où il descend de l'autobus. Il enfonce son chapeau, relève son col, et s'arrête à un bureau de tabac pour acheter des cigarettes pour Christine – elle s'est mise dernièrement à fumer, comme le font bien d'autres femmes. Le buraliste ne lui accorde que cinq cigarettes, à cause de la pénurie. Il les serre dans un étui en bakélite de chez Woolworth.

Un agent de police l'arrête et lui demande ses papiers ; encore deux minutes perdues. Une ambulance le dépasse, semblable à celle que conduit Christine : une ancienne camionnette de fruitier, peinte en gris.

Il commence à s'inquiéter en approchant de sa maison. Les explosions se rapprochent et il entend nettement les tirs de la D.C.A. Le quartier de l'East End va encore passer une nuit mouvementée ; il dormira dans l'abri. Nouvelle explosion, puissante, terriblement proche et il hâte le pas. Il faudra aussi dîner dans l'abri.

En arrivant dans sa rue, il aperçoit les ambulances, les voitures de pompiers et il se met à courir.

La bombe est tombée de son côté de la rue, presque au milieu. Ce doit être tout près de sa maison. Seigneur qui êtes aux cieux, pas nous, non...

La bombe est tombée en plein sur le toit et la maison est littéralement écrasée. Bloggs court en fendant la foule de voisins, de pompiers et de volontaires.

« Ma femme ? Elle est dehors ?... Est-elle là-dessous ? »

Un pompier le regarde.

« Personne n'est sorti de là-dedans, mon vieux. »

Les sauveteurs fouillent les ruines. Soudain, l'un d'eux s'écrie :

« Par ici ! » Puis il ajoute : « Seigneur, c'est l'Intrépide ! »

Frederick bondit vers l'homme. Christine est sous un énorme pan de maçonnerie. Son visage est visible, elle a les yeux clos.

« Le palan, les gars, crie le sauveteur, et en vitesse ! »

Christine gémit et remue.

« Elle est vivante ! » dit Bloggs.

Il s'agenouille et lui prend la main à travers les décombres.

« Tu ne pourras pas soulever ça, fiston », dit le sauveteur.

Le pan de mur se soulève un peu.

« Mon Dieu, vous allez vous tuer », dit l'homme en s'agenouillant pour l'aider.

Lorsque le pan de mur est à deux pieds du sol, ils glissent leur épaule dessous pour soulager Christine. Un troisième homme, puis un quatrième se joignent à eux et ils soulèvent tous ensemble.

« Je vais la sortir de là-dessous », dit Bloggs.

Il se glisse sous le pan de mur et prend sa femme dans ses bras.

« Bordel ! crie quelqu'un, ça glisse ! »

Bloggs échappe juste à temps, Christine serrée contre son cœur. Dès qu'il est dégagé, les sauveteurs lâchent prise et sautent en arrière. Le pan de mur retombe avec un bruit horrible et lorsque Frederick pense que c'est ça qui est tombé sur sa femme, il sait qu'elle va mourir.

Il la porte à l'ambulance qui démarre immédiatement. Christine ouvre les yeux une fois encore avant de mourir et elle dit :

« Il faudra que tu gagnes la guerre sans moi, mon coco. »

Plus d'un an après, en descendant les pentes de Highgate vers la cuvette de Londres, la pluie se mêlant à ses larmes sur son visage, il songe à la femme de la maison de l'espion et il répète l'aveuglante vérité : cela vous apprend la haine.

À la guerre, les adolescents deviennent des hommes, les hommes deviennent des soldats et les soldats prennent du galon. Ce qui explique pourquoi Billy Parkin, dix-huit ans, résidant jadis dans une pension de famille de Highgate – un garçon qui aurait dû être apprenti dans la tannerie de son père, à Scarborough –, passait aux yeux de l'armée pour avoir vingt et un ans révolus et qu'il était aujourd'hui sergent avec pour mission de conduire un groupe d'avant-garde à travers une forêt torride et asséchée vers un blanc et poussiéreux village italien.

Les Italiens s'étaient rendus mais pas les Allemands et c'étaient les Allemands qui défendaient l'Italie contre l'invasion alliée. Les Alliés avançaient sur Rome et pour le groupe du sergent Parkin cela représentait une longue randonnée.

Ils viennent de sortir d'un bois au sommet d'une colline et couchés à plat ventre, ils examinent le village au creux d'une vallée. Parkin sort ses jumelles et il dit :

« Merde, qu'est-ce que je ne donnerais pas pour une foutue tasse de thé. »

Il a appris à boire, à fumer, à jurer et… ce qu'on peut faire avec une femme et il parle comme les soldats de toutes les armées du monde. Il n'assiste plus aux prières en commun.

Certains villages sont défendus, d'autres pas. Parkin pense que cette tactique est adroite – on ne sait pas quel village est sans défenseurs, aussi les approche-t-on tous avec prudence et la prudence coûte du temps.

La descente de la colline n'offre guère de couvert – quelques rares buissons – et le village est au pied. Il y a quelques maisons blanches, un cours d'eau sous un pont de bois, puis d'autres maisons autour d'une petite piazza avec sa mairie et un clocher. Du clocher, on voit directement le pont ; si l'ennemi est resté, il doit être dans la mairie. Quelques silhouettes travaillent dans les champs des environs. Dieu seul sait qui ils sont. De vrais paysans peut-être ou les membres d'on ne sait quel parti : fascistes, Mafia, Corses, partisans, communistes… ou Allemands même. Impossible de savoir de quel côté ils sont avant les premiers coups de feu.

« À toi, caporal », dit Parkin.

Le caporal Watkins s'enfonce dans le bois et reparaît cinq minutes après sur le chemin du village, avec un chapeau civil, une vieille couverture sale cachant son uniforme. Il traîne les pieds plus qu'il ne marche et porte sur l'épaule un paquet qui peut être n'importe quoi, un sac d'oignons ou un lapin. Le caporal Watkins atteint les abords du village et disparaît dans l'obscurité d'une maison basse.

Il en ressort un instant plus tard. S'adossant au mur pour ne pas être vu du village, il regarde du côté du groupe et baisse trois fois le bras.

Le groupe dévale la colline et entre dans le village.

« Toutes les baraques sont vides, sergent », dit Watkins.

Parkin hoche la tête. C'est encore à voir.

Ils progressent de maison en maison jusqu'au bord de la rivière.

« À toi, Rigolo, dit Parkin. Traverse-nous ce Mississippi. »

Le soldat Hudson, dit le Rigolo, dépose son équipement en bon ordre, quitte son casque, ses chaussures et sa tunique et se laisse glisser dans l'étroit cours d'eau. Il en sort sur l'autre rive, escalade le talus et s'engage dans les maisons. Cette fois, il faut attendre longtemps : il y a davantage à explorer. Finalement, Hudson revient par le pont de bois.

« S'ils sont là, ils sont planqués », dit-il.

Il reprend son équipement et la patrouille pénètre dans le village. Les hommes se faufilent le long des murs pour gagner la place. Un oiseau s'envole soudain d'un toit et Parkin sursaute. Quelques hommes ouvrent les portes à coups de pied en passant. Il n'y a personne.

Ils sont à l'entrée de la petite place. Parkin, d'un coup de menton, indique la mairie.

« Tu es entré là-dedans, Rigolo ?

— Oui, sergent.

— On dirait que le village est à nous, alors ?

— Oui, sergent. »

Parkin avance pour traverser la piazza et c'est alors que ça éclate. Des armes crachent et les balles pleuvent autour d'eux. Quelqu'un pousse un cri. Courbé, Parkin court en zigzag. Devant lui, Watkins crie de douleur et se tient la jambe. Parkin le ramasse. Une balle tinte sur son casque. Il court à la maison la plus proche, fonce contre la porte et s'écroule à l'intérieur.

La fusillade cesse. Parkin hasarde un œil au-dehors. Un homme est resté couché sur la piazza : Hudson. Il bouge. On entend un seul coup de feu. Hudson ne bougera plus.

« Bande de salauds », dit Parkin.

Watkins tripote sa jambe en jurant.

« La balle est encore dedans ? » demande Parkin.

Watkins hurle : « Ayayaïe ! » puis il montre quelque chose.

« Elle n'y est plus », dit-il en rigolant.

Parkin jette un nouveau coup d'œil au-dehors.

« Ils sont dans le clocher. On ne croirait pas qu'il y ait assez de place. Ils ne doivent pas être bien nombreux.

— Mais ça ne les empêche pas de tirer, les salopards.

— Oui. Ils nous tiennent, grimace Parkin. Il te reste des feux de Bengale ?

— Ouais.

— Fais voir, dit Parkin en ouvrant le sac de Watkins d'où il tire des bâtons de dynamite. Tiens, arrange-moi une mèche pour dix secondes. »

Les autres sont dans les maisons de l'autre côté de la rue. Parkin appelle : « Hé ! »

Un visage se montre à une porte : « Sergent ?

— Je vais leur envoyer une tomate bien mûre. Dès que je gueule, vous tirez pour me couvrir.

— Bien. »

Parkin allume une cigarette. Watkins lui passe la dynamite. « Feu ! » crie Parkin. Il allume la mèche à sa cigarette, avance dans la rue, arme son bras et lance l'engin dans le clocher. Il bondit aussitôt dans l'abri de la maison, le feu de ses hommes lui fait bourdonner les oreilles. Une balle érafle l'huisserie de la porte et il reçoit un éclat de bois au menton. La dynamite explose.

Avant qu'il ait le temps de regarder, quelqu'un crie de l'autre côté de la rue :

« En plein dans le mille ! »

Parkin sort. Le vieux clocher s'est écroulé. Une cloche sonne bizarrement pendant que la poussière retombe sur les décombres.

« Vous avez jamais joué au cricket ? demande Watkins. Jamais vu une balle aussi bien placée. »

Parkin va au centre de la place. On dirait qu'il y a assez de morceaux pour reconstituer à peu près trois Allemands.

« La tour ne tenait presque plus debout, dit-il. Elle se serait probablement écroulée si on avait éternué tous ensemble. » Et en se retournant il ajoute : « À chaque jour son dollar. »

Une expression qu'il a empruntée aux Américains.

« Sergent ? La radio », annonce l'opérateur.

Parkin revient sur ses pas et prend l'écouteur.

« Ici le sergent Parkin.

— Major Roberts à l'appareil. Vous êtes retiré du service actif à partir de cette minute même, sergent.

— Pourquoi ? » Sa première idée, c'est qu'ils ont fini par découvrir son âge.

« Les galonnés dorés sur tranche veulent vous voir à Londres. Ne me demandez pas pourquoi : je l'ignore. Passez le commandement à votre caporal et rejoignez la base. Une voiture vous prendra en route.

— Bien, mon commandant.

— Les ordres spécifient également que vous ne devez risquer votre vie à aucun prix. Vu ? »

Parkin sourit en songeant au clocher et à la dynamite.

« Vu.

— Parfait. En route. Il n'y a de la veine que pour la canaille. »

Ils disaient tous « mon petit » mais parce qu'ils le connaissaient avant qu'il ne s'engage, songe Bloggs. C'est aujourd'hui un homme, sans aucun doute. Il avance avec aisance, d'un pas décidé, il regarde autour de lui d'un œil vif et il est respectueux sans être mal à l'aise devant des officiers supérieurs. Bloggs sait qu'il ment sur son âge, pas en raison de son apparence ni de ses manières, mais par de petits signes qui le trahissent quand il est question d'âge –, des signes que Bloggs, interrogateur, chevronné, note par la force de l'habitude.

Parkin a rigolé quand on lui a dit qu'on l'avait fait venir pour examiner des photographies. Aujourd'hui, la troisième journée qu'il passe dans le sous-sol poussiéreux de Middleton, à Kensington, il ne s'amuse plus, il s'ennuie. Ce qui le gêne par-dessus tout, c'est la défense de fumer.

Mais Bloggs, qui doit attendre les résultats de son examen, s'ennuie encore plus que lui.

À un moment, Parkin lance une remarque.

« Vous ne m'avez pas fait revenir d'Italie simplement pour vous aider dans une affaire d'assassinat vieille de quatre ans et qui pouvait attendre que la guerre soit finie. Par ailleurs, toutes ces photos représentent des officiers allemands. Si cette affaire est de celles dont il ne faut pas parler, vous feriez bien de me le dire tout de suite.

— C'est en effet une chose dont vous ne devez pas parler », répond Bloggs.

Parkin reprend l'examen des photos.

Elles sont anciennes, généralement noires et effacées. Beaucoup ont été découpées dans des livres, des magazines ou des journaux. Parfois, Parkin prend une loupe que M. Middleton a eu la précaution de leur laisser et il regarde de plus près un minuscule visage dans un groupe. Chaque fois, le cœur de Bloggs se met à battre pour reprendre son rythme normal quand Parkin repose la loupe et passe à la photo suivante.

Ils vont déjeuner au pub le plus proche. La bière est anémique, comme toujours en temps de guerre, mais Bloggs n'en estime pas moins qu'il est sage de limiter le jeune Parkin à une canette. Seul, le jeune soldat en aurait bien englouti trois ou quatre.

« Ce M. Faber était du genre calme, dit Parkin. Vous ne vous seriez jamais attendu à ça de lui. Remarquez, la propriétaire n'était pas mal. Et elle en avait grande envie. Quand j'y repense, je crois que j'aurais pu me l'envoyer si j'avais seulement su comment faire. Mais je n'avais que… dix-huit ans. »

Ils mangent du pain et du fromage et Parkin avale une douzaine d'oignons confits au vinaigre. En rentrant, ils s'arrêtent devant la maison pour que Parkin fume une dernière cigarette.

« Remarquez, reprend-il, c'était un grand gars, beau garçon, bien élevé. Nous ne le tenions pas pour un type extraordinaire à cause de ses vêtements plutôt pauvres, parce qu'il circulait à bicyclette et qu'il n'avait pas d'argent. J'imagine que ce devait être une sorte d'habile déguisement. » Il dresse les sourcils, l'air interrogateur.

« C'est bien possible », dit Bloggs.

Cet après-midi-là, Parkin ne trouve pas un mais

trois portraits de Faber. Et l'une des photos ne remonte pas à plus de neuf ans.

Et M. Middleton en possède le négatif.

Heinrich Rudolf Hans von Müller-Güder (connu également sous le nom de Faber) est né le 26 mai 1900 à Oln, un village de Prusse occidentale. Depuis des générations, la famille du côté paternel est faite de riches propriétaires terriens de la région. Son père était le cadet ; Heinrich l'est aussi. Tous les cadets de la famille faisaient carrière dans l'armée. Sa mère, fille d'un haut fonctionnaire du IIe Reich, était née et avait été élevée pour devenir la femme d'un aristocrate. C'est ce qu'elle est devenue.

À l'âge de treize ans, Heinrich est entré à l'École des cadets de Karlsruhe, dans le Grand-Duché de Bade ; deux ans après il a été transféré à Gross-Lichterfelde, un établissement encore plus prestigieux, près de Berlin. La discipline était rude dans ces institutions ; on y trempait le caractère des élèves à la trique, avec des bains glacés et une table infecte. Et pourtant, Heinrich y a appris l'anglais, le français, étudié l'histoire et il y a passé l'examen de fin d'études avec la note la plus élevée depuis le début du siècle. On ne trouve que trois autres points dignes d'intérêt dans sa carrière estudiantine : au cœur d'un hiver glacial, il s'est rebellé contre la discipline au point de quitter l'école en pleine nuit et de franchir à pied deux cent cinquante kilomètres pour gagner le domaine de sa tante ; il a cassé, à l'entraînement, le bras du professeur de lutte ; et il a reçu le fouet pour indiscipline.

Il a servi quelque temps comme enseigne dans la zone neutre de Friedrichsfeld, près de Wesel, en 1920 ; il a fait un stage symbolique de formation d'officiers à l'École de guerre de Potsdam en 1921 et il a été nommé sous-lieutenant en 1922.

(« Comment avez-vous qualifié ces écoles, déjà ? demande Godliman à Bloggs. Ah ! oui. L'équivalent germanique d'Eton et de Sandhurst. »)

Au cours des quelques années qui suivirent, Heinrich Rudolf Hans von Müller-Güder a servi dans une demi-douzaine de postes comme il se doit pour les officiers que l'on prépare pour l'état-major. Il a continué à se distinguer mais comme athlète et particulièrement dans les courses de fond. Il n'a jamais eu d'amis intimes, il ne s'est jamais marié et il a refusé de s'inscrire au parti national-socialiste. Sa promotion au grade de lieutenant a été quelque peu retardée par un vague incident intéressant la grossesse de la fille d'un lieutenant-colonel du ministère de la Défense... Il a tout de même obtenu sa promotion en 1928. Sa coutume de parler à ses supérieurs comme s'ils étaient ses égaux en grade a fini par lui être pardonnée parce qu'il était à la fois un jeune officier plein de promesses et un aristocrate prussien.

Vers la fin des années 20, l'amiral Wilhelm Canaris s'est lié d'amitié avec Otto, un oncle de Heinrich plus âgé que son père, et l'amiral est venu plusieurs fois passer ses vacances dans la propriété familiale d'Oln. En 1931, Adolf Hitler, qui n'était pas encore chancelier d'Allemagne, y a été invité.

En 1933, Heinrich a été nommé capitaine et il a été affecté à Berlin à un poste non précisé. C'est de cette époque que date la dernière photo.

C'est à peu près à ce moment-là, selon les informations connues, qu'il semble avoir cessé d'exister…

« Nous pouvons imaginer le reste, dit Percival Godliman. L'Abwehr lui enseigne les transmissions, les codes, la cartographie, les techniques de l'effraction, du chantage, du sabotage et de l'assassinat discret. Il arrive à Londres vers 1937, avec tout le temps nécessaire pour se fabriquer une couverture… sinon deux. Son instinct de solitaire est encore accru par la pratique de l'espionnage. Et lorsque la guerre éclate, il s'estime nanti d'une autorisation de tuer. (Godliman examine le document sur son bureau.) C'est un bel homme. »

C'est la photo de l'équipe de 5 000 mètres du 10e bataillon de chasseurs du Hanovre. Faber est au centre ; il porte une coupe. Il a le front haut, les cheveux ras, le menton long et la bouche petite, ornée d'un trait de moustache.

Godliman passe la photo à Billy Parkin.

« A-t-il beaucoup changé ?

— Il était plus âgé, mais c'est bien son… allure. (Il étudie pensivement le cliché.) Il avait les cheveux plus longs, la moustache rasée. Mais c'est lui, il n'y a pas de doute, conclut-il en leur repassant la photo.

— Il y a deux autres données dans le dossier, toutes les deux hypothétiques, dit Godliman. Selon la première, notre personnage serait entré dans les services secrets en 1933 – c'est la conclusion que l'on tire habituellement lorsque les états de service d'un officier s'interrompent sans raison apparente. La deuxième donnée fait état d'une rumeur, non confirmée de source sûre, selon laquelle il aurait été pendant quelques années un des conseillers confidentiels de Staline, sous le nom de Vassili Zankov.

— C'est incroyable, dit Bloggs, et je n'en crois pas un mot. »

Godliman a un mouvement d'épaules.

« Quelqu'un a pourtant persuadé Staline d'exécuter la crème de son corps d'officiers au cours des années de l'accession de Hitler au pouvoir. »

Bloggs hoche la tête et passe à un autre sujet.

« Et que faisons-nous maintenant ? »

Godliman réfléchit.

« Nous allons faire transférer Parkin dans nos services. Il est le seul homme qui, à notre connaissance, ait réellement vu Die Nadel. D'ailleurs il en sait trop pour que nous prenions le risque de le renvoyer au front ; imaginez qu'il soit fait prisonnier et interrogé. Ensuite, nous allons faire tirer une épreuve soignée de cette photo, après avoir fait allonger les cheveux et supprimer la moustache par un Picasso de la retouche. Et nous en ferons distribuer des copies.

— Nous n'allons pas sonner l'alerte générale ? dit Bloggs, pensif.

— Non. Pour l'instant nous opérons en douceur. Si nous mettons les journaux au courant, notre type en lira un et disparaîtra. Pour le moment, envoyez simplement ses photos aux services de la police.

— C'est tout ?

— Il me semble. À moins que vous n'ayez une autre idée. »

Parkin toussote et lance un timide : « Monsieur ?

— Oui.

— J'aimerais beaucoup mieux rejoindre mon unité. Je ne suis pas du genre “bureaucrate”, si vous voyez ce que je veux dire.

— Vous n'avez pas le choix, sergent. Au point où nous en sommes, un village italien de plus ou de moins n'a qu'une importance toute relative – alors que cet homme, ce Faber, peut nous faire perdre la guerre. Et je ne parle pas en l'air, croyez-moi. »

XI

Faber a décidé d'aller à la pêche.

Sous le soleil printanier, il est allongé sur le pont d'un dix-mètres qui descend un canal à environ trois nœuds à l'heure. D'une main paresseuse il tient la barre, de l'autre, une ligne qui traîne dans le sillage.

Il n'a pas pris un poisson de la journée.

En même temps qu'il pêche, il guette les oiseaux – les deux choses l'intéressent (il en est même arrivé à connaître bien des détails sur ces sacrés oiseaux), mais c'est aussi un alibi pour ses jumelles. Au début de la journée, il a aperçu un nid de martins-pêcheurs.

Les gens du chantier de Norwich ont été fort heureux de lui louer la barque pour une quinzaine. Les affaires sont mauvaises – ils n'ont plus que deux bateaux maintenant et l'un des deux n'a pas servi depuis Dunkerque. Faber a discuté le prix, pour la forme. Finalement, ils lui ont donné par-dessus le marché une caisse de conserves.

Faber a acheté des appâts dans une boutique voisine ; il a apporté de Londres ses cannes à pêche. Ils lui ont dit que le temps était propice et souhaité bonne pêche. Personne n'a demandé à voir sa carte d'identité.

Tout se présente bien pour l'instant.

En fait, c'est maintenant que les difficultés vont commencer. Car estimer la force d'une armée est bien difficile. Par exemple, il faut d'abord la trouver, cette armée.

En temps de paix, pour nous venir en aide, l'armée poserait ses propres panneaux indicateurs. Aujourd'hui, ils ont tous été enlevés, non seulement ceux de l'armée mais aussi les panneaux indicateurs routiers.

La solution la plus simple serait de prendre une voiture et de suivre un véhicule militaire jusqu'à sa destination. Mais Faber n'a pas de voiture – il est à peu près impossible pour un civil d'en louer une, et même si vous y parvenez, l'essence est à peu près introuvable. Par ailleurs, un civil courant la campagne derrière les voitures de l'armée et examinant les installations militaires ne manquerait pas de se faire arrêter.

Ce qui explique le bateau.

Il y a quelques années, avant qu'il ne devienne illégal de vendre des cartes, Faber a découvert que la Grande-Bretagne possède des milliers de kilomètres de voies navigables intérieures. Le réseau fluvial original s'est augmenté au cours du XIXe siècle d'une véritable toile d'araignée de canaux. Dans certaines régions, on trouve autant de voies fluviales que de routes. Norfolk est l'une de ces régions-là.

Et le bateau présente plusieurs avantages. Sur une route, un homme se rend certainement quelque part ; sur une rivière il fait simplement de la voile. Passer la nuit dans une voiture attire l'attention ; coucher dans un bateau amarré à la rive est tout naturel, la voie fluviale est déserte. Et qui a jamais entendu parler de barrages fluviaux ?

Il y a aussi des désavantages. Les aérodromes et les cantonnements se trouvent le plus souvent à proximité d'une route mais ils sont implantés sans souci de leur accès par voie fluviale. Faber doit donc explorer la campagne la nuit, abandonnant son bateau à l'amarre et escaladant les collines à la lueur de la lune ; randonnées harassantes d'une soixantaine de kilomètres au cours desquelles il peut facilement passer à côté de ce qu'il cherche à cause de l'obscurité ou plus simplement parce qu'il n'a pas le temps de fouiller à fond chaque coin du pays.

Lorsqu'il revient, une heure ou deux après l'aube, il dort jusqu'à midi puis il reprend sa course, s'arrêtant à l'occasion pour escalader une colline et inspecter les environs. Aux écluses, dans les fermes isolées et les pubs riverains, il bavarde avec les gens dans l'espoir de tomber sur une allusion à la présence d'une unité militaire. Jusqu'à présent, il a fait chou blanc.

Il en est à se demander s'il est bien dans la région qu'il cherche. Il a essayé de se mettre à la place du général Patton pour se dire : « Voyons, si j'avais l'intention de débarquer en France à l'est de la Seine en partant d'une base de l'Angleterre orientale, où installerais-je cette base ? » Norfolk est l'endroit qui s'impose : une vaste étendue de terres désertes, de landes planes pour l'aviation et près de la mer pour un départ rapide. Et le Wash[1] est idéal pour y mouiller une flotte. Cela dit, son raisonnement peut bien être erroné pour

1. Estuaire entre les comtés de Lincoln et de Norfolk.

des raisons qu'il ignore forcément. Il lui faudra bientôt se décider à traverser rapidement le pays pour explorer une autre région – peut-être les Fens[1].

Une écluse apparaît et il abat de la toile pour ralentir l'allure. Il glisse adroitement dans l'écluse et heurte doucement les portes. La maison de l'éclusier est au bord de la rive. Faber met ses mains en porte-voix et appelle. Puis il attend. Il a appris que les éclusiers appartiennent à une espèce de mammifères qu'il ne faut pas bousculer. D'autre part, c'est l'heure du thé, une heure à laquelle il ne saurait être question de leur faire faire un pas.

Une femme paraît à la porte et lui fait signe. Faber lui rend son salut, saute sur la rive, amarre son bateau et entre dans la maison. L'éclusier est à la table de cuisine en bras de chemise.

« Vous n'êtes pas pressé, par hasard ?

— Pas du tout, répond Faber en souriant.

— Verse-lui une tasse de thé, Mavis.

— Non, vraiment, dit Faber par politesse.

— Ce n'est rien, nous venons d'en faire une pleine théière.

— Alors, merci », accepte Faber en s'asseyant.

La petite cuisine est ouverte à tous vents, propre comme un penny neuf et le thé lui est servi dans une jolie tasse de porcelaine.

« Vacances de pêche ? demande l'éclusier.

— Pêche et observation d'oiseaux, explique Faber. J'ai l'intention d'amarrer prochainement et de passer un jour ou deux à terre.

---

1. Plaines marécageuses de l'East Anglia.

— Ah ! bon. Eh bien, le mieux est de rester de l'autre côté du canal. Ce côté-ci est zone interdite.

— Vraiment ? Je ne savais pas qu'il existait des terrains militaires dans les environs.

— Mais si, ça commence à peu près à huit cents mètres d'ici. Mais je n'ai pas la moindre idée si cela appartient à l'armée. Ils ne me l'ont pas dit.

— Ma foi, j'imagine que nous n'avons pas à le savoir, dit Faber.

— Certes. Buvez donc, allons, et je vais vous faire passer l'écluse. Et merci de m'avoir laissé finir mon thé. »

Ils sortent, Faber saute dans son bateau et détache le cordage. Les portes se referment lentement derrière lui puis l'éclusier ouvre les vannes. Le bateau descend en même temps que le niveau de l'eau dans l'écluse et l'éclusier ouvre les portes aval.

Faber hisse sa voile et sort. L'éclusier fait un geste d'adieu.

Faber s'arrête de nouveau quelques kilomètres plus loin et amarre son bateau à un gros arbre de la rive. En attendant que la nuit tombe, il se prépare un dîner de saucisses en boîte, de biscuits secs et d'eau minérale. Il passe ses vêtements noirs, glisse dans un havresac ses jumelles, un appareil photographique et un exemplaire des *Oiseaux rares de l'East Anglia,* met sa boussole dans sa poche et prend sa lampe électrique. Il est paré.

Il éteint la lampe-tempête, ferme la porte de la cabine et saute sur la rive. Consultant sa boussole à la lueur de sa lampe électrique, il entre dans la bande de terrain boisé qui longe le canal.

Faber a déjà couvert près d'un kilomètre, plein sud, lorsqu'il est arrêté par une clôture. Elle a deux mètres de haut ; c'est un grillage surmonté d'un rouleau de barbelés. Il regagne le bois qu'il vient de quitter et monte à un arbre.

Quelques nuages traînent dans le ciel sombre et dissimulent capricieusement la lune. Au-delà de la clôture, le terrain découvert s'élève en pente douce. Faber s'est déjà trouvé dans des situations semblables, à Biggin Hill, à Aldershot, et dans une douzaine de zones militaires du sud de l'Angleterre. Elles comportent deux systèmes de surveillance : des rondes périodiques le long de la clôture et des sentinelles fixes qui gardent les installations.

Il estime que l'on peut éviter les deux en usant de patience et de prudence.

Faber descend de son arbre et revient au grillage. Il se dissimule derrière un buisson et se dispose à attendre.

Il faut qu'il sache à quel moment la patrouille de ronde passe à cet endroit. Si les soldats ne se sont pas présentés avant l'aurore, il reviendra tout simplement la nuit prochaine. Avec un peu de chance, ils passeront avant peu. D'après l'étendue apparente de la zone gardée, Faber pense qu'ils ne font qu'une ronde complète par nuit.

La chance lui sourit. Peu après dix heures, il entend un bruit de pas et trois hommes défilent sous ses yeux de l'autre côté du grillage.

Cinq minutes plus tard, Faber a franchi la clôture.

Il avance plein sud ; lorsque toutes les orientations se valent, la ligne droite est la meilleure. Il n'allume pas sa lampe. Il passe le long des buissons et des arbres quand il le peut et évite les points élevés où un brusque rayon de lune pourrait révéler sa silhouette. Le paysage clairsemé est un tableau abstrait en noir, gris et argent. Sous ses pieds, le terrain est gras comme s'il était proche de marécages. Un renard traverse un champ non loin de lui, aussi rapide qu'un lévrier et gracieux comme un chat.

C'est vers onze heures et demie qu'il arrive près des premiers signes d'une activité militaire – et ils sont vraiment curieux.

La lune sort des nuages et il peut voir, à environ quatre cents mètres, plusieurs rangées de bâtiments à un seul étage, disposés avec l'indubitable précision d'un casernement. Il se couche immédiatement sur le sol mais il doute déjà de la réalité de ce qu'il a vu : car il n'y a pas la moindre lumière ni le moindre bruit dans ces bâtiments.

Il reste absolument immobile pendant une dizaine de minutes, pour que les choses puissent se préciser mais il n'arrive rien, sinon un blaireau qui l'aperçoit et file.

Faber avance en rampant.

En approchant, il constate que les baraquements ne sont pas simplement vides mais qu'ils ne sont pas terminés. La plupart ne sont guère qu'un toit sur des piliers. Certains n'ont qu'un mur.

Un bruit soudain l'arrête : le rire d'un homme. Il s'immobilise et observe. Une allumette brille un instant et s'éteint, laissant deux points rouges dans l'une des huttes inachevées : des gardes.

Faber caresse le stylet dans sa manche avant de recommencer sa reptation vers le côté du camp le plus éloigné des sentinelles.

Les abris à demi construits n'ont ni plancher ni fondations. On ne voit auprès aucun matériel de construction, pas de brouettes, de bétonnières, de pelles ou de tas de briques. Une piste de terre s'éloigne du camp, à travers champs, mais l'herbe pousse dans les ornières : elle n'a pas servi depuis longtemps.

Tout est comme si quelqu'un avait décidé de cantonner ici dix mille hommes et changé d'avis quelques semaines après qu'on eut commencé les travaux.

Pourtant, il y a quelque chose qui ne concorde pas avec cette explication.

Faber va prudemment de-ci, de-là, inquiet à l'idée que les sentinelles puissent se mettre en tête de faire une ronde. Un groupe de voitures militaires est au milieu du camp. Elles sont vieillies et rouillées et elles ont été vidées comme des volailles ; il ne leur reste ni moteur ni équipement intérieur. Mais si l'on a décidé de démolir de vieilles voitures, pourquoi n'a-t-on pas enlevé aussi les carrosseries pour la ferraille ?

Les constructions qui possèdent un mur sont celles situées à l'extérieur et le mur l'est également. Cela ressemble à un décor de cinéma et non à un chantier de construction.

Faber estime qu'il en sait suffisamment sur l'endroit. Il s'en va vers l'est du camp et rampe jusqu'à ce qu'il se trouve hors de vue derrière une haie. Quelques centaines de mètres plus loin, près du sommet d'un monticule, il se retourne et regarde. D'ici, l'ensemble apparaît très exactement comme un casernement.

L'ébauche d'une idée lui vient en tête. Il la laisse mûrir.

Le terrain est toujours relativement plat, relevé parfois par une pente douce. On y trouve des bosquets et des buissons de hautes herbes de marécages que Faber utilise pour se dissimuler. À un moment il lui faut contourner un lac, miroir d'argent sous la lune. Il entend le ululement d'une chouette, regarde d'où il est venu et aperçoit au loin une grange croulante.

Huit kilomètres plus loin, il tombe sur l'aérodrome.

Il y a là plus d'avions qu'il ne croyait la Royal Air Force capable d'en posséder. Il y a des Pathfinder lance-fusées éclairantes, des Lancester et des B-17 américains pour les bombardements de destructions de personnel, des Hurricane, des Spitfire et des Mosquito pour la reconnaissance et pour mitrailler la troupe; bref, assez d'appareils pour une invasion.

Et sans aucune exception, leur train d'atterrissage s'est enfoncé dans la terre et ils ont le ventre dans la boue.

Là encore, aucune lumière, aucun bruit.

Faber opère comme il l'a fait pour le casernement: il rampe vers les appareils jusqu'à ce qu'il ait repéré les gardes. Une petite tente est plantée au milieu de l'aérodrome. À travers la toile, on devine la faible lueur d'une lampe. Deux hommes, trois peut-être.

À mesure que Faber approche, les avions paraissent de plus en plus bas, comme si on les avait tous aplatis.

Il avance vers le plus proche et le touche, ahuri: c'est un morceau de contre-plaqué, découpé d'après la silhouette d'un Spitfire, recouvert d'un camouflage de peinture et attaché au sol.

Tous les autres appareils sont semblables.

Il y en a plus d'un millier.

Faber se redresse, surveillant la tente du coin de

l'œil, prêt à se laisser tomber à terre à la moindre alerte. Il fait le tour de l'aérodrome factice en observant les simulacres de chasseurs et de bombardiers. Il fait un rapprochement avec le décor de casernement qu'il a vu tout à l'heure et la signification de ce qu'il vient de découvrir le fait vaciller.

Il sait maintenant que s'il continue d'explorer il trouvera d'autres aérodromes comme celui-ci, d'autres casernements à demi construits. Et s'il allait faire un tour dans le Wash, il y trouverait sans aucun doute toute une escadre de cuirassés et de navires de transport en contre-plaqué.

C'est une ruse énorme, fignolée, onéreuse et insolente.

Évidemment, elle ne peut pas abuser longtemps un homme qui a le nez dessus. Mais elle n'est pas destinée à tromper les observations terrestres.

Elle est destinée à être vue du ciel.

Et même un appareil de reconnaissance volant en rase-mottes, équipé de caméras dernier modèle et de film ultra-rapide, rentrera à sa base avec une bande qui montrera indiscutablement une monstrueuse concentration d'hommes et de matériel.

Il n'est plus étonnant que l'état-major s'attende à un débarquement à l'est de la Seine.

Et Faber songe qu'on emploiera bien d'autres artifices. Les Britanniques feront allusion au Ier groupe d'armées américain dans leurs communications radio, en se servant de codes dont ils savent qu'ils sont déjà connus. L'intoxication jouera : des rapports mensongers, d'espions, parviendront à Hambourg par la valise diplomatique d'Espagne. Les possibilités sont infinies.

Les Britanniques ont eu quatre ans pour préparer le débarquement. Le gros de l'armée allemande combat en Russie. Une fois que les Alliés auront mis le pied sur le sol français rien ne pourra plus les arrêter. La seule chance qui restera aux Allemands sera de les attendre sur les plages et de les anéantir au moment où ils débarqueront des péniches de transport.

Et s'ils attendent au mauvais endroit, ils perdront cette chance-là.

La seule stratégie lui apparaît aussitôt clairement. Elle est simple et inéluctable.

Faber doit alerter Hambourg.

Il se demande s'ils vont le croire.

La stratégie de toute une guerre est rarement modifiée sur la foi d'un seul homme. Certes, le crédit qu'on lui accorde est élevé, mais est-il élevé à ce point vertigineux ?

Cet imbécile de von Braun ne le croira jamais. Il déteste Faber depuis des années et sautera sur la moindre occasion de le discréditer. Canaris, von Roenne... il ne se fie pas à eux.

Et puis il y a encore un problème : la radio. Il ne veut pas confier cela aux ondes... il y a des semaines qu'il a l'impression que son code n'est plus sûr. Si les Britanniques apprennent que leur secret a été éventé...

Il ne reste qu'une chose à faire : obtenir une preuve et l'apporter lui-même à Berlin.

Il lui faut des photographies.

Il va en prendre de cette gigantesque armée factice, puis il ira en Écosse, il s'embarquera sur le sous-marin et il remettra personnellement les photos au Führer. Il ne peut pas faire plus. Ni moins.

Pour photographier, la lumière lui est nécessaire. Il attendra donc l'aube. Il a repéré une petite grange en ruine – il peut y passer le reste de la nuit.

Il jette un coup d'œil à la boussole et se met en route. La grange est plus éloignée qu'il ne le croyait et il lui faut une heure pour y arriver. C'est une vieille construction en bois, au toit troué. Les rats l'ont abandonnée depuis longtemps, ils n'y trouvaient plus rien à se mettre sous la dent, mais il y a des chauves-souris dans le fenil.

Faber s'étend sur une planche mais il ne parvient pas à s'endormir. Comment dormirait-il alors qu'il sait qu'il est maintenant capable à lui seul de changer le cours de la guerre ?

L'aube doit se lever à 5 h 21. À 4 h 20 Faber quitte la grange.

Bien qu'il n'ait pas dormi, ces deux heures ont reposé ses muscles, calmé son esprit et il est maintenant plein d'ardeur. Le vent d'ouest a balayé le ciel et si la lune a disparu, une certaine clarté tombe des étoiles.

Il a bien calculé. Le ciel commence à s'éclaircir imperceptiblement lorsqu'il arrive en vue de « l'aérodrome ».

Les sentinelles sont restées sous leur tente. Avec un peu de chance, elles doivent dormir. Faber sait d'expérience que c'est pendant les dernières heures de ces corvées qu'il est le plus difficile de demeurer éveillé.

Et si elles se montrent, il lui faudra les tuer.

Il choisit un endroit et charge son Leica d'une bobine de pellicule Agfa 35 mm ultra-rapide. Il espère que la pellicule n'est pas gâtée : elle traîne dans sa valise depuis les derniers jours de la paix et il est impossible maintenant d'acheter de la pellicule en Grande-Bretagne. Elle doit pourtant être encore bonne : il l'a conservée dans une sacoche à l'épreuve de la lumière et loin de toute source de chaleur.

Lorsque le sommet du disque rouge du soleil se montre à l'horizon, Faber commence à déclencher son appareil. Il prend une série de photos de différents points et à différentes distances et termine avec un gros plan d'un avion factice ; les photos montreront à la fois l'illusion et la réalité.

Au moment où il prend la dernière, il décèle du coin de l'œil un mouvement. Il se jette à plat ventre et rampe sous un Mosquito de contre-plaqué. Un soldat sort de la tente, fait quelques pas et pisse dans l'herbe. L'homme s'étire, bâille et allume une cigarette. Il inspecte les alentours d'un œil endormi, il frissonne et regagne la tente.

Faber se redresse et se met à courir.

Cinq cents mètres plus loin, il se retourne. L'aérodrome est hors de vue. Il prend la direction de l'ouest, vers les casernes.

L'affaire promet d'être bien davantage qu'un coup d'espionnage ordinaire. Toute sa vie, Hitler a été le seul à avoir raison. L'homme qui apportera la preuve qu'une fois de plus le Führer était dans le vrai et que les experts et stratèges de tout acabit avaient tort, cet homme pourra s'attendre à bien davantage qu'une tape amicale sur l'épaule. Faber sait que le Führer l'estime déjà le meilleur agent de l'Abwehr – ce coup triomphal pourrait bien lui valoir la place de Canaris.

S'il le réussit.

Il force l'allure, trotte pendant vingt pas et marche pendant les vingt suivants, puis il reprend le trot, si bien qu'il arrive aux casernes vers six heures et demie. Le jour est levé maintenant et il ne peut s'approcher trop près parce que les sentinelles ici ne sont pas sous une tente mais dans un de ces abris sans murs et qu'elles peuvent voir partout autour d'elles. Il se couche près d'une haie et photographie de loin. Une épreuve normale ne montrera simplement qu'une caserne mais les agrandissements révéleront sûrement les détails de la ruse.

Lorsqu'il reprend la direction de son bateau, il a pris trente clichés. De nouveau, il se hâte, parce qu'il est terriblement visible – un homme vêtu de noir, portant un sac de toile de matériel, trottant à travers champs et dans une zone interdite.

Il retrouve la clôture une heure plus tard, n'ayant rien vu que des oies sauvages. En passant par-dessus le grillage il éprouve un immense soulagement. De l'autre côté de la clôture, les apparences étaient nettement contre lui ; de ce côté-ci, elles sont pour lui. Il peut reprendre son personnage d'observateur d'oiseaux, de pêcheur et de marin d'eau douce. Le moment critique de risque extrême est passé.

Il flâne dans la ceinture boisée, reprenant son souffle et laissant se dissiper la tension de l'aventure de la nuit. Il fera encore quelques kilomètres à la voile, décide-t-il, avant d'amarrer son bateau à la rive et de prendre quelques heures de sommeil.

Il arrive au canal. C'est fini. Le bateau est bien joli dans le soleil matinal. Dès qu'il aura repris sa route, il se fera du thé et…

Un homme en uniforme sort de la cabine du bateau et dit :

« Tiens, tiens, tiens. Et qui êtes-vous donc, s'il vous plaît ? »

Faber reste immobile pour reprendre son sang-froid et retrouver ses réflexes habituels. L'intrus porte l'uniforme de capitaine de la Garde territoriale. Il a à la hanche une sorte de revolver dans un étui au rabat fermé d'un bouton. Grand, mince, il a largement dépassé la cinquantaine. On voit des cheveux blancs sous sa casquette d'uniforme. Il n'a pas fait un geste vers son arme. Faber enregistre tout cela en même temps qu'il répond :

« Vous êtes dans mon bateau, alors il me semble que c'est moi qui devrais vous demander qui vous êtes.

— Capitaine Stephen Langham, de la Garde territoriale.

— Je m'appelle James Baker. »

Faber demeure sur la rive. Un capitaine ne va pas seul en patrouille.

« Et que faites-vous ici ?

— Je suis en vacances.

— D'où venez-vous ?

— D'observer les oiseaux.

— Avant le lever du jour ? Couvrez-le, Watson. »

Un jeune homme en treillis apparaît à gauche de Faber, un fusil de chasse à la main. Faber jette un regard à la ronde. Il y a un autre homme sur sa droite et un quatrième derrière.

Le capitaine crie :

« De quelle direction arrivait-il, caporal ? »

La réponse tombe du haut d'un chêne.

« De la zone interdite, capitaine. »

Faber évalue ses chances. Quatre contre un – jusqu'à ce que le caporal descende de son arbre. Ils n'ont que deux armes : le fusil de chasse et le revolver du capitaine. Et ce sont foncièrement des amateurs. Le bateau le servira aussi.

« Zone interdite ? Je n'ai vu qu'une sorte de clôture. Dites, ça vous ennuierait de braquer votre espingole dans une autre direction ? Elle pourrait faire feu par mégarde.

— Je n'ai jamais vu personne observer les oiseaux la nuit, dit le capitaine.

— Si vous installez votre cachette sous le couvert de l'obscurité, vous êtes tout caché pour le réveil des oiseaux. C'est la façon habituelle de procéder. Et maintenant, écoutez, tout ça est très beau : la Territoriale est très patriote, pleine de zèle et tout et tout mais il ne faut pas en remettre. Il me semble que vous n'avez qu'à vérifier mes papiers et à faire votre rapport, non ? »

Le capitaine n'est pas encore complètement convaincu.

« Qu'y a-t-il dans ce sac en toile ?

— Des jumelles, un appareil-photo et un bouquin sur les oiseaux. »

Faber approche la main de son sac.

« Non, pas vous, dit le capitaine. Fouillez le sac, Watson. »

Ça y est – l'erreur de l'amateur.

« Haut les mains », dit Watson.

Faber lève les bras au-dessus de sa tête, la main droite près de la manche gauche de son blouson. Faber répète en esprit comme pour un ballet les quelques secondes qui vont suivre – il ne doit pas y avoir de coups de feu.

Watson approche sur la gauche de Faber, le fusil braqué et il ouvre le rabat du sac de toile. Faber tire le stylet de sa manche, se rapproche brusquement et plonge la lame jusqu'à la garde dans le cou de Watson. De l'autre main, Faber lui arrache le fusil.

Les deux autres soldats avancent sur la rive et le caporal dégringole à travers le branchage du chêne.

Faber retire le stylet du cou de Watson au moment où le malheureux s'effondre à ses pieds. Le capitaine essaie maladroitement d'ouvrir son étui à revolver. Faber saute dans le bateau qui roule et déséquilibre l'officier. Faber frappe du stylet mais l'homme est trop loin pour que le coup soit précis. La pointe se prend dans le revers de l'uniforme et ne fait qu'une entaille au menton. La main du capitaine lâche l'étui à revolver pour se porter à sa blessure.

Die Nadel pivote brusquement pour faire face à la rive. L'un des soldats bondit, Faber avance, le bras droit tendu comme une lance d'acier et l'homme s'embroche sur les vingt centimètres de la lame.

Mais le choc renverse Faber et le stylet lui échappe. Le soldat s'effondre sur l'arme. L'Allemand se remet à genoux ; il n'a plus le temps de reprendre le stylet, le capitaine est en train d'ouvrir son étui : Faber bondit sur lui, les mains haut tendues. Le revolver est enfin sorti. Les pouces de Faber fouillent les orbites du capitaine qui hurle de douleur et essaie d'écarter les doigts qui menacent de lui arracher les yeux.

On entend un choc sourd au moment où le quatrième

territorial atterrit dans l'habitacle. Faber laisse là le capitaine maintenant incapable d'y voir suffisamment pour se servir de son revolver même s'il parvient à dégager le cran de sûreté. Le quatrième garde est armé d'une longue matraque de policier, il l'abat de toutes ses forces. Faber fait un pas de côté, le coup manque sa tête mais le touche à l'épaule et lui paralyse le bras. Du tranchant de la main, il frappe le cou de l'homme, un coup puissant, précis mais qui paraît n'avoir aucun effet puisque l'homme relève sa matraque pour frapper encore. Faber se colle à lui. Son bras gauche s'est réveillé et lui fait mal mais il saisit tout de même la tête du soldat entre ses mains : il pousse, il tord, il pousse encore. On entend un craquement au moment où les vertèbres cèdent. Au même moment la matraque s'abat sur la tête de l'Allemand cette fois. Il recule, en tournant sur lui-même, à demi assommé.

Le capitaine le heurte titubant toujours. Faber le repousse. La casquette d'uniforme vole ; le capitaine recule, trébuche par-dessus le plat-bord et tombe dans le canal en faisant jaillir une gerbe d'eau.

Le caporal se laisse tomber de son arbre. Faber reprend son stylet sous l'homme embroché et saute sur la rive. Watson vit encore mais il n'en a plus pour longtemps, le sang jaillit de son cou déchiré.

Faber et le caporal sont face à face. Le caporal est armé d'un fusil.

Mais il est terrifié naturellement. Pendant les quelques secondes qu'il a mis à descendre de son arbre, cet homme a réussi à tuer trois de ses copains et il a envoyé un quatrième homme dans le canal.

D'un coup d'œil, Faber juge le fusil. Une vieillerie –

presque une pièce de musée. Si le caporal s'y fiait vraiment, il y a longtemps qu'il aurait tiré.

Le caporal fait un pas en avant et Faber remarque qu'il évite de prendre appui sur sa jambe droite – il a dû se faire mal en descendant de l'arbre. Faber avance de côté, forçant le caporal à tourner en portant son poids sur sa jambe handicapée pour continuer de braquer son fusil. De la pointe du soulier, Faber déloge une pierre et botte. L'attention du soldat se détourne une seconde et Faber attaque.

Le caporal appuie sur la détente, rien ne se passe. La vieille pétoire est enrayée. Et même s'il avait tiré, il aurait manqué l'Allemand, il fixait la pierre ; sa jambe blessée se dérobe et Faber bondit.

D'un seul coup de stylet, il l'égorge.

Il ne reste plus que le capitaine.

Faber voit l'homme escalader le talus de l'autre côté du canal. Il ramasse une pierre, la lance. Le capitaine est touché à la tête mais il se hisse sur la terre sèche et se met à courir.

Faber bondit vers la rive, plonge et en quelques brasses il est de l'autre côté. Le capitaine est à cent mètres, il court mais il est âgé. Faber le rattrape à chaque foulée et il entend bientôt la respiration sifflante, expirante. Le capitaine ralentit puis s'effondre au pied d'un buisson. Faber arrive et le retourne.

« Assassin ! lui lance le capitaine.

— Tu as vu mon visage », répond Faber et il le tue.

XII

L'appareil JU-52, trimoteur de transport aux ailes frappées de la svastika, tressaute avant de faire halte sur la piste luisante de pluie de Rastenburg, dans une forêt de Prusse orientale. Un homme plutôt petit, aux traits accusés – nez fort, large bouche et grandes oreilles –, débarque et traverse rapidement le tarmac pour aller à une Mercedes qui attend.

Pendant que la voiture roule dans la forêt triste et humide, le feld-maréchal Erwin Rommel retire sa casquette d'uniforme et passe une main inquiète sur la lisière de ses cheveux rares. Il sait que dans quelques semaines, un autre officier suivra la même route avec une bombe dans son porte-documents – une bombe destinée au Führer en personne. En attendant, la lutte doit se poursuivre, afin que le nouveau chef de l'Allemagne – qui pourrait bien être lui – puisse négocier avec les Alliés en s'appuyant sur une position encore suffisamment forte.

Après quinze kilomètres de route, la voiture arrive au Wolfsschanze, l'Antre du loup, nouveau quartier général de Hitler et du quarteron de généraux de plus en plus psychopathes qui l'entourent.

Un crachin continu tombe du ciel et l'eau coule à grosses gouttes des hauts conifères. À la clôture des quartiers personnels de Hitler, Rommel remet sa casquette et descend de voiture. Rattenhuber, chef des gardes du corps S.S., tend la main sans un mot pour recevoir le pistolet du feld-maréchal.

La conférence doit avoir lieu dans le bunker souterrain, un abri bétonné, froid, humide et sans air. Rommel descend les marches et entre. Ils sont déjà là, une douzaine à peu près, qui attendent la conférence de midi ; Himmler, Goering, von Ribbentrop, Keitel. Rommel salue d'un signe de tête et s'assoit sur une chaise inconfortable.

Tout le monde se lève à l'entrée de Hitler. Il porte tunique grise, pantalon noir et Rommel remarque qu'il se voûte de plus en plus. Il va droit à l'extrémité du bunker où une vaste carte du nord-ouest de l'Europe est clouée dans le béton. Il paraît las et irritable. Il attaque sans préambule.

« Il y aura une invasion alliée en Europe. Elle se fera cette année. Elle partira de Grande-Bretagne, et sera formée de troupes anglaises et américaines. Elles débarqueront en France. Nous les anéantirons sur la ligne de marée haute. Il n'y a pas matière à discussion à cet égard. »

Le chef du Reich jette un regard autour de lui, comme pour voir si quelqu'un de son état-major oserait le contredire. Silence total. Rommel frissonne : le bunker est froid comme un tombeau.

« La seule question qui se pose est la suivante : où débarqueront-ils ? Von Roenne, votre rapport. »

Le colonel Alexis von Roenne, qui a succédé à Canaris, se lève. Simple capitaine à la déclaration de guerre, il s'est distingué en élaborant un remarquable rapport sur les faiblesses de l'armée française – un rapport dont on a reconnu qu'il avait été un facteur décisif de la victoire allemande. Von Roenne a été nommé chef du Service de renseignements de l'armée en 1942 et son service a absorbé l'Abwehr à la chute de Canaris. Rommel a entendu dire que l'homme est orgueilleux, qu'il ne mâche pas ses mots mais est très capable.

« Nos renseignements sont nombreux, dit von Roenne, mais loin d'être complets. Le nom de code donné par les Alliés à l'opération est : "Overlord." La répartition des troupes en Grande-Bretagne est la suivante. (Il prend une règle et traverse la pièce jusqu'à la carte.) Primo : sur la côte sud. Secundo : ici dans la région connue sous le terme d'East Anglia. Tertio : en Écosse. La concentration des troupes d'East Anglia est de loin la plus forte. Nous en concluons que l'invasion aura un axe triple. Primo : une attaque de diversion sur la Normandie. Secundo : le coup d'estoc principal sur la côte de Calais, par le détroit de Douvres. Tertio : un débarquement de flanc en Norvège, à travers la mer du Nord. Toutes les sources de renseignements confirment ces prévisions. »

Von Roenne se rassoit.

« Commentaires ? » demande Hitler.

Rommel, qui commande le groupe d'armées B

chargé de garder la côte nord de la France, prend la parole.

« Je peux rendre compte d'un indice concordant : c'est le Pas-de-Calais qui a reçu de loin le plus fort contingent de bombes.

— Quelles sont les sources de renseignements qui confirment votre pronostic, von Roenne ? » demande Goering.

Von Roenne se lève de nouveau.

« Il y en a trois : les reconnaissances aériennes, l'écoute des communications radio de l'ennemi et les rapports de nos agents », dit-il, et il se rassoit.

Hitler croise les mains comme pour se protéger les parties génitales, un réflexe nerveux qui annonce qu'il est sur le point de faire un exposé.

« Je vais vous dire maintenant, commence-t-il, comment je raisonnerais si j'étais Winston Churchill. Deux choix s'offrent à moi : l'est de la Seine ou l'ouest. L'est présente un avantage : il est plus proche. Mais dans la science de la guerre moderne il n'existe que deux distances : à la portée de l'aviation de chasse ou hors de sa portée. Or, les deux choix sont à la portée de l'aviation de chasse. Donc, la distance n'entre pas en ligne de compte.

« L'ouest possède un grand port – Cherbourg – et l'est n'en a pas. Et ce qui est plus important : l'est est plus puissamment fortifié que l'ouest. Et l'ennemi, lui aussi, a des avions de reconnaissance.

« Donc, je choisirais l'ouest. Et que ferais-je alors ? J'essaierais d'amener les Allemands à penser le contraire ! J'enverrais deux bombardiers sur le Pas-de-Calais pour un en Normandie. J'essaierais de démolir les ponts sur la Seine les uns après les autres. Je diffuserais sur les ondes des messages trompeurs, j'enverrais des renseignements truqués, je disposerais mes troupes de manière à fourvoyer l'ennemi. Je bernerais des idiots comme Rommel et von Roenne. Je m'efforcerais même de tromper le Führer lui-même ! »

C'est Goering qui parle le premier, après un long silence glacé.

« Mon Führer, il me semble que vous flattez beaucoup Churchill en lui prêtant un génie égal au vôtre. »

La tension diminue notablement dans l'ambiance inconfortable du bunker. Goering a dit exactement ce qu'il fallait dire : il s'est arrangé pour exprimer son désaccord sous la forme d'un compliment. Les autres l'imitent, chacun exposant ses arguments de plus en plus fermement – les Alliés choisiront la voie la plus courte pour aller vite ; la côte la plus voisine permettra aux chasseurs qui assureront la couverture aérienne de se ravitailler et de revenir en action plus rapidement ; le sud-est de l'Angleterre offre une meilleure position de départ avec ses estuaires et ses ports plus nombreux ; enfin il serait incroyable que tous les rapports des agents fussent faux.

Hitler écoute pendant une demi-heure puis lève les mains pour réclamer le silence. Il ramasse sur la table une liasse de feuilles jaunies qu'il brandit.

« En 1941, dit-il, j'ai publié mon instruction sur "L'édification des défenses côtières", dans laquelle je prédisais que le débarquement décisif des Alliés se ferait sur les parties saillantes de la Normandie et de la Bretagne, dont les excellents ports feraient d'idéales têtes de pont. C'est ce que mon intuition me disait alors et c'est ce qu'elle me répète aujourd'hui ! »

Un flocon d'écume apparaît sur la lèvre inférieure du Führer.

Von Roenne prend la parole. (Il a plus de cran que moi, songe Rommel.)

« Mon Führer, dit-il, nos recherches continuent, comme de juste, et il existe un certain point de nos enquêtes qui doit être porté à votre connaissance. Il y a quelques semaines, j'ai envoyé en Angleterre un émissaire avec pour mission de contacter l'agent connu sous le nom de Die Nadel. »

Les yeux de Hitler s'éclairent.

« *Ach !* Je connais l'homme. Continuez.

— Die Nadel a pour mission d'évaluer la force du 1er groupe d'armées américain sous le commandement du général Patton et basé en East Anglia. S'il nous révèle que l'on a accordé à cette force une importance excessive, nous devons certainement reconsidérer nos prévisions. Toutefois, s'il déclare dans son rapport que cette armée est aussi puissante que nous le supposons actuellement alors il ne peut guère faire de doute que Calais soit l'objectif. » Goering interroge von Roenne du regard.

« Qui est ce Die Nadel ? »

C'est Hitler qui répond à la question.

« Le seul agent convenable que Canaris ait jamais recruté – et il l'a recruté sur mon ordre. Je connais sa famille – des Allemands patriotes, fidèles, honnêtes. Quant à Die Nadel – un homme brillant, brillant ! Je lis tous ses rapports. Il est à Londres depuis… »

Von Roenne l'interrompt :

« Mon Führer… »

Hitler lui jette un regard furieux.
« Quoi ? »
Von Roenne se hasarde :
« Alors vous accepteriez le rapport de Die Nadel ? »
Hitler acquiesce du menton.
« Cet homme découvrira la vérité. »

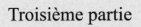

Troisième partie

XIII

Frissonnant, Faber s'appuie à un arbre et il vomit. Puis il se demande s'il doit enterrer les cinq morts.

Cela prendra une demi-heure ou une heure, estime-t-il, selon qu'il dissimulera plus ou moins bien les corps. Et pendant ce temps-là, il peut se faire prendre.

Mais il lui faut courir ce risque qui peut lui faire gagner des heures précieuses en retardant la découverte du massacre. On s'apercevra vite de la disparition des cinq hommes – on commencera à aller à leur recherche vers neuf heures. S'ils faisaient une patrouille normale, leur itinéraire est connu. La première décision que prendra l'unité chargée des recherches sera d'envoyer un homme refaire le parcours. Si les corps restent là où ils sont, l'homme les verra et donnera aussitôt l'alarme. Sinon, il rentrera et il faudra monter toute une opération, avec chiens et policiers pour fouiller chaque buisson. Il leur faudra alors toute la journée sans doute pour retrouver les cadavres. À ce moment-là, Faber sera peut-être déjà à Londres. Il est essentiel qu'il ait quitté les parages avant qu'ils apprennent qu'ils ont affaire à un assassin.

Il décide de courir le risque de rester une heure de plus sur les lieux.

L'Aiguille retraverse le canal à la nage, le vieux capitaine sur l'épaule, et le jette sans cérémonie derrière un buisson, puis il sort les deux corps restés dans l'habitacle et il les place sur celui du capitaine. Enfin, il ajouta au tas Watson et le caporal.

Il n'a pas de pelle et la fosse doit être pourtant assez profonde. Il trouve un coin de terre meuble à quelques pas dans le bois. Et le sol est même déjà légèrement en creux. Faber prend une casserole dans la minuscule cuisine du bateau et il se met à creuser.

Le travail est d'abord facile : sur une soixantaine de centimètres il tombe sur du terreau. Puis il arrive à l'argile et creuser devient extrêmement difficile. En une demi-heure il n'a pu fouiller qu'une cinquantaine de centimètres plus profond. Il faudra que cela suffise.

Il amène les corps un à un et les jette dans le trou. Puis il retire ses vêtements ensanglantés, couverts de boue et les étend sur les corps. Enfin, il recouvre la tombe de terre et d'une couche de branchages et de feuillage arrachés aux arbres et aux buissons. Cela trompera bien un moment un coup d'œil superficiel.

Près de la rive, il efface du pied les taches de sang que Watson a laissées sur le sol en mourant. Il y a aussi du sang dans le bateau, là où est tombé le corps du soldat embroché. Faber essuie le pont avec un chiffon.

Enfin, il met des vêtements propres, hisse la voile et s'en va.

Il n'est plus question de pêche ni d'observation d'oiseaux ; l'heure n'est pas aux amusants perfectionnements de son personnage. Non, il hisse toute la toile pour s'éloigner le plus vite possible de la tombe. Il lui faut aussi abandonner le bateau et trouver rapidement un moyen de transport plus rapide. En voguant, il réfléchit aux possibilités qui peuvent s'offrir à lui de prendre un train ou une voiture. La voiture serait plus rapide, s'il pouvait en voler une ; mais on pourrait bien la rechercher très vite, qu'ils aient ou non l'idée d'associer le vol à la disparition de la patrouille. Trouver une gare prendra peut-être du temps, mais cela semble plus sûr ; en prenant des précautions, il peut échapper aux recherches une grande partie de la journée.

Et que faire aussi avec le bateau ? Dans l'idéal, il faudrait le saborder mais il peut être surpris pendant l'opération. S'il le laisse dans un port quelconque ou tout simplement amarré à la rive, la police le rattachera d'autant plus tôt au massacre ; et cela leur révélera dans quelle direction il se dirige. Il renvoie la décision à plus tard.

Le malheur, c'est qu'il ne sait pas trop où il se trouve. La carte des voies fluviales dont il dispose porte bien tous les cours d'eau navigables, tous les ports et les écluses d'Angleterre mais elle n'indique pas les lignes de chemin de fer. Il calcule qu'il se trouve à une ou deux heures de marche d'une demi-douzaine de villages mais un village ne signifie pas toujours une gare.

Les deux questions trouvent aussitôt leur réponse ; le canal passe sous une voie de chemin de fer.

L'Allemand prend sa boussole, la bobine de pellicule, son portefeuille et son stylet. Le reste de ses biens s'engloutira avec le bateau.

Le chemin de halage est bordé d'arbres sur les deux

rives et aucune route n'est proche. Il ferle les voiles, démonte l'embase du mât et pose celui-ci sur le pont. Puis il arrache la bonde de la quille et monte sur la rive, le cordage à la main.

Le bateau s'emplit d'eau progressivement en dérivant. Faber hale le cordage pour maintenir le bateau exactement sous l'arche du pont au moment où il s'enfonce. Le pont arrière s'engloutit le premier, la proue suit et finalement l'eau du canal se referme sur le toit de la cabine. Quelques bulles et puis plus rien. Dans l'ombre du pont, la silhouette du bateau échappe aux regards. Faber envoie le cordage.

La ligne de chemin de fer est orientée nord-est, sud-ouest. Faber escalade le talus du rivage et prend la direction sud-ouest, celle de Londres. C'est sans doute une ligne secondaire à double voie. Il doit y passer peu de trains et qui s'arrêtent à toutes les gares.

Le soleil se fait plus fort à mesure que l'Allemand marche et l'effort lui donne chaud. Après avoir enterré ses vêtements noirs tachés de sang, il ne lui restait qu'un blazer croisé et un épais pantalon de flanelle. Il retire son blazer et le jette sur son épaule.

Trois quarts d'heure plus tard, il entend un teuf-teuf au loin et se dissimule dans un buisson près de la voie. Une vieille locomotive à vapeur passe lentement en direction du nord-est, crachant de lourds panaches de fumée et tirant une rame de wagons à charbon. S'il en venait une semblable dans l'autre sens, il pourrait sauter dedans en voltige. Mais serait-ce sage ? Certes, cela lui épargnerait une longue marche. Mais d'autre part, un homme couvert de poussière de charbon ne passe pas inaperçu et il pourrait bien avoir des difficultés à descendre sans se faire remarquer. Non, décidément, il est plus sûr de marcher.

La voie court, droite comme une flèche, à travers le paysage plat. Faber dépasse un fermier en train de labourer un champ. Le paysan lui adresse un salut de la main sans interrompre son travail. Il est trop loin pour pouvoir distinguer les traits du visage de Faber.

Il a déjà couvert une quinzaine de kilomètres lorsqu'il aperçoit une gare. Elle est encore à sept ou huit cents mètres et il n'en peut voir que les quais et un faisceau de signaux. Il quitte la voie et coupe à travers champs en restant près des arbres jusqu'à une route.

Quelques minutes plus tard, il arrive au village. Rien pour en indiquer le nom. Maintenant que la menace d'invasion n'est plus qu'un souvenir, les panneaux indicateurs reprennent peu à peu leur place mais le village n'en est pas encore là.

Il y a un bureau de poste, un marchand de grains et d'engrais et un pub à l'enseigne du *Taureau*. Une femme qui pousse une voiture d'enfant lui lance un bonjour amical au moment où il passe au pied du monument aux morts de la guerre… de l'autre. La petite gare se chauffe au soleil matinal. Faber y entre.

Un horaire des trains est collé sur un panneau. Faber se plante devant. À travers le guichet où l'on délivre les billets une voix annonce :

« À votre place, je ne me fierais pas à ça. C'est le plus bel ouvrage de fiction depuis *L'Histoire des Forsyte.* »

Die Nadel savait bien que l'horaire serait périmé mais il voulait s'assurer que les trains allaient bien à Londres et c'est le cas.

« Avez-vous une idée de l'heure du prochain train pour Liverpool Street ? » demande-t-il.

L'employé éclate de rire.

« Aujourd'hui… si vous avez de la chance.

— Donnez-moi tout de même un billet. Aller simple.

— Cinq shillings quatre pence. Il paraît que les trains italiens, eux, sont à l'heure, dit ironiquement l'employé.

— Plus maintenant, réplique Faber. De toute manière, je préfère nos trains en retard et notre régime politique. »

L'homme lui jette un regard confus.

« Vous avez bien raison, pour ça oui. Vous n'aimeriez pas aller attendre au *Taureau* ? Vous entendrez le train arriver – sinon, je vous enverrai chercher. »

Faber ne tient pas au tout à ce que d'autres puissent voir son visage.

« Non merci, ça me coûterait de l'argent », dit-il en prenant son billet et en sortant sur le quai.

L'employé l'y suit quelques minutes plus tard et s'assied à côté de lui sur le banc, au soleil.

« Vous êtes pressé ? » demande-t-il.

Faber hoche négativement la tête.

« Je me suis offert la journée. Comme je m'étais levé en retard, je me suis disputé avec le patron et puis le camion qui m'avait recueilli est tombé en panne.

— Il y a des jours comme ça. Bah ! fait l'employé en regardant sa montre, il est passé à l'heure en montant ce matin et il est écrit que ce qui monte doit descendre. Vous aurez peut-être de la veine », lance-t-il en retournant à son guichet.

Faber a de la veine. Le train arrive vingt minutes plus tard. Il est plein de paysans, de familles, d'ouvriers et de soldats. Faber se fait une place sur le plancher près d'une fenêtre. Au moment où le train s'ébranle, il ramasse un journal de l'avant-veille, emprunte un crayon et il s'attaque aux mots croisés. Il n'est pas peu fier de pouvoir faire les mots croisés en anglais – c'est la pierre de touche de la maîtrise d'une langue étrangère. Au bout d'un moment, le balancement du train le berce, le plonge dans un mauvais sommeil et il se met à rêver.

C'est un rêve familier, celui de son arrivée à Londres.

Il vient de France avec un passeport belge au nom de Jan Van Gelder, représentant de Philips (ce qui expliquera sa valise-radio si les douaniers l'ouvrent). À cette époque, son anglais était courant mais pas encore familier. Les douaniers ont été aimables, un Belge est un allié. Il prend le train pour Londres. On y trouvait encore des places libres alors et on pouvait même y prendre un repas. Faber s'est offert pour dîner un rosbif et un *Yorkshire pudding*. Il trouve cela amusant. Il parle de la situation politique européenne avec un étudiant en histoire de Cardiff. Le rêve est tout à fait banal et conforme à la réalité jusqu'à ce que le train arrive à la gare de Waterloo. C'est là qu'il tourne au cauchemar.

Les ennuis commencent à la barrière où on lui rend son billet. Comme tous les rêves, celui-là est étrangement illogique. Ce n'est pas son faux passeport qu'ils mettent en doute mais son billet qui est pourtant un billet de chemin de fer britannique parfaitement authentique.

« C'est un billet de l'Abwehr, dit l'employé.

— Non, ce n'est pas», répond Faber avec un accent allemand d'une lourdeur effroyable.

Qu'est-il advenu de ses délicates consonnes anglaises ? Elles ne veulent pas sortir.

« J'ai cela à Douvres, *gekauft* ! » (Bon Dieu, c'est le comble !)

Mais l'employé – qui s'est soudain transformé en un policeman de Londres, des souliers jusqu'au casque de feutre – semble ne pas se rendre compte de son brusque retour à l'allemand. Il sourit poliment et dit :

« Il serait bon que je vérifie votre *klamotte* [1], monsieur. »

La gare est pleine de monde. Faber imagine qu'il pourra s'échapper en se mêlant à la foule. Il laisse tomber sa valise-radio et file en fendant la cohue. Brusquement, il se rappelle qu'il a laissé son pantalon dans le train et qu'il porte des chaussettes brodées de svastikas. Il faut absolument qu'il s'arrête au premier magasin pour acheter un pantalon avant que l'on ne remarque cet homme en caleçon, avec ses chaussettes nazies. Et tout à coup, dans la foule, quelqu'un s'écrie : « J'ai déjà vu votre visage ! » lui fait un croche-pied, Faber tombe de tout son haut... et se retrouve sur le plancher du wagon où il s'est endormi.

Ses yeux clignotent, il bâille et regarde autour de lui. Il a la tête lourde. Tout de suite il se rassure : ce n'était qu'un rêve heureusement puis le symbolisme ridicule l'amuse – des svastikas sur les chaussettes, pour l'amour du Ciel !

---

1. Frusques.

« Vous avez fait un bon somme », lui dit un homme en bleus de travail, assis à côté de lui.

Faber lui jette un coup d'œil perçant. Il craint toujours de parler pendant son sommeil et de se trahir.

« J'ai fait un mauvais rêve », répond-il.

Mais l'homme n'a aucune réaction.

La nuit tombe. Il a vraiment dormi longtemps. Le plafonnier du wagon s'allume subitement, une seule ampoule barbouillée de bleu et quelqu'un abaisse les stores. Les visages deviennent de simples taches claires, ovales. L'ouvrier renoue la conversation.

« Vous avez manqué le plus intéressant, dit-il à Faber.

— Qu'est-il arrivé ? » demande-t-il en fronçant les sourcils.

Il est impossible qu'il y ait eu un contrôle policier pendant qu'il dormait.

« Nous avons croisé un de ces trains américains, vous savez. Il allait à peu près à quinze à l'heure, conduit par un négro, sonnant sa cloche à toute volée et avec un énorme chasse-bestiaux devant la loco ! On se serait cru au Far West. »

L'Aiguille sourit et repense à son rêve. En réalité, son arrivée à Londres s'est passée sans incident. Il est d'abord descendu à l'hôtel, en se servant toujours de son passeport belge. En moins d'une semaine, il a visité plusieurs cimetières des environs, pour relever sur les pierres tombales les noms d'hommes de son âge. Cela fait, il a demandé les duplicata de trois actes de naissance. Il a alors trouvé un logement et un emploi modeste en utilisant une lettre de références d'une firme apocryphe de Manchester. Il s'est même fait inscrire sur les listes électorales de Highgate, juste avant la guerre et il a voté pour le parti conservateur. Quand le rationnement a été institué, les cartes d'alimentation ont été distribuées par les propriétaires d'immeubles à toute personne y ayant passé la nuit à une date précise. Faber s'est arrangé pour passer une partie de cette nuit-là sous trois toits différents et il a ainsi obtenu des cartes pour chacun de ses trois personnages. Puis il a brûlé le passeport belge – s'il a jamais besoin d'un passeport et c'est peu probable, il pourra en obtenir trois et très authentiquement britanniques.

Le train s'arrête et, au bruit qui règne à l'extérieur, les voyageurs devinent qu'ils sont arrivés. En descendant du train, Faber s'aperçoit qu'il a grand faim et soif. Son dernier repas – saucisses, biscuits secs et eau minérale – remonte à vingt-quatre heures. Il passe le contrôle des billets et va au buffet, qui est plein de gens, de soldats, surtout, qui dorment ou essaient de dormir à demi couchés sur les tables.

Faber demande un sandwich au fromage et une tasse de thé.

« La nourriture est réservée aux militaires, dit la serveuse derrière son comptoir.

— Bien, alors donnez-moi seulement le thé.

— Vous avez une tasse ?

— Non, je n'en ai pas, dit Faber stupéfait.

— Nous non plus, mon vieux. »

Faber pense un instant à aller dîner au *Great Eastern Hotel,* mais cela demanderait du temps. Il entre donc dans un pub, boit deux pintes d'une bière anémique. Puis en passant devant un éventaire de «poisson et frites», il en prend un cornet dont il dévore le contenu, debout sur le trottoir. Et il se sent le ventre agréablement plein.

Il lui reste maintenant à trouver une pharmacie.

Faber tient, en effet, à développer lui-même sa bobine de pellicule pour être certain que ses photos sont réussies. Il ne veut pas courir le risque de retourner en Allemagne avec une bobine de pellicule gâtée, inutile. Si ses photos sont ratées, il faudra voler une autre bobine et retourner là-bas. Perspective insupportable.

La pharmacie doit être une boutique moyenne indépendante, et non la succursale d'une chaîne, d'où sa pellicule partirait pour être développée au siège. Elle doit être située dans un quartier où les gens ont les moyens de s'offrir un appareil photo – ou, du moins, ils ont pu se l'offrir avant la guerre. Ce quartier est de Londres dans lequel se trouve Liverpool Street n'est pas ce qu'il lui faut. Il prend la direction de Bloomsbury.

Sous la lune, les rues sont silencieuses. On n'a pas encore entendu les sirènes, ce soir. Deux M.P., deux policiers militaires, l'arrêtent dans Chancery Lane et lui demandent ses papiers. L'Allemand affecte d'être un peu ivre et les M.P. ne lui demandent pas ce qu'il fait dans la rue à cette heure-là.

Il trouve la boutique de son goût au nord de Southampton Row. Il y a une pancarte Kodak dans la vitrine. Chose extraordinaire, la boutique est encore ouverte.

Un homme en blouse blanche, voûté et de mauvaise humeur, aux cheveux rares et aux épaisses lunettes de myope, est derrière son comptoir.

« Nous ne sommes ouverts que pour les ordonnances médicales, grogne-t-il.

— Ça ne fait rien, je viens simplement vous demander si vous développez les bobines de pellicule.

— Oui, mais revenez demain…

— Pourrais-je avoir les épreuves dans la journée ? Mon frère est en permission et il voudrait en emporter…

— Vous les aurez en vingt-quatre heures. Revenez demain.

— Merci, à demain. »

En sortant, l'Allemand remarque un avis qui indique que la boutique doit fermer dans dix minutes. Il traverse la rue et attend dans l'ombre.

À neuf heures précises, le pharmacien sort, ferme sa boutique et s'en va. Faber prend la direction opposée et tourne deux fois sur sa droite.

Il n'a pas aperçu de porte de service ouvrant sur l'arrière-boutique et il n'a pas l'intention de fracturer la porte d'entrée : il ne faut pas attirer l'attention d'un policier qui ferait sa tournée au moment où il sera dans la boutique. Il parcourt la rue parallèle, cherchant une issue. Il doit bien exister un dégagement quelconque, les deux rues sont trop distantes l'une de l'autre pour que les maisons soient mitoyennes.

Il arrive finalement à une vaste maison ancienne, l'internat d'un collège voisin. La porte n'est pas fermée. Faber entre, traverse rapidement et arrive dans la cuisine. Une jeune fille est seule : assise à une table, elle lit en buvant du café.

« Contrôle de black-out », murmure Faber.

La jeune fille fait un signe de tête et se replonge dans son livre. Faber sort par la porte de derrière.

Il traverse une cour, se cogne dans un tas de poubelles, et arrive à une porte qui donne sur une ruelle. En deux secondes, il se trouve derrière la boutique du pharmacien. Apparemment, on n'utilise jamais cette porte. Il grimpe sur de vieux pneus, un matelas réformé et pousse la porte de l'épaule. Le bois pourri cède et Faber se retrouve à l'intérieur de la boutique.

Il trouve vite la chambre noire et s'y enferme. L'interrupteur actionne une faible lampe rouge au plafond. Le laboratoire est parfaitement équipé, avec des bouteilles de révélateur, une agrandisseuse et même une sécheuse pour les épreuves.

Faber travaille vite mais avec soin : il chauffe les bains à la température voulue, brasse les liquides pour un développement harmonieux de sa pellicule, surveillant la durée des opérations sur le cadran d'une grosse horloge électrique fixée au mur.

Les négatifs sont parfaits.

Il les laisse sécher puis les place dans l'agrandisseuse et fait une série complète d'épreuves 18 x 24. Il voit avec joie les images apparaître progressivement dans le bain de révélateur – bon Dieu, quel beau travail il a fait là !

Reste maintenant une décision capitale à prendre.

Il a tourné et retourné toute la journée le problème dans son esprit et maintenant que les photos sont prêtes, le moment est venu de le résoudre.

Et s'il n'arrive pas à regagner l'Allemagne ?

Le voyage qui l'attend est, pour le moins, hasardeux. En dépit des restrictions sur les déplacements et de la surveillance exercée sur les côtes, Faber est absolument certain que son habileté lui permettra d'être fidèle au rendez-vous fixé mais il ne peut pas certifier, lui, que le U-boat sera bien là et qu'il s'en retournera par la voie de la mer du Nord. Et puis, lui peut fort bien être renversé par un autobus en sortant de la boutique.

L'éventualité qu'il puisse disparaître après avoir découvert le secret le plus important de la guerre et que ce secret disparaisse avec lui, est trop horrible à envisager.

Il lui faut trouver un stratagème de secours : un second moyen d'obtenir que les preuves de la ruse des Alliés soient transmises à l'Abwehr.

Évidemment, il n'y a plus de relations postales entre l'Angleterre et l'Allemagne. Le courrier est acheminé par l'intermédiaire d'un pays neutre. Et tout ce courrier est certainement décacheté. Il pourrait envoyer un message codé, mais c'est sans intérêt : ce sont les photos qu'il faut envoyer – elles constituent la preuve irréfutable.

On lui a dit qu'il existe une voie, et une voie excellente. Un fonctionnaire de l'ambassade du Portugal à Londres est entièrement acquis à la cause de l'Allemagne – pour des raisons politiques, certes, mais aussi, et c'est ce qui inquiète Faber, parce qu'il est grassement payé. Ce fonctionnaire fait passer par la valise diplomatique des messages à l'ambassade d'Allemagne au Portugal, pays neutre. À partir de ce point, ils sont en sûreté. Cette filière a été ouverte au début de 1939 mais l'Aiguille ne s'en est encore servi qu'une fois, parce que Canaris lui avait demandé d'en faire l'essai.

Elle a fonctionné. Elle fonctionnera. Il faut qu'elle fonctionne.

Faber est furieux. Il a horreur de se fier à autrui. Tous ces gens sont de tels maladroits – et pourtant il lui faut prendre ce risque. Ses renseignements doivent être appuyés d'une preuve. En tout cas, ce procédé est moins risqué que la radio – et le risque est moins grand pour l'Allemagne que de ne jamais rien apprendre du tout.

La décision de Faber est prise. La somme des arguments est indiscutablement en faveur du contact de l'ambassade portugaise.

Il s'assoit et commence à écrire une lettre.

XIV

Frederick Bloggs a passé un rude après-midi à la campagne.

Lorsque cinq épouses inquiètes eurent appelé le commissariat de police de la région pour déclarer l'une après l'autre que leur mari n'était pas rentré au bercail, le policier de service a usé de ses facultés limitées de déduction et il est assez vite parvenu à la conclusion qu'il était peu probable qu'une patrouille complète de la Garde territoriale ait pu faire le mur ou déserter. Ce policier rural est en revanche à peu près convaincu que les cinq hommes se sont tout bêtement perdus – ces territoriaux sont tous un peu ballots, sinon ils serviraient dans l'armée –, tout de même, il avise le commissariat central pour se couvrir. Le sergent de garde qui reçoit le message s'aperçoit aussitôt que la patrouille perdue devait passer par une zone militaire particulièrement sensible. Il avise donc son supérieur, qui avise Scotland Yard, qui envoie sur place un homme de la section politique, qui avise en même temps le MI5, lequel envoie Bloggs sur place.

L'envoyé de la section politique n'est autre que l'inspecteur Harris qui s'est déjà occupé de l'affaire de Stockwell. Il retrouve Bloggs dans un train tiré par une de ces extraordinaires locomotives du Far West, prêtées par l'Amérique à la Grande-Bretagne qui manque de matériel ferroviaire. Harris renouvelle son invitation à dîner «pour dimanche prochain», et Bloggs lui répète qu'il ne connaît plus guère ni dimanches ni fêtes.

En descendant du train, ils empruntent chacun une bicyclette et suivent le chemin de halage le long du canal jusqu'au moment où ils tombent sur le groupe de recherches. Harris, qui a dix ans et près de trente kilos de plus que Bloggs, a trouvé la randonnée épuisante.

Ils rejoignent une partie de l'équipe sous le pont de chemin de fer. Harris est ravi de pouvoir descendre de sa machine.

«Qu'avez-vous trouvé là? demande-t-il. Des cadavres?

— Non. Un bateau, répond un policier. À qui ai-je l'honneur?»

Les deux hommes se présentent. Un agent a plongé en sous-vêtements pour examiner l'embarcation.

Il remonte bientôt, tenant une bonde à la main.

Bloggs interroge Harris du regard.

«Sabordage délibéré? hasarde-t-il.

— On le dirait, répond Harris qui se retourne vers le plongeur. Avez-vous remarqué autre chose?

— Le sabordage est récent, le bateau est en bon état, le mât n'est pas brisé, il a été démonté.

— Vous en avez vu des choses pour une plongée d'une minute, observe Harris.

— Je suis un marin du dimanche», explique le policier en caleçon.

Harris et Bloggs remontent à bicyclette et reprennent leur route.

Lorsqu'ils rejoignent le gros de l'équipe de recherches, on vient de découvrir les corps.

« Tués, tous les cinq, annonce l'inspecteur en uniforme. Le capitaine Langham, le caporal Lee et les soldats Watson, Dayton et Forbes. Dayton a eu les vertèbres cervicales brisées, les autres ont été tués à coups de couteau. On les a retrouvés ensemble dans un trou pas très profond. Un massacre », conclut-il, visiblement secoué.

Harris examine de près les cinq corps alignés sur le sol.

« J'ai déjà vu ce genre de blessures, Fred. »

Bloggs se penche pour voir mieux.

« Seigneur, on dirait bien…

— Un stylet », confirme Harris.

L'inspecteur les regarde, stupéfait.

« Vous savez qui a fait ça ?

— Nous en avons une idée, lui dit Harris. Nous pensons qu'il a déjà tué deux personnes. Et si c'est bien le même homme, nous savons qui il est, mais pas où il est.

— Dites-moi, nous sommes près d'une zone interdite, dit lentement l'inspecteur, et la section politique et le MI 5 sont arrivés bien vite sur les lieux du crime. Vous n'auriez rien à m'apprendre ou à me dire sur cette affaire, par hasard ?

— Rien, sinon de garder bouche cousue jusqu'à ce que votre chef ait parlé aux gens de chez nous.

— Avez-vous trouvé autre chose, inspecteur ? demande Bloggs.

— Nous continuons d'explorer les lieux, en cercles concentriques de plus en plus larges mais nous n'avons rien découvert pour le moment. Il y avait des vêtements jetés sur les corps », ajoute-t-il en les montrant du doigt.

Bloggs les manie délicatement : un pantalon noir, un sweater noir et un blouson de cuir noir style R.A.F.

« Une tenue pour travail de nuit, constate Harris.

— Et pour un homme de grande taille, ajoute Bloggs.

— Quelle est la taille de votre gars ?

— Plus d'un mètre quatre-vingts.

— Avez-vous vu les hommes qui ont trouvé le bateau sabordé ? demande l'inspecteur.

— Oui. Où est l'écluse la plus proche ? demande Bloggs les sourcils froncés.

— À plus de six kilomètres en amont.

— Si notre homme était en bateau, l'éclusier a bien dû le voir, il me semble.

— C'est vrai, dit l'inspecteur.

— Nous ferions bien d'aller lui parler, dit Bloggs en reprenant sa bicyclette.

— Oh ! non, pas six kilomètres de plus, gémit Harris.

— Ça fera descendre ces fameux dîners du dimanche », lui répond Bloggs.

Il leur faut plus d'une heure pour couvrir la distance – le chemin de halage est fait pour des chevaux, pas pour des pneus ; il est cahoteux, boueux, semé de racines et de nids-de-poule. Harris transpire et jure comme un beau diable lorsqu'ils arrivent à l'écluse.

L'éclusier est assis devant sa maison ; il fume une pipe dans la tiédeur de l'après-midi. C'est un quinquagénaire au parler lent et aux gestes plus lents encore. Il observe d'un air amusé l'arrivée des deux cyclistes.

C'est Bloggs qui parle : Harris n'a plus de souffle depuis longtemps.

« Nous sommes officiers de police, dit-il.

— Pas possible ? dit l'éclusier. Qu'est-ce qui se passe de si bouleversant ? »

Il a l'air aussi ému qu'un chat en train de se chauffer devant l'âtre. Bloggs sort la photo de Die Nadel de son porte-cartes et la lui tend.

« Avez-vous déjà vu cet homme ? »

L'éclusier pose la photo sur ses genoux et rallume sa pipe. Puis il examine le portrait un bon moment avant de le rendre.

« Alors ? demande Harris.

— Ouais. Il était ici hier, à peu près à cette heure-ci. Il est entré prendre une tasse de thé. L'air d'un brave bougre. Qu'est-ce qu'il a fait ? De la lumière en plein black-out ? »

Bloggs se laisse tomber sur le banc.

« Inutile de chercher plus loin », dit-il.

Harris pense à haute voix :

« Il amarre son bateau en aval un peu plus bas et pénètre dans la zone interdite pendant la nuit, murmure-t-il sans que l'éclusier puisse entendre. À son retour, il tombe sur les territoriaux qui ont repéré son bateau. Il leur règle leur compte, descend jusqu'au pont de chemin de fer, il saborde son bateau... et saute dans un train. »

Bloggs interroge l'éclusier :

« La voie de chemin de fer qui traverse le canal à quelques kilomètres en aval... où va-t-elle ?

— À Londres.

— Et merde ! » dit Bloggs.

Bloggs revient au ministère de la Guerre, à Whitehall, vers minuit. Godliman et Billy Parkin l'attendaient.

« C'est lui, il n'y a pas de doute », annonce Bloggs et il leur explique toute l'affaire.

Parkin est prêt à foncer, Godliman, qui a écouté avec attention, reprend la parole quand Bloggs a terminé.

« Donc, il est revenu à Londres et nous voici encore à la recherche, c'est le cas de le dire, d'une aiguille dans une botte de foin. »

Il s'amuse machinalement avec des allumettes et construit des figures sur son bureau.

« Savez-vous que chaque fois que je regarde sa photographie, dit-il, j'ai le sentiment que j'ai réellement rencontré ce foutu bougre ?

— Eh bien, essayez de vous rappeler pour l'amour du Ciel, dit Bloggs. Où avez-vous pu le rencontrer ? »

Godliman secoue la tête d'un geste d'impuissance.

« J'ai dû le rencontrer une seule fois et dans un endroit peu courant. On dirait un visage que j'ai aperçu dans le public d'une conférence ou dans la foule d'un cocktail. Une image fugitive, une rencontre fortuite – lorsque le souvenir m'en reviendra cela ne nous servira sans doute à rien.

— Qu'y a-t-il dans cette zone interdite ? demande Parkin.

— Je n'en sais rien, ce qui signifie que c'est probablement d'une haute importance », répond Godliman.

Silence. Parkin allume une cigarette avec l'une des allumettes de Godliman. Bloggs relève la tête.

« On pourrait faire un million d'épreuves de sa photo – en distribuer à chaque policeman guetteur de l'A.R.P. [1], membre de la Garde territoriale, militaire, porteur dans les chemins de fer, les afficher partout et les faire publier dans les journaux... »

Godliman secoue la tête.

« C'est trop hasardeux. Et s'il a déjà raconté à Hambourg ce qu'il a pu observer ? Si nous faisons toute une histoire à propos de cet homme, les Allemands comprendront aussitôt que ses renseignements valaient de l'or. Nous ne ferions que renforcer son crédit.

— Il faut tout de même faire quelque chose.

— Nous allons distribuer son portrait aux chefs de la police. Nous donnerons son signalement à la presse en expliquant que c'est un banal assassin. Nous pouvons révéler les détails des assassinats de Highgate et de Stockwell sans dire qu'ils intéressent la sécurité nationale.

— Ce qui revient à dire, remarque Parkin, que nous devons nous battre avec une main attachée derrière le dos.

— Pour le moment, en tout cas.

— Je vais donner le coup d'envoi au Yard », dit Bloggs en décrochant le téléphone.

Godliman regarde sa montre.

« Nous ne pouvons plus faire grand-chose ce soir, dit-il, mais je n'ai pas envie de rentrer chez moi. Je ne dormirais sûrement pas.

— Dans ce cas, annonce Parkin en se levant, je vais

1. *Air Raid Patrol,* service chargé de détecter les incursions d'avions ennemis.

tâcher de trouver une théière et de nous faire une tasse de thé. »

Sur le bureau de Godliman, les allumettes esquissent le dessin d'une voiture avec son cheval. Il prend l'une des jambes du cheval pour allumer sa pipe.

« Avez-vous une amie, Fred ? demande-t-il, sur le ton de la conversation.

— Non.

— Pas depuis…

— Non. »

Godliman tire sur sa pipe.

« Tout deuil doit avoir une fin, vous savez. »

Bloggs reste silencieux.

« Écoutez, reprend Godliman, il ne m'appartient certes pas de vous faire la morale. Mais je sais ce que vous ressentez – je suis passé par là, moi aussi. À cette différence près, que je n'avais personne à blâmer.

— Mais vous ne vous êtes pas remarié, fait Bloggs sans le regarder.

— Non, c'est pourquoi je ne voudrais pas que vous fassiez la même erreur. Quand on atteint l'âge mûr, vivre seul peut devenir tout à fait déprimant.

— Je ne vous ai pas dit qu'ils l'appelaient l'Intrépide ?

— Si, vous me l'avez déjà dit. »

Bloggs se décide à affronter le regard de Godliman.

« Alors, dites-moi où je pourrais bien trouver une autre femme comme celle-là ?

— Faut-il qu'elle soit absolument une héroïne ?

— Après Christine…

— L'Angleterre est peuplée de héros, Fred… »

À ce moment précis, le colonel Terry fait son entrée.

« Ne vous levez pas, messieurs. Ce que j'ai à vous dire est important, écoutez-moi attentivement. L'homme qui a tué ces cinq territoriaux a appris un secret d'importance vitale. Un débarquement est prévu. Vous le savez. Vous ne savez ni où ni quand. Inutile de vous dire que notre objectif est de laisser les Allemands dans la même ignorance. Et surtout sur l'endroit où se fera ce débarquement. Nous avons fait tout ce qui était en notre pouvoir pour tromper l'ennemi à cet égard. Aujourd'hui, il est certain qu'il saura tout si leur homme réussit à quitter l'Angleterre. Il est maintenant définitivement prouvé qu'il a éventé notre ruse de guerre. À moins que nous ne l'empêchions de livrer ces renseignements, le succès du débarquement tout entier – et donc, on peut le dire sans crainte, l'issue de la guerre elle-même – se trouve compromis. Je vous en ai déjà dit plus que je ne le désirais, mais il est indispensable que vous compreniez qu'il faut absolument empêcher que ces renseignements quittent le pays et que vous sachiez ce qui se passera si vous n'y réussissez pas. »

Il ne leur dit pas que la Normandie a été choisie ni que le Pas-de-Calais via l'East Anglia est une opération de diversion – mais il se rend compte que Godliman arrivera sûrement à cette conclusion lorsqu'il aura entendu le récit de Bloggs avec les détails sur la poursuite de l'assassin des territoriaux.

« Je vous demande pardon, dit Bloggs, mais pourquoi êtes-vous si certain que leur agent a éventé ce secret ? »

Terry va à la porte, l'ouvre et dit :

« Entrez, Rodriguez. »

Un grand et bel homme aux cheveux noir de jais et

au long nez se présente et salue poliment Godliman et Bloggs.

« Le senhor Rodriguez, de l'ambassade du Portugal, est l'un de nos agents. Dites-leur ce qui s'est passé, Rodriguez. »

Du seuil de la porte, l'homme commence :

« Comme vous le savez, il y a longtemps que nous avons à l'œil le senhor Francisco, du personnel de l'ambassade. Aujourd'hui, il est allé rejoindre un homme dans un taxi, cet homme lui a remis une enveloppe. Dès le départ du taxi, nous avons pris à Francisco son enveloppe. Et nous avons relevé le numéro du taxi.

— J'ai donné ordre de suivre son chauffeur, dit le colonel. Très bien, Rodriguez, vous pouvez vous en aller. Et merci. »

Le grand Portugais sort. Terry remet à Godliman une grande enveloppe jaune adressée à Manuel Francisco. Godliman l'ouvre – elle a déjà été décachetée – et en tire une seconde enveloppe marquée d'une série de lettres sans signification apparente, une adresse codée, sans doute.

Dans l'enveloppe intérieure se trouvent plusieurs feuillets couverts d'écriture et une série de photos 18 × 24. Godliman examine d'abord les feuillets.

« Ça m'a l'air d'un code assez simple, dit-il.

— Ce n'est pas la peine de lire le rapport, coupe Terry d'un ton impatient. Regardez donc les photographies. »

Godliman obéit. Il y a une trentaine d'épreuves et il les examine une par une avant de parler, puis il les tend à Bloggs et dit :

« C'est une catastrophe. »

Bloggs jette un regard sur les photos et les pose sur le bureau.

« Ça, ce sont seulement des épreuves. Il a les négatifs et il va les emporter quelque part. »

Les trois hommes restent immobiles comme s'ils gardaient la pose devant l'objectif. Le seul éclairage vient de la lampe de bureau de Godliman. Les murs blanc cassé, les rideaux de black-out aux fenêtres, l'ameublement banal et le tapis élimé de l'administration fournissent un décor prosaïque à ce drame historique.

« Il va falloir que je prévienne Churchill », reprend le colonel Terry.

Le téléphone sonne, le colonel décroche.

« Oui ? Bien. Amenez-le immédiatement, je vous prie – mais auparavant demandez-lui où il a déposé son client. Comment ? Merci, allez-y à toute allure, dit-il avant de raccrocher. Le taxi a déposé notre homme à l'hôpital de University College.

— Il a peut-être été blessé au cours de sa bataille avec la Garde territoriale, dit Bloggs.

— Où se trouve cet hôpital ? demande Terry.

— À environ cinq minutes à pied de la gare d'Euston, répond Godliman. D'Euston, les trains desservent Holyhead, Liverpool, Glasgow… c'est-à-dire des villes d'où l'on peut prendre le ferry pour aller en Irlande.

— Liverpool, Belfast, annonce Bloggs. De là, une voiture pour franchir la frontière de l'Eire, puis un U-boat sur la côte de l'Atlantique. Quelque part. Il ne se hasardera pas sur la route Holyhead-Dublin à cause du contrôle des passeports et il n'a aucun intérêt à quitter Liverpool pour aller jusqu'à Glasgow.

— Fred, vous feriez bien d'aller à la gare, dit Godliman. Vous montrerez la photo de Faber pour savoir si quelqu'un l'aurait vu prendre le train. Je vais appeler la gare pour les prévenir de votre arrivée et leur demander en même temps quels trains sont partis depuis, disons, dix heures et demie.

— Je suis déjà parti, dit Bloggs en attrapant son manteau et son chapeau.

— Oui, nous voilà tous en route », répond Godliman en décrochant le téléphone.

Il y a encore beaucoup de monde à la gare d'Euston. Si, en temps normal, la gare ferme vers minuit, les retards dus à la guerre sont tels que bien souvent le dernier train n'est pas encore parti lorsqu'arrive celui qu'on appelle « le laitier ». Quant au hall de la gare, il est plein de sacs, de paquetages et de corps endormis.

Bloggs montre la photo aux trois policiers de service à la gare. Ils n'ont pas aperçu cette tête-là. Il s'adresse aux femmes qui, depuis le début de la guerre, ont remplacé les porteurs : rien. L'un des employés lui répond : « Nous regardons les billets, pas les têtes. » Il essaie auprès d'une douzaine de voyageurs, sans résultat. Finalement, il va au bureau de délivrance des billets et voit chacun des employés.

L'un d'eux enfin – un gros petit bonhomme, très chauve et muni d'un dentier mal ajusté – reconnaît le visage.

« Je m'amuse à ma manière, explique-t-il à Bloggs. J'essaie de trouver en chaque voyageur un détail qui me dise pourquoi il prend le train. Par exemple, une cravate noire pour aller à un enterrement, des souliers crottés, un paysan qui retourne à sa ferme, ou une cravate de collège, ou un cercle pâle au doigt d'une femme qui a retiré son alliance… vous voyez ce que je veux dire ? Tout le monde porte un signe. C'est un boulot monotone – non pas que je m'en plaigne…

— Et qu'avez-vous remarqué pour ce type ? le coupe Bloggs.

— Rien. C'est ça que j'ai remarqué – il n'avait rien qui retienne l'attention. Comme s'il s'efforçait de passer inaperçu, vous voyez ce que je veux dire ?

— Je vois ce que vous voulez dire. (Bloggs prend un temps.) Maintenant, je vous demande de bien réfléchir. Où allait-il ?… Vous le rappelez-vous ?

— Oui, répond le gros employé. À Inverness. »

« Cela ne signifie pas qu'il y aille réellement, dit Godliman. C'est un professionnel – il sait que nous allons poser des questions dans les gares. Aussi, je m'attends à ce qu'il prenne un billet pour une fausse destination. (Il jette un coup d'œil à sa montre.) Il a dû prendre le train de 11 h 45, qui doit être en train d'arriver à Stafford. J'ai prévenu la gare qui a alerté les aiguilleurs. Ils vont arrêter le train avant Crewe. Il y a un avion qui vous attend tous les deux pour vous déposer à Stoke-on-Trent.

« Parkin, vous monterez dans le train où il s'est arrêté, avant Crewe. Vous porterez un uniforme de contrôleur et vous examinerez tous les billets – et tous les visages – dans le train. Quand vous aurez repéré Faber, contentez-vous de ne pas le quitter de l'œil… mais discrètement.

« Bloggs, vous serez au contrôle des billets à Crewe, dans le cas où Faber déciderait de descendre là. Mais il ne le fera pas. Vous prendrez le train et vous descendrez avant tout le monde à Liverpool où vous attendrez au contrôle des billets que Parkin et Faber descendent. La moitié des forces de police locales sera là pour vous prêter main-forte.

— C'est très beau, à condition qu'il ne me reconnaisse pas, dit Parkin. Mais s'il se rappelle m'avoir déjà vu à Highgate ? »

Godliman ouvre un tiroir de son bureau, en sort un pistolet qu'il donne à Parkin.

« S'il vous reconnaît, abattez-le. »

Parkin met l'arme dans sa poche sans en demander davantage.

« Vous venez d'entendre le colonel Terry, poursuit Godliman, mais je tiens à bien souligner l'importance de tout cela. Si nous n'arrêtons pas cet homme, le débarquement en Europe devra être ajourné – pour un an peut-être. Au cours de cette année-là, le sort de la guerre peut se retourner contre nous. Et le moment ne sera peut-être jamais aussi propice que celui-ci.

— Peut-on nous dire combien de temps nous sépare encore du jour J ? », demande Bloggs.

Godliman estime qu'ils ont autant que lui le droit de savoir… ils font la guerre, eux aussi, après tout.

« Tout ce que je peux dire, c'est qu'il s'agit peut-être de quelques semaines seulement. »

Ce sera en juin, alors, se dit Parkin.

Le téléphone sonne, Godliman décroche. Au bout d'un moment, il relève la tête.

« La voiture vous attend. »

Bloggs et Parkin se lèvent.

« Une minute », dit Godliman.

Ils restent près de la porte à observer le professeur qui répond au téléphone.

« Oui, monsieur. Certainement. Je n'y manquerai pas. Mes respects, monsieur. »

Bloggs n'imagine pas qui Godliman pourrait bien appeler monsieur.

« Qui était-ce ? demande-t-il.

— Churchill, répond Godliman.

— Qu'est-ce qu'il pouvait bien vous dire ? demande Parkin, tout intimidé.

— Il vous souhaite à tous deux bonne chance et bon voyage. »

XV

Le compartiment est plongé dans le noir absolu. Faber songe aux plaisanteries que font les Anglais à propos du black-out. « Voulez-vous me lâcher la cuisse ! Non, pas vous, vous ! » Les Anglais plaisantent à propos de tout. Leurs chemins de fer sont pires que jamais mais personne ne s'en plaint désormais parce que c'est pour la bonne cause. Faber préfère l'obscurité : c'est l'anonymat.

Tout à l'heure, les voyageurs chantaient. Trois soldats, dans le couloir, ont commencé et le wagon tout entier s'est joint à eux pour : *Fais comme la bouilloire et siffle. Il y aura toujours une Angleterre,* suivi de *Glasgow est à moi* et *Terre de mes ancêtres* pour ne pas froisser les susceptibilités [1], et aussi, bien sûr, *Je ne sors plus beaucoup ces temps-ci.*

Il y a eu une alerte aérienne et le train a ralenti jusqu'à quarante à l'heure. Il est recommandé dans ce cas de se coucher sur le plancher mais il n'y a pas de

1. Écossais, Irlandais et Gallois sont très fiers de leur « nationalité » et se sentent toujours injuriés si on les qualifie d'Anglais !

place. Une voix féminine anonyme a dit : « Mon Dieu que j'ai peur ! » et une voix mâle également anonyme mais à l'accent cockney a répondu : « Vous ne pouvez pas être plus en sûreté, ma jolie, on ne peut pas toucher une cible qui bouge. » Tout le monde s'est mis à rire et personne n'a plus eu peur. Quelqu'un a ouvert sa valise et a passé à la ronde des sandwiches aux œufs en poudre.

Un marin voudrait jouer aux cartes.

« Comment veux-tu jouer aux cartes dans le noir ?

— En touchant les bords. Harry a marqué tout le jeu. »

Le train s'arrête sans raison vers quatre heures du matin. Une voix distinguée – l'homme qui a offert les sandwiches, pense Faber – dit :

« Je crois que nous sommes juste avant Crewe.

— Avec nos trains on peut être n'importe où entre Bolton et Bournemouth », lance le Londonien.

Le train cahote et reprend sa route – tout le monde applaudit. Où est donc, songe Faber, l'Anglais des caricatures avec sa réserve glacée et son impassibilité ? Pas ici, en tout cas.

Quelques minutes plus tard, une voix lance dans le couloir : « Billets, s'il vous plaît. » Faber remarque l'accent du Yorkshire : ils sont donc dans le Nord maintenant. Il fouille dans sa poche pour y prendre son billet.

Il occupe une place de coin, près de la porte qui lui permet de voir dans le couloir. Le contrôleur examine les billets à la lueur d'une lampe électrique. Faber distingue sa silhouette dans le reflet du rayon lumineux. Elle lui semble vaguement familière.

Il se rencogne contre la banquette. Il se rappelle son

cauchemar : « C'est un billet de l'Abwehr. » Et il sourit dans l'ombre.

Puis il fronce les sourcils. Le train s'est arrêté sans raison ; le contrôle a commencé peu après ; la silhouette du contrôleur lui semble vaguement familière… Cela ne veut peut-être rien dire, mais Faber est encore en vie parce qu'il se méfie toujours de tout ce qui ne veut peut-être rien dire. Il jette un coup d'œil dans le couloir mais l'homme est entré dans un compartiment.

Le train s'arrête un instant – en gare de Crewe, selon les sources bien informées du compartiment – puis il se remet en marche.

Faber jette enfin un regard sur le visage du contrôleur et aussitôt il se souvient. La pension de famille de Highgate ! Le jeune homme du Yorkshire qui voulait tellement être soldat.

Die Nadel l'épie attentivement. Sa lampe électrique éclaire le visage de chaque voyageur. Il ne se contente pas d'examiner les billets.

Allons, se dit Faber, pas de conclusion précipitée. Comment auraient-ils pu arriver à le retrouver ? Ils n'ont pas pu savoir quel train il a pu prendre, découvrir l'une des rares personnes au monde qui le connaisse, placer cet homme dans le train sous le déguisement d'un contrôleur et tout cela en si peu de temps !…

Parkin, c'était son nom. Billy Parkin. Pourtant celui-là paraît plus âgé. Il approche.

Ce doit être une ressemblance – un frère aîné peut-être. Impossible que ce soit autre chose qu'une coïncidence.

Parkin est maintenant dans le compartiment voisin de celui de Faber. Il n'y a plus de temps à perdre.

Die Nadel imagine le pire et prend ses dispositions en conséquence.

Il se lève, sort de son compartiment et suit le couloir, enjambant les valises, les sacs militaires et les corps, jusqu'aux toilettes. Elles sont libres. Il y pénètre et ferme la porte.

Ce n'est qu'un simple répit – les contrôleurs eux-mêmes n'oublient pas de visiter les toilettes. Il s'assied sur le siège et se demande comment il va se tirer d'affaire. Le train a pris de la vitesse et roule à une allure qui lui interdit de sauter en marche. De plus, on le verrait sauter et s'ils sont vraiment à sa recherche, ils feront stopper le train.

« Les billets, s'il vous plaît. »

Parkin est de plus en plus proche.

Une idée vient à l'Aiguille. Le petit couloir qui relie les wagons ! il est fermé par deux portes à cause du bruit et des courants d'air. Il abandonne les toilettes, se fraie un passage jusqu'à l'extrémité de la voiture et entre dans le couloir d'assemblage.

Il y règne un froid glacial et un bruit assourdissant. Die Nadel s'assoit par terre et fait semblant de dormir. Seul un mort pourrait dormir ici mais les gens font beaucoup de choses bizarres dans les trains, depuis quelque temps. Il s'efforce de ne pas grelotter.

La porte s'ouvre derrière lui : « Billets, s'il vous plaît. »

Il ne répond pas et entend la porte se refermer.

« Allez, réveillez-vous, bel endormi. »

Cette fois, il a parfaitement reconnu la voix. Die Nadel fait semblant de s'étirer et se lève en tournant le dos à Parkin. Quand il lui fait face, le stylet est dans sa main. Il pousse le pseudo-contrôleur contre la porte, lui place la pointe du stylet sur la gorge.

« Ne bouge pas ou je te tue », lui dit-il.

De la main gauche, il prend la lampe de Parkin et la braque sur le visage du jeune homme. Parkin ne paraît pas aussi effrayé qu'il devrait l'être.

« Tiens, tiens, Billy Parkin, dit Faber, celui qui voulait tellement s'engager dans l'armée et qui se retrouve dans les chemins de fer. Ma foi, c'est toujours un uniforme.

— Vous ! dit Parkin.

— Tu sais bougrement bien que c'est moi, mon petit Billy, puisque tu me cherches. Pourquoi ? demande-t-il en s'efforçant de donner à sa voix un ton féroce.

— Je ne vois pas pourquoi je serais à votre recherche – je ne suis pas policier. »

Faber brandit le poignard d'un geste menaçant.

« Arrête de mentir.

— Sincèrement, monsieur Faber. Laissez-moi – je vous promets de ne dire à personne que je vous ai vu. »

L'Allemand s'interroge. Ou bien Parkin dit la vérité ou bien il exagère son jeu de scène comme il le fait lui-même.

Parkin bouge, son bras droit se déplace dans l'obscurité.

Faber lui saisit le poignet de ses doigts d'acier. Parkin lutte un instant mais Faber lui enfonce de quelques millimètres la pointe du stylet dans le cou et le jeune homme reste immobile. Faber fouille dans la poche que Parkin cherchait à atteindre et il en sort un pistolet.

« Les contrôleurs ne vérifient pas les billets avec une arme, dit-il. Pour qui travailles-tu, Parkin ?

— Nous sommes tous armés maintenant – il y a tellement de crimes dans les trains à cause du black-out. »

Le moins qu'on puisse dire, c'est que Parkin ment avec courage et ingéniosité. Faber comprend que les menaces ne suffiront pas à lui délier la langue.

Son geste est soudain, terriblement rapide et précis. La lame du stylet jaillit de son poing. La pointe pénètre de deux centimètres exactement dans l'œil gauche de Parkin et en ressort aussitôt.

La main de l'Allemand couvre la bouche du jeune homme. Les hurlements de souffrance qu'il étouffe sont d'ailleurs couverts par le vacarme du train. La main de Parkin va à son œil crevé.

« Sauve l'œil qui te reste, Parkin. Pour qui travailles-tu ?

— Les services de renseignements de l'armée… Oh ! mon Dieu ! ne recommencez pas.

— Avec qui ? Menzies ? Masterman ?

— Oh ! mon Dieu… Godliman, Godliman.

— Godliman ! »

Faber connaît le nom mais ce n'est pas le moment d'interroger ses souvenirs pour retrouver d'autres précisions.

« Qu'ont-ils sur moi ?

— Une photo – je vous ai reconnu dans leurs dossiers.

— Quelle photo ? Quelle photo, bon Dieu !

— Dans une équipe… d'athlétisme… avec une coupe… dans l'armée… »

Faber se rappelle. Seigneur ! Où ont-ils pu mettre la main dessus ? C'est sa hantise : ils ont une photo. Les gens vont connaître son visage. Son visage !

Il approche le stylet de l'œil droit de Parkin.

« Comment ont-ils appris où je me trouvais ?

— Ne faites pas ça, je vous en supplie... l'ambassade... on a saisi votre lettre... le taxi... Euston – je vous en supplie, pas l'autre œil... » Il se couvre les deux yeux de ses mains.

Nom de Dieu ! Cet idiot de Francisco... Maintenant ils...

« Quel est leur plan ? Où se trouve la souricière ?

— À Glasgow. C'est là qu'ils vous attendent. Le train sera complètement évacué. »

Die Nadel amène son poignard au niveau du ventre de Parkin. Pour détourner son attention, il lui demande : « Combien d'hommes y aura-t-il ? » puis il enfonce le stylet d'un seul coup jusqu'au cœur.

Le seul œil qui reste à Parkin s'écarquille de souffrance mais il ne meurt pas sur le coup. C'est l'inconvénient de la méthode favorite de Faber. Normalement, le coup de poignard suffit à arrêter les battements du cœur. Mais si le cœur est résistant, il n'y arrive pas toujours – après tout, les chirurgiens plongent parfois une seringue directement dans le cœur pour une injection d'adrénaline. Si le cœur continue de battre, le mouvement agrandit la blessure autour de la lame et le sang s'en échappe. La mort est inéluctable mais elle est plus lente à venir.

Finalement, le corps de Parkin cède. Faber le maintient contre la paroi et il réfléchit. Il a remarqué un détail – un éclair de courage, l'ombre d'un sourire – avant que l'homme ne meure. Ce détail doit avoir une signification. Ces choses-là en ont toujours une.

Il laisse le corps glisser sur le sol et lui donne la

position d'un homme endormi. Du pied, il repousse dans un coin la casquette de contrôleur. Il essuie son stylet sur le pantalon de Parkin et s'y essuie aussi les mains couvertes du liquide oculaire. Ça n'a pas été du travail soigné.

Il remet le poignard dans sa manche, ouvre la porte et regagne son compartiment dans le noir.

Au moment où il se rassoit, le cockney lui demande :

« Il faut faire la queue, là aussi ?

— C'est sans doute quelque chose que j'ai mangé, répond-il.

— Ce doit être le sandwich aux œufs en poudre », dit le cockney en riant.

Faber pense à Godliman. Il connaît ce nom – il peut même l'associer vaguement à un visage : le visage d'un homme d'âge mûr, à lunettes, qui aurait une pipe et l'air absent, une sorte de professeur... ça y est – c'était un professeur.

Le souvenir se précise. Pendant les deux premières années qu'il a passées à Londres, Faber n'était pas spécialement occupé. La guerre n'avait pas commencé, la plupart des gens pensaient même qu'elle n'éclaterait jamais. (Faber ne faisait pas partie du nombre de ces optimistes.) Il s'était tout de même arrangé pour se rendre utile – vérifiant et révisant les cartes topographiques trop anciennes de l'Abwehr et transmettant des rapports fondés sur ses observations personnelles et la lecture des journaux, mais tout cela l'occupait peu. Pour passer le temps, améliorer son anglais et donner de la consistance à son personnage, il courait le pays.

Ce jour-là, il visitait la cathédrale de Canterbury et ses intentions étaient plutôt innocentes – encore qu'il eût acheté une vue aérienne de la cathédrale et de ses environs destinée à la Luftwaffe – elle ne leur a d'ailleurs pas servi à grand-chose : les bombardiers ont passé presque toute l'année 1942 à la manquer. Faber avait consacré toute une journée à la cathédrale, à lire les inscriptions anciennes gravées dans ses murs, à observer les différents styles d'architecture et à lire le guide ligne par ligne en visitant le sanctuaire.

Il parcourait le déambulatoire de la partie sud, examinant les arcades aveugles, lorsqu'il prit conscience d'une silhouette à ses côtés – un homme plus âgé et aussi intéressé que lui.

« C'est passionnant, n'est-ce pas ? » avait dit l'homme, et Faber lui avait demandé ce qu'il entendait par là.

« Cet arc brisé parmi les autres voûtés. On ne se l'explique pas – cette partie-là n'a pas été reconstruite. Pour une raison inconnue, quelqu'un a simplement modifié cet arc-là. Je me demande pourquoi. »

Faber comprend ce que l'homme veut dire. Le chœur est de style roman, la nef est gothique et pourtant, dans le chœur il y a cet arc gothique tout seul.

« Les moines ont peut-être demandé à voir à quoi ressemblait un arc brisé, propose-t-il, et l'architecte a construit celui-là pour le leur faire voir. »

L'homme plus âgé le fixe.

« Quelle merveilleuse conjecture ! Mais bien sûr, voilà l'explication ! Seriez-vous historien ?

— Non, je ne suis qu'un simple employé et un lecteur occasionnel de livres d'histoire.

— Il y a des gens qui obtiennent un doctorat pour des hypothèses d'une telle inspiration !

— Et vous, l'êtes-vous ? Je veux dire, historien ?

— Oui, pour l'expiation de mes péchés, avait-il répondu en tendant la main. Je m'appelle Percy Godliman. »

Serait-il possible, se demande Faber, alors que le train brinquebale à travers le Lancashire, que le personnage insignifiant au complet de tweed soit le même qui ait découvert son identité ? Les espions se prétendent généralement fonctionnaires ou Dieu sait quoi d'aussi vague mais pas historiens – ce mensonge serait trop facile à percer. Et pourtant on dit que le service secret de l'armée a reçu en renfort un certain nombre d'universitaires. Faber se les figurait jeunes, athlétiques, agressifs et aussi belliqueux qu'intelligents. Godliman est intelligent mais il n'a rien du reste. Ou alors il a changé du tout au tout.

Faber l'avait revu mais il ne lui avait pas parlé à cette seconde occasion. Après la brève rencontre de la cathédrale, l'Allemand avait lu l'annonce d'une conférence sur Henry II que devait faire le professeur Godliman dans son université. Il y avait assisté par curiosité. Godliman était un personnage plutôt comique, allant et venant derrière le pupitre, se passionnant pour son sujet, mais il n'en avait pas moins l'esprit affûté comme un rasoir.

Voilà donc l'homme qui connaît le signalement de Die Nadel.

Un amateur !

Donc, il fera les erreurs d'un amateur. Lancer Parkin à ses trousses en a déjà été une : Faber a reconnu le jeune homme. Godliman aurait dû envoyer quelqu'un que l'Aiguille ne connaissait pas. Parkin avait, il est vrai, une meilleure chance d'identifier Faber mais aucune de survivre à cette rencontre. Un professionnel aurait su cela.

Le train s'arrête en tressautant et une voix assourdie annonce à l'extérieur la gare de Liverpool. Faber jure in petto : il aurait dû se préoccuper davantage de ce qu'il avait à faire plutôt que de feuilleter ses souvenirs sur Percival Godliman.

Ils l'attendent à Glasgow, a dit Parkin avant le coup de stylet. Pourquoi Glasgow ? Leurs recherches à Euston ont dû leur apprendre qu'il allait à Inverness. Et s'ils soupçonnent qu'Inverness est une ruse, ils ont dû calculer qu'il venait ici, à Liverpool – c'est le point le plus proche pour prendre un ferry vers l'Irlande.

Faber a horreur des décisions improvisées.

Quoi qu'il en soit, il faut quitter ce train.

Il se lève, ouvre la portière, descend et se dirige vers la sortie.

Il se rappelle aussitôt autre chose. Que signifiait cet éclair dans le regard de Billy Parkin mourant ? Ni la haine, ni la terreur, ni la souffrance – bien qu'il ait dû éprouver tous ces sentiments-là à cet instant. Ne s'agissait-il pas plutôt d'une lueur… de triomphe ?

Faber regarde au-delà de l'employé qui prend les billets et il comprend.

Planté de l'autre côté, avec son imperméable et son chapeau, attend le type blond qui guettait à Leicester Square.

Ainsi, avant de mourir et malgré la souffrance et la défaite, Parkin a finalement réussi à tromper Faber. Le piège est tendu ici.

L'homme en imperméable n'a pas encore repéré l'Allemand dans la foule. Faber fait demi-tour et remonte dans le train. Puis il écarte le store et observe. Le guetteur examine tous les visages. Il n'a pas remarqué l'homme qui est remonté dans son wagon.

Faber guette pendant que les voyageurs passent le contrôle des billets jusqu'au moment où il ne reste plus personne sur le quai. Le gaillard blond parle avec animation à l'employé qui prend les billets. L'homme secoue la tête et l'autre paraît insister. À un certain moment il fait signe à quelqu'un que Faber ne peut pas voir. Un officier de police sort de l'ombre et parle à l'employé de chemin de fer. Le surveillant du quai se joint à eux, bientôt suivi d'un homme en civil qui est sans doute un fonctionnaire de l'administration ferroviaire d'un grade plus élevé.

Le conducteur de la locomotive et son chauffeur quittent leur machine et franchissent la barrière. Nouveaux gestes de bras et hochements de tête.

Finalement, les employés de chemin de fer haussent les épaules, s'éloignent ou lèvent les yeux au ciel en signe de défaite. Le type blond et l'officier de police appellent d'autres policiers et avancent sur le quai.

Il est clair qu'ils se disposent à fouiller le train.

Les membres du personnel ferroviaire, y compris l'équipe de la locomotive, ont disparu dans la direction opposée pour aller prendre le thé et des sandwiches pendant que cette bande d'innocents va essayer de fouiller un train bondé. Ce qui donne à Faber une idée.

Il ouvre la portière et saute à contre-voie. Dissimulé aux yeux de la police par les wagons, il court le long des rails, trébuchant sur les traverses, patinant dans les cailloux, vers la locomotive.

Il fallait s'attendre à de mauvaises nouvelles, évidemment. Dès l'instant où il a senti que Billy Parkin n'allait pas descendre tranquillement du train, Frederick Bloggs a compris que Die Nadel leur avait encore filé entre les doigts. Pendant que les policiers en uniforme progressent deux par deux dans le train, deux par voiture, Bloggs songe aux différentes explications possibles de l'absence de Parkin : toutes sont désespérantes.

Il relève le col de son imperméable et arpente le quai livré aux courants d'air. Il brûle réellement d'arrêter Die Nadel, non seulement pour le salut du débarquement – encore que ce soit en soi une raison amplement suffisante, bien sûr – mais aussi pour Percy Godliman et pour les cinq gardes territoriaux et pour Christine et pour lui-même…

Bloggs regarde sa montre : quatre heures. Le jour va se lever. Le policier est resté debout toute la nuit et il n'a rien mangé depuis son petit déjeuner d'hier et jusqu'à présent c'est l'adrénaline qui l'a soutenu. L'échec du piège – et il est persuadé que c'est un échec – le vide de toute énergie. La faim et la fatigue se font cruellement sentir. Il lui faut faire un gros effort pour ne pas songer à un repas chaud, à un lit tiède.

« Monsieur ! Monsieur ! »

Un policier penche la tête par une portière et l'appelle.

Bloggs se dirige vers lui et se met soudain à courir.
« Qu'y a-t-il ?
— J'ai l'impression que ça pourrait bien être votre gars, Parkin.
— Comment, “Ça pourrait bien être Parkin” ? Bon Dieu ! jure-t-il en montant dans le wagon.
— Vous feriez bien de jeter un coup d'œil. »
Le policeman ouvre le compartiment communiquant entre les wagons et allume sa lampe électrique.
C'est bien Parkin, en effet ; Bloggs n'a qu'à voir l'uniforme de contrôleur. Il est couché en chien de fusil. L'homme de Scotland Yard prend la lampe du policier, s'agenouille près du corps et le retourne.
Il aperçoit le visage et détourne la tête.
« Mon Dieu, murmure-t-il.
— C'est bien Parkin, n'est-ce pas ? » dit le policier.
Bloggs hoche affirmativement le menton. Il se relève, très lentement, sans un autre regard vers le corps.
« Nous allons interroger tout le monde dans ce wagon et dans le suivant, dit-il. Ceux qui auront vu ou entendu un détail inhabituel seront retenus pour un interrogatoire circonstancié. Non que cela puisse nous servir à grand-chose, d'ailleurs. L'assassin a dû sauter du train avant l'entrée en gare. »
Bloggs redescend sur le quai. Tous les hommes qui participent aux recherches ont terminé et se sont rassemblés. Il en désigne six pour interroger les voyageurs.
« Votre type s'est tiré, alors ? dit l'officier de police.
— Presque certainement. Vous avez regardé dans toutes les toilettes et dans le compartiment des surveillants ?

— Oui, et aussi sur les toits des wagons et dessous dans la locomotive et le tender. »

Un voyageur descend du train et s'approche de Bloggs et de l'inspecteur. C'est un petit homme au souffle court.

« Excusez-moi, fait-il.

— Oui, monsieur, dit l'inspecteur.

— Je me demandais si vous ne cherchiez pas quelqu'un ?

— Pourquoi cette question ?

— C'est que, si c'est le cas, je me demande s'il ne s'agirait pas d'un grand type ?

— Pourquoi cette question ? »

Bloggs interrompt brutalement le dialogue décevant.

« Oui, un grand type. Allez, crachez ce que vous savez.

— Eh bien, c'est que j'ai vu un grand type sauter à contre-voie.

— Quand ?

— Une minute ou deux après l'entrée en gare. Il est remonté, vous voyez, et puis il a sauté, de l'autre côté. Il a sauté à contre-voie. Seulement, il n'avait pas de bagages, vous voyez, c'était curieux alors je me suis dit…

— Merde, dit l'inspecteur.

— Il a dû éventer le piège, dit Bloggs. Mais comment ? Il n'a jamais vu mon visage et vos hommes étaient cachés.

— Quelque chose a dû éveiller ses soupçons.

— Il a donc traversé la voie, il est monté sur le quai voisin et est sorti comme ça. Mais quelqu'un l'a peut-être vu ? »

L'inspecteur hoche la tête.

« Il n'y a plus grand monde si tard. Et si on l'a vu, il a pu dire qu'il était trop pressé pour faire la queue à la barrière où l'on prend les billets.

— Les autres barrières n'étaient pas gardées ?

— J'ai bien peur de n'y avoir pas pensé... mais on peut fouiller le voisinage et, plus tard, différents endroits de la ville, enfin, évidemment, nous allons surveiller le ferry...

— Faites-le, je vous en prie », dit Bloggs.

Mais il sent qu'on ne retrouvera pas Faber.

Une heure passe avant que le train ne se remette en marche. Faber a une crampe dans le mollet gauche et le nez plein de poussière. Il a entendu le conducteur et le chauffeur remonter dans la cabine de la locomotive et il a surpris des bribes de conversation à propos d'un cadavre qu'on a retrouvé dans le train. On entend un raclement métallique lorsque le chauffeur prend du charbon pour alimenter la machine, puis la vapeur qui siffle, le bruit des pistons, une secousse et un panache de fumée au moment où le train s'ébranle. Avec soulagement, Faber change de position et se permet un éternuement étouffé. Il se sent beaucoup mieux.

Il est à l'arrière du tender, profondément enfoncé dans le charbon, et il faudrait plus de dix minutes de travail continu pour l'atteindre. Comme il l'espérait, le policier qui a fouillé le tender s'est contenté d'un long coup d'œil sans plus.

L'Allemand se demande s'il peut risquer de se montrer maintenant. Il doit commencer à faire jour, peut-on l'apercevoir du haut d'un pont du chemin de fer ? Il ne le croit pas. Sa peau est maintenant tout à fait noire et à la pâle lumière de l'aube, il ne doit être qu'une tache sombre sur fond noir dans le train en marche. Oui, il peut courir ce risque. Lentement et prudemment il s'extirpe de sa fosse de charbon.

Il aspire l'air frais à pleins poumons. On tire le charbon du tender par une sorte de trappe. Plus tard, lorsque le monceau de charbon baissera, le chauffeur devra entrer dans le tender. Mais pour l'instant, Faber est en sûreté.

Dans le jour qui se lève, il s'examine. Il est couvert de poussière de la tête aux pieds, comme un mineur sortant de sa fosse. D'une manière ou d'une autre, il faut qu'il se nettoie et qu'il change de vêtements.

Il hasarde un coup d'œil au-dessus du rebord du tender. Le train est encore dans les faubourgs ; il roule entre des usines, des entrepôts et des rangées de petites maisons noires. Et maintenant, quelle sera sa prochaine manœuvre ? Faber doit réfléchir.

À l'origine, son plan était de descendre à Glasgow, d'y prendre un autre train pour Dundee et la côte est jusqu'à Aberdeen. Il lui est encore possible de débarquer à Glasgow. Il n'est pas question, bien sûr, de descendre à la gare même, mais il peut sauter du train juste avant ou après. Tout de même, cela comporte des risques. Le train s'arrêtera plusieurs fois entre Liverpool et Glasgow et il peut être repéré à l'un de ces arrêts. Non, décidément, il faut laisser tomber ce train le plus tôt possible et trouver un autre moyen de transport.

L'endroit idéal serait une partie de voie déserte en dehors d'une ville ou d'un village. Elle doit être déserte

– il ne faut pas qu'on le voie sauter du tender – mais aussi assez près d'une agglomération de manière qu'il puisse voler des vêtements et une voiture. Enfin, il faut aussi que ce soit dans une montée afin que le train ralentisse assez pour lui permettre de sauter.

Pour le moment, le train roule à soixante à l'heure. Faber s'étend sur son lit de charbon pour attendre. Il ne peut pas regarder où passe le train de peur d'être vu. Il décide de risquer un coup d'œil chaque fois que le train ralentira, sinon, il ne bougera pas.

Après quelques instants, il s'aperçoit qu'il s'endort en dépit du manque de confort de sa position. Il se tourne et s'accoude ; ainsi, s'il s'endort, sa tête tombera et la secousse le réveillera.

Le train reprend de la vitesse. Entre Londres et Liverpool, il se traînait plus qu'il ne roulait ; maintenant, il fonce à travers la campagne à bonne allure. Pour ajouter à l'inconfort de Faber, il se met à pleuvoir : une pluie fine continue et glaciale qui pénètre ses vêtements et lui glace la peau. Raison de plus pour abandonner ce train : il risque de mourir congelé avant Glasgow.

Une demi-heure à cette vitesse et il en est arrivé à envisager de tuer le conducteur et le chauffeur et à arrêter le train lui-même. Un signal leur sauve la vie. Le conducteur freine brusquement et le train ralentit par étapes ; Faber devine que les panneaux de signalisation commandent une limite de vitesse. Il jette un coup d'œil au-dehors. Ils sont de nouveau en pleine campagne. Et il aperçoit la cause du ralentissement : ils arrivent à une bifurcation et les signaux sont fermés.

Faber reste dans le tender tant que le train est immobile. Cinq minutes passent et le train repart. Faber escalade le tas de charbon, se suspend un instant sur le côté du tender et il saute.

Il atterrit sur le remblai et reste face contre terre dans les hautes herbes. Dès qu'il n'entend plus le train, il se relève. Le seul indice de civilisation proche est le poste d'aiguillage, une construction de bois avec de larges baies vitrées au premier étage, un escalier extérieur et une porte au rez-de-chaussée. De l'autre côté, on voit un sentier couvert de mâchefer.

Faber fait un large détour pour se présenter derrière le poste d'aiguillage où il n'y a pas de fenêtres. Il pousse la porte et trouve ce qu'il espérait : des toilettes, un lavabo et, en prime, un manteau pendu à une patère.

Il quitte aussitôt ses vêtements trempés, se lave les mains et la figure et se frictionne vigoureusement de la tête aux pieds avec une serviette assez crasseuse. La petite bobine qui contient les précieux négatifs est toujours fixée à sa poitrine par des bandes de chatterton. Il remet ses vêtements mais échange le manteau de l'aiguilleur contre son veston trempé.

Maintenant, il ne lui manque plus qu'un moyen de transport. L'aiguilleur doit bien en avoir un. Faber sort et sur le côté du poste il trouve une bicyclette cadenassée à un rail. Avec la lame de son stylet, il fait sauter le cadenas. Puis il s'éloigne tout droit en restant soigneusement du côté aveugle du poste et en tirant la bicyclette tant qu'il n'est pas hors de vue. Alors il revient sur la piste de mâchefer et se met à pédaler.

XVI

Percy Godliman a fait apporter de chez lui un lit de camp. Il y est étendu, dans son bureau, en chemise et en pantalon, et il essaie sans succès de dormir. Il n'a jamais connu l'insomnie depuis une quarantaine d'années, exactement depuis son examen de sortie de l'université. En tout cas, il échangerait volontiers les inquiétudes de ce temps-là pour l'anxiété qui le tient éveillé aujourd'hui.

Il n'était pas le même homme alors, il le sait bien ; il était non pas seulement plus jeune mais infiniment moins... pris. Il sortait beaucoup, il était actif, ambitieux ; il avait l'intention de faire de la politique. Pas autrement studieux, d'ailleurs, il avait de bonnes raisons de redouter cet examen final.

À l'époque, ses deux passions quelque peu contradictoires étaient les joutes oratoires, la valse et la polka. Il avait parlé avec éloquence dans les conférences de l'Oxford Union [1] et on avait pu le voir aussi

1. Club de discussion pour les étudiants.

dans le *Tatler*[1] faisant valser les débutantes. Ce n'était pas un grand coureur de jupons : faire l'amour lui aurait plu, certes, mais avec une femme aimée. Il n'avait pas de principes stricts à cet égard : il était comme ça, c'est tout.

C'est pourquoi il était encore vierge lorsqu'il avait rencontré Eleanor – elle n'était pas une débutante mais une brillante licenciée en mathématiques, gracieuse et aimante, dont le père se mourait de silicose après quarante ans passés dans la mine. Percy l'avait amenée chez ses parents. Le père de Percy était lord-lieutenant[2] du comté et la maison fut pour Eleanor comme un manoir ; elle n'en était pas moins demeurée naturelle, charmante et pas le moins du monde intimidée et lorsque Mme Godliman mère s'était montrée un moment un peu trop condescendante à son égard, elle avait réagi avec esprit, sans indulgence excessive, et Percy ne l'en avait aimée que mieux.

Après avoir obtenu sa licence, à la fin de la Grande Guerre, il a enseigné dans une école secondaire et il s'est présenté à trois élections partielles. Eleanor et Percy ont été peinés lorsqu'ils ont su qu'ils n'auraient pas d'enfants mais ils s'aimaient sans réserve, ils étaient heureux et la mort d'Eleanor est la plus horrible tragédie que Godliman ait jamais vécue. Elle a mis un terme à l'intérêt qu'il avait pour le monde réel et il s'est alors réfugié dans le Moyen Âge.

La perte semblable qu'ils ont éprouvée l'a rapproché de Bloggs. Et la guerre l'a ramené à la vie ; elle a fait

1. Magazine de la société britannique.
2. Titre ancien purement honorifique aujourd'hui,

renaître en lui l'élan, l'ardeur et la passion qui ont fait de lui un excellent professeur, un orateur convaincant et l'espoir du parti libéral. Il souhaite beaucoup que quelque chose se produise pour arracher Bloggs à une existence de regrets et de repli sur soi-même.

Au moment où il occupe ainsi les pensées de Godliman, Bloggs l'appelle de Liverpool pour lui annoncer que Die Nadel est passé à travers le filet et que le jeune Parkin a été tué.

Assis sur le bord de son lit, Godliman ferme les yeux et répond :

« C'est vous que j'aurais dû mettre dans le train...

— Merci beaucoup ! fait Bloggs.

— Simplement parce qu'il ne vous connaissait pas et que, vous, il ne vous aurait pas reconnu.

— Il est bien possible qu'il me connaisse maintenant. Nous pensons qu'il a éventé le piège et mon visage était le seul visible lorsqu'il est descendu du train.

— Mais où vous aurait-il vu ?... Ah ! oui, Leicester Square.

— Je ne sais pas pourquoi mais... je crois que nous le mésestimons.

— Avez-vous fait surveiller le ferry ? demande Godliman, impatienté.

— Oui.

— Il ne le prendra pas, bien sûr... c'est trop voyant. Il est plus probable qu'il va voler un bateau. D'autre part, il est bien capable de continuer son voyage en direction d'Inverness.

— J'ai prévenu la police là-bas.

— Bien. Écoutez, je crois qu'il est inutile d'essayer de deviner sa destination. Attendons et voyons venir.

— Bon. »

Godliman se lève et se met à marcher de long en large, le téléphone à l'oreille.

« D'autre part, gardez-vous aussi de présumer que c'est lui qui est descendu du train à contre-voie. Partez plutôt de l'hypothèse qu'il est descendu avant ou après Liverpool. »

Le cerveau de Godliman est au travail, il imagine les éventualités, les possibilités.

« Passez-moi le commissaire principal. »

Silence, puis une nouvelle voix.

« Ici, Anthony, chef superintendant.

— Pensez-vous, comme moi, dit Godliman, que notre homme est descendu du train dans votre secteur ?

— Cela semble probable, oui.

— Très bien. Donc, la première chose qu'il lui faut c'est un moyen de transport... je vous demande par conséquent de rechercher tous les moyens de transport qui auront été volés dans un rayon de cent cinquante kilomètres autour de Liverpool au cours des prochaines vingt-quatre heures : automobiles, voitures à cheval, bateaux, bicyclettes ou bourricots. Signalez-le-moi mais communiquez les renseignements à Bloggs et travaillez en complet accord avec lui sur les pistes éventuelles.

— Bien, sir.

— Ne perdez pas de vue non plus les autres méfaits que peut commettre un fugitif... vol de nourriture, de vêtements, attaques à main armée inexplicables, cartes d'identité irrégulières et le reste.

— Entendu.

— Maintenant, monsieur Anthony, vous avez compris que cet homme n'est pas un criminel ordinaire ?

— Je le conclus, sir, du fait de votre intervention. Mais je ne connais pas les détails.

— C'est une question de sécurité nationale et assez importante pour que le Premier ministre soit en contact heure par heure avec nos services.

— Je vois… euh, M. Bloggs voudrait vous dire un mot, sir. »

Bloggs reprend l'appareil.

« Avez-vous réussi à vous rappeler comment vous avez pu le connaître ? Vous disiez que vous croyiez que…

— Ah ! oui… et c'est sans intérêt, comme je le craignais. Je l'ai rencontré par hasard à la cathédrale de Canterbury et nous avons parlé d'architecture. Tout ce que cela peut nous apprendre c'est qu'il est intelligent… il avait fait des remarques ingénieuses, je me le rappelle.

— Nous savions déjà qu'il est intelligent.

— Comme je le disais, cela ne nous apporte rien. »

Le commissaire principal Anthony, membre confirmé de la classe moyenne, doté d'un accent de Liverpool soigneusement édulcoré, ne sait pas trop s'il doit s'irriter de la manière dont le MI 5 le fait marcher dans son propre domaine ou bien s'il doit s'enthousiasmer de la chance qui lui est offerte de sauver l'Angleterre dans les environs de Liverpool.

Bloggs suit le conflit intérieur de M. Anthony – il a déjà connu ce genre de situation avec les polices régionales – et il sait comment s'y prendre pour faire jouer en sa faveur l'esprit de coopération.

« Je vous suis reconnaissant de votre aide, commissaire, dit-il. Vous savez, ce genre d'assistance ne s'oublie pas à Whitehall, croyez-moi.

— Nous ne faisons que notre devoir… (Anthony se demande s'il ne conviendrait pas de dire : « sir » à Bloggs aussi.) Mais il existe une différence marquée entre l'assistance accordée de mauvaise grâce et l'aide cordiale et enthousiaste.

— Certes. Bon, il est plus que probable que nous ne retrouverons pas trace de notre type avant quelques heures. Avez-vous envie de faire un somme ?

— Oui, fait Bloggs, reconnaissant. Si vous avez un fauteuil libre dans un coin…

— Restez ici, répond Anthony en montrant son bureau. Je dois descendre au service de garde. Je vous réveillerai dès que nous aurons quelque chose. Mettez-vous à votre aise. »

Anthony sort, Bloggs va à un fauteuil et s'y laisse tomber, les yeux clos. Il revoit aussitôt le visage de Godliman, comme dans un film projeté contre ses paupières, et le professeur lui parle : « Tout deuil doit avoir une fin… Je ne voudrais pas que vous fassiez la même erreur… » Bloggs réalise brusquement qu'il ne désire pas que la guerre prenne fin ; cela l'obligerait à affronter des problèmes, comme celui que Godliman a soulevé. La guerre rend la vie toute simple – il sait pourquoi il abomine l'ennemi et ce qu'il a décidé de faire à cet égard. Après… mais la pensée d'une autre femme lui semble une trahison.

Il bâille et s'enfonce dans son fauteuil, ses pensées s'embrument à mesure que le sommeil le gagne. Si Christine était morte avant la guerre, ses idées à l'égard d'un remariage seraient tout à fait différentes. Il l'a toujours aimée et respectée, évidemment ; mais lorsqu'elle a pris ce poste d'ambulancière, son respect est devenu une sorte d'admiration religieuse et son amour s'est mué en adoration. Ils avaient alors en commun un sentiment très particulier, et ils savaient que les autres couples ne l'avaient pas. Et maintenant, après plus d'un an, il ne lui serait pas difficile de trouver une autre femme à respecter et qui lui plaise mais il sait que cela ne lui suffira plus jamais. Un mariage ordinaire, une femme comme les autres, lui rappellera toujours qu'il était autrefois un homme plutôt moyen, un certain Bloggs, qui avait la plus extraordinaire des femmes.

Il remue dans son fauteuil pour essayer de chasser ces pensées et s'endormir. L'Angleterre est peuplée de héros, disait Godliman. Voyons, si Die Nadel réussit à s'échapper…

L'essentiel, c'est de…

Quelqu'un le secoue. Il était enfin plongé dans un profond sommeil et il rêvait qu'il se trouvait dans la même pièce que l'Aiguille mais qu'il était incapable de le désigner car l'Allemand l'avait aveuglé avec son stylet. Il se réveille et se croit encore aveugle parce qu'il ne voit pas qui le secoue jusqu'au moment où il comprend qu'il n'a pas encore ouvert les yeux. Les ayant ouverts enfin, il distingue la vaste silhouette du commissaire principal Anthony penchée sur lui.

Bloggs se redresse et se frotte les yeux.

« Vous avez du nouveau ? demande-t-il.

— Des tas de choses, répond Anthony. La seule question est : quelles sont celles qui comptent ? Voilà votre petit déjeuner. »

Il pose une tasse de thé et un biscuit sur le bureau et va s'asseoir de l'autre côté.

Bloggs quitte son fauteuil et approche une chaise. Il prend une gorgée de thé. Il est anémique et très sucré.

« Allons, voyons ça », dit-il.

Anthony lui tend une liasse de cinq ou six feuillets.

« Vous n'allez pas me dire que c'est là tous les crimes et délits commis dans votre secteur… s'étonne Bloggs.

— Non, bien sûr. Mais j'ai laissé de côté les cas d'ivresse publique, les scènes de ménage, les infractions au black-out, les contraventions à la circulation ou les crimes dont les auteurs sont déjà sous les verrous.

— Pardon, fait Bloggs. Je ne suis pas encore bien réveillé. Permettez que je jette un coup d'œil sur ce que vous m'avez réservé. »

Il y a trois cambriolages. Dans deux cas, on s'est emparé d'objets de valeur – des bijoux pour l'un, des fourrures pour l'autre cas.

« Il pourrait voler ces choses-là pour brouiller sa piste. Marquez-les sur la carte, voulez-vous ? Elles peuvent nous indiquer une direction. »

Il tend les deux feuillets à Anthony. Le troisième cambriolage vient seulement d'être signalé et on n'en connaît pas encore les détails. Anthony marque le lieu sur la carte.

On a volé des centaines de cartes d'alimentation dans un centre de distribution.

« Il n'a pas besoin de cartes, dit Bloggs… il a besoin de manger. (Il écarte ce rapport-là.) On a volé une bicyclette tout près de Preston et un viol a été commis à

Birkenhead. Je ne crois pas que le viol soit son sport favori mais marquez-le tout de même.»

Le vol de bicyclette et le troisième cambriolage sont voisins l'un de l'autre. Bloggs pose la question.

«Le poste d'aiguillage où l'on a volé la bicyclette… est celui de la ligne principale ?

— Oui, je crois, dit Anthony.

— Supposons que notre homme soit resté caché dans le train et que nous l'ayons manqué. Ce poste d'aiguillage pourrait-il être le premier endroit où le train se soit arrêté après avoir quitté Liverpool ?

— C'est bien possible.»

Bloggs lit le rapport.

«On a volé un manteau et laissé un veston mouillé à la place.

— Ça ne prouve pas grand-chose, fait Anthony avec un haussement d'épaules.

— Pas de vols de voitures ?

— Ni de bateaux ou de bourricots, répond le commissaire. On ne vole plus beaucoup de voitures ces temps-ci. Les voitures sont faciles à trouver… c'est l'essence que les gens volent.

— J'étais certain qu'il volerait une voiture à Liverpool, dit Bloggs en se frappant les genoux d'agacement. Une bicyclette ne peut sûrement pas lui être très utile.

— Je crois que nous devrions tout de même suivre ça, insiste Anthony. C'est notre piste la plus solide.

— Très bien. Mais faites faire une nouvelle enquête sur ces cambriolages pour voir si l'on a volé des vivres et des vêtements – les victimes ne s'en sont peut-être pas aperçues immédiatement. Montrez la photo de Faber à la victime du viol également. Et continuez à

suivre tous les crimes. Pouvez-vous me faire transporter à Preston ?
— Je vais vous donner une voiture.
— Faudra-t-il longtemps pour obtenir les détails sur le troisième cambriolage ?
— Ils sont probablement en train de faire leur enquête en ce moment même, répond Anthony. Je devrais avoir le rapport complet quand vous arriverez au poste d'aiguillage.
— Veillez à ce qu'ils ne traînent pas, lance Bloggs en prenant son manteau. Je vous appellerai dès que je serai là-bas. »

« Anthony ? Ici Bloggs. Je suis au poste d'aiguillage.
— Ne perdez pas votre temps là-bas. Le troisième cambriolage, c'est votre type.
— Vous êtes sûr ?
— À moins qu'il n'y ait deux bougres qui se baladent en menaçant les gens avec un stylet.
— Quels gens ?
— Deux vieilles dames qui habitent seules un cottage.
— Oh ! mon Dieu ! Elles sont mortes ?
— Non, à moins qu'elles ne meurent de surexcitation.
— Hein ?
— Venez donc. Vous verrez ce que je veux dire.
— J'arrive. »

C'est exactement le genre de cottage toujours habité par deux dames âgées et seules. Petit, carré et ancien, avec autour de la porte, un buisson d'églantier fertilisé par des années de feuilles du thé de cinq heures. Des rangées de légumes s'alignent en bon ordre, sans un brin d'herbe folle, dans le petit jardinet aux haies taillées au cordeau. Il y a des rideaux blanc et rose aux fenêtres et la barrière grince. La porte d'entrée a été peinte avec soin par un amateur et le marteau est en forme de fer à cheval.

Bloggs frappe, la porte s'ouvre, encadrant une dame octogénaire armée d'un fusil de chasse.

« Bonjour, madame, dit Bloggs. Je suis de la police.

— Non, ce n'est pas vrai, répond-elle. Ils sont déjà venus. Et maintenant passez votre chemin avant que je vous fasse sauter la tête. »

Bloggs l'examine. Pas plus d'un mètre cinquante, d'épais cheveux blancs tordus en chignon et un visage pâle et ridé comme une pomme de l'an dernier. Ses mains sont comme les serres d'un petit oiseau mais elles tiennent fermement le fusil. La poche de son tablier déborde de pinces à linge. Le regard de Bloggs descend jusqu'aux pieds et il voit que la vieille dame si résolue porte des souliers d'homme.

« La police que vous avez vue ce matin est celle qui veille sur la région. Moi, je suis de Scotland Yard.

— Qu'est-ce qui me le prouve ? » fait-elle.

Bloggs se retourne et appelle le policier qui conduit la voiture. Le constable descend et vient jusqu'à la barrière.

« Est-ce que cet uniforme suffira à vous convaincre ? demande Bloggs à la vaillante vieille dame qui défend le cottage.

— D'accord», dit-elle en s'écartant pour le laisser entrer.

Il descend dans une pièce dallée et au plafond bas, bourrée de lourds meubles anciens et aux murs décorés de porcelaines, de cristaux et de verreries. Un maigre feu de charbon brûle dans l'âtre. Cela sent la lavande et les chats.

Une deuxième vieille dame abandonne son fauteuil. Elle ressemble à la première mais elle est deux fois grosse comme elle. Deux chats sautent de ses genoux lorsqu'elle se lève.

« Bonjour ! lance-t-elle. Je m'appelle Emma Parton et ma sœur, Jessie. Ne faites pas attention au fusil – il n'est pas chargé, Dieu merci ! Jessie adore le drame. Voulez-vous vous asseoir ? Vous avez l'air bien jeune pour un policier. Je suis surprise que Scotland Yard s'intéresse à notre petite affaire. Vous êtes arrivé de Londres ce matin ? Allons, fais donc une tasse de thé à ce garçon, Jessie.

— Si nous ne nous trompons pas sur l'identité de votre voleur, il est recherché par la justice, dit Bloggs en s'asseyant.

— Je te l'avais dit ! s'exclame Jessie. Nous aurions pu être tuées – massacrées de sang-froid !

— Ne dis pas de bêtises, lui répond Emma puis elle s'adresse à Bloggs : Il avait l'air si gentil.

— Racontez-moi ce qui s'est passé. »

« Voilà. J'étais allée derrière la maison voir dans le poulailler si les poules n'avaient pas pondu. Jessie était dans la cuisine…

— Il m'a surprise, coupe Jessie. Je n'ai pas eu le temps d'aller prendre mon fusil.

— Tu regardes trop de films de cow-boys, la reprend Emma.

— C'est mieux que tes films d'amour… rien que des baisers et des pleurnicheries…. »

Bloggs sort la photographie de son portefeuille.

« Était-ce cet homme-là ? » demande-t-il.

Jessie étudie le portrait.

« C'est lui, dit-elle.

— Vous êtes vraiment tous très intelligents, s'émerveille Emma.

— Si nous l'étions tant que ça nous l'aurions coffré depuis longtemps, répond Bloggs. Alors, que s'est-il passé ?

— Il m'a mis un couteau sur la gorge, explique Jessie, et il m'a dit : "Un geste de trop et je vous coupe la gorge." Et je suis sûre qu'il l'aurait fait.

— Allons, Jessie, tu m'as expliqué qu'il t'avait dit : "Vous n'aurez pas de mal si vous faites ce que je dis."

— C'est la même chose, Emma !

— Que voulait-il ? reprend Bloggs.

— À manger, un bain, des vêtements secs et une voiture. Ma foi, nous lui avons donné les œufs, évidemment. Nous avions des vêtements qui appartenaient à Norman, le mari de Jessie qui est décédé…

— Pouvez-vous me les décrire ?

— Oui. On lui a donné un blouson, des bleus de travail et une chemise à carreaux. Et il est parti avec la voiture de ce pauvre Norman. Je me demande comment nous pourrons bien aller au cinéma maintenant. Voyez-vous, les films… c'est notre seul vice.

— Quelle sorte de voiture ?

— Une Morris. Norman l'avait achetée en 1924. Elle nous a fait bien de l'usage, cette petite voiture.

— Mais il n'a pas pris son bain chaud, en tout cas ! dit Jessie.

— Eh bien, explique Emma, je lui ai expliqué que pour deux femmes seules il n'était pas convenable qu'un homme fasse sa toilette dans leur cuisine...

— Tu aimerais mieux te faire couper la gorge que de voir un homme en sous-vêtements, hein, vieille folle ?

— Qu'a-t-il répondu, quand vous avez refusé ? reprend Bloggs.

— Il s'est mis à rire, dit Emma, mais je crois qu'il a compris notre position. »

Bloggs ne peut retenir un sourire.

« Vous êtes très brave, dit-il.

— Je n'en suis pas tellement sûre.

— Donc, il est parti d'ici dans une Morris 1924, avec un blouson et des bleus de travail. À quelle heure ?

— Vers neuf heures et demie. »

Bloggs caresse machinalement un chat roux moucheté qui ronronne en clignant ses yeux d'or.

« Restait-il beaucoup d'essence dans le réservoir ?

— Une dizaine de litres – mais il a emporté nos tickets.

— À quel titre, mesdames, avez-vous droit à une allocation d'essence ?

— Pour l'agriculture », répond Emma en rougissant.

Jessie reprend avec un léger mouvement d'irritation :

« Et puis nous vivons seules dans un endroit écarté

et nous sommes âgées. Bien sûr que nous y avons droit !

— Et nous passons toujours chez le grainetier-épicier lorsque nous allons au cinéma, ajoute Emma. Nous ne gaspillons pas l'essence. »

Bloggs sourit et lève une main rassurante.

« Ça va, ne vous inquiétez pas – le rationnement n'est pas tout à fait mon département. À quelle vitesse peut rouler votre voiture ?

— Nous n'avons jamais dépassé le cinquante à l'heure, répond Emma.

— Même à cette vitesse, il peut être déjà à cent vingt kilomètres d'ici, dit Bloggs après un coup d'œil à sa montre. (Il se lève.) Il faut que je téléphone tous ces détails à Liverpool. Vous n'avez pas le téléphone, j'imagine ?

— Non.

— Quel est le type de votre voiture ?

— Une décapotable. Norman appelait ça Tête-de-bœuf.

— Quelle couleur ?

— Grise.

— Numéro d'immatriculation ?

— MLN 29. »

Bloggs prend des notes.

« Croyez-vous que nous retrouverons notre voiture ? demande Emma.

— Je l'espère – mais elle ne sera peut-être plus en très bon état. Quand un type se sert d'une voiture volée il ne la chouchoute généralement pas. »

Il va vers la porte.

« J'espère que vous l'attraperez », lui lance Emma.

Jessie le reconduit. Elle tient toujours son fusil de chasse. Arrivée à la porte, elle attrape Bloggs par la manche et lui demande en aparté :

« Dites-moi… qui est-ce ? Un forçat évadé ? Un assassin ? Il a violé quelqu'un ? »

Bloggs regarde la petite vieille. Ses petits yeux verts brillent d'excitation. Il penche la tête et lui murmure à l'oreille.

« Ne le répétez à personne… C'est un espion allemand. »

Elle glousse de plaisir. « Ce jeune homme aime les mêmes films que moi », conclut-elle.

XVII

Faber franchit le pont de Sark et entre en Écosse vers le milieu de la journée. Il passe devant le bar de l'octroi de Sark, une construction basse ornée d'une enseigne qui prétend que la maison est la première qui se présente en Écosse. Au-dessus de la porte, une pancarte fait allusion à des mariages mais il n'a pas le temps de la déchiffrer. C'est seulement cinq cents mètres plus loin, en arrivant à Gretna, qu'il comprend : il se rappelle que c'est là que viennent se marier les amoureux qui fuient l'opposition de leurs parents.

Les routes sont encore mouillées de la pluie matinale mais le soleil est en train de les sécher rapidement. Les panneaux de signalisation et ceux des villes et villages ont été rétablis depuis le relâchement des mesures contre l'invasion. Faber traverse une suite de petites bourgades des basses terres : Kirkpatrick, Kirtlebridge, Ecclefechan. Le paysage est charmant avec ses landes vertes qui brillent sous le soleil.

Il a pris de l'essence à Carlisle. La pompiste, une femme mûre, replète, avec un tablier graisseux, ne lui a posé aucune question gênante. Die Nadel a fait faire le plein du réservoir et de la nourrice fixée au marchepied.

La petite deux-places lui plaît beaucoup. Elle abat encore gaillardement son quatre-vingts à l'heure malgré son âge. Le quatre-cylindres 1 548 cm^3 à soupapes latérales ronfle allègrement et sans effort en escaladant et descendant les collines d'Écosse. Le siège de cuir est confortable. Il presse la poire de la trompe pour prévenir de son approche un mouton vagabond.

Faber passe dans le marché de Lockerbie, traverse l'Annan sur le pittoresque Johnstone Bridge et attaque la rampe du mont Beattock. Il est obligé de jouer de plus en plus des trois vitesses.

Il a choisi de ne pas prendre la route la plus directe vers Aberdeen, ni la route qui longe la côte. La plus grande partie de la côte est de l'Écosse, sur les deux rives du Firth of Forth, est interdite sur une bande d'une quinzaine de kilomètres. Certes, les autorités ne peuvent pas surveiller sérieusement une frontière aussi longue mais Faber risque moins d'être interpellé en se tenant en dehors de la zone de sécurité.

Pourtant, il faudra bien qu'il y pénètre – le plus tard possible – et il échafaude en esprit l'histoire qu'il racontera s'il est interrogé. Il n'est plus guère question de circuler par plaisir depuis deux ans au moins à cause du rationnement d'essence de plus en plus strict et ceux qui roulent en voiture pour des raisons bien déterminées risquent d'être traînés en justice si, par convenance personnelle, ils s'écartent de la route prévue. Faber a lu quelque part l'histoire d'un imprésario très connu qui a été mis en prison pour avoir utilisé de l'essence réservée aux besoins agricoles pour conduire quelques acteurs du théâtre au *Savoy Hotel*. La propagande ne cesse de répéter qu'il faut à un bombardier Lancaster environ dix mille litres d'essence pour voler jusqu'à la Ruhr. Normalement, rien ne plairait davantage à l'Aiguille que de gaspiller cette essence qui pourrait servir à bombarder sa patrie : mais tomber sur un barrage routier – avec les renseignements qu'il transporte collés à sa poitrine – et se faire arrêter pour infraction aux règlements sur le rationnement serait le comble de l'ironie.

C'est un problème. La plupart des voitures qui circulent appartiennent à l'armée et il n'a pas de papiers militaires. Il ne peut pas prétendre non plus qu'il transporte des marchandises indispensables puisqu'il n'y a rien dans sa voiture. Il plisse le front. Qui voyage actuellement ? Marins en permission, fonctionnaires, quelques rares personnes en vacances, ouvriers spécialisés... C'est ça ! Il sera donc ingénieur, spécialiste en quelque domaine ésotérique – comme les huiles à haute température pour boîtes de vitesses, par exemple – qui se rend dans une usine d'Inverness pour résoudre un problème de fabrication. Si on lui demande le nom de l'usine, il répondra que c'est un secret intéressant la Défense nationale. (Sa destination fictive doit être bien loin de là où il se rend réellement, de façon qu'il ne puisse être interrogé par quelqu'un susceptible de savoir que son usine n'existe pas.) Il se doute bien que les ingénieurs appelés en consultation ne portent probablement pas une combinaison de travail comme celle qu'il a volée aux deux vieilles dames — mais tout n'est-il pas possible en temps de guerre ?

Ayant pris ses dispositions, il se sent raisonnablement en sûreté et prêt à répondre aux questions éventuelles. Mais le danger d'être arrêté par quelqu'un qui rechercherait Henry Faber, espion en fuite, est un tout autre problème. Ils ont maintenant sa photo...

Ils connaissent son visage. Son visage !

... Et ils vont avoir avant longtemps le signalement de la voiture dans laquelle il roule. Il ne pense pas qu'ils dresseront des barrages routiers puisqu'ils ne peuvent pas deviner où il va mais il est certain que tous les policiers du pays sont à la recherche de la Morris Cowley Bullnose grise, immatriculée MLN 29.

S'il est repéré en pleine campagne, il ne sera pas capturé immédiatement : la police rurale se déplace à bicyclette, pas en voiture. Mais le policier téléphonera à son commissariat central et les voitures seront aux trousses de Faber quelques minutes plus tard. S'il aperçoit un policier, réfléchit-il, il abandonnera la Morris, volera une autre voiture et prendra une autre route. Mais comme les basses terres d'Écosse sont assez peu peuplées, il y a des chances pour qu'il arrive jusqu'à Aberdeen sans avoir rencontré un seul policier. En ville ce sera autre chose. Là, il risque fort d'être pris en chasse par une voiture de la police. Et il aurait peu de chances de leur échapper : la vieille Morris est tout de même lente et les chauffeurs de la police sont en général d'excellents conducteurs. La meilleure tactique serait de laisser la voiture et de se perdre dans la foule ou de passer par les rues écartées. Il envisage même de changer de voiture pour traverser les villes importantes, en en volant chaque fois une autre. Mais cela pose un autre problème : il laisserait ainsi une piste magnifique pour le plus grand plaisir du MI 5. La solution la meilleure serait peut-être de traverser les villes en passant seulement par les rues écartées. Il regarde sa montre. Il sera à Glasgow au crépuscule et il pourra profiter de l'obscurité.

Certes, ce n'est pas l'idéal, mais la seule façon d'être vraiment en sécurité serait de ne pas faire d'espionnage.

Comme il atteint le sommet des trois cents mètres du mont Beattock, il se met à pleuvoir. Faber s'arrête et descend pour relever la capote. Il fait chaud et très lourd. L'Allemand lève les yeux. Le ciel s'est couvert de nuages en quelques minutes. Le tonnerre et les éclairs ne tarderont pas.

En roulant, il découvre quelques-uns des défauts de la petite voiture. Le vent et la pluie passent par plusieurs déchirures de la capote et le petit essuie-glace qui balaie la partie supérieure du pare-brise ne lui permet de voir la route que comme s'il se trouvait dans un tunnel. Et puis le terrain est de plus en plus escarpé et le chant du moteur devient vaguement rocailleux. Ce n'est pas surprenant, d'ailleurs, Faber en demande beaucoup à une voiture vieille d'une vingtaine d'années.

L'averse cesse. L'orage attendu n'a pas éclaté mais le ciel reste sombre et menaçant.

Faber traverse Crawford, niché au creux de ses vertes collines ; Abington, une église et un bureau de poste sur la rive gauche de la Clyde et Lesmahagow, bordé d'une lande de bruyères.

Une demi-heure plus tard, il atteint les abords de Glasgow. Dès qu'il arrive dans l'agglomération, il quitte la grand-route et prend la direction du nord afin de contourner la ville. Il emprunte une succession de routes secondaires, traversant les artères principales du côté est de la ville, jusqu'au moment où il atteint la route de Cumbernauld et reprend sa randonnée vers l'est.

Il a roulé plus vite qu'il ne l'escomptait. La chance est toujours de son côté.

Il est maintenant sur la A 80 avec ses usines, ses mines et ses fermes. D'autres patronymes écossais défilent devant ses yeux : Millerston, Stepps, Muirhead, Mollinburn, Condorrat.

C'est entre Cumbernauld et Stirling que la chance l'abandonne.

Il poussait l'accélérateur sur une ligne droite, dans une faible descente, en rase campagne. Au moment où l'aiguille va atteindre le soixante-quinze, il entend soudain un fracas dans le moteur : un lourd raclement, comme ferait une chaîne sur une poulie. Il ralentit jusqu'à cinquante mais le bruit n'en diminue pas pour autant. Une pièce essentielle du moteur a dû casser, c'est clair. Faber tend l'oreille. Ce doit être un roulement à billes de la transmission ou une tête de bielle qui n'aura pas tenu le coup. En tout cas, ce n'est malheureusement pas aussi simple qu'un carburateur bouché ou une bougie encrassée : rien qui puisse se réparer sur place.

Il s'arrête et lève le capot. Il y a bien de l'huile un peu partout mais rien de visible à part ça. Il reprend sa route. Le moteur tire mal mais enfin la voiture continue de rouler.

Cinq kilomètres plus loin, la vapeur commence à fuser du radiateur. Faber comprend que la voiture va rendre l'âme d'une minute à l'autre. Il cherche un endroit où l'abandonner et trouve bientôt un chemin de terre qui conduit sans doute à une ferme.

À cent mètres de la grand-route, le chemin tourne derrière un buisson de ronces. Faber gare la voiture au pied du buisson et arrête le moteur. Le sifflement de la vapeur cesse progressivement. Il descend et claque la portière. Il a comme un vague remords en songeant à Jessie et à Emma qui auront certainement beaucoup de mal à faire réparer leur voiture avant la fin de la guerre.

Il s'en retourne à pied vers la grand-route. De là, on ne peut pas voir la Morris. Il se passera bien un jour ou deux avant que la voiture abandonnée n'éveille la curiosité d'un passant. À ce moment-là, songe Faber, il se pourrait bien que je sois déjà à Berlin.

Il se met à marcher. Tôt ou tard, il tombera sûrement sur une ville où il pourra voler une autre voiture. Il a bien roulé : il n'y a pas vingt-quatre heures qu'il a quitté Londres et le U-boat ne sera pas au rendez-vous de six heures avant demain soir.

Le soleil est couché depuis longtemps et la nuit tombe d'un coup. Faber y voit à peine. Heureusement, une ligne blanche est peinte au centre de la route – une précaution rendue nécessaire par le black-out, et il réussit à se guider sur elle. Et le silence de la nuit lui laissera amplement le temps d'entendre une voiture arriver.

En fait, une seule voiture passera. Il a entendu de loin le grondement grave du moteur et il s'écarte de la route pour s'étendre dans l'herbe et la laisser s'éloigner. C'est une grosse voiture, une Vauxhall Ten, pense Faber, et elle roule très vite. Il la laisse passer, se relève et reprend sa marche. Vingt minutes plus tard, il retrouve la Vauxhall rangée au bord de la route. Il serait passé à travers champs s'il l'avait vue à temps, mais elle est sans lumières, le moteur est arrêté et dans l'obscurité il a failli la heurter.

Avant qu'il ait cherché quelle conduite adopter, une torche électrique se braque sur lui de dessous le capot et une voix demande.

« Qui est là ? »

Faber avance dans le faisceau lumineux.

« Vous avez des ennuis ? demande-t-il.

— Vous pouvez le dire ! »

La lampe est pointée sur le moteur et en se rapprochant, Faber peut deviner dans le reflet le visage moustachu d'un homme entre deux âges et qui porte un veston croisé. Dans sa main libre il tient, sans conviction, une grosse clef anglaise dont il ne paraît trop savoir que faire.

Faber jette un coup d'œil au moteur.

« Qu'est-ce qui ne va pas ?

— Il ne tire plus, répond l'homme avec un formidable accent écossais. Il ronflait comme une toupie hollandaise et voilà que d'un coup il se met à boiter. Et je dois avouer que je ne suis pas très fort en mécanique. Et vous ? demande-t-il plein d'espoir en pointant de nouveau sa lampe sur Faber.

— Je ne le suis pas tellement non plus mais je sais, quand cela se présente, voir qu'un fil est débranché. »

Il prend la torche de l'automobiliste en panne, plonge la main sous le capot et rebranche le fil de la bougie.

« Essayez, maintenant. »

L'homme monte dans sa voiture et actionne le démarreur. Le moteur tourne.

« Splendide ! s'écrie-t-il. Vous êtes un génie. Montez. »

L'idée que la scène pourrait être un piège du MI 5 vient à l'esprit de Faber mais il la repousse ; dans l'hypothèse peu vraisemblable qu'ils sachent où il est, pourquoi prendraient-ils tant de ménagements ? S'ils voulaient l'arrêter, ils pouvaient aussi bien envoyer une brigade de policiers et une paire de tanks.

Il monte.

Le conducteur démarre, passe rapidement les vitesses et la voiture roule bientôt à bonne allure. Faber s'installe commodément sur son siège.

« Au fait, je m'appelle Richard Porter. »

Faber doit se rappeler aussitôt quelle carte d'identité il a dans son portefeuille.

« Et moi, James Baker, se présente-t-il.

— Enchanté. J'ai dû vous dépasser sur la route en roulant mais je ne vous ai pas vu. »

L'Allemand comprend que l'homme s'excuse de ne pas l'avoir pris en route – depuis la pénurie d'essence tous les automobilistes recueillent les gens qui sont à pied.

« J'étais en train d'arroser un buisson. Je vous ai entendu passer, explique Faber.

— Vous venez de loin ? lance Porter en lui offrant un cigare.

— Très aimable à vous, mais je ne fume pas. Oui, je viens de Londres.

— Tout cela en auto-stop ?

— Non. Ma voiture est tombée en panne à Édimbourg. Apparemment, il lui faut une pièce qu'il n'y a pas en stock, j'ai dû la laisser au garage.

— Pas de chance. Au fait, je vais à Aberdeen, alors je peux vous déposer en route où vous voudrez. »

C'est vraiment un coup de chance. Il ferme les yeux et se représente la carte d'Écosse.

« C'est idéal, répond-il, je vais à Banff, alors Aberdeen ferait parfaitement mon affaire. Mais j'avais l'intention de prendre l'autre route… je n'ai pas de sauf-conduit. Et Aberdeen doit être zone interdite ?

— Le port, seulement. Mais vous n'avez pas à vous préoccuper de ces choses-là tant que vous êtes dans ma voiture… je suis juge de paix et membre du Comité de maintien de l'ordre. Qu'est-ce que vous dites de ça ? »

Faber sourit dans l'ombre.

« C'est excellent et je vous remercie… Vous devez être très occupé ? Je parle de votre position de magistrat. »

Porter approche l'allumette de son cigare et souffle des bouffées de fumée.

« Pas tellement. Voyez-vous, je suis en semi-retraite. J'étais conseiller de la Couronne jusqu'à ce que mon cœur me joue des tours.

— Oh ! dit Faber en s'efforçant de prendre un ton pénétré.

— J'espère que la fumée ne vous gêne pas ? fait Porter en montrant son cigare.

— Pas le moins du monde.

— Qu'est-ce qui vous amène à Banff ?

— Je suis ingénieur. Il y a un problème dans une usine… en fait, c'est une fabrication plus ou moins secrète. »

Porter lève la main pour l'arrêter.

« Plus un mot, je comprends. »

Le silence règne un moment. La voiture traverse plusieurs villes. Porter doit connaître admirablement la route pour rouler si vite dans le black-out. La puissante voiture dévore les kilomètres. Le bercement de la voiture est soporifique. Faber étouffe un bâillement.

« Bon sang ! vous devez être fatigué, dit Porter. C'est idiot, j'aurais dû y penser. Trêve de politesse, faites un somme si vous en avez envie.

— Je vous remercie. C'est ce que je vais faire », dit Faber en fermant les yeux.

Le roulis de la voiture est comme le balancement d'un train et Faber fait de nouveau le cauchemar de son arrivée mais avec une variante, cette fois. Au lieu de dîner au wagon-restaurant et de parler politique avec son compagnon de voyage, il est contraint pour une raison inconnue de voyager dans le tender, assis sur sa valise-radio, adossé à la paroi d'acier. Lorsque le train arrive à la gare de Waterloo, tout le monde – y compris les voyageurs qui descendent du train – est muni d'une photo de Faber dans l'équipe d'athlétisme et tous regardent et comparent les visages avec celui de la photo. Au contrôle des billets l'employé le prend par l'épaule et dit : « Vous êtes l'homme de la photo, n'est-ce pas ? » Et Faber est incapable de dire un mot. Il ne peut que fixer cette photo en se rappelant combien il avait dû courir pour gagner cette coupe… Il avait accéléré un peu trop loin du poteau, commencé son sprint final quatre cents mètres plus tôt qu'il ne l'avait envisagé et pendant les cinq cents derniers mètres il avait pensé mourir – et il allait peut-être mourir maintenant à cause de cette photo dans la main du préposé aux billets… qui lui criait :

« Réveillez-vous ! Réveillez-vous ! »... et Faber se retrouve brusquement dans la Vauxhall Ten de Porter et c'est ce Porter qui le réveille.

Sa main droite est déjà à portée de sa manche gauche, où le stylet attend dans son fourreau, dans la fraction de seconde qu'il lui faut pour se rappeler qu'en ce qui concerne M. Richard Porter, juge de paix, James Baker n'est qu'un inoffensif auto-stoppeur. Sa main retombe, il se calme.

« Vous vous éveillez comme un soldat en ligne, dit Porter, amusé. Nous sommes à Aberdeen. »

Faber remarque l'accent écossais de Porter quand il prononce soldat et il se rappelle que l'homme est magistrat et membre de la direction de la police. Il le regarde à la lumière pâle de l'aube ; Porter a un visage rouge orné d'une moustache cosmétiquée, son pardessus en poil de chameau est coûteux. Il est riche et puissant dans la ville, songe Faber. S'il disparaît, on s'en apercevra presque tout de suite. Die Nadel décide de ne pas le tuer.

« Bonjour », dit-il.

Il examine par la portière la ville aux maisons de granit.

Ils roulent lentement dans une large rue bordée de boutiques. On aperçoit quelques travailleurs matinaux qui vont tous dans la même direction – des pêcheurs, devine Faber. La ville semble froide et battue par le vent.

« Aimeriez-vous vous raser et prendre un léger petit déjeuner avant de poursuivre votre voyage ? demande Porter. Vous n'avez qu'à venir à la maison.

— Vous êtes fort aimable...

— Pas du tout. Sans vous je serais encore sur la A 80, à Stirling, à attendre qu'un garage soit ouvert.

— … mais je n'en ferai rien, merci beaucoup. Il faut que je reprenne la route. »

Porter n'insiste pas et Faber le soupçonne de n'être pas trop fâché de n'avoir pas été pris au mot.

« Dans ce cas, dit l'homme, je vais vous déposer George Street – c'est le début de la A 96, la route directe de Banff. » Un peu plus loin, il arrête la voiture. « Vous voilà arrivé.

— Merci pour le bout de conduite, dit Faber en ouvrant la portière.

— Tout le plaisir est pour moi, dit Porter en lui tendant la main. Et bonne chance ! »

Faber descend, referme la portière. La voiture s'éloigne. Il n'a rien à craindre de Porter, estime-t-il ; cet homme rentre chez lui ; il va dormir toute la journée et lorsqu'il apprendra qu'il a favorisé l'évasion d'un fugitif, il sera trop tard pour faire quoi que ce soit.

Il regarde la voiture s'éloigner, traverse la route et s'engage dans Market Street la bien nommée. Il est bientôt sur les quais et se guidant sur l'odeur, il arrive au marché au poisson. Là, il se sent protégé par un bienfaisant anonymat dans ce lieu odorant, bruyant, trépidant, dans cette cohue où l'on ne voit que des vêtements de travail comme les siens. Le poisson frais et les quolibets joyeux s'échangent et Faber éprouve quelque difficulté à comprendre l'accent bref et guttural des pêcheurs. À un éventaire, il s'offre une tasse de thé chaud et fort dans une tasse ébréchée, avec un gros morceau de pain et une épaisse tranche de fromage blanc.

Il s'assied sur un tonnelet pour manger et boire.

C'est ce soir qu'il lui faut voler un bateau. C'est exaspérant d'attendre toute la journée et cela lui pose un problème : où va-t-il se cacher pendant une douzaine d'heures ? Mais il est trop près du but pour prendre des risques ; voler un bateau au grand jour serait infiniment plus dangereux que vers la fin de la journée.

Die Nadel termine son petit déjeuner et se relève. Le centre de la ville ne s'éveillera pas avant au moins deux heures. Il va mettre ce temps à profit pour trouver une cachette sûre.

Il fait le tour des quais et du port de pêche. Là, le contrôle est purement théorique et il repère plusieurs endroits où il pourra contourner les postes de contrôle. Par de savants détours, il gagne la plage et il se dispose à arpenter les trois kilomètres de l'esplanade. Deux yachts sont ancrés à son extrémité, à l'embouchure du Don. Ils feraient fort bien l'affaire de Faber mais leurs réservoirs sont sûrement à sec.

Un plafond de nuages cache le soleil levant. L'air se réchauffe et l'on entend à nouveau des grondements de tonnerre. Quelques vacanciers optimistes sortent des hôtels du front de mer et s'installent sur la plage pour attendre obstinément que le soleil se montre. Ce n'est pas aujourd'hui qu'ils risquent une insolation, se dit Faber.

La plage pourrait bien être le meilleur endroit où se cacher. La police visitera la gare, la station des cars mais elle ne déclenchera pas une fouille complète de la ville. Ils visiteront peut-être quelques hôtels et pensions de famille. Il est peu probable qu'ils interrogent un à un les adorateurs du soleil qui attendent sur le sable. Il décide de passer sa journée dans un transat.

Si jamais un policier se présente, il l'apercevra bien avant qu'il ne soit sur lui. Il aura tout le temps voulu pour quitter la plage et se perdre dans les rues voisines.

Die Nadel se met à lire son journal. Nouvelle offensive des Alliés en Italie, annonce le titre en gros caractères. Faber n'y croit guère. Anzio a été un carnage. Le journal est grossièrement imprimé et il n'a pas une photo. Il y apprend tout de même que la police recherche un certain Henry Faber qui a assassiné à Londres deux personnes à coups de stylet...

Une femme en costume de bain passe et le regarde longuement. Son cœur se met à battre. Puis il se rend compte qu'elle est en quête d'une aventure. Un instant, il a la tentation d'engager la conversation. Il y a si longtemps… Il se secoue mentalement. Patience, patience. Demain, il sera au pays.

C'est un petit bateau de pêche, à peine dix mètres de long, avec une large proue et un moteur intérieur. L'antenne annonce un puissant poste de radio. Le pont est percé par les écoutilles qui donnent sur la cale. La cabine, à l'avant, ne peut guère abriter que deux hommes debout, plus le tableau de bord et les gouvernes. La coque est bordée à clins, récemment calfatée et elle a été repeinte il n'y a pas longtemps.

Deux autres bateaux pouvaient aussi bien lui convenir mais Faber a vu les hommes d'équipage de celui-ci l'amarrer et faire le plein avant de rentrer chez eux.

Il leur accorde quelques minutes pour leur permettre de s'éloigner puis il avance au bord du quai et saute à bord.

Le bateau s'appelle la *Marie II.*

La barre est retenue par une chaîne. Il s'assied sur le plancher de la cabine et passe dix minutes à crocheter le cadenas. L'obscurité tombe vite à cause de la couche de nuages qui couvre le ciel.

Lorsqu'il a dégagé la barre, il lève l'ancre puis retourne sur le quai pour délier les amarres. Revenu dans le poste de pilotage, il amorce le Diesel et tire sur le démarreur. Le moteur tousse et s'arrête. Il recommence. Cette fois, il tourne. Faber manœuvre pour quitter l'amarrage.

Il se dégage des autres bateaux à quai et trouve le chenal vers la haute mer marqué par des bouées. Il pense bien que seuls les bateaux à fort tirant d'eau doivent réellement suivre le chenal mais il n'est pas mauvais d'être trop prudent.

À la sortie du port, le vent souffle ferme et il espère que ce n'est pas signe de mauvais temps. La mer est plus dure qu'il ne l'imaginait et le petit bateau s'élève haut sur les vagues. Faber met les gaz, consulte le compas du tableau de bord et trace sa route. Il trouve des cartes dans un coffre sous la barre. Elles paraissent anciennes et elles ont peu servi ; le patron de cette barque connaît sans doute trop bien les parages pour avoir besoin d'une carte. Faber se remet en mémoire les cotes qu'il a enregistrées lors de la fameuse nuit de Stockwell, il rectifie sa course et arrime le gouvernail.

Des gerbes d'eau s'écrasent contre les hublots de la cabine. Faber se demande si c'est la pluie ou les embruns. Le vent écrête les vagues maintenant. Il passe la tête hors de la cabine un instant et son visage est immédiatement ruisselant.

Il déclenche la radio. Le haut-parleur ronfle un moment puis il crépite. Faber tourne le bouton de fréquences, parcourt la gamme des longueurs d'onde et cueille quelques bribes de messages. Le poste est en parfait état de marche. Il prend la fréquence du U-boat puis tourne le bouton – il est trop tôt pour entrer en liaison.

Les vagues grossissent à mesure qu'il avance en haute mer. À chaque vague, le bateau se cabre maintenant comme un cheval sauvage, puis il hésite sur la crête avant de piquer dangereusement du nez dans le ravin liquide. À travers les hublots, Faber écarquille les yeux. La nuit est tombée, il ne peut rien voir. Et il a un peu le mal de mer.

Chaque fois qu'il se dit que la vague suivante ne peut pas être plus forte, un nouveau monstre encore plus impressionnant semble hisser l'esquif jusqu'au ciel. Et les lames commencent à se faire plus pressées, si bien que la proue du bateau est toujours pointée vers le ciel ou vers l'abîme. Roulant dans un creux particulièrement profond, le petit bateau est soudain illuminé comme en plein jour par un éclair. Et Faber voit une montagne d'eau gris-vert s'écraser sur la proue et déferler sur le pont et le poste où il se tient. Il ne peut pas dire si l'horrible détonation qui suit est le bruit du tonnerre ou bien le fracas de la carcasse du bateau qui se brise. Affolé, il cherche un gilet de sauvetage. Il n'y en a pas dans le poste de pilotage.

Les éclairs se succèdent presque sans interruption maintenant. Pour rester debout, Faber est obligé de se cramponner à la barre verrouillée et de s'adosser à la paroi de la cabine. Inutile d'essayer de gouverner pour le moment – le bateau ira où la mer le décidera.

L'Allemand a beau se répéter constamment que le bateau a dû être construit pour résister à ces brusques coups de vent, il ne réussit guère à se convaincre. Il se dit alors que les pêcheurs d'Aberdeen, forts d'une expérience héréditaire, ont probablement vu les signes annonciateurs de la tempête et qu'ils sont restés à terre, sachant bien que leurs bateaux ne résisteraient pas à un temps pareil.

Die Nadel n'a plus la moindre idée de l'endroit où il se trouve. Il peut aussi bien être revenu dans les parages d'Aberdeen que se trouver au lieu fixé pour le rendez-vous avec le U-boat. Il s'assoit sur le plancher du poste et enclenche le poste de radio. Le roulis insensé, les ruades du bateau rendent le réglage difficile. Lorsque le poste est suffisamment chaud, Faber manipule les boutons mais il ne capte rien. Il pousse le volume au maximum : toujours rien.

La mer a dû arracher l'antenne du toit de la cabine.

Il passe sur « Émission » et répète ces simples mots : « Parlez, j'écoute » à différentes reprises puis il laisse le poste branché sur « Réception ». Il n'a guère d'espoir que son message ait été entendu.

Pour économiser le gasoil, l'Allemand stoppe le moteur. Il faudra étaler le coup de vent – s'il le peut –, puis trouver le moyen de réparer l'antenne ou d'en improviser une.

La petite barque glisse épouvantablement de côté sur une énorme lame et Faber se rend compte qu'il lui faut l'aide du moteur pour garder son bateau face aux vagues. Il tire sur le démarreur. Rien. Il essaie plusieurs fois puis il renonce, en se traitant de tous les noms pour avoir coupé le moteur.

Le coup de roulis qui suit est tellement violent et prolongé que Faber tombe et cogne de la tête contre la barre. Il reste étourdi, étendu sur le plancher du poste et s'attend à ce que le bateau chavire d'une seconde à l'autre. Une nouvelle vague s'abat contre le poste, faisant voler en éclats les vitres du hublot. Et d'un seul coup, Faber se retrouve sous l'eau. Convaincu que le bateau coule, il agite les jambes et refait surface. Les hublots sont béants mais le bateau flotte toujours. D'un coup de pied, il ouvre la porte de la cabine et l'eau sort en bouillonnant. Il s'accroche à la barre pour ne pas être emporté.

Cela paraît incroyable, mais la tempête redouble de violence. L'une des dernières pensées cohérentes de Faber est pour le coup de temps : ces parages ne doivent sûrement pas connaître une tourmente pareille plus d'une fois tous les cent ans. Et puis toute son attention et sa volonté se concentrent sur un unique problème : ne pas lâcher la barre. Il aurait dû s'y attacher bien sûr, mais pour l'heure il ne voudrait pas la lâcher pour essayer de trouver un bout de cordage. Sur ces lames de la taille d'une falaise, le bateau roule et tangue et Faber ne sait plus très bien s'il est encore debout ou s'il se trouve tête en bas. Les rafales de l'ouragan et des tonnes d'eau furieuse essaient de l'arracher de sa place. Ses pieds glissent continuellement sur le plancher et les parois, et les muscles de ses bras brûlent de fatigue. Il aspire l'air chaque fois que sa tête se trouve hors de l'eau, sinon il retient sa respiration. Plusieurs fois, il est sur le point de perdre connaissance, puis il s'aperçoit vaguement que le toit de la cabine a été emporté.

Chaque fois que la foudre tombe, il a de brefs aperçus cauchemardesques de l'eau. Il est toujours surpris de voir d'où surgissent les lames : devant, dessous, déferlant le long du bateau ou totalement hors de vue. Il découvre aussi avec angoisse que ses mains sont devenues insensibles et il doit regarder pour constater qu'elles tiennent toujours la barre et qu'elles s'y agrippent avec la rigidité de la mort. Un rugissement ininterrompu l'assourdit : on ne peut plus distinguer le mugissement du vent du fracas du tonnerre et des vagues.

La faculté de penser de manière logique lui échappe peu à peu. Dans une espèce de vision qui relève moins de l'hallucination que du rêve éveillé, il revoit la femme qui le dévisageait sur la plage. Elle avance sans cesse vers lui sur le pont qui se cabre, son costume de bain collé au corps, elle approche toujours sans jamais l'atteindre. Il sait que lorsqu'elle sera à sa portée il arrachera ses mains mortes de la barre pour les tendre vers elle mais il répète sans cesse : « Pas encore, pas encore », pendant qu'elle avance, sourit et balance les hanches. La tentation le saisit d'abandonner la barre et d'aller à sa rencontre mais quelque chose lui dit que s'il bouge il ne l'atteindra jamais, alors il attend, il guette, lui rend parfois son sourire et même lorsqu'il ferme les yeux il continue de la voir.

Il en est maintenant à perdre souvent connaissance. Sa lucidité lui échappe, la mer et le bateau disparaissent d'abord, puis la femme s'estompe, jusqu'à ce qu'il s'éveille en sursaut pour découvrir – c'est incroyable – qu'il est toujours debout, qu'il tient toujours la barre, qu'il est toujours vivant ; alors il lutte de toute sa volonté pour demeurer conscient mais bientôt l'épuisement s'empare de lui à nouveau.

Dans l'un de ses derniers instants de lucidité, il remarque que les vagues se dirigent dans le même sens et qu'elles entraînent le bateau avec elles. Un éclair fulgurant et il aperçoit une énorme masse noire, une vague d'une hauteur incroyable – non, ce n'est pas une vague, mais une falaise… Le soulagement qu'il éprouve à se savoir si près d'une terre est tué aussitôt par la peur d'être jeté et écrasé contre cette muraille. Instinctivement, stupidement, il tire sur le starter et reporte aussitôt ses mains sur la barre mais elles ne peuvent plus serrer.

Une nouvelle lame soulève le bateau et le laisse retomber comme un jouet dont elle ne voudrait pas. Dans le plongeon, Faber, toujours accroché d'une main à la barre, aperçoit un écueil acéré comme un stylet qui sort du creux de la vague. Le bateau va s'ouvrir dessus, c'est certain… mais la coque érafle le roc et est emportée plus loin.

Les vagues gigantesques déferlent maintenant. La dernière est très forte pour la charpente de bois. Le bateau s'écrase dans le creux avec une force terrible et le bruit de la coque qui se brise éclate comme un coup de canon aux oreilles de Faber qui sent tout de suite que le bateau n'en peut plus.

L'eau se retire et Faber réalise que la coque s'est fracassée… en touchant la terre. Il regarde, stupide d'étonnement ; un nouvel éclair lui révèle une plage. La mer arrache au sable le bateau démoli, une vague s'écrase sur le pont et renverse Faber. Mais il a pu voir comme en plein jour à la lueur de l'éclair la plage étroite et les vagues qui déferlent jusqu'au pied de la falaise. Il a aperçu aussi une jetée et une sorte de pont lancé entre elle et le sommet de la falaise. Il sait que s'il quitte le bateau pour la terre ferme, la vague suivante le noiera sous des tonnes d'eau ou lui brisera le crâne comme un œuf contre la falaise. Mais s'il peut gagner la jetée entre deux lames, il pourra grimper assez haut sur le pont aperçu et se mettre hors de portée de la mer.

Une nouvelle vague fend le pont comme une boîte d'allumettes. Le bateau s'effondre sous Faber et il est aspiré par le reflux. Il se relève tant bien que mal, les jambes en coton, et il se met à courir, pataugeant jusqu'à la jetée. Cette course de quelques mètres est l'effort physique le plus forcené qu'il ait jamais fait. Il trébuche. Il a envie de tomber, de se laisser aller dans l'eau et d'y mourir mais il reste debout – comme il l'a fait pour gagner ce fameux cinq mille mètres – jusqu'au moment où il s'écrase contre un des piliers de la jetée. Il lève les bras, saisit les planches de ses mains, qu'il force à reprendre vie pour quelques secondes, il se hisse jusqu'à ce que son menton touche le dessus du plancher, alors il s'aide des jambes et se laisse rouler sur le côté.

La vague le prend au moment où il se met à genoux. Il se lance en avant. La vague l'emporte sur quelques mètres et le renverse contre les planches. Il avale de l'eau et voit des étoiles. Lorsque la masse d'eau se retire de ses épaules, il rassemble toute sa volonté pour avancer encore. Peine perdue ; il ne peut plus bouger. Il se sent emporté inexorablement par la mer et un accès soudain de rage le secoue. Non, ça ne se passera pas comme ça… pas maintenant, nom de Dieu ! Il injurie cette sacrée tempête, la mer, les Anglais et Percival Godliman, et brusquement le voilà sur pied et il court, il court loin de la mer sur la pente, il court les yeux fermés, la bouche béante, comme un dément, mettant au défi ses poumons d'éclater et ses os de se rompre ; il court sans savoir où il va mais sachant bien qu'il courra jusqu'à en perdre la tête.

La pente est longue et escarpée. Un homme en pleine force pourrait la franchir en courant jusqu'à son sommet, s'il est entraîné et reposé. Un athlète olympique, un peu fatigué, parviendrait peut-être jusqu'au milieu. La moyenne des hommes entre deux âges y feraient peut-être deux ou trois mètres.

Faber la franchit jusqu'au sommet.

À un mètre de la fin de sa course, il ressent une douleur aiguë comme une crise cardiaque et il perd connaissance mais ses jambes font encore deux foulées avant d'atteindre l'herbe détrempée.

Il ne saura jamais combien de temps il est resté étendu là. Lorsqu'il rouvre les yeux, la tempête fait toujours rage mais le jour se lève et il aperçoit, à quelques mètres, un petit cottage qui semble inhabité.

Il se met à genoux et commence lentement, interminablement, à se traîner jusqu'à la porte.

XVIII

Le *U-505* tourne sans arrêt dans le même cercle fastidieux, ses puissants Diesel ronflent doucement pendant qu'il fouille les profondeurs comme un énorme requin gris sans dents. Le lieutenant de vaisseau Werner Heer, son commandant, boit de l'ersatz de café en s'efforçant de ne pas allumer une cigarette de plus. Hier, la journée a été longue et la nuit aussi. La mission qu'il accomplit ne lui plaît pas : c'est un homme fait pour la bataille et il n'y a ici aucune bataille à espérer, et surtout il déteste cordialement le silencieux officier de l'Abwehr, sournois comme le veut la légende, hôte indésirable de son sous-marin.

Le représentant de l'espionnage, le major Wohl, est assis devant le capitaine. Ce type ne paraît jamais fatigué, maudit bougre ! Ses yeux bleus remarquent tout, notent les détails, mais leur expression ne varie jamais. Son uniforme n'a jamais un pli, en dépit des rigueurs de la vie sous-marine ; il allume une nouvelle cigarette toutes les vingt minutes, à la seconde près, et la fume jusqu'au dernier centimètre. Heer voudrait bien ne pas fumer pour le seul plaisir d'appliquer le règlement et de priver Wohl de ses trois cigarettes horaires mais il est trop fumeur lui-même.

Heer n'a jamais aimé les gens de l'espionnage ; il a toujours l'impression qu'ils recueillent des renseignements sur lui aussi. Il n'aime pas non plus travailler pour l'Abwehr. Son bâtiment est fait pour la bataille, pas pour rôder près des côtes britanniques et y ramasser des agents secrets. Il pense que c'est pure folie que de hasarder un exemplaire ruineux de mécanique de bataille, sans parler de son équipage de spécialistes, pour un homme qui ne viendra peut-être même pas au rendez-vous.

Le lieutenant de vaisseau Werner Heer vide sa tasse avec une grimace.

« Saleté de café, dit-il. Il est absolument infect. »

Le regard impassible de Wohl s'attarde sur lui un instant puis file ailleurs. L'homme ne dit rien.

Toujours secret, hein ? Qu'il aille au diable ! Heer s'agite, impatient sur son siège. Sur le pont d'un navire il ferait les cent pas, mais les hommes des sous-marins apprennent à se garder de tout mouvement inutile. À la fin, il se décide.

« Votre homme ne viendra sûrement pas par un temps pareil, vous savez », dit-il.

Wohl consulte sa montre.

« Nous attendrons jusqu'à six heures du matin », dit-il calmement.

Ce n'est pas un ordre – Wohl ne peut pas donner d'ordres à Heer, mais ce sec rappel des faits est tout de même un outrage à un officier supérieur. Heer le lui rappelle.

« Nous exécuterons tous les deux nos ordres respectifs, dit Wohl. Comme vous le savez sans doute, ils émanent de la plus haute autorité. »

Heer réprime sa colère. L'homme a raison, évidemment. Heer obéira aux ordres qu'il a reçus mais lorsqu'ils rentreront au port, il fera sur ce merdeux un rapport pour insubordination. Non que cela puisse servir à grand-chose : quinze ans de Marine ont appris à Heer que les gens du quartier général échappent à la loi commune…

« En tout cas, même si votre type est assez fou pour sortir par une nuit pareille, il n'est certainement pas assez bon marin pour s'en tirer. »

La seule réponse de Wohl est le même regard bleu inexpressif.

« Weissmann ? crie Heer vers la cabine du radio.

— Rien, capitaine.

— J'ai l'impression, dit Wohl, que les murmures que nous avons entendus il y a quelques heures venaient de lui.

— Si cela est, major, il était encore loin du rendez-vous, répond l'opérateur. Pour moi, ça ressemblait surtout à la foudre. »

Heer tranche.

« Si ce n'était pas lui, ce n'était pas lui, et si c'était lui, il est sans doute noyé à l'heure qu'il est.

— Vous ne connaissez pas cet homme », dit Wohl et, cette fois, on discerne vraiment un soupçon d'émotion dans sa voix.

Heer ne répond rien. Le chant du moteur change légèrement et il croit distinguer comme un vague raclement. Si ce bruit persiste sur le chemin du retour il fera examiner son sous-marin au port. Il le fera même réviser de toute manière, simplement pour échapper à un nouveau voyage avec l'infect major Wohl.

« Du café, capitaine ? demande un marin en passant la tête.

— Si je prends un café de plus je vais me mettre à pisser du café, répond Heer en secouant la tête.

— J'en prendrai, s'il vous plaît », dit Wohl en sortant une cigarette.

Le geste amène Heer à regarder sa montre. Il est 6 h 10. L'astucieux major Wohl a retardé sa cigarette prévue pour six heures afin que le U-boat reste sur place quelques minutes de plus.

« Cap au port, dit Heer.

— Un moment, dit Wohl. Je pense que nous devrions inspecter la surface avant de partir.

— Ne dites pas d'idioties, fait Heer qui se sent maintenant sur son terrain. Avez-vous la moindre idée de la tempête qui souffle là-haut ? Il est impossible d'ouvrir le panneau et le périscope ne nous montrera rien au-delà de quelques mètres.

— Comment pouvez-vous, à cette profondeur, évaluer la force de la tempête ?

— Par expérience.

— Alors envoyez au moins un message à la base pour leur dire que notre homme n'a pas pris contact. Ils peuvent fort bien nous donner l'ordre de rester sur place. »

Heer pousse un soupir exaspéré.

« Il n'est pas possible d'émettre de cette profondeur, pas vers la base en tout cas. »

Finalement, Wohl explose :

« Capitaine Heer, je vous recommande fermement

de faire surface et d'entrer en liaison radio avec la base avant de quitter le point de rendez-vous. L'homme que nous devons recueillir possède des renseignements d'une importance vitale. Le Führer attend son rapport. »

Heer le fixe.

« Je vous remercie de m'avoir donné votre opinion, major », dit-il et se retournant il ordonne : « En avant toute ! »

Le ronronnement des Diesel jumeaux se mue en grondement et le U-boat commence à prendre la vitesse.

Quatrième partie

XIX

Lucy s'éveille. La tempête qui s'est levée la veille continue de plus belle. Elle se penche hors du lit pour ramasser sa montre-bracelet, mesurant ses gestes pour ne pas réveiller David. Il est un peu plus de six heures. Le vent hurle par-dessus le toit. David peut dormir tout son soûl : il ne sera pas possible de beaucoup travailler aujourd'hui.

Elle se demande si le toit n'a pas perdu quelques ardoises au cours de la nuit. Il faudra aller voir dans le grenier. Y aller quand David sera sorti sinon il sera furieux qu'elle ne lui ait pas demandé de le faire.

Elle se glisse hors du lit. Il fait très froid. La tiédeur de ces derniers jours était un faux été, c'était seulement l'annonce de la tempête. Aujourd'hui, il fait aussi froid qu'en novembre. Elle tire sa chemise de nuit de flanelle par-dessus sa tête et enfile vivement ses dessous, son pantalon, son sweater. David bouge. Elle le regarde : il se retourne mais ne s'éveille pas.

Lucy traverse le minuscule palier pour aller jeter un coup d'œil dans la chambre de Jo. À l'occasion de ses trois ans, le marmot a eu de l'avancement : il a quitté son berceau pour un véritable lit et il en tombe souvent la nuit, sans même se réveiller, d'ailleurs. Ce matin, il n'a pas bougé : étendu sur le dos, il dort, la bouche grande ouverte. Lucy sourit. Jo est vraiment plus adorable encore lorsqu'il dort.

Elle descend silencieusement, en se demandant pourquoi elle s'est éveillée si tôt. Jo a dû faire du bruit, à moins que ce ne soit la tempête.

Relevant les manches de son pull, elle s'agenouille devant l'âtre et se met à préparer le feu. Pendant qu'elle sort les cendres, elle siffle un air qu'elle a entendu à la radio : *Is you or is you ain't my baby*[1]. Elle rassemble les cendres froides et garde les plus grosses braises pour construire son feu. La fougère sèche servira d'allume-feu, elle posera dessus le bois et le charbon. Parfois, elle n'utilise que le bois mais par un temps pareil la braise est préférable. Un journal grand ouvert qu'elle maintient contre l'âtre crée un courant d'air ; lorsqu'elle le retire le bois flambe et le charbon rougeoie déjà. Elle replie le journal et le glisse sous le seau à charbon : il resservira demain.

Les flammes réchaufferont bientôt la petite maison mais en attendant une tasse de thé bouillant ne lui fera pas de mal. Lucy va à la cuisine et pose la bouilloire sur le réchaud électrique. Elle dispose deux tasses sur le plateau, puis les cigarettes de David et un cendrier. Elle fait le thé, emplit les tasses et emporte le plateau vers l'escalier.

Elle a un pied sur la première marche lorsqu'elle

1. *Es-tu ou n'es-tu pas mon chéri ?* L'anglais est ici écorché comme il le serait à Harlem, le quartier noir de New York.

entend un bruit : on dirait que quelqu'un frappe. Elle s'arrête, fronce les sourcils, pense que c'est le vent qui agite la porte et monte une marche. Le bruit recommence. On dirait vraiment quelqu'un qui frappe à la porte d'entrée.

Ça ne tient pas debout, évidemment. Personne ne peut frapper... à l'exception de Tom mais il entre toujours par la porte de la cuisine et il ne frappe jamais.

On frappe encore, pourtant.

Elle redescend et tenant son plateau d'une main, de l'autre elle ouvre la porte.

Stupéfaite, elle laisse tomber le plateau. L'homme s'effondre dans le hall en la renversant dans sa chute. Elle pousse un hurlement.

Sa frayeur ne dure qu'un instant. L'intrus reste étendu près d'elle sur le plancher du hall : il est visiblement incapable de faire du mal à qui que ce soit. Ses vêtements sont trempés, ses mains et son visage livides de froid.

Lucy se relève. David descend l'escalier sur les fesses en criant.

« Qu'est-ce qu'il y a ? Qu'est-ce qu'il y a ?

— Lui ! » répond simplement Lucy en montrant du doigt l'étranger.

David arrive au pied de l'escalier, il est en pyjama et se hisse dans son fauteuil.

« Il n'y a vraiment pas de raison de hurler comme ça », dit-il.

Il s'approche et examine l'homme étendu sur le sol.

« Excuse-moi mais il m'a fait peur. »

Elle se courbe, saisit l'homme par les bras et le traîne jusqu'au salon. David la suit. Lucy étend l'inconnu devant le feu.

David fixe le corps inanimé.

« D'où diable vient-il ?

— Il a dû faire naufrage… la tempête… »

Mais ses vêtements sont ceux d'un ouvrier, non d'un marin, observe Lucy. Elle l'examine du haut en bas. Il est grand, plus grand que le tapis qui est devant la cheminée et qui fait pourtant un mètre quatre-vingts de long et il a de larges épaules et le cou puissant. Son visage est énergique et fin, le front haut, le menton long. Il serait sans doute beau garçon s'il n'avait pas ce teint cadavérique.

Il remue légèrement et il ouvre les yeux. Il semble d'abord terriblement effrayé, comme un petit garçon qui se réveillerait dans un milieu étranger, mais très vite, son expression se détend et il promène son regard autour de lui, un regard qui ne s'arrête qu'un instant sur Lucy, David, la fenêtre, la porte et le feu.

« Il faut lui enlever ces vêtements mouillés, dit Lucy. David, va lui chercher un pyjama et une robe de chambre. »

David s'en va dans son fauteuil roulant et Lucy s'agenouille à côté de l'étranger. Elle lui retire d'abord ses bottes et ses chaussettes. On dirait qu'une lueur amusée brille dans ses yeux pendant qu'il la regarde faire. Pourtant, lorsqu'elle se dispose à lui ôter sa veste il croise les bras sur sa poitrine.

« Vous allez mourir de pneumonie si vous gardez cela sur vous, dit-elle de sa voix la plus égale. Laissez-moi vous déshabiller.

— Je ne crois pas que nous nous connaissions suffisamment, répond l'homme, nous n'avons même pas été présentés. »

Ce sont ses premiers mots. Sa voix est tellement assurée, ses paroles tellement formalistes, et le contraste du ton cérémonieux avec sa dégaine de naufragé tel, que Lucy éclate de rire.

« Vous êtes timide ? fait-elle.

— Non, je pense seulement qu'un homme doit conserver un certain mystère », dit-il avec un grand sourire.

Mais son sourire s'interrompt brusquement et ses yeux se ferment de souffrance.

David revient avec des vêtements de nuit sur le bras.

« Vous avez l'air de vous entendre déjà remarquablement, dit-il.

— Il va falloir que tu le déshabilles, dit Lucy. Il ne veut pas me laisser faire. »

Le regard de David est indéchiffrable.

« Je me débrouillerai tout seul, merci, dit l'étranger, si ce n'est pas trop désinvolte de ma part.

— À votre aise », dit David.

Il laisse tomber les vêtements sur le plancher et sort.

« Je vais refaire du thé », dit Lucy qui l'a suivi en refermant la porte derrière elle.

Dans la cuisine, David est déjà en train de remplir la bouilloire, une cigarette pend à ses lèvres. Lucy ramasse rapidement la porcelaine cassée dans le hall et le rejoint.

« Il y a cinq minutes, je me demandais vraiment si ce type était encore vivant, remarque David, et le voilà maintenant qui s'habille tout seul. »

Lucy s'occupe de la théière.

« C'était peut-être une comédie, dit-elle.

— En tout cas, l'idée que tu allais le déshabiller lui a vite rendu ses forces.

— Je ne peux pas croire qu'on puisse être aussi pudique.

— Comme ce n'est pas la pudeur qui t'étouffe, il est normal qu'elle te surprenne chez les autres. »

Lucy pose brusquement les tasses sur le plateau.

« Ne nous disputons pas aujourd'hui, s'il te plaît, David – nous avons plus intéressant à faire, pour changer. »

Elle prend le plateau et s'en va dans le living-room.

L'étranger est en train de boutonner sa veste de pyjama. Il a le dos tourné lorsqu'elle entre. Elle pose le plateau et verse le thé. Lorsqu'elle relève la tête il a passé la robe de chambre de David.

« Vous êtes très aimable », dit-il en la regardant franchement.

Non, il ne semble pas timide, se dit Lucy. Mais il est plus âgé qu'elle – il doit avoir la quarantaine. C'est donc assez normal. Et il a de moins en moins l'air d'un naufragé.

« Asseyez-vous près du feu, lui conseille-t-elle en lui tendant une tasse.

— J'ai bien peur d'être gêné par la soucoupe. Mes bras sont encore ankylosés. »

Il saisit la tasse entre ses doigts gourds et à deux mains la porte prudemment à ses lèvres.

David entre et lui offre une cigarette. Il la refuse et termine sa tasse.

« Où suis-je ? demande-t-il.

— L'endroit s'appelle l'île des Tempêtes», lui apprend David.

L'homme laisse paraître une nuance de soulagement.

«Je me demandais si je n'avais pas été rejeté sur le continent.»

David montre le feu et fait signe à l'étranger d'y chauffer ses pieds nus.

«Vous avez probablement été jeté dans la baie, dit David. C'est là que les choses atterrissent généralement. C'est comme ça que la plage a été formée.»

Jo fait son entrée, les yeux à peine ouverts; il traîne un panda manchot aussi grand que lui. En apercevant l'inconnu, il court vers Lucy et se cache la figure entre les genoux de sa mère.

«J'ai fait peur à votre petite fille, dit l'homme en souriant.

— C'est un garçon. Il faut que je lui coupe les cheveux, dit Lucy en asseyant Jo sur ses genoux.

— Oh! excusez-moi.»

L'étranger ferme les yeux et vacille dans son fauteuil.

Lucy se lève et assied Jo sur le sofa.

«David, il faut que nous mettions ce pauvre homme au lit.

— Un instant, fait David en approchant son fauteuil de l'homme. N'y a-t-il pas d'autres survivants?» lui demande-t-il.

L'homme relève la tête: «J'étais seul», murmure-t-il, visiblement épuisé.

«David... commence Lucy.

— Encore une question: aviez-vous signalé votre route aux gardes-côtes?

— Qu'est-ce que cela peut faire ? demande Lucy.

— Cela fait parce que, s'il les a prévenus, il y a peut-être en ce moment des hommes en mer lancés à sa recherche et qui risquent leur vie. Nous pouvons leur faire savoir qu'il est sauvé.

— Je... je n'ai rien signalé... dit l'homme lentement.

— Assez, David», dit Lucy.

Elle s'agenouille devant l'étranger.

« Êtes-vous capable de monter ? » lui demande-t-elle.

Il acquiesce et se dresse avec peine.

Lucy lui passe un bras autour des épaules et l'aide à sortir.

« Je vais le coucher dans le lit de Jo », dit-elle.

Ils montent l'escalier en s'arrêtant à chaque marche. Lorsqu'ils arrivent en haut, la légère coloration que le feu avait donnée au visage du naufragé s'est effacée. Lucy le fait entrer dans la petite chambre et il s'écroule sur le lit.

Lucy étend sur lui des couvertures, elle le borde et quitte la chambre en refermant doucement la porte.

Le repos roule Faber en lourdes vagues successives. L'effort qu'il vient de faire pour conserver sa présence d'esprit était surhumain. Il se sent à bout, éreinté, malade.

Lorsque la porte lui a été ouverte, il s'est laissé aller un instant, jusqu'à l'évanouissement. Le danger s'est présenté lorsque cette belle créature a commencé à le déshabiller ; il s'est rappelé aussitôt la bobine de pellicule fixée sur sa poitrine. Résoudre ce problème lui a rendu un instant de lucidité. Il craignait aussi qu'ils n'appellent une ambulance mais il n'en a pas été question ; l'île est peut-être trop petite pour être pourvue d'un hôpital. En tout cas, il n'est pas sur le continent – là, il n'aurait pas pu empêcher qu'on ne signale le naufrage. D'ailleurs, le sens général des interrogations du mari indique qu'il n'en est pas question pour le moment.

Faber n'a plus la force d'envisager plus avant les problèmes futurs. Il a l'impression d'être en sécurité pour le moment et il ne veut pas voir plus loin. En attendant, il est au sec, il a chaud, il est vivant et le lit est doux.

Il se retourne pour reconnaître la pièce : une porte, une fenêtre, une cheminée. L'instinct de prudence survit à tout, sauf à la mort. Les murs sont tendus de rose, comme si ce couple avait attendu une fille. Il y a un chemin de fer mécanique et des tas de brochures illustrées sur le plancher. L'endroit est familial et sûr : un foyer. Lui est un loup sous une peau de mouton. Un loup boiteux.

Il ferme les yeux. En dépit de son épuisement, il est obligé de commander à ses muscles de se détendre, un à un. Progressivement, sa tête se vide de toute pensée et il s'endort.

Lucy goûte le porridge et y ajoute une pincée de sel. Ils ont fini par l'aimer comme le fait Tom : à l'écossaise, sans sucre. Elle ne fera plus jamais de porridge sucré, même lorsque le sucre ne sera plus rationné. C'est curieux tout de même comme on s'habitue aux choses quand il le faut : pain noir, margarine, et porridge salé.

Elle emplit les assiettes et la famille attaque le petit déjeuner. Jo refroidit son porridge à pleines cuillerées de lait froid. David mange énormément maintenant sans prendre un pouce de graisse : c'est la vie en plein air. Elle regarde ses mains. Elles sont dures et brunies, les mains d'un travailleur manuel. Elle a remarqué les mains de l'étranger – les doigts longs, la peau blanche sous le sang coagulé et les contusions. Il n'a pas l'habitude du rude travail d'un homme d'équipage.

« Tu ne pourras pas faire grand-chose aujourd'hui, dit Lucy. La tempête paraît décidée à durer.

— N'importe. Les moutons doivent être soignés, quel que soit le temps qu'il fait.

— Où seras-tu ?

— Du côté de chez Tom. J'irai avec la jeep.

— Je peux venir ? demande Jo.

— Pas aujourd'hui, dit Lucy. Il pleut et il fait trop froid.

— Mais je n'aime pas le monsieur. J'ai peur. »

Lucy sourit.

« Gros bêta. Il ne peut pas nous faire de mal. Il est tellement malade qu'il peut à peine bouger.

— Qui est-ce ?

— Nous ne savons pas son nom. Il a fait naufrage et il faut que nous prenions soin de lui jusqu'à ce qu'il soit assez fort pour retourner sur le continent. C'est un monsieur très gentil.

— C'est mon oncle ?

— Non, ce n'est qu'un étranger, Jo. Mange. »

Jo semble déçu. Il a rencontré un oncle, une fois. Pour lui, les oncles sont des messieurs qui vous donnent des bonbons, ce qu'il aime, et de l'argent, dont il ne sait que faire.

David achève son petit déjeuner et passe son imperméable, un vêtement de la taille d'une tente avec des manches et une ouverture pour passer la tête et qui protège aussi son fauteuil roulant. Il coiffe un suroît, l'attache sous son menton, embrasse Jo et dit au revoir à Lucy.

Une ou deux minutes plus tard, elle entend la jeep qui démarre et va à la fenêtre pour voir David partir sous la pluie. Les roues arrière dérapent dans la boue. Il faudra qu'il soit prudent au volant.

Elle revient vers Jo.

« C'est un chien », dit-il. (Il est en train de dessiner sur la table avec du porridge et du lait.)

— Eh bien, tu as fait du joli ! » dit-elle en lui donnant une tape sur la main.

Le visage du petit garçon s'attriste et se ferme et Lucy se dit une fois de plus qu'il est bien le portrait de son père. Ils ont le même teint mat, la même chevelure presque noire et tous les deux aussi la même manière de se replier sur soi-même lorsqu'ils sont fâchés. Pourtant, Jo est d'un naturel enjoué, rieur – il a pris aussi quelque chose du côté de la famille de Lucy, Dieu merci !

La voyant pensive, Jo pense qu'elle est en colère.

« Je te demande pardon », dit-il.

Elle lui lave les mains et le bec au robinet de la cuisine, puis débarrasse la table en songeant à l'étranger qui dort au-dessus. Maintenant que l'effet de surprise est passé et qu'il semble que l'homme ne va pas mourir, elle est dévorée de curiosité. Qui est-il ? D'où vient-il ?

Que faisait-il dans cette tempête ? Est-il marié ? Pourquoi a-t-il les vêtements d'un ouvrier, les mains d'un travailleur en col blanc et l'accent policé des comtés du centre ? C'est assez passionnant.

Lucy pense soudain qu'ayant habité ailleurs, elle n'aurait pas accepté aussi facilement cette soudaine intrusion. C'est peut-être, se dit-elle, un déserteur, un criminel ou encore un prisonnier de guerre évadé. Mais à vivre dans une île on oublie que les hommes peuvent être dangereux et non pas d'agréables compagnons. C'est tellement bon de voir un nouveau visage qu'il semble malséant de se montrer soupçonneux. Et peut-être – l'idée lui est désagréable – est-elle plus disposée que les autres à accueillir un homme séduisant... Mais elle chasse aussitôt cette pensée de son esprit.

Ridicule, ridicule. Il est si las et mal en point qu'il est incapable d'être dangereux pour qui que ce soit. Qui aurait refusé, même sur le continent, de recueillir un homme en haillons et inconscient ? Quand il sera un peu remis, ils pourront lui poser des questions et si la raison de son arrivée dans l'île n'est pas suffisamment plausible, ils pourront toujours alerter le continent par l'émetteur de Tom.

Lorsqu'elle a terminé sa toilette, elle monte à pas de loup pour jeter un coup d'œil sur l'étranger. Il dort le visage tourné vers la porte et quand elle passe la tête ses yeux s'ouvrent instantanément. Et elle aperçoit encore ce premier réflexe de frayeur.

« Ce n'est rien, murmure Lucy. Je voulais m'assurer que vous étiez bien. »

Il referme les yeux sans souffler mot.

Lucy redescend. Elle passe un ciré et des bottes

de caoutchouc, habille Jo de la même manière et ils sortent. La pluie continue de tomber à torrents et le vent est terrifiant. Elle regarde le toit : en effet, la tempête a emporté des ardoises. Courbée contre le vent, elle se dirige vers le sommet de la falaise.

Elle tient solidement la main de Jo – le vent pourrait facilement emporter le petit garçon. Deux minutes plus tard, elle regrette de n'être pas restée dans le cottage. La pluie passe dans le col de son ciré et pénètre dans ses bottes. Jo doit être trempé lui aussi mais maintenant qu'ils sont mouillés ils peuvent aussi bien le rester quelques minutes de plus. Lucy a envie d'aller sur la grève.

Mais lorsqu'ils arrivent au sommet de la pente, elle comprend que ce ne sera pas possible. Le petit chemin de planches est luisant de pluie, glissant comme s'il était savonné : le vent risque de lui faire perdre l'équilibre et de la précipiter dans le vide, sur la plage, à vingt mètres plus bas. Il faudra qu'elle se contente de jeter un coup d'œil.

Quel spectacle !

D'énormes vagues, de la taille d'une petite maison, se précipitent dans la baie et paraissent lutter de vitesse. En touchant la plage, chaque vague semble grossir encore, la crête se recourbe en point d'interrogation, puis elle se jette sur le pied de la falaise avec une rage insensée. Les volées d'écume montent bien au-delà du sommet de la falaise et forcent Lucy à reculer précipitamment ; le petit Jo hurle de joie. Si Lucy peut entendre les rires de son fils, c'est parce qu'elle l'a pris dans ses bras et qu'il a sa bouche près de son oreille : le tonnerre du vent et de la mer couvre tous les autres bruits.

Elle trouve quelque chose de terriblement fascinant dans le spectacle des éléments qui hurlent, se ruent en rugissant de fureur… et à rester presque trop près du bord de la falaise… à se sentir à la fois en danger et en sûreté, à frissonner et à transpirer de peur. Oui, c'est fascinant et il y a si peu de choses fascinantes dans son existence.

Elle est sur le point de s'en aller – Jo risque de prendre froid – lorsqu'elle aperçoit le bateau.

Il ne ressemble plus guère à un bateau, évidemment, et c'est bien là ce qui la surprend. Tout ce qu'il en reste, ce sont des parties de la charpente du pont et de la quille. Elles sont semées sur les rochers comme une poignée d'allumettes. C'était pourtant un gros bateau, Lucy le voit bien. Un homme peut le piloter seul mais ce n'est pas chose aisée. Et les blessures que lui a infligées la mer sont effroyables. Il ne reste plus deux pièces de bois assemblées.

Comment, ciel ! leur étranger a-t-il pu se tirer vivant de cet enfer ?

Elle frissonne en songeant à ce que les vagues et les écueils peuvent faire d'un corps humain. Jo sent soudain son changement d'humeur et lui dit à l'oreille : « À la maison, maintenant. » Elle tourne brusquement le dos à la mer et fonce aussi vite qu'elle peut sur la piste boueuse vers le cottage.

Sitôt revenus, ils quittent leurs vêtements de pluie et les laissent à sécher dans la cuisine. Lucy monte au premier et hasarde un autre coup d'œil sur l'étranger. Il n'ouvre pas les yeux, cette fois, il paraît dormir paisiblement mais elle a l'impression qu'il a dû se réveiller, reconnaître son pas dans l'escalier, et qu'il a refermé les yeux avant qu'elle ne pousse la porte.

Lucy fait couler un bain chaud. Elle et Jo sont trempés jusqu'aux os. Elle déshabille le petit et le met dans la baignoire puis – se décidant subitement – elle quitte elle aussi ses vêtements et se glisse dans l'eau avec lui. La chaleur est une bénédiction. Elle ferme les yeux et se laisse aller. Cela aussi, c'est bien agréable : être chez soi, dans un bain chaud, pendant que la tempête impuissante bat les murs de pierre.

La vie est devenue intéressante, d'un seul coup. Ainsi, depuis la nuit dernière, il y a une tempête, un naufrage et un homme mystérieux ; et tout cela après trois années de... Elle espère que l'étranger ne tardera pas à s'éveiller pour qu'elle sache enfin qui il est.

En attendant, il est l'heure de préparer le déjeuner des hommes. Il lui reste de la poitrine de mouton : elle fera un ragoût. Elle sort du bain et s'essuie doucement. Jo s'amuse avec le jouet qui l'accompagne toujours au bain : un chat de caoutchouc largement entamé par ses quenottes. Lucy se regarde dans le miroir, cherchant les vergetures laissées sur son ventre par la grossesse. Elles s'estompent lentement. Mais ne disparaîtront jamais complètement. Cela se verrait moins d'ailleurs si elle était hâlée de la tête aux pieds par le soleil. Elle sourit. Elle peut toujours attendre ! Et, d'ailleurs, qui s'intéresse à la beauté de son ventre ? Personne sauf elle-même.

« Je peux rester une minute de plus ? » demande le petit Jo.

« Une minute de plus » est une de ses expressions

favorites et cette minute peut aller jusqu'à la demi-journée.

« Oui, pendant que je m'habille », accepte-t-elle en raccrochant la serviette et en allant à la porte.

L'étranger est sur le seuil et la regarde.

Ils restent une seconde face à face. C'est curieux – Lucy y songera plus tard –, elle n'éprouve pas la moindre frayeur. Cela vient de la manière dont il la regarde : son expression n'est nullement menaçante, ni lascive, ni affectée. Il ne regarde pas son pubis, pas même ses seins, mais son visage – et ses yeux. Elle le regarde aussi, un peu secouée mais pas embarrassée et il y a seulement, dans un petit coin de son esprit, une question : pourquoi ne crie-t-elle pas, pourquoi ne se couvre-t-elle pas de ses mains et ne lui claque-t-elle pas la porte au nez ?

Quelque chose naît enfin dans le regard de l'homme – peut-être l'a-t-elle imaginé mais elle y voit de l'admiration, une petite lueur d'amusement très honnête et un soupçon de tristesse – et puis le charme est rompu, il se retourne, s'en va à sa chambre et ferme la porte. Une minute plus tard, Lucy entend les ressorts du lit grincer sous son poids.

Et sans aucune raison elle se sent terriblement coupable.

XX

Percival Godliman a fait lever tous les barrages routiers.

Chaque policier du Royaume-Uni est muni d'une photo de Faber et la moitié des effectifs se consacre entièrement à sa recherche. Dans les villes, on contrôle les hôtels et pensions de famille, les gares et les terminus des lignes de cars, les cafés et les supermarchés, ainsi que les ponts, les arches et les ruines des bombardements où se réfugient les vagabonds. Dans les campagnes, on visite les granges et les silos, les cottages vides et les châteaux en ruine, les buissons, les clairières et les cultures. Les policiers font admirer la photo de Faber aux guichetiers des gares, au personnel des stations-service, aux équipages des lignes de ferry-boats et aux caissiers des péages routiers. Tous les ports et les aérodromes sont alertés et le portrait du fugitif est affiché dans tous les bureaux de vérification des passeports.

Les simples policiers pensent, bien sûr, qu'ils recherchent un classique assassin. Les flics de la rue savent que l'homme a tué deux personnes à coups de poignard à Londres. Leurs chefs en savent un peu plus : ils savent que l'un des assassinats s'est compliqué de violences sexuelles, qu'un second semble sans raison apparente, qu'un troisième – et leurs hommes doivent l'ignorer – a été commis contre un militaire dans le train Euston-Liverpool et ce dernier, particulièrement sanglant, ne s'explique pas non plus. Seuls les commissaires divisionnaires et quelques patrons de Scotland Yard savent que le militaire avait été provisoirement détaché au MI 5 et que tous ces crimes ont un rapport quelconque avec le secret de la Défense nationale.

La presse aussi croit qu'il s'agit de la recherche d'un assassin ordinaire. Lorsque Godliman a transmis un communiqué sur l'affaire, la plupart des journaux en ont parlé dans leurs dernières éditions – les premières, à destination de l'Écosse, de l'Ulster et du nord du pays de Galles, étaient déjà sorties ; ils n'en ont donné qu'une version abrégée le lendemain. La victime de Stockwell a été présentée comme un obscur travailleur ; elle a été affublée d'un faux nom et d'une histoire personnelle anodine. Le communiqué de Godliman associait cet assassinat avec la mort d'une Mme Una Garden, en 1940, mais il restait extrêmement vague sur la nature de ce rapport. L'arme du meurtrier était présentée comme un stylet.

Les deux journaux de Liverpool connurent très vite l'affaire du train et ils se demandèrent avec ensemble si cet assassin du train n'était pas le même que celui de Londres. Ils posèrent la question à la police de la ville. Le chef constable appela les deux rédacteurs en chef. Il n'y eut pas une ligne dans les deux journaux de Liverpool.

On arrêta un effectif très précis de cent cinquante-sept hommes grands et bruns qui pouvaient être Faber. Seuls, vingt-neuf d'entre eux furent incapables de démontrer qu'ils n'avaient pas pu commettre ces assassinats. Les enquêteurs du MI 5 s'entretinrent avec les vingt-neuf suspects un par un. Vingt-sept firent appel à des parents, des relations ou des voisins qui purent affirmer que ces gens étaient nés en Grande-Bretagne et qu'ils y vivaient au moins depuis 1920, époque à laquelle Faber était encore en Allemagne.

Les deux derniers furent amenés à Londres et interrogés une fois de plus mais par Godliman, cette fois. Ils sont tous deux célibataires, ils vivent seuls, et mènent une existence errante. Le premier est un élégant escroc qui prétend contre toute vraisemblance qu'il vit en parcourant le pays et en acceptant les tâches qui peuvent se présenter à un travailleur manuel. Godliman lui explique alors qu'à l'inverse de la police il peut fort bien incarcérer n'importe qui pour la durée de la guerre sans que personne lui demande des comptes. D'autre part, les peccadilles classiques ne l'intéressent pas et toutes les informations qui peuvent lui être données dans ce bureau sont rigoureusement confidentielles et ne franchiront pas les murs du ministère de la Guerre. Le prisonnier reconnaît aussitôt qu'il est chevalier d'industrie et il donne l'adresse de treize dames d'âge mûr auxquelles il a « emprunté » leurs bijoux depuis ces trois dernières semaines. Godliman le remet entre les mains de la police.

Il ne s'estime pas obligé de tenir parole à un menteur professionnel.

Le dernier suspect ne résiste pas non plus très longtemps à l'interrogatoire de Godliman. Son secret à lui, c'est qu'il n'est pas tellement célibataire, il s'en faut même de beaucoup. Il a une femme légitime à Brighton. Et une à Solihull, près de Birmingham. Et d'autres à Colchester, Newbury et Exeter. Ces cinq femmes présenteront chacune dans la soirée un certificat de mariage on ne peut plus valable. Le polygame attendra en prison le jour de comparaître devant le tribunal.

Godliman couche dans son bureau pendant que la chasse se poursuit.

Gare de Temple Meads, Bristol.

« Bonjour, Miss. Voulez-vous jeter un coup d'œil sur cette photo, s'il vous plaît ?

— Hé ! les filles… un gentil poulet qui veut nous faire voir ses photos personnelles !

— Allez, rigolons pas, dites-moi simplement si vous le connaissez.

— Oh ! là ! là ! le beau gars ! Je ne demanderais pas mieux que de le connaître, ma parole !

— Je ne crois pas que vous seriez aussi pressée si vous saviez ce qu'il a fait. Voulez-vous toutes jeter un coup d'œil, mesdemoiselles ?

— Je ne l'ai jamais vu.

— Moi non plus.

— Pas plus que moi.

— Quand vous l'aurez arrêté, demandez-lui donc s'il ne voudrait pas faire la connaissance d'une jolie fille de Bristol…

— Ah ! les femmes… c'est pas croyable… parce que vous portez maintenant le pantalon et que vous remplacez les porteurs, vous vous croyez obligées de faire comme les hommes. »

Embarcadère de la ligne de ferry-boats, à Woolwich.

« Sale temps, constable.

— Bonjour, cap'taine. J'imagine que c'est encore pire en haute mer.

— Vous avez besoin de quelque chose ? Ou vous venez simplement pour traverser ?

— Cap'taine, je voudrais vous faire voir la tête d'un type.

— Le temps de mettre mes lunettes. Oh ! ne vous en faites pas, je vois assez pour piloter le bateau. C'est de près que ça se brouille... Voyons, maintenant...

— Ça vous dit quelque chose ?

— Non, constable. Désolé mais ça ne me rappelle rien.

— Bon. En tout cas, alertez-moi si vous le voyez.

— Certainement.

— Bonne traversée !

— Ça m'étonnerait bougrement. »

35 Leak Street, Londres E.1.

« Sergent Riley... quelle bonne surprise !

— Pas tant de chichis, Mabel. Qui héberges-tu en ce moment ?

— Tout ce qu'il y a de mieux comme locataires, sergent. Voyons, tu me connais.

— Oh ! oui, je te connais. Et c'est justement pourquoi je suis là. Un de tes locataires tellement respectables ne serait-il pas en cavale, par hasard ?

— Depuis quand cours-tu après les déserteurs ?

— Ce n'est pas ça, Mabel, je suis à la recherche de quelqu'un et si ce type est ici il t'a probablement dit qu'il était en cavale.

— Écoute, Jack, si je te dis qu'il n'y a personne ici que je ne connaisse pas comme le creux de ma main, te tireras-tu et cesseras-tu de me casser les pieds ?

— Pourquoi devrais-je te faire confiance ?

— À cause de 1936.

— Tu étais plus jolie en ce temps-là, Mabel.

— Toi aussi, Jack.

— D'accord... donne un coup de phare là-dessus. Et si ce brave petit garçon vient ici, tu me préviens, okay ?

— Promis.

— Et sans perdre une minute ?

— Entendu !

— Mabel... il a poignardé une femme de ton âge. Je te dis ça pour te rassurer. »

Le *Bill's Café,* sur la A 30 près de Bagshot.

« Du thé, s'il vous plaît. Et deux sucres.

— Bonjour, constable Pearson. Sale temps, hein ?

— Qu'est-ce qu'il y a sur ce plat... des galets de Portsmouth ?

— Des brioches au beurre... ça se voit, non ?

— Ah ! alors, j'en prendrai deux. Merci... Et maintenant, écoutez, les gars ! Celui qui veut que son camion soit passé au microscope du toit aux essieux n'a qu'à faire un pas vers la porte... Personne ne bouge ? C'est-y pas mieux comme ça ? Jetez-moi un coup d'œil sur cette photo, s'il vous plaît.

— Pourquoi êtes-vous à sa recherche, constable… il roulait à bicyclette sans lumière ?

— Garde tes plaisanteries pour toi, Harry… faites passer la photo. Personne n'a pris ce mec en auto-stop ?

— Pas moi.

— Non.

— Désolé, constable.

— Jamais vu cette frime.

— Merci, les gars. Si vous le voyez, signalez-le. Salut !

— Constable ?

— Oui, Bill ?

— Vous oubliez de payer les brioches. »

Le *Smethwick's garage,* Carlisle.

« Bonjour, m'dame. Quand vous aurez une minute…

— Je suis à vous tout de suite, lieutenant. Laissez-moi seulement en finir avec monsieur… Douze shillings et six pence, monsieur, merci. Au revoir…

— Comment vont les affaires ?

— Horriblement mal, comme toujours. Que puis-je faire pour vous ?

— Pouvons-nous aller dans votre bureau une minute ?

— Ouais, venez… alors ?

— Jetez un coup d'œil sur cette photo et dites-moi si vous avez vendu récemment de l'essence à cet homme.

— Ma foi, ce ne sera pas difficile. Les clients ne se bousculent pas à la pompe… Oh ! oh ! Savez-vous que je crois bien que je l'ai servi ?

— Quand ?
— Avant-hier dans la matinée.
— En êtes-vous bien sûre ?
— Ma foi… il paraît maintenant plus vieux que sur cette photo, mais je suis à peu près sûre que c'était lui.
— Quel genre de voiture avait-il ?
— Une grise. Je ne connais pas bien les marques ; en fait, c'est mon mari qui s'occupe de l'affaire, d'habitude, mais il est dans la Marine pour le moment.
— Bon. Comment était-elle cette voiture ?
— C'était un vieux modèle, avec une capote qui se rabat. Une deux-places. Genre sport. Il y avait une nourrice fixée sur le marchepied et il l'a fait remplir aussi.
— Vous rappelez-vous comment il était habillé ?
— Pas très bien… des bleus de travail, je crois.
— Il était grand ?
— Oui, plus grand que vous.
— Vous avez le téléphone ?… »

William Duncan a vingt-cinq ans, un mètre quatre-vingts, il pèse près de soixante-dix kilos – de muscles – et on lui achèterait sa santé. La vie au grand air, son dédain absolu du tabac, de l'alcool, des nuits de veille et de la vie facile le maintiennent en forme. Et pourtant, il n'est pas mobilisé.

Il semblait un enfant normal – un peu attardé, peut-être – jusqu'à l'âge de huit ans. C'est alors que son esprit a cessé de se développer. Il n'a subi, que l'on sache, aucun traumatisme, pas d'infirmité physique qui puisse expliquer cet arrêt subit de ses facultés mentales. Et il a même fallu des années avant que quelqu'un s'aperçoive que quelque chose n'était pas normal, car, à dix ans, il n'était que légèrement attardé, et, à douze, un peu sot ; mais à quinze ans, il était visiblement simple d'esprit et à dix-huit on l'appelait Willie le Toqué.

Ses parents appartenaient tous les deux à un petit groupe religieux de fondamentalistes dont les membres n'étaient pas autorisés à se marier en dehors de leur église – ce qui pourrait peut-être expliquer la « bizarrerie » de Willie. Ils ont prié pour lui, évidemment, mais ils l'ont tout de même emmené voir un spécialiste, à Stirling. Le médecin, un noble vieillard, lui fit subir plusieurs tests et leur dit ensuite – en les regardant par-dessus ses lunettes cerclées d'or – que ce garçon avait un âge mental d'environ huit ans et que son esprit en resterait là, pour la vie. Ils ont continué de prier pour lui, mais en pensant que le Seigneur leur avait imposé cette douleur pour les mettre à l'épreuve ; aussi bien veillaient-ils au salut de Willie et attendaient-ils le jour où ils le retrouveraient au paradis, guéri et normal. En attendant, il lui fallait un travail.

Un enfant de huit ans peut garder les vaches – garder les vaches est un métier quoi que vous en puissiez penser –, Willie le Toqué est donc vacher. Et c'est dans l'exercice de ses fonctions qu'il voit la voiture pour la première fois.

Il pense tout de suite qu'il y a dedans des amoureux.

Willie sait ce que c'est que des amoureux. C'est-à-dire qu'il sait qu'il existe des amoureux, qu'ils se font l'un l'autre des choses incorrectes dans des endroits sombres comme les taillis, les cinémas ou les voitures ;

et que l'on ne doit pas en parler. Aussi presse-t-il ses vaches en passant devant le buisson au pied duquel est garée la Morris Cowley Bullnose 1924 – il connaît les voitures aussi, comme tous les enfants de huit ans – et il veille à ne pas regarder dans celle-là de peur d'apercevoir le péché.

Il ramène son troupeau à l'étable pour la traite, rentre chez lui en faisant un détour, il dîne, lit un chapitre du *Lévitique* à son père – à haute voix et à grand-peine – puis il se met au lit pour dormir et rêver d'amoureux.

La voiture est encore là le lendemain soir.

En dépit de toute son innocence, Willie sait que les amoureux ne se font pas l'un l'autre les choses inavouables qu'ils sont supposés se faire pendant vingt-quatre heures d'affilée, aussi cette fois va-t-il droit à la voiture et regarde-t-il à l'intérieur. Elle est vide. La terre sous le moteur est noire et gluante d'huile. Willie trouve une nouvelle explication : la voiture est en panne et son conducteur l'a abandonnée. Il ne songe pas à se demander pourquoi elle est à demi dissimulée dans un buisson.

En arrivant à l'étable, il fait part au fermier de sa découverte.

« Il y a une voiture en panne dans le sentier près de la grand-route. »

Le fermier est un grand gaillard, aux sourcils cendrés broussailleux qui se rejoignent lorsqu'il réfléchit.

« Y avait-il quelqu'un dans les parages ?

— Non… et elle était déjà là hier.

— Pourquoi ne m'en as-tu pas parlé hier, alors ? »

Willie rougit.

« J'ai cru que c'était peut-être… tu sais… des amoureux. »

Le fermier comprend que Willie ne joue pas les innocents mais qu'il est réellement gêné. Il tapote l'épaule du garçon.

« Bon, file à la maison et laisse-moi m'occuper de ça. »

Après avoir trait les vaches, le fermier va se rendre compte sur place. Lui songe tout de suite à se demander pourquoi la voiture est à demi cachée. Il a entendu parler de l'assassin au stylet et bien qu'il se garde de conclure que la voiture a été abandonnée par le tueur de Londres, il pense qu'il y a peut-être une relation entre cette voiture et une affaire criminelle ou une autre. Il envoie donc après le dîner son fils à cheval pour téléphoner du village à la police de Stirling.

La police arrive avant que son fils ne soit revenu. Ils sont au moins une douzaine et chacun d'eux paraît être un buveur de thé invétéré. Le fermier et sa femme resteront debout la moitié de la nuit la théière et des tasses à la main.

Willie le Toqué est prié de raconter de nouveau son histoire ; il répète qu'il a vu la voiture pour la première fois la veille au soir ; il rougit de nouveau en expliquant qu'il avait pensé que c'étaient des amoureux.

En tout cas, le fermier, sa femme et Willie vivent leur nuit la plus passionnante de la guerre.

Ce soir-là, Godliman, qui doit passer sa quatrième nuit consécutive dans son bureau, rentre chez lui prendre un bain, changer de vêtements et faire sa valise.

Il a un appartement dans un immeuble de Chelsea. C'est plutôt petit mais suffisant pour un homme seul ; une femme de ménage en assure vaille que vaille l'entretien, à l'exception du cabinet de travail qui lui est interdit et qui est donc jonché de bouquins et de papiers. L'ameublement date évidemment d'avant-guerre, il est de bon goût et l'ensemble est confortable : fauteuils club de cuir, phono dans le living-room et une cuisine pleine d'appareils ménagers perfectionnés et rarement utilisés.

En attendant que la baignoire se remplisse, l'ancien professeur fume une cigarette – il a laissé tomber la pipe, c'est trop compliqué pour un homme qui n'a plus une minute à lui – et il contemple son bien le plus précieux : une toile qui représente une scène médiévale d'un fantastique assez sinistre, vraisemblablement une œuvre de Jérôme Bosch. C'est un bien de famille et Godliman ne s'en est jamais séparé même lorsqu'il avait besoin d'argent.

Dans son bain, il songe à Barbara Dickens et à son fils Peter. Il n'a jamais parlé d'elle à personne, pas même à Bloggs – il était sur le point de le faire, lorsqu'ils discutaient de remariage, mais le colonel Terry les avait interrompus. Barbara Dickens est veuve, son mari a été tué au front dès le début de la guerre. Godliman ignore son âge exact mais elle ne paraît pas avoir plus de quarante ans, ce qui est très jeune pour la maman d'un garçon de vingt-deux ans. Elle travaille dans le service de déchiffrage des messages ennemis ; elle est intelligente, amusante et très jolie. Elle est riche aussi. Godliman l'a invitée deux ou trois fois à dîner avant l'affaire actuelle. Il pense qu'elle est un peu amoureuse de lui.

Elle s'est arrangée pour qu'il fasse la connaissance de son fils, qui est déjà capitaine. Le garçon a plu à Godliman. Mais il connaît un détail que ni Barbara ni son fils ne soupçonnent : Peter sera du débarquement en France.

Et la possibilité que les Allemands l'attendent ou non ce jour-là dépend de l'arrestation de Die Nadel.

Godliman sort de son bain, se rase longuement, soigneusement, en se posant une question : suis-je amoureux de Barbara Dickens ? Il ne sait pas trop à quoi ressemble l'amour à l'âge mûr. Certainement pas à l'ardente passion de la jeunesse. Est-ce affection, admiration, tendresse et un soupçon de désir ? Si cela signifie l'amour à l'âge mûr, alors il l'aime.

Et il a désormais envie de partager sa vie. Pendant des années il n'a désiré que travail et solitude. Pour le moment la camaraderie du MI 5 le prend tout entier : « les pots », les nuits de veille lorsqu'une grosse affaire se présente, l'enthousiasme de cette bande d'amateurs dévoués, l'ardeur frénétique au plaisir de ces hommes dont la mort est toujours possible et imprévisible – tout cela l'a conquis. Mais cela se terminera avec la guerre, il le sait bien ; et certaines choses lui en resteront : le besoin de parler à quelqu'un de cher de ses déceptions, de ses succès, le besoin d'avoir quelqu'un près de soi la nuit, le simple besoin de dire : « Dis donc ! Regarde-moi ça ! Est-ce assez beau ? »

La guerre est dure et épuisante et décevante et pénible mais on y a des amis. Si la paix doit lui ramener la solitude, Godliman pense qu'il ne pourra pas le supporter.

Pour l'heure, un maillot de corps fraîchement lavé,

une chemise bien repassée sont le comble du luxe. Il met d'autre linge propre dans sa valise, puis il s'assoit pour vider tranquillement un verre de whisky avant de rejoindre son bureau. Le chauffeur militaire de la Daimler de service qui est en bas attendra bien quelques minutes.

Il est en train de bourrer sa pipe lorsque le téléphone sonne. Il repose sa pipe et allume une cigarette.

Son téléphone est branché sur le standard du ministère de la Guerre. La standardiste lui annonce que M. Dalkeith, le chef de la police de Stirling, désire lui parler.

Il attend le déclic de la ligne pour dire :

« Godliman à l'appareil.

— Nous avons retrouvé votre Morris Cowley, dit Dalkeith sans préambule.

— Où ça ?

— Sur la A 80, juste au-dessous de Stirling.

— Elle est vide ?

— Oui, en panne. Elle est là depuis vingt-quatre heures au moins. On l'avait écartée de la grand-route et cachée dans un buisson. C'est un jeune paysan un peu simple d'esprit qui l'a découverte.

— Y a-t-il un arrêt de cars ou une gare que l'on puisse gagner à pied de cet endroit ?

— Non.

— Donc il est probable que notre homme a dû marcher ou faire de l'auto-stop après avoir lâché sa voiture.

— Ouais.

— Dans ce cas, voulez-vous demander dans les environs…

— Nous sommes déjà en train de chercher à savoir

si quelqu'un du coin l'aurait aperçu ou lui aurait offert un bout de conduite en voiture.

— Très bien. Tenez-moi au courant… De mon côté, je vais annoncer la nouvelle au Yard. Merci beaucoup, Dalkeith.

— Je vous rappellerai. Au revoir, sir. »

Godliman raccroche et va à son cabinet de travail. Il s'assoit et ouvre un atlas des routes du nord de l'Angleterre. Londres, Liverpool, Carlisle, Stirling… Faber fait route vers le nord-est de l'Écosse.

Godliman se demande s'il ne doit pas reconsidérer la théorie selon laquelle Faber essaierait de quitter le pays. La route la meilleure est celle de l'ouest, par l'Eire qui est neutre. Mais la côte est de l'Écosse est le théâtre de mille activités militaires. Serait-il possible que Faber eût l'audace de poursuivre sa mission d'espionnage, sachant qu'il a le MI 5 aux trousses ? C'est possible, reconnaît Godliman – il sait bien que ce Faber est d'une audace invraisemblable – mais c'est tout de même peu probable. Rien de ce qu'il pourrait observer en Écosse n'est aussi important que le renseignement qu'il possède déjà.

Donc, Faber va s'en aller par la côte est. Godliman passe en revue les moyens d'évasion dont dispose l'espion : un avion léger qui se poserait sur une lande déserte ; un voyage solitaire à travers la mer du Nord dans un bateau volé ; un rendez-vous près de la côte avec un sous-marin, comme le pense Bloggs ; une traversée vers la Baltique à bord d'un navire marchand de pays neutre pour débarquer en Suède et traverser la frontière de la Norvège… les moyens ne manquent pas.

En tout cas, il faut que le Yard soit mis au courant de

la situation présente. Ils mobiliseront toutes les forces de la police d'Écosse pour tenter de retrouver qui peut bien avoir ramassé un auto-stoppeur aux portes de Stirling. Godliman revient dans le living-room pour téléphoner mais l'appareil sonne déjà. Il le prend.

« Ici, Godliman.

— C'est un certain M. Richard Porter qui appelle d'Aberdeen.

— Ah ! fait Godliman qui attendait que Bloggs lui téléphone de Carlisle. Passez-le-moi. Allô ? Ici Godliman.

— Bien, Richard Porter à l'appareil. Je fais partie du Comité de maintien de l'ordre de la ville.

— Oui. Que puis-je faire pour vous ?

— Eh bien, en vérité, cher monsieur, je suis horriblement gêné. »

Godliman refrène son impatience.

« Expliquez-moi donc pourquoi.

— Ce gaillard que vous recherchez pour... assassinats et le reste. Eh bien, je suis à peu près certain que je l'ai trimballé dans ma voiture. »

Godliman serre l'écouteur de toutes ses forces.

« Quand ?

— Avant-hier soir. Ma voiture était tombée en panne sur la A 80, tout près de Stirling. Au beau milieu de la nuit, s'il vous plaît ! Et voilà qu'arrive ce type, à pied, et qui me la répare d'un seul coup, d'un seul. Alors, naturellement...

— Où l'avez-vous déposé ?

— Ici, à Aberdeen. Il m'a dit qu'il allait à Banff. Or, il se trouve que j'ai dormi hier une bonne partie de la journée et que ce n'est pas avant cet après-midi...

— Vous n'y pouvez rien, monsieur Porter. Merci de nous avoir prévenus.

— Bon, euh... Alors, au revoir. »

Godliman agite l'interrupteur et la standardiste du ministère revient en ligne.

« Appelez-moi M. Bloggs, je vous prie, lui dit Godliman. Il est à Carlisle.

— Il vous attend sur une autre ligne en ce moment même, monsieur.

— Parfait !

— Allô, Percy ? Quelque chose de nouveau ?

— Nous avons retrouvé ses traces, Fred. Une garagiste de Carlisle l'a reconnu, il a abandonné la Morris près de Stirling et il a été emmené en auto-stop jusqu'à Aberdeen.

— Aberdeen !

— Il doit essayer de quitter le pays par la sortie est.

— Quand est-il arrivé à Aberdeen ?

— Sans doute à l'aube, hier matin.

— Alors, il n'a certainement pas eu le temps de s'en aller, à moins d'avoir fait drôlement vite. Ils ont ici la pire tempête qu'on ait connue de mémoire d'homme. Elle a commencé hier soir et elle n'a pas encore cessé. Aucun bateau ne peut sortir et le vent souffle trop dur pour poser un avion.

— Parfait. Allez là-bas aussi vite que possible. En attendant, je vais toujours alerter la police locale. Appelez-moi dès votre arrivée à Aberdeen.

— J'y vais de ce pas. »

XXI

Quand Faber se réveille, c'est déjà presque la nuit. Par la fenêtre de la chambre, il aperçoit les dernières traînées grises disparaître dans le noir qui envahit le ciel. La tempête n'a pas faibli ; la pluie tambourine sur le toit, dégorge des gouttières et le vent souffle et hurle sans arrêt.

Il allume la petite lampe de la table de chevet. L'effort le fatigue et il retombe sur l'oreiller. Sa faiblesse le terrifie. Ceux qui croient que la force prime le droit doivent toujours être les plus forts et Faber est assez subtil pour comprendre les implications de son éthique personnelle. La crainte n'est jamais tout à fait absente de ses pensées ; c'est sans doute ce qui lui a permis de survivre si longtemps. Il lui est absolument impossible de se croire totalement en sécurité. Il sait, de cette manière vague avec laquelle on comprend parfois les choses les plus essentielles sur soi-même, que c'est précisément ce sentiment d'insécurité qui lui a fait choisir la profession d'espion ; c'est la seule existence qui lui permette de tuer sans hésiter celui qui peut représenter pour lui le moindre danger. La crainte de la faiblesse est partie du syndrome qui comprend également son obsession de l'indépendance, son sentiment d'insécurité et son mépris pour ses supérieurs militaires.

Étendu sur le lit d'enfant dans la chambre aux murs roses, l'Allemand passe son corps en revue. Il est à peu près entièrement couvert de contusions sans qu'apparemment il ait quoi que ce soit de cassé. Il n'a pas de fièvre ; sa robuste constitution l'a protégé de la bronchite malgré la nuit infernale passée sur le bateau. Il ne lui reste que cette sensation de faiblesse. Il craint que ce ne soit davantage que de l'épuisement. Il se rappelle cet instant où, en atteignant le sommet de la pente, il a cru qu'il allait mourir, et il se demande s'il ne s'est pas mutilé pour la vie dans ce dernier sprint forcené.

Il fait ensuite l'inventaire de ses biens. La bobine de négatifs est restée collée à sa poitrine, et le stylet toujours fixé à son avant-bras, ses papiers et son argent sont dans les poches du pyjama qu'on lui a prêté.

Il repousse les couvertures et s'assied, les pieds sur le plancher. Un étourdissement le saisit et se dissipe. Il se lève ; il est essentiel de ne pas se laisser aller aux attitudes mentales d'un invalide. Il passe la robe de chambre et va à la salle de bains.

À son retour, il trouve au pied de son lit ses vêtements propres et repassés : linge de dessous, chemise et bleus de travail. Tout à coup, il se rappelle s'être levé à un moment quelconque de la matinée et avoir vu la femme nue dans la salle de bains ; ce fut une scène étrange et il ne sait pas trop qu'en penser. Elle est très belle, se rappelle-t-il. De cela, il est tout à fait certain.

Faber s'habille lentement. Il aimerait bien se raser mais il veut demander la permission de son hôte avant d'emprunter le rasoir qui est sur la tablette de la salle de bains ; certains hommes ont le même instinct de propriété pour leur rasoir que pour leur femme. Mais il prend la liberté de se servir du peigne de bakélite qu'il a découvert dans le tiroir de la commode de l'enfant.

Il se regarde sans fatuité dans le miroir. Il n'a aucune vanité. Il sait que certaines femmes le trouvent attirant et d'autres non ; il imagine qu'il en est ainsi pour la plupart de ses semblables. Certes, il a connu plus de femmes que la moyenne des hommes mais il attribue cela à son appétit sexuel et pas à son aspect physique. Le miroir lui montre qu'il est à peu près présentable et il n'en demande pas davantage.

Il quitte la chambre et descend lentement l'escalier. Il est pris d'un nouvel étourdissement et, de nouveau, il puise dans sa volonté la force de le surmonter ; il s'accroche à la rampe et s'oblige à descendre, un pied après l'autre, jusqu'au rez-de-chaussée.

Il s'arrête devant la porte du living-room, et n'entendant pas de bruit il s'en va jusqu'à la cuisine. Il frappe et entre. Le jeune couple est à table et termine son dîner.

La femme se dresse brusquement à son entrée.

« Vous êtes debout ! dit-elle. Vous n'auriez pas dû. »

Faber se laisse conduire à une chaise.

« Merci, dit-il. Mais il ne faut pas m'encourager à jouer les malades.

— Je ne crois pas que vous vous rendiez bien compte de la terrible aventure que vous avez vécue, dit-elle. Avez-vous envie de manger ?

— Je vous dérange…

— Pas du tout. Ne dites pas de bêtises. Je vous ai gardé de la soupe au chaud.

— Vous êtes tellement aimables et je ne connais même pas encore vos noms, remarque l'Allemand.

— David et Lucy Rose. »

Elle verse de la soupe dans un bol et le place devant lui sur la table.

« David, veux-tu lui couper du pain, s'il te plaît ?

— Je m'appelle Henry Baker. »

Faber ne sait pas pourquoi il a dit ça ; il n'a pas de papiers à ce nom-là. La police est aux trousses d'un certain Henry Faber, il a donc bien fait de se servir du nom de James Baker, mais il ne sait trop pourquoi il voudrait que cette femme l'appelle Henry, l'équivalent britannique de Heinrich, son véritable prénom.

Il avale une gorgée de soupe et il est soudain pris de fringale. Il vide son bol, très vite, et dévore son pain. Quand il a fini, Lucy se met à rire. Elle est adorable lorsqu'elle rit, sa bouche révèle des dents blanches et la commissure de ses yeux se ride joyeusement.

« En voulez-vous davantage ? offre-t-elle.

— Euh, oui, merci beaucoup.

— On voit que cela vous fait du bien. Vous reprenez des couleurs. »

Faber s'aperçoit en effet qu'il se sent mieux. Par courtoisie, il se contraint à absorber le second bol plus posément, mais la soupe ne lui en plaît pas moins.

David ouvre la bouche pour la première fois.

« Que pouviez-vous faire en mer par cette tempête ? demande-t-il.

— Laisse-le donc tranquille, David…

— Mais je vous en prie, coupe aussitôt Faber. J'ai

été idiot, c'est tout simple. Ce sont mes premières vacances depuis la guerre. Je rêvais depuis longtemps d'aller à la pêche et je ne voulais pas que le temps m'en prive. Êtes-vous pêcheur ?

— Éleveur de moutons, dit David.

— Vous avez sûrement du personnel ?

— Un seul homme, le vieux Tom.

— Il doit y avoir d'autres éleveurs dans l'île.

— Non. Nous habitons de ce côté-ci, Tom à l'autre extrémité et il n'y a rien entre nous que des moutons. »

Faber hoche la tête. Parfait – plus que parfait ! Une femme, un invalide, un enfant et un vieillard… et il sent que les forces lui reviennent.

« Comment restez-vous en relation avec le continent ? demande-t-il.

— Un bateau vient tous les quinze jours. On l'attend pour lundi mais il ne viendra pas si la tempête souffle toujours. Il y a un émetteur radio au cottage de Tom mais on ne peut l'utiliser qu'en cas d'urgence. Si je pensais qu'on vous recherche ou si vous aviez besoin d'un secours médical immédiat, je pourrais m'en servir. Mais cela ne me paraît pas nécessaire. À quoi cela servirait-il ? Personne ne pourrait venir ici avant la fin de la tempête et à ce moment-là de toute manière le bateau traversera.

— Évidemment. »

La voix de Faber dissimule sa satisfaction. Le problème du contact à établir avec le U-boat le tourmentait. Il a bien vu un poste de radio ordinaire dans le living-room des Rose et, s'il le fallait, il pourrait le bricoler pour en faire un émetteur. Mais le fait que ce Tom ait un véritable émetteur simplifie tout.

« Mais pourquoi Tom a-t-il besoin d'un poste pareil ? demande-t-il.

— Il fait partie du Corps royal des observateurs. Aberdeen a été bombardé en juillet 1940. Il n'y a pas eu de signal d'alerte. Le raid a fait une cinquantaine de morts et de blessés. C'est à ce moment-là qu'ils ont enrôlé Tom. C'est une bonne chose qu'il entende mieux qu'il ne voit.

— Les bombardiers doivent venir de Norvège.

— Sans doute.

— Passons au salon », dit Lucy en se levant.

Les deux hommes la suivent. Faber n'a plus d'impression de faiblesse ou de vertige. Il ouvre la porte pour laisser passer David qui approche son fauteuil du feu. Lucy propose un cognac à Faber. Il refuse. Elle en verse un à son mari et un pour elle.

Faber se rencogne dans son fauteuil pour les examiner à loisir. Lucy est réellement d'une beauté saisissante avec le bel ovale de son visage, ses grands yeux d'ambre doré comme ceux d'un chat et son épaisse et luxuriante chevelure brun-roux. Sous la tenue masculine, le pull de pêcheur et le pantalon marqué aux genoux, on devine un corps généreux et parfait. Avec une robe de cocktail et des bas de soie, elle serait fascinante. De son côté, David est beau garçon – d'une beauté qui serait presque féminine n'était l'ombre de sa barbe noire. Ses cheveux sont couleur d'ébène et il a la carnation d'un Méditerranéen. Il devait être grand à en juger par la longueur de ses bras. Des bras que Faber imagine puissamment musclés à force de pousser les roues de son fauteuil.

Un beau couple – mais on sent qu'il se passe entre

eux quelque chose de très grave. Faber n'est pas un expert en matière de mariage mais sa pratique des interrogatoires lui a enseigné le langage muet du corps humain – le moindre mouvement lui permet de deviner la peur, la confiance, la dissimulation ou le mensonge. Lucy et David échangent rarement un regard et leurs mains ne se rencontrent jamais. Ils lui parlent davantage qu'ils ne se parlent. On dirait deux boxeurs qui tournent l'un autour de l'autre, qui s'évitent et s'efforcent de garder entre eux une sorte de no man's land. La tension qui règne entre eux est presque palpable. Ils sont comme Churchill et Staline, obligés de lutter côte à côte en refrénant de toutes leurs forces une profonde hostilité. L'Allemand se demande quel drame se trouve à l'origine de cet éloignement réciproque. Cette petite maison douillette doit être, en dépit de son décor de tapis, de peinture gaie, de ses fauteuils à fleurs, des flammes joyeuses de l'âtre et des aquarelles encadrées, une espèce de bombe chargée de sentiments réprimés. Vivre seuls, avec pour seule compagnie un vieillard et un petit enfant et ce drame entre eux… cela lui rappelle une pièce qu'il a vue à Londres, celle d'un auteur américain qui s'appelle Tennessee quelque chose…

Brusquement, David avale son cognac :

« Il faut que je me couche. Mon dos fait des siennes. »

Faber se lève :

« Excusez-moi… c'est moi qui vous retiens. »

David lui fait vivement signe de se rasseoir.

« Pas du tout. Vous avez dormi toute la journée… je ne pense pas que vous ayez envie de vous coucher tout de suite. Et puis, Lucy aimerait bien bavarder, j'en suis sûr. En fait, j'abuse trop de mon dos – les dos sont conçus pour partager l'effort des jambes, vous savez.

— Alors, ce soir, tu ferais bien de prendre deux pilules», dit Lucy en prenant un flacon sur un rayon de la bibliothèque; elle en sort deux pilules qu'elle donne à son mari.

Il les avale sans eau et lance un «bonsoir» en sortant.

«Bonsoir, monsieur Rose.»

Un instant plus tard, Faber entend David se hisser dans l'escalier et il se demande comment il s'y prend.

Lucy parle comme pour couvrir le bruit de l'ascension de David.

«Où habitez-vous, monsieur Baker?

— Appelez-moi Henry, je vous en prie. J'habite Londres.

— Il y a des années que je ne suis pas allée à Londres. Il ne doit plus en rester grand-chose debout.

— La ville a changé, évidemment, mais pas autant que vous pourriez le penser. Quand y êtes-vous allée la dernière fois?

— En 1940, dit-elle en se versant un autre verre d'alcool. Depuis que nous sommes ici, je n'ai quitté l'île qu'une seule fois et c'était pour mettre Jo au monde. On ne peut pas voyager beaucoup, ces temps-ci, n'est-ce pas?

— Qu'est-ce qui vous a amenée ici?

— Euh, fait-elle en s'asseyant et en fixant le feu après avoir bu une gorgée.

— Pardon… je n'aurais peut-être pas dû…

— Non, cela ne fait rien. Nous avons eu un accident le jour même de notre mariage. C'est là que David a laissé ses jambes. Il devait être pilote de chasse. Je crois que nous avons voulu fuir tous les deux. J'ai l'impression maintenant que c'était une erreur mais, comme on dit, à ce moment-là ça paraissait être une bonne idée.

— C'est pour un homme une solide raison d'avoir du ressentiment. »

Elle lui lance un regard perçant.

« Vous êtes très observateur.

— La chose est flagrante, dit-il très doucement. Comme votre tristesse.

— Vous êtes trop observateur, dit-elle.

— Ce n'est pas difficile à voir. Pourquoi vous obstinez-vous, si c'est sans espoir ?

— Je ne sais trop que répondre... » Elle ne sait pas trop non plus pourquoi elle lui parle avec tant d'abandon. « Voulez-vous entendre quelques clichés ? Comment il était avant... ? Les vœux du mariage... l'enfant... la guerre... s'il est une autre réponse, je ne trouve pas les mots pour l'exprimer.

— Peut-être aussi un sentiment de culpabilité, complète Faber. Mais vous songez à le quitter, n'est-il pas vrai ? »

Elle le fixe en hochant lentement la tête.

« Comment pouvez-vous savoir tout cela ?

— Après quatre ans passés sur cette île, vous avez oublié l'art de dissimuler. D'autre part, les choses sont tellement plus claires pour un étranger.

— Avez-vous jamais été marié ?

— Non. C'est ce que je veux dire.

— Pourquoi ?... Il me semble que vous devriez l'être. »

Faber, à son tour, détourne son regard vers les flammes de l'âtre. Pourquoi pas, en effet ? Sa réponse classique – la réponse qu'il se fait à lui-même – est sa profession. Mais il ne peut évidemment pas le lui dire et d'ailleurs c'est une réponse trop facile.

« Je ne me crois pas capable d'aimer à ce point-là. »

Les mots lui sont venus sans réfléchir – il en est stupéfait – et il se demande s'ils expriment la vérité. Et puis, il se demande surtout comment Lucy a pu percer sa garde alors qu'il pensait être en train de la désarmer.

Ils restent un long moment sans dire un mot. Le feu est à demi éteint. Quelques gouttes de pluie tombent dans l'âtre et sifflent sur les braises encore rouges. La tempête ne manifeste pas l'intention de s'apaiser. Faber se surprend à penser à la dernière femme qu'il a eue. Comment s'appelait-elle déjà ? Gertrud. Il y a sept ans de cela mais il la revoit dans le feu qui vacille : un rond visage allemand, cheveux blonds, yeux verts, merveilleuse poitrine, hanches trop plantureuses, lourdes jambes, pieds très laids ; elle parlait à la vitesse d'un express et avait un appétit sexuel inépuisable, délirant… Elle l'abreuvait de compliments : elle admirait son intelligence (disait-elle) et elle adorait son corps (cela, il était superfétatoire qu'elle le lui dise). Elle écrivait des chansons populaires et les lui avait lues dans un médiocre rez-de-chaussée de Berlin ; sa profession n'était pas lucrative. Il la revoit aujourd'hui, nue dans la chambre en désordre, lui demandant de lui faire encore d'autres choses bizarres et érotiques, de lui faire mal, de se caresser, de rester absolument immobile pendant qu'elle le chevauchait. Il secoue, légèrement la tête pour chasser ses souvenirs. Il n'a pas eu une seule de ces pensées pendant toutes ces années de célibat. Ces images sont importunes. Il regarde Lucy.

« Vous étiez parti bien loin, dit-elle en souriant.

— Souvenirs, dit-il. Cette conversation sentimentale…

— Je ne voulais pas vous ennuyer.

— Vous ne m'ennuyez pas.

— Bons souvenirs ?

— Très bons. Et les vôtres ? Vous réfléchissez, vous aussi. »

Elle sourit encore.

« Je pensais à l'avenir, non au passé.

— Et qu'y voyez-vous ? »

Elle est sur le point de répondre mais elle change d'avis. À deux reprises, on voit des traces de tension dans son regard.

« Je vous vois découvrant un autre homme », dit-il.

Et il pense en prononçant ces paroles : « Pourquoi dire ça ? »

Il est aujourd'hui plus faible que David et moins beau mais c'est en partie pour sa faiblesse qu'on l'aime. Il est intelligent mais pauvre, compatissant sans être sentimental, tendre, aimant…

Le verre se brise sous la pression des doigts. Les morceaux lui tombent sur les genoux et sur le tapis sans qu'elle s'en aperçoive… Faber s'approche de son fauteuil et s'agenouille à ses pieds. Le pouce de Lucy saigne. Il lui prend la main.

« Vous vous êtes blessée. »

Elle le regarde. Elle pleure.

« Pardonnez-moi », dit-il.

La coupure est superficielle. Elle tire un mouchoir de la poche de son pantalon et éponge le sang. Faber lui lâche la main et se met à ramasser les morceaux de verre ; il aurait voulu l'embrasser quand il était si près d'elle. Il pose les fragments de verre sur le manteau de la cheminée.

« Je ne pensais pas vous troubler à ce point », dit-il. (Est-ce bien vrai ?)

Elle écarte le mouchoir et examine son pouce. Il saigne toujours. (Mais si, vous y pensiez et Dieu sait que vous y avez réussi.)

« Il vous faudrait un bandage, propose-t-il.

— Dans la cuisine. »

Il y trouve un rouleau de bande, une paire de ciseaux et une épingle de sûreté. Il verse de l'eau chaude dans un bol et revient dans la pièce.

Pendant son absence, elle s'est dépêchée d'effacer les traces de larmes sur ses joues. Elle reste passive, inerte, pendant qu'il lui baigne le pouce dans l'eau chaude et pose une petite bande sur sa coupure. Le regard de Lucy ne quitte pas une seconde le visage de l'homme, elle ne s'occupe pas de ses mains et son expression est indéchiffrable.

Il achève le pansement et s'écarte brusquement. C'est idiot, il a mené trop loin la chose. Il est temps de rompre en visière.

« Il me semble que je ferais bien d'aller me coucher », dit-il.

Elle hoche la tête.

« Pardonnez-moi…

— Cessez de vous excuser, dit-elle. Cela ne vous va pas. »

Le ton est sec. Il sent qu'elle aussi estime que la chose est allée trop loin.

« Vous ne vous couchez pas ? »

Elle hoche la tête.

« Alors… »

Il la suit dans le hall et l'escalier et il la regarde monter, ses hanches se balancent doucement.

En haut de l'escalier, sur le minuscule palier, elle se retourne et dit à voix basse.

« Bonne nuit.

— Bonne nuit, Lucy. »

Elle le fixe un instant. Il va pour lui prendre la main mais elle se détourne vivement, entre dans sa chambre et ferme la porte sans un autre regard. Et il reste là, planté, à se demander ce qu'elle a en tête et – plus précisément – ce qu'il a lui, dans la sienne.

XXII

Bloggs fonce à tombeau couvert dans la nuit au volant d'une Sunbeam Talbot de service au moteur gonflé. Les routes écossaises montueuses et en lacet luisent de pluie et, dans les creux, l'eau laisse des mares. Les rafales de pluie s'écrasent sur le pare-brise. Sur les sommets le vent de la tempête menace d'arracher la voiture à la route et de la jeter dans les fossés pleins d'eau. Depuis des kilomètres, Bloggs, assis sur le bord du siège, fixe la partie de la route qu'il peut apercevoir à travers le pare-brise balayé par l'essuie-glace et il s'efforce de deviner la route dans la lueur diffuse des phares qui luttent contre le rideau de pluie. Au nord d'Edimbourg, il écrase trois lapins et sent dans le volant le choc douloureux des petits corps broyés par les pneus. Il ne ralentit pas pour autant mais il se demande pourquoi les lapins tiennent tant à sortir le soir.

La concentration lui donne la migraine et sa position crispée lui fait mal dans le dos. D'autre part, il a faim. Il baisse la glace de la portière pour que le vent froid l'empêche de s'endormir, mais la pluie s'engouffre avec une telle violence qu'il la relève aussitôt. Il songe à Die Nadel – ou Faber ou quel que soit le nom sous lequel il se cache actuellement –, à ce jeune homme souriant en culotte de sport et brandissant une coupe. Ma foi, pour l'heure, Faber est en train de gagner cette dernière course. Il a quarante-huit heures d'avance et l'avantage d'être le seul à connaître l'itinéraire à suivre. Bloggs aurait bien aimé disputer une course avec cet homme mais le prix au vainqueur est vraiment trop élevé, trop tragiquement élevé.

Il se demande ce qu'il fera s'il se trouve jamais face à face avec l'homme. Je le tuerai instantanément, songe-t-il, avant qu'il ne me tue. Faber est un pro et l'on ne plaisante pas avec ce type d'homme. La plupart des espions sont des amateurs : révolutionnaires déçus de droite ou de gauche, individus attirés par le prestige imaginaire de l'espion, personnages cupides, femmes trompées ou victimes d'un chantage. Les vrais professionnels sont rares mais extrêmement dangereux, des hommes réellement impitoyables.

Bloggs arrive à Aberdeen avant l'aube. De sa vie il n'a jamais autant apprécié la lumière des becs de gaz, aussi masquée et étouffée soit-elle. Il n'a pas la moindre idée de l'endroit où se trouve le commissariat central de la police et il n'y a personne dans les rues pour le lui indiquer, alors il roule au hasard à travers la ville endormie jusqu'au moment où il aperçoit enfin la lanterne bleue familière – tamisée, elle aussi, bien entendu.

Il gare sa voiture et court sous la pluie vers la porte d'entrée. On l'attendait. Godliman a téléphoné et Godliman est devenu une très haute autorité, c'est indéniable. On introduit Bloggs dans le bureau du Detective

Chief Inspecter Alan Kincaid, un commissaire principal quinquagénaire. Trois autres officiers de police se trouvent dans la pièce : Bloggs leur serre la main et oublie aussitôt leurs noms.

« Vous avez fait drôlement vite pour venir de Carlisle, remarque Kincaid.

— J'ai d'ailleurs failli me tuer, répond Bloggs en s'asseyant. Si vous pouviez mettre la main sur un sandwich...

— Mais bien sûr. »

Kincaid passe la tête par la porte, et hurle quelque chose.

« Vous l'aurez dans deux secondes », dit-il à Bloggs.

Les murs du bureau sont blanc cassé ; ses meubles de simple bois blanc sont plantés sur un plancher plus rude encore : un bureau, quelques chaises et un classeur. L'ensemble est parfaitement nu : pas une gravure, pas un vase ou ornement quelconque, pas la moindre touche personnelle. Un plateau plein de tasses sales sur le sol et de la fumée de cigarette aussi dense que le fog de Londres. C'est le remugle d'une pièce dans laquelle des hommes ont travaillé toute la nuit.

Kincaid a une petite moustache, des cheveux gris clairsemés et des lunettes. C'est un grand gaillard à l'air intelligent, en bras de chemise et bretelles, qui parle avec l'accent de la région – une chose qui prouve que, comme Bloggs, il est sorti du rang – encore que, d'après son âge, son avancement ait été plus lent.

« Que savez-vous de toute cette affaire ? lui demande Bloggs.

— Pas grand-chose, répond Kincaid. Mais Godliman, votre patron, a dit que les assassinats de Londres sont les moindres crimes de ce type. Nous savons par ailleurs à quel service vous appartenez, alors ça suffit pour se faire une idée de ce Faber...

— Qu'avez-vous fait jusqu'à présent ? » demande Bloggs.

Kincaid pose les pieds sur son bureau.

« Il est arrivé ici il y a deux jours, pas vrai ? C'est à ce moment-là que nous nous sommes mis à sa recherche. Nous avions sa photo... J'imagine que tous les policiers du pays l'ont aussi.

— Oui.

— Nous avons visité les hôtels, les pensions de famille, la gare et le terminus des cars. Nous l'avons fait à fond et nous ne savions pas encore qu'il était venu par chez nous. Inutile de vous dire que nous n'avons obtenu aucun résultat. Nous continuons de chercher, évidemment, mais à mon avis il a probablement quitté Aberdeen aussitôt. »

Kincaid poursuit son compte rendu.

« Nous avions un homme à la gare ce matin avant le départ du premier train. Idem pour le terminus des cars. Donc, s'il a quitté la ville, il a dû voler une voiture ou il est parti en auto-stop. Comme on ne nous a signalé aucun vol de voiture, j'imagine que l'auto-stop...

— Il a pu partir par mer, parvient à articuler Bloggs à travers une énorme bouchée de sandwich au fromage.

— De tous les bateaux qui ont quitté le port ce jour-là, aucun n'était assez grand pour qu'un passager clandestin puisse s'y cacher. Et pas un pêcheur n'a bougé depuis à cause de la tempête.

— Pas de bateaux volés ?

— Aucun n'a été signalé. »

Bloggs a un geste d'impatience.

« S'il est impossible de prendre la mer, les patrons pêcheurs ne descendront sans doute pas au port et, dans ce cas, personne ne s'apercevra du vol de son bateau avant la fin de la tempête. »

L'un des officiers de police remarque :

« Nous n'avions pas pensé à ça, chef.

— C'est vrai, reconnaît Kincaid.

— Le capitaine du port pourrait jeter un coup d'œil sur les mouillages ? propose Bloggs.

— Tout à fait de votre avis, dit Kincaid qui compose déjà le numéro.

— Capitaine Douglas ? Ici, Kincaid. Ouais, je sais qu'à cette heure-ci les gens civilisés dorment, mais vous ne connaissez pas encore le pire… je vais vous envoyer faire un tour sous la pluie. Ouais, vous avez bien compris… (Kincaid masque l'appareil avec sa main.) Vous savez ce qu'on dit du langage des marins, hein ? Eh bien, c'est vrai, vous pouvez me croire. (Il reprend sa conversation au téléphone.) Faites le tour de tous les mouillages et prenez note de chaque bateau qui ne serait pas à son poste habituel. Ne tenez pas compte de ceux dont vous savez qu'ils ont une bonne raison d'être absents, relevez le nom et l'adresse des patrons des autres – et leur numéro de téléphone si vous l'avez. Oui, oui, je sais… je vous en offrirai un double. D'accord, une bouteille. Et, au fait : bonne journée, mon vieux, lance-t-il en raccrochant.

— Plutôt corsé, hein ? fait Bloggs en riant.

— Si je faisais ce qu'il me conseille avec ma matraque, je ne pourrais plus m'asseoir de longtemps », fait Kincaid. Puis il reprend plus sérieusement : « Il en a pour une bonne demi-heure ; ensuite, il nous faudra deux heures pour vérifier les adresses. Bien sûr, il faut le faire, mais je persiste à croire qu'il est parti en auto-stop.

— Moi aussi », dit Bloggs.

La porte s'ouvre et un civil d'âge mûr fait son entrée. Kincaid et ses officiers se lèvent ; Bloggs suit le mouvement.

« Bonjour, monsieur, dit Kincaid. Je vous présente M. Bloggs. Monsieur Bloggs, monsieur Richard Porter. »

Ils échangent une poignée de main. Porter a le visage rouge orné d'une moustache taillée au cordeau. Il porte un pardessus croisé couleur poil de chameau.

« Comment allez-vous ? dit aimablement le nouveau venu. Vous avez devant vous, cher monsieur, l'âne qui a transporté votre type jusqu'ici. Je ne sais pas où me mettre, conclut-il d'une voix sans le moindre accent écossais.

— Comment allez-vous ? » répond poliment Bloggs.

Au premier examen, Porter apparaît, en effet, du genre de ballots capables de trimballer un espion à travers le pays. Mais Bloggs comprend que cet aspect de tête en l'air peut fort bien cacher un esprit perspicace. Il faut être indulgent – lui-même a fait sa part de bourdes assez géantes ces derniers temps.

« J'ai entendu parler de la Morris abandonnée. C'est là que j'ai recueilli votre type.

— Vous avez vu sa photo ?

— Oui. Évidemment, je n'ai pas très bien pu dévisager ce bougre parce que nous avons roulé dans la nuit presque tout le temps. Mais je l'ai tout de même vu pas mal, à la lueur de ma lampe électrique quand nous regardions sous le capot et ensuite lorsque nous sommes arrivés à Aberdeen – c'était déjà l'aube. Si je n'avais vu que la photo, je dirais que c'est peut-être lui. Mais étant donné l'endroit où je l'ai ramassé, si près du buisson où l'on a trouvé la Morris, je peux dire que c'est bien lui.

— J'en ai l'impression, moi aussi», dit Bloggs.

Il réfléchit un instant : il se demande quels renseignements utiles il pourrait bien tirer de cet homme.

«Quelle impression Faber vous a-t-il faite ?»

Porter répond aussitôt.

«Il m'a paru épuisé, inquiet et résolu. Par ailleurs, il n'est pas écossais.

— Quelle sorte d'accent a-t-il ?

— Neutre. L'accent... de l'élève de n'importe quelle petite école publique des comtés du centre. Un accent qui ne concordait pas avec sa tenue. Il portait des bleus. Une autre chose qui ne m'a frappé que par la suite...»

Kincaid les interrompt pour proposer du thé... que tout le monde accepte. Un policier s'en va pour faire la jeune fille de la maison.

«De quoi avez-vous parlé ?

— De rien de particulier.

— Mais vous êtes restés des heures ensemble...

— Il a dormi presque tout le temps. Il a réparé la voiture – ce n'était qu'un fil de batterie détaché, mais je ne vaux rien comme mécanicien – puis il m'a expliqué que sa voiture était tombée en panne à Édimbourg et qu'il allait à Banff. Il a ajouté qu'il ne tenait pas à passer par Aberdeen parce qu'il n'avait pas de sauf-conduit pour les zones interdites. J'ai bien peur de… je lui ai dit de ne pas s'inquiéter pour ça, que je me porterais garant de lui si l'on nous arrêtait… Ça vous donne vraiment l'air d'un idiot, croyez-moi… mais j'avais le sentiment de lui devoir une faveur. Il m'avait tiré une sacrée épine du pied, vous comprenez.

— Personne ne vous fait de reproche, monsieur », dit Kincaid.

Bloggs lui en fait mentalement et de sévères, mais il se garde bien de le dire, au contraire.

« Il n'y a que peu de gens qui aient rencontré Faber et qui puissent nous en donner un signalement valable. Pourriez-vous vous concentrer et me dire quelle sorte d'homme il vous paraît être ?

— Il s'éveille toujours comme un soldat au combat, sur le qui-vive. Il est aimable et me paraît intelligent. Poignée de main ferme, je me fie beaucoup à la poignée de main.

— Rien d'autre ?

— Si, autre chose à propos de son réveil… » Le visage rubicond de Porter se plisse dans un effort de réflexion… « Sa main droite s'est portée aussitôt à son bras gauche, comme ça… » Il refait le geste.

« Voilà quelque chose d'intéressant, dit Bloggs. C'est sûrement là qu'il porte son poignard. Dans une gaine.

— Je crois bien que c'est tout.

— Et il vous a raconté qu'il allait à Banff. Ce qui veut dire qu'il n'y va pas. Je parie que vous lui aviez dit où vous alliez avant qu'il parle de Banff.

— Je le crois bien, en effet, reconnaît Porter. C'est incroyable !

— Ou bien Aberdeen était sa destination, ou bien il a pris la direction du sud lorsque vous l'avez déposé. Étant donné qu'il prétendait aller au nord, il est probable qu'il n'en avait pas l'intention.

— Ce genre de suppositions peut nous mener loin, dit Kincaid.

— C'est possible, en effet. » Kincaid n'est décidément pas un imbécile. « Lui avez-vous dit que vous étiez magistrat ?

— Oui.

— Voilà pourquoi il ne vous a pas tué.

— Hein ? Grands dieux !

— Il a compris que votre disparition ne passerait pas inaperçue. »

La porte s'ouvre. L'homme qui entre dit :

« J'ai votre renseignement et j'espère que je n'ai pas perdu mon foutu temps. »

Bloggs sourit. Voilà sans aucun doute le capitaine du port – un petit homme aux cheveux blancs en brosse, une grosse pipe au bec, engoncé dans un blazer à boutons de cuivre.

« Entrez, entrez, capitaine, dit Kincaid. Mon Dieu, mais vous voilà trempé ! Vous ne devriez pas sortir quand il pleut.

— Allez vous faire foutre ! répond le capitaine et tous les visages s'illuminent.

— Bonjour, capitaine, dit Porter.

— Bonjour, Votre Honneur.

— Que nous rapportez-vous ? » demande Kincaid.

Le capitaine retire sa casquette d'uniforme et secoue les gouttes de pluie sur le plancher.

« La *Marie II* est manquante, dit-il. Je l'ai vue rentrer l'après-midi juste avant la tempête. Je ne l'ai pas vue sortir, mais je sais qu'elle n'aurait pas repris la mer ce jour-là. Et, pourtant, il faut croire que c'est ce qu'elle a fait.

— Qui en est le patron ?

— Tam Halfpenny. Je lui ai téléphoné. Il a laissé son bateau au mouillage ce jour-là et il n'est pas retourné le voir depuis.

— Quel genre de barque est-ce ? demande Bloggs.

— Un petit bateau de pêche, vingt mètres et large de proue. Du solide. Moteur intérieur. Pas de style particulier – par ici, les pêcheurs ne consultent pas le manuel lorsqu'ils construisent un bateau.

— Une question, dit Bloggs. Ce bateau est-il capable d'étaler cette tempête ? »

Le capitaine, qui allait allumer sa pipe, arrête son geste, l'allumette aux doigts.

« Avec un fin marin à la barre... peut-être. Et peut-être pas.

— Avait-il eu le temps d'aller loin avant que la tempête n'éclate ?

— Pas loin... quelques milles. La *Marie II* était rentrée assez tard le soir. »

Bloggs se lève, fait le tour de sa chaise et se rassoit

« Alors, où est-il maintenant ?

— Au fond de l'eau, c'est plus que probable, le foutu crétin. »

La déclaration du capitaine n'est pas exempte d'une certaine satisfaction.

Bloggs, lui, n'en éprouve aucune. Que Faber soit mort serait une fin bancale. Le mécontentement gagne son corps, il se sent énervé, pris de fourmillements.

Déçu. Il se gratte le menton – il a besoin d'un coup de rasoir.

« Je croirai ça quand je le verrai.

— Vous ne le verrez pas.

— Trêve d'imagination, dit Bloggs. C'est de vos renseignements que j'ai besoin, pas de votre pessimisme. »

Dans le bureau, les autres se rappellent soudain qu'en dépit de sa jeunesse, Bloggs est ici le plus élevé en grade.

« Examinons, si vous le voulez bien, les hypothèses possibles. Numéro un : il a quitté Aberdeen par la route et un autre a volé la *Marie II*. Dans ce cas, il est probablement arrivé maintenant à destination mais il n'aura pas pu quitter le pays à cause de la tempête. Toutes les forces de police sont déjà alertées et lancées à sa recherche, c'est tout ce que nous pouvons faire en ce qui concerne le numéro un.

« Numéro deux : il est encore à Aberdeen. Là aussi, nous avons prévu cette possibilité et nous le cherchons toujours.

« Numéro trois : il a quitté Aberdeen par la mer. Il me semble que nous sommes tous convenus que c'est l'hypothèse la plus vraisemblable. Décomposons-la. Numéro trois-A : il a trouvé un mouillage quelque part ou il s'est écrasé Dieu sait où – sur le continent ou sur une île. Numéro trois-B : il est mort. »

Il ne souffle mot, évidemment, du numéro trois-C : il a pris place à bord d'un autre bateau – un U-boat, par exemple – avant que la tempête n'éclate mais ce n'est pas impossible. Et s'il est à bord d'un U-boat, il nous a eus, et inutile de nous fatiguer davantage.

« S'il a trouvé un mouillage, poursuit Bloggs, ou s'il a fait naufrage nous en retrouverons trace tôt ou tard – que la *Marie II* soit entière ou en morceaux. Nous pouvons commencer à fouiller la côte immédiatement et explorer la mer dès que le temps permettra à un avion de décoller. S'il est allé par le fond, on retrouvera bien quelques épaves à la surface.

« Donc trois lignes de conduite à suivre : poursuivre les recherches déjà commencées ; lancer une exploration de la côte en partant du nord et du sud d'Aberdeen ; et prévoir des recherches aériennes dès que le temps le permettra. »

Bloggs s'est mis à marcher de long en large en parlant. Il s'arrête et jette un regard autour de lui.

« Pas de commentaires ? »

L'heure tardive avait eu raison des policiers d'Aberdeen. Le soudain accès d'énergie de Bloggs les arrache à leur léthargie. L'un se penche en avant et se frotte les mains ; un autre noue ses lacets de souliers ; un troisième remet sa tunique. Ils sont prêts à se mettre à l'œuvre.

Pas de commentaires, ni de questions.

XXIII

Faber ne dort pas. Son corps a sans doute besoin de repos bien qu'il ait passé la journée au lit mais son esprit tourne à plein rendement : il examine les possibilités, élabore des scénarios… il songe aux femmes, à son pays natal.

Maintenant qu'il est si près du départ, ses souvenirs du pays se font tendrement émouvants. Des détails lui reviennent : saucisses assez épaisses pour qu'on puisse les couper en tranches, voitures qui roulent à droite de la route, arbres de haute taille, très droits et, surtout, il rêve de sa langue – de ses mots durs et précis, consonnes sonores et voyelles pures, et le verbe à la fin de la phrase, là où il doit être, pour affirmer le signifiant et la finalité dans le même apogée terminal.

L'évocation d'apogée ramène Gertrud à sa pensée : son visage sous le sien, le maquillage effacé par ses baisers, ses yeux fermement clos dans le plaisir et qui se rouvrent pour plonger avec enchantement dans les siens, sa bouche grande ouverte par un râle permanent de plaisir et qui répète : *Ja, Liebling, ja…*

C'est ridicule. S'il a mené, lui, une vie de moine

depuis sept ans, elle n'avait, elle, aucune raison de le faire. Elle a probablement connu une douzaine d'hommes depuis. Elle peut bien même être morte sous les bombes de la R.A.F. ou assassinée par un maniaque parce qu'elle avait le nez trop long ou encore renversée par une voiture, dans le black-out. De toute manière, elle doit à peine se souvenir de lui. Il ne la reverra sans doute jamais. Mais elle a son importance. Elle représente une chose... une chose qui lui donne à penser.

Normalement, il ne se laisse jamais entraîner par le sentiment. D'ailleurs, il y a dans sa nature quelque chose de glacé qu'il entretient jalousement. C'est une protection. Pourtant, il est maintenant si près du but qu'il se sent assez libéré. Pas au point de relâcher sa vigilance, certes, mais assez au moins pour se laisser aller à quelque fantaisie.

Tant qu'elle fait rage, la tempête est sa sauvegarde. Il contactera le U-boat lundi, en utilisant l'émetteur de Tom et le capitaine enverra un youyou dans la petite baie dès que le temps le permettra. Pourtant, si la tempête se termine avant lundi il y aura une légère complication : le bateau de ravitaillement. David et Lucy s'attendront très naturellement à ce qu'il reparte à bord rejoindre le continent.

Lucy se présente à sa pensée en images vivantes, colorées, qu'il a bien du mal à écarter. Il voit son extraordinaire regard ambré posé sur lui pendant qu'il lui panse le pouce ; sa silhouette montant l'escalier devant lui, même déformée par l'informe tenue masculine ; ses lourds seins en pomme lorsqu'elle était nue dans la saille de bains ; et puis les images basculent dans le rêve : elle se penche au-dessus du bandage et lui baise la bouche, elle se retourne sur les marches et le prend dans ses bras ; elle sort de la salle de bains et lui prend les mains pour les placer sur ses seins.

Il se retourne, impatient, dans son lit, maudit son imagination qui lui offre des rêves comme il n'en a pas fait depuis le collège. À l'époque, avant de connaître la réalité sexuelle, il élaborait des scénarios compliqués et il y mêlait les femmes qu'il voyait chaque jour : l'intendante revêche, une petite brunette, la femme du professeur Nagel, la commerçante du village qui mettait du rouge à lèvres et rudoyait son mari. Parfois il les assemblait toutes les trois dans une orgie fantastique. Vers l'âge de quinze ans, lorsqu'il eut banalement séduit la fille d'une des femmes de chambre de la maison, il a renoncé aux orgies imaginaires : elles étaient vraiment trop supérieures à la décevante réalité. Le jeune Heinrich se posait toujours la même question : où est l'extase fulgurante ? La sensation de voler dans l'espace comme un oiseau ? La fusion mystique de deux corps en un seul ? Les fantasmes devinrent pénibles parce qu'ils lui rappelaient qu'il était incapable de les réaliser. Plus tard, évidemment, la réalité s'est perfectionnée et il s'est aperçu que l'extase ne provient pas du plaisir que l'homme prend avec une femme mais du plaisir que chacun prend au plaisir de l'autre. Il a révélé son opinion à son frère aîné qui a paru la trouver banale et y voir un truisme plutôt qu'une découverte et il a été assez vite du même avis.

Avec le temps, il est devenu un amant savant. Il trouve que le sexe est une chose intéressante et physiquement agréable. Non qu'il ait jamais été un grand séducteur… le plaisir de la conquête n'est pas ce qu'il recherche. Mais il est expert pour ce qui est de donner et d'éprouver le plaisir sexuel ; il n'a pas l'illusion de l'expert qui pense que la technique est l'essentiel. Bien des femmes le trouvent tout à fait désirable et le fait qu'il n'en ait pas le moindre soupçon le rend encore plus attirant.

Il essaie de se rappeler combien de femmes il a eues : Anna, Gretchen, Ingrid, l'Américaine, les deux catins de Stuttgart... il ne peut se les rappeler toutes mais elles ne doivent pas être plus d'une vingtaine. Sans oublier Gertrud, bien sûr.

Il estime qu'aucune n'était aussi belle que Lucy. Il pousse un soupir exaspéré ; il a laissé cette femme l'émouvoir parce qu'il est si près de regagner sa patrie et qu'il est resté trop longtemps sur le qui-vive. Il est furieux. C'est une infraction à sa discipline : il ne doit pas s'abandonner tant que sa mission n'est pas achevée et elle ne l'est pas, pas tout à fait. Pas encore.

Il y a d'abord le problème qui consiste à ne pas prendre le bateau de ravitaillement. Plusieurs solutions lui viennent à l'esprit : la plus facile serait d'immobiliser les habitants de l'île, d'aller lui-même au bateau et de renvoyer son patron avec une histoire à dormir debout. Il pourrait dire qu'il est venu rendre visite aux Rose, que c'est un autre bateau qui l'a amené, qu'il est un de leurs parents ou qu'il est ornithologue... n'importe quoi. C'est un problème trop insignifiant pour qu'il lui accorde toute son attention pour le moment. Plus tard, lorsque la tempête sera apaisée, il trouvera bien quelque chose.

En fait, il n'a pas de graves problèmes. Une île déserte, à des milles de la côte, avec quatre habitants seulement… c'est la planque idéale. Dès maintenant, quitter la Grande-Bretagne lui sera aussi facile que de s'évader d'un baby-parc. Quand il songe aux situations dont il s'est déjà sorti, aux gens qu'il a tués… les cinq territoriaux, le garçon du Yorkshire dans le train, l'envoyé de l'Abwehr… le reste est une plaisanterie.

Un vieillard, un infirme, une femme et un enfant… Les tuer serait tellement simple.

Lucy, elle non plus, ne dort pas. Elle écoute. Il y a bien des choses à entendre. La tempête est comme un orchestre : la pluie qui tambourine sur le toit, le vent qui siffle à travers les ardoises, la mer qui exécute glissando après glissando sur la grève. La vieille maison parle, elle aussi, ses jointures craquent sous les coups de boutoir de la bourrasque. Dans la chambre même, il y a d'autres bruits : la respiration lente et régulière de David, qui menace toujours de se terminer en ronflement sans y arriver tout à fait, et son sommeil alourdi par une double dose de soporifique ; et la respiration légère et plus rapide de Jo, confortablement étalé en travers de son lit de camp près du mur.

C'est le bruit qui m'empêche de dormir, songe Lucy mais aussitôt… Allons donc, inutile d'essayer de ruser. Cette insomnie, c'est Henry, Henry qui a vu son corps nu, qui a doucement touché ses mains en lui pansant le pouce et qui se trouve en ce moment dans le lit de la chambre voisine, dormant à poings fermés. Dormant ? Peut-être.

Il ne lui a pas révélé grand-chose de lui même, elle s'en rend compte, sauf peut-être qu'il n'est pas marié.

Elle ignore où il est né – son accent ne le précise pas. Il n'a même pas fait allusion à son métier mais elle pense qu'il exerce une profession libérale, peut-être dentiste, ou militaire. Il n'est pas assez solennel pour être notaire, trop intelligent pour être journaliste ; quant aux médecins, ils ne peuvent pas garder leur profession secrète cinq minutes. Il n'est pas assez riche pour être avocat, trop réservé pour être acteur. Oui, elle parierait qu'il est dans l'armée.

Vit-il seul ? se demande-t-elle. Ou avec sa mère ? Ou avec une femme ? Comment s'habille-t-il quand il ne va pas à la pêche ? A-t-il une voiture ? Oui, sûrement, un modèle peu commun. Et il conduit probablement très vite.

Cette pensée lui ramène à la mémoire la deux-places de David, et elle ferme les yeux de toutes ses forces pour repousser les images du cauchemar. Pense à autre chose, pense à autre chose !

Elle pense de nouveau à Henry et elle comprend – et elle accepte – la vérité : elle a envie de faire l'amour avec lui.

Une espèce de désir qui, dans son ordre des choses, affecte les hommes et non les femmes. Une femme peut rencontrer un homme quelques instants et le trouver attirant, avoir envie de le connaître mieux ; elle peut même commencer à en être amoureuse, mais elle ne ressent pas un désir charnel immédiat à moins d'être… anormale.

Elle se répète que tout cela est ridicule, que ce qu'il lui faut c'est faire l'amour avec son mari et non s'accoupler avec le premier homme sortable qui se présente. Elle se répète que ce n'est pas son genre.

Et pourtant, il est agréable de rêver. David et Jo dorment comme des sonneurs de cloches, rien ne l'empêcherait de quitter son lit, de traverser le palier, d'entrer dans la chambre et de se glisser auprès de lui dans son lit…

Rien ne l'empêche sinon sa propre personnalité, son savoir-vivre et l'éducation respectable qu'elle a reçue.

Si jamais elle doit faire cela avec quelqu'un, ce sera quelqu'un comme Henry. Il se montrera gentil, doux et délicat ; il ne la méprisera pas de s'offrir comme une fille des rues de Soho.

Elle se retourne dans le lit, souriant de sa folie ; comment peut-elle savoir s'il la mépriserait ? Elle le connaît à peine depuis vingt-quatre heures et il a passé la plus grande partie de la journée à dormir.

Tout de même, il lui plairait qu'il la regarde encore, avec son expression d'admiration teintée d'un rien d'amusement. Il lui plairait de sentir ses mains sur elle, de toucher son corps, de se frotter à la chaleur de sa peau.

Elle sent que son corps réagit aux images qui se forment dans son esprit. Elle a envie de se caresser et résiste, comme elle le fait depuis quatre ans. En tout cas, je ne suis pas desséchée, comme une vieille bonne femme, songe-t-elle.

Elle frotte ses jambes l'une contre l'autre et soupire en sentant une onde de chaleur l'envahir. Voyons, ce n'est pas raisonnable. Il est grand temps de dormir. C'est très simple : il ne peut être question de faire l'amour ce soir avec Henry ni avec quelqu'un d'autre, c'est tout.

À cette pensée, elle se lève et va à la porte.

Faber entend un pas sur le palier et il réagit automatiquement.

Son esprit oublie aussitôt les idées lascives, futiles qui l'occupaient. D'un seul geste, il se glisse hors des couvertures et pose les pieds sur le plancher ; puis il traverse sans bruit la chambre et va se poster près de la fenêtre dans le coin le plus obscur, le stylet au poing.

Il entend la porte qui s'ouvre, l'intrus qui entre, la porte qui se referme. À cet instant, il réfléchit plutôt que de réagir instinctivement. Un assassin aurait laissé la porte ouverte pour faciliter sa fuite et il comprend qu'il y a cent bonnes raisons qui veulent qu'il soit impossible qu'un assassin l'ait débusqué ici.

Il écarte cette pensée – s'il a survécu aussi longtemps, c'est qu'il a toujours joué sa vie à mille contre un. Le vent s'apaise un instant et il entend un souffle contenu, un vague soupir près de son lit, qui lui donne la position précise de l'intrus. Il bondit.

Il l'a déjà face contre le drap, le poignard sur la gorge et le genou dans le creux de ses reins avant de s'apercevoir que le visiteur du soir est une femme et un dixième de seconde plus tard il l'a reconnue. Il relâche sa prise, tend la main vers la table de chevet et allume.

Le visage de Lucy apparaît tout pâle dans la faible lueur de la lampe.

Faber rengaine le poignard avant qu'elle puisse le voir. Il écarte le genou.

« Je suis absolument désolé, dit-il. J'ai... »

Elle se remet sur le dos et le regarde stupéfaite de le voir l'enjamber. C'est scandaleux mais la réaction soudaine de l'homme l'excite pourtant plus que jamais. Elle se met à rire doucement.

« Je vous ai prise pour un cambrioleur, dit Faber bien qu'il sache que c'est ridicule.

— Et d'où voulez-vous qu'un cambrioleur puisse sortir, s'il vous plaît ? »

La couleur lui revient d'un coup et elle rougit.

Elle est vêtue d'une ample chemise de nuit de flanelle à l'ancienne qui l'enveloppe du cou aux chevilles. Ses cheveux roux sombre recouvrent en désordre l'oreiller de Faber. Ses yeux paraissent plus grands encore et ses lèvres sont humides.

« Vous êtes remarquablement belle », dit doucement Faber.

Elle ferme les yeux.

Faber se courbe et lui baise la bouche. Ses lèvres s'ouvrent aussitôt et elle lui rend son baiser. Du bout des doigts, il lui caresse les épaules, le cou, les oreilles. Elle remue sous lui.

Il voudrait l'embrasser longtemps, explorer sa bouche et savourer ce premier instant d'intimité mais il se rend compte qu'elle n'a pour le moment que faire de tendresse. Elle passe la main dans la fente de son pantalon de pyjama et serre. Elle gémit légèrement et sa respiration se précipite.

Sans cesser de l'embrasser, Faber tend la main et éteint la lumière. Il s'écarte et quitte sa veste de pyjama. Vivement, pour qu'elle ne se demande pas ce qu'il fait, il tire sur la bobine de film collée à sa poitrine sans se soucier de la douleur lorsque le ruban collant s'arrache de sa peau. Il glisse la pellicule sous le lit, défait la gaine du poignard fixé à son avant-bras et la laisse tomber.

Il relève le bas de la chemise de flanelle jusqu'à la taille de Lucy.

« Vite, dit-elle, vite. »

Faber s'abat comme un oiseau de proie sur ce corps qui espère.

Après, Lucy ne se sent pas le moins du monde coupable. Elle est simplement contente, satisfaite, comblée. Elle a eu ce qu'elle désirait. Elle reste immobile, les yeux clos, à caresser les cheveux courts de sa nuque, à savourer leur chatouillis sous ses doigts.

« J'étais tellement pressée, dit-elle au bout d'un instant.

— Ce n'est pas encore fini. »

Dans le noir, elle fronce les sourcils.

« Vous n'avez pas ?... (Elle s'est posé la question.)

— Non, en effet. Et vous, à peine.

— Si vous le permettez, je ne suis pas de cet avis. »

Il allume et la regarde.

« Nous allons bien voir ! »

Il se glisse en bas du lit, lui écarte les jambes et couvre son ventre de baisers. Sa langue va et vient dans le creux du nombril. Ce que c'est bon, se dit-elle. La tête descend un peu plus bas. Voyons, il ne va sûrement pas m'embrasser « là » ? C'est pourtant ce qu'il fait. Et bien davantage. Ses lèvres écartent les doux replis. Elle reçoit comme une décharge électrique quand sa langue commence à explorer la fente et puis, écartant ses lèvres intimes avec ses doigts, il la plonge loin en elle... Finalement, cette langue infatigable trouve un point sensible, si minuscule qu'elle ignorait son existence et si sensible que le contact est d'abord presque douloureux. Mais elle oublie la légère douleur parce qu'elle est saisie par la sensation la plus profonde qu'elle ait jamais connue. Incapable de se contrôler, elle agite les hanches de haut en bas, de plus en plus vite, frottant sa chair humide sur sa bouche, son menton, son nez, son front, entièrement prise par le plaisir qu'elle éprouve. Le plaisir monte, monte, s'accroît de lui-même jusqu'au moment où, au comble de la jouissance, elle ouvre la bouche pour hurler mais il étouffe le cri sous sa main. Elle n'en hurle pas moins dans sa gorge pendant que son plaisir se prolonge, recommence et se termine par une sorte d'explosion qui la laisse si totalement épuisée qu'il lui semble qu'elle ne sera jamais plus capable de se lever.

Son esprit demeure vide un moment. Elle sent vaguement qu'il est toujours entre ses jambes, ses joues piquent la tendre chair de ses cuisses, ses lèvres remuent doucement, amoureusement.

« Maintenant, je sais ce que Lawrence voulait dire, souffle-t-elle au bout d'un moment.

— Je n'ai pas compris, dit-il en levant la tête.

— Je ne croyais pas que ce pouvait être comme ça. C'était merveilleux, soupire-t-elle.

— C'était ?

— Seigneur, je n'ai plus de forces… »

Il change de position, place un genou de chaque côté de sa poitrine ; elle comprend ce qu'il attend d'elle et pour la deuxième fois elle est paralysée par le choc, stupéfaite : il est vraiment trop gros… mais, soudain, elle a envie de le faire, elle a besoin de le prendre dans sa bouche ; elle lève la tête, ses lèvres se referment sur lui et, à son tour, il se met à gémir doucement.

Il lui prend la tête entre ses mains, la fait aller

d'avant en arrière et continue de gémir. Elle regarde le visage d'Henry. Il ne la quitte pas des yeux, captivé par la vision de ce qu'elle est en train de lui faire. Elle se demande ce qu'elle éprouvera lorsqu'il… viendra… et elle se dit que cela n'importe guère, parce que tout le reste a été si bon avec lui qu'elle sent que même ça lui plaira.

Mais cela ne se termine pas comme ça. Au moment où elle croit qu'il va perdre la tête, il s'arrête, s'écarte, s'étend sur elle et la pénètre encore. Mais très lentement, cette fois ; et calmement, comme le rythme de la mer qui bat sur la grève ; puis il place les mains sous ses hanches et saisit les globes de ses fesses ; alors elle observe son visage et elle sent qu'il est prêt, prêt à se déchaîner et à se perdre en elle. Et cela l'excite encore plus, tellement, même, que lorsqu'il arque le dos, le visage tordu d'une grimace de douce souffrance, lorsqu'un grondement naît au plus profond de sa poitrine, elle le serre à la taille avec les jambes et s'abandonne à l'extase de l'instant et alors, enfin, à la fin des fins, elle entend les trompettes et les cymbales promises par Lawrence.

Ils restent silencieux un long moment. Lucy est pleine d'une chaleur rayonnante ; elle n'a jamais éprouvé de sa vie cette sorte de chaleur. Au-dessus de leurs respirations, elle entend la tempête au-dehors. Henry l'écrase de son corps mais elle n'a pas envie qu'il bouge… elle aime ce poids et l'odeur légèrement acide de la transpiration de sa peau blanche. De temps en temps, il remue la tête pour caresser sa joue de ses lèvres.

C'est vraiment l'homme parfait dans ce domaine. Il

en sait davantage qu'elle-même sur son propre corps. Et le sien est très beau… larges épaules musclées, taille mince, hanches étroites, longues, puissantes jambes velues. Elle pense qu'il doit avoir des cicatrices, sans en être certaine. Il est fort, doux et beau. Parfait. Elle sait aussi qu'elle ne sera jamais amoureuse de lui, qu'elle ne s'en irait pas avec lui, qu'elle ne l'épouserait jamais. Elle sent qu'il y a en lui quelque chose de dur et de glacial – sa réaction et son explication, lorsqu'elle est entrée dans sa chambre, étaient étranges, invraisemblables… elle ne veut pas y penser, mais une partie de cet homme est engagée ailleurs… Il faudra qu'elle le tienne à distance et qu'elle en use avec modération, comme d'une drogue pernicieuse.

Non pas d'ailleurs qu'elle puisse avoir le temps d'en prendre l'habitude ; après tout, il sera parti dans un peu plus d'une journée.

Elle bouge, il s'écarte d'elle en roulant et reste sur le dos. Elle s'accoude et examine le corps nu. Il a des cicatrices, en effet. Une longue sur la poitrine et une petite marque comme une étoile – c'est peut-être une brûlure – sur la hanche. Elle lui caresse la poitrine de la paume de la main.

« Ça ne fait pas très grande dame, murmure-t-elle, mais je voudrais vous dire merci. »

De la main, il lui touche la joue en souriant. « Vous êtes une grande dame.

— Vous ne savez pas ce que vous avez fait. Vous avez… »

Il lui pose un doigt sur les lèvres.

« Je sais très bien ce que j'ai fait. »

Elle lui mordille le doigt, puis lui prend la main et

la pose sur son sein. Il en pince la pointe. « Faites-le encore, je vous en prie, dit-elle.

— Je ne crois pas que je puisse. »

Il le pouvait.

Elle le quitte une heure ou deux après le lever du jour. Il y a eu un faible bruit dans la chambre voisine et elle paraît se rappeler soudain qu'elle a un mari et un enfant dans cette maison. Faber est sur le point de lui dire que cela importe peu, que ni elle ni lui n'ont la moindre raison de se préoccuper de ce que le mari peut savoir ou croire mais il se retient et la laisse partir. Elle l'embrasse une dernière fois, un baiser long, appuyé, mouillé, puis elle se lève, lisse sa chemise de nuit froissée et elle s'en va.

Faber la regarde sortir avec tendresse. Elle est extraordinaire, songe-t-il. Il est sur le dos et fixe le plafond. Elle est très neuve, très inexpérimentée mais elle a pourtant été fantastique. Je pourrais bien tomber amoureux d'elle, pense-t-il.

Il se lève, ramasse sous le lit la bobine de pellicule et le poignard dans sa gaine. Il se demande s'il va les fixer à nouveau sur lui. Il aura peut-être envie de faire l'amour dans la journée… Il décide de garder le poignard – sans lui il se sentirait nu — et de laisser la bobine quelque part. Il la pose sur la commode, sous ses papiers et son portefeuille. Il sait très bien qu'il enfreint les règles, mais c'est certainement sa dernière mission et il se sent autorisé à jouir d'une femme. D'ailleurs, il n'importe guère qu'elle ou le mari voient les photos – en supposant qu'ils en comprennent la signification, ce qui est peu probable, que peuvent-ils faire ?

Il s'étend sur le lit mais se relève aussitôt. Ses longues années d'entraînement ne lui permettent pas de prendre de tels risques. Il met la bobine avec ses papiers dans la poche de sa veste. Maintenant, il peut se détendre à son aise.

Il entend la voix de l'enfant, les pas de Lucy qui descend l'escalier et puis David qui se traîne jusqu'à la salle de bains. Il faut qu'il se lève pour aller partager le petit déjeuner de la maisonnée. De toute manière, il n'a plus envie de dormir maintenant.

Il reste devant la fenêtre à regarder la tempête qui continue de faire rage jusqu'au moment où il entend ouvrir la porte de la salle de bains. Il passe alors sa veste de pyjama et va se raser. Et il se sert du rasoir de David, sans demander la permission.

Ça ne lui paraît plus tellement important maintenant.

XXIV

Erwin Rommel sent tout de suite qu'il va avoir une discussion avec Heinz Guderian.

Le général Guderian est exactement le genre d'aristocrate prussien que Rommel déteste. Il le connaît depuis longtemps. Ils ont tous les deux, à leurs débuts, commandé le bataillon de chasseurs de Goslar et ils se sont retrouvés lors de la campagne de Pologne. Lorsque Rommel a quitté l'Afrique, il a recommandé que l'on nomme Guderian à sa place, sachant pertinemment la bataille perdue ; cette manœuvre a fait long feu parce que Guderian n'avait pas à l'époque la faveur de Hitler et que la recommandation avait été immédiatement rejetée.

Rommel pense que Guderian est le genre d'homme à mettre un mouchoir de soie sur ses genoux pour protéger le pli de son pantalon pendant les beuveries du Herrenklub[1]. Guderian est officier parce que son père était officier et que son grand-père était riche. Rommel, fils d'instituteur et qui, en quatre ans, s'est élevé du

1. Mess des officiers.

grade de lieutenant-colonel à celui de feld-maréchal, méprise cette caste militaire dont il n'a jamais fait partie.

Pour le moment, il fixe à travers la table le général qui déguste un cognac volé chez les Rothschild de France. Guderian et son compère, le général von Geyr, sont venus au Q.G. de Rommel, à la Roche-Guyon, au nord de Paris, pour lui dire comment il doit disposer ses troupes. Chez Rommel, ce genre de visites provoque une réaction qui va de l'impatience à la fureur. À son avis, l'état-major général ne sert qu'à fournir des renseignements précis sur l'ennemi et à veiller au ravitaillement des troupes engagées ; or, Rommel sait depuis sa campagne d'Afrique qu'ils ne sont bons à rien dans les deux cas.

Guderian a une moustache claire et rase et un réseau de rides aux commissures des yeux qui lui donne l'air de toujours sourire. C'est un grand et bel homme, ce qui n'aide pas à le rendre plus sympathique à Rommel qui se voit sous les traits d'un vilain petit bonhomme chauve. Guderian paraît tout à fait détendu et un général allemand capable d'être aussi détendu à ce stade de la guerre ne peut être qu'un idiot. Et le repas qu'ils viennent de terminer – veau du pays et vin de Bourgogne – n'est pas une excuse.

En attendant que Guderian ouvre le débat, Rommel regarde dans la cour la pluie qui glisse sur les feuilles des citronniers qu'on n'a pas encore rentrés pour l'hiver. Quand Guderian se décide enfin à parler, il est clair qu'il a longuement réfléchi à la meilleure manière de présenter ses arguments et qu'il a décidé d'attaquer par la bande.

« En Turquie, commence-t-il, les IXe et X^e^ armées britanniques se rassemblent avec l'armée turque sur la frontière grecque. En Yougoslavie, les partisans, eux aussi, se regroupent. En Algérie, les Français se préparent pour un débarquement sur la Côte d'Azur. Les Russes ont l'air de monter une invasion amphibie à partir de la Suède. Enfin, en Italie, les Alliés sont prêts à marcher sur Rome. Mais il y a d'autres signes... un général enlevé en Grèce, un officier du renseignement assassiné à Lyon, un avion saboté à la graisse abrasive et détruit à Athènes, un raid de commandos sur Sagvaag, une explosion dans une usine d'oxygène à Boulogne-sur-Seine, un train qui déraille dans les Ardennes, un dépôt d'essence incendié à Boussens... je pourrais continuer longtemps comme ça. Le tableau est clair. Les sabotages et les trahisons s'étendent chaque jour davantage dans les territoires occupés et on peut discerner partout des préparatifs d'invasion. Aucun de nous ne peut douter qu'il va y avoir une vaste offensive alliée cet été et nous pouvons aussi être certains que toutes ces escarmouches sont destinées à nous dissimuler le point sur lequel l'attaque sera lancée. »

Le général s'arrête. Le cours magistral irrite Rommel et il saisit l'occasion d'intervenir.

« C'est pour ça que nous avons un état-major général : pour résumer tous ces renseignements, évaluer l'activité de l'ennemi et prévoir ses actions futures. »

Guderian sourit avec indulgence.

« Nous devons aussi être conscients des limites que comporte ce genre de divination. Vous avez votre idée sur l'endroit où se produira l'offensive, j'en suis certain. Nous en avons tous au moins une. Notre stratégie doit tenir compte de la possibilité que nos idées soient erronées. »

Rommel aperçoit aussitôt à quoi mène l'argumentation détournée du général et il retient l'envie de hurler son désaccord avant que ne tombe la conclusion.

« Vous avez sous votre commandement quatre divisions blindées, poursuit Guderian. La IIe Panzers à Amiens, la CXVIe à Rouen, la XXIe à Caen et la IIe de S.S. à Toulouse. Le général von Geyr vous a déjà proposé de les regrouper loin de la côte afin qu'elles soient prêtes à riposter sur n'importe quel point. Cette mesure, est, en fait, un principe essentiel de la stratégie du O.K.W. [1]. Néanmoins, vous avez non seulement ignoré la suggestion de von Geyr mais vous avez, en fait, rapproché la XXIe de la côte de l'Atlantique…

— Et les trois autres seront amenées à la côte dès que possible, explose Rommel. Quand serez-vous capables de voir clair, vous tous ? Les Alliés disposent de la suprématie aérienne. Dès que le débarquement sera lancé, tout grand déplacement de blindés sera interdit. Les opérations mobiles ne seront plus possibles. Si vos précieuses Panzers sont à Paris lorsque les Alliés débarqueront sur la côte, elles resteront à Paris – bloquées par la R.A.F. – jusqu'au moment où les Alliés défileront sur le boulevard Saint-Michel. Je le sais – ils me l'ont fait à moi. Deux fois. (Il s'arrête pour reprendre souffle.) Rassembler nos blindés en guise de réserve mobile serait les rendre inutiles. Oubliez toute idée de contre-attaque. Le débarquement

1. Ost-Kommandantur Wehrmacht : haut commandement de l'armée de l'Est.

doit être affronté sur les côtes, sur les plages, lorsqu'il est le plus vulnérable, et rejeté à la mer.»

Le rouge de sa colère s'efface peu à peu de son visage quand il commence à exposer sa stratégie défensive personnelle.

«J'ai disposé des obstacles sous la mer, près du rivage, j'ai fortifié le mur de l'Atlantique, semé des mines et planté des pieux dans chaque champ qui pourrait servir de terrain d'atterrissage derrière nos lignes. Toutes mes troupes creusent des lignes de défense lorsqu'elles ne sont pas à l'entraînement.

«Mes divisions blindées doivent être amenées à la côte. Les réserves de l'O.K.W. doivent être redéployées en France. Les IXe et X^{e} divisions de S.S. doivent être ramenées du front oriental. Notre stratégie tout entière doit consister à empêcher les Alliés de s'assurer une tête de pont, parce que, lorsqu'ils l'auront, la bataille sera perdue… et même peut-être la guerre.»

Guderian se penche en avant, les yeux plissés dans ce demi-sourire exaspérant.

«Vous voulez que nous défendions les côtes de l'Europe de Tromsø, en Norvège, jusqu'à Rome sans oublier le tour de la péninsule Ibérique. Et où prendrons-nous les armées nécessaires?

— C'est la question qu'on aurait dû se poser en 1938», gronde Rommel.

Un silence embarrassé règne après cette remarque, d'autant plus surprenante qu'elle vient de Rommel, qui a la réputation d'être apolitique.

Von Geyr met fin à la tension.

«D'où pensez-vous que viendra l'attaque, feld-maréchal?»

C'est la question que Rommel attendait.

« Encore tout récemment, j'étais partisan de la théorie du Pas-de-Calais. Cela dit, la dernière fois que j'ai rencontré le Führer, j'ai été impressionné par ses arguments en faveur de la Normandie. Je suis en outre impressionné par son instinct et encore bien davantage par le fait qu'il ait vu juste si souvent. Par conséquent, je crois que nos Panzers doivent être déployées d'abord sur la côte normande, avec peut-être une division à l'embouchure de la Somme – et cette dernière soutenue par des forces ne provenant pas de mon groupe. »

Guderian hoche négativement la tête.

« Non, non et non. C'est bien trop aléatoire.

— Je suis prêt à défendre ma théorie devant Hitler, menace Rommel.

— Eh bien, c'est ce qu'il vous faudra faire, déclare Guderian, parce que je ne suivrai pas votre plan à moins que…

— À moins que ? » répète Rommel surpris que la position du général puisse être modifiée sous condition.

Guderian s'agite dans son fauteuil, mal à l'aise à l'idée d'accorder une concession à un antagoniste aussi entêté que Rommel.

« Vous devez savoir que le Führer attend le rapport d'un agent remarquable que nous avons en Angleterre.

— Je m'en souviens, dit Rommel. Die Nadel.

— C'est cela. Il a pour mission d'évaluer la puissance du Ier groupe d'armées des États-Unis sous le commandement de Patton dans la partie orientale de l'Angleterre. S'il découvre – comme j'en suis certain – que cette armée est nombreuse, puissante et prête à entrer en action, je continuerai à m'opposer à votre théorie. Cela dit, s'il s'aperçoit que ce FUSAG est un simple bluff – une petite unité s'efforçant de se faire aussi grosse qu'une armée d'invasion –, alors je conviendrai que vous avez raison et vous aurez vos Panzers. Acceptez-vous ce compromis ? »

Rommel hoche la tête en signe d'assentiment.

« Remettons-nous-en à Die Nadel, donc. »

Cinquième partie

XXV

Lucy s'aperçoit aujourd'hui que le cottage est très petit. Lorsqu'elle accomplit les petites corvées matinales – allumer la cuisinière, cuire le porridge, nettoyer, habiller Jo – il lui semble que les murs l'étouffent. Après tout, la maison n'a que quatre pièces reliées par un petit passage avec un escalier; on ne peut pas faire un pas sans se heurter à quelqu'un. Si vous restez immobile et prêtez l'oreille, vous entendez ce que chacun est en train de faire: Henry se lave les mains dans le lavabo, David se laisse glisser dans l'escalier, Jo réprimande son ours en peluche dans le salon. Lucy voudrait bien avoir quelque temps à elle avant de les voir; du temps pour que les choses de la nuit s'ordonnent dans son esprit et quittent le premier plan de ses pensées, de façon qu'elle puisse accomplir les gestes habituels sans être obligée de s'y forcer.

Elle devine qu'elle ne dissimule pas facilement. Feindre ne lui est pas naturel. Elle manque d'expérience. Elle essaie de retrouver dans ses souvenirs une occasion où elle a dû mentir à quelqu'un qui lui soit proche et elle n'en trouve pas. Non qu'elle observe toujours des principes tellement élevés – l'idée de mentir ne la trouble pas autrement. C'est surtout qu'elle n'a eu encore aucune raison de le faire.

David et Jo se mettent à table et commencent à manger. David se tait. Jo parle sans arrêt pour le simple plaisir de prononcer des mots. Lucy n'a pas faim.

« Tu ne manges pas ? lui demande David en passant.

— C'est déjà fait. »

Et voilà son premier mensonge. Elle ne s'en est pas mal tirée.

La tempête renforce l'impression d'isolement. La pluie est telle que de la fenêtre, Lucy distingue à peine la grange. On a davantage l'impression d'être emprisonné lorsque ouvrir une porte ou une fenêtre devient toute une affaire. Le ciel bas, couleur gris fer et les bandes de brouillard font une lumière crépusculaire. Dans le potager, la pluie coule en rivières entre les rangs de pommes de terre, et le carré aux herbes est une mare. Les nids d'hirondelles sous les poutres du toit ont été emportés et les oiseaux tournoient, affolés.

Lucy entend Henry descendre et elle reprend son assurance. Elle ne pourrait pas dire pourquoi mais elle est certaine que lui sait fort bien dissimuler.

« Bonjour ! » lance-t-il gaiement.

David, encore à la table, dans son fauteuil roulant, lève la tête et fait un signe aimable. Lucy s'affaire à son fourneau. Sa culpabilité se lit à livre ouvert sur son visage, note Faber et il gémit intérieurement. Mais David ne semble pas remarquer l'expression de Lucy. Faber commence à soupçonner David d'être un peu obtus… au moins en ce qui concerne sa femme…

« Asseyez-vous et déjeunez, dit Lucy.

— Merci beaucoup.

— J'ai peur de ne pas pouvoir vous emmener à l'église, dit David. Des psaumes chantés à la radio, c'est tout ce que je peux vous offrir. »

Faber comprend que c'est dimanche.

« Vous allez à l'église ?

— Non. Et vous ?

— Non plus.

— Pour les paysans, le dimanche est un jour à peu près comme les autres, poursuit David. J'irai tout à l'heure à l'autre bout de l'île voir comment se porte le troupeau. Vous pouvez venir si le cœur vous en dit.

— J'irai volontiers », répond Faber. (Cela lui fournira l'occasion de reconnaître le terrain. Il faut qu'il sache comment aller au cottage où se trouve l'émetteur.) Voulez-vous que je conduise ? »

David lui jette un regard acéré.

« Je m'en tire très bien tout seul. (Il y a un moment de silence embarrassé.) Et dans cette tempête, il faut deviner le chemin et conduire de mémoire. Il est plus sage que je prenne le volant.

— Vous avez raison, dit Faber en se mettant à manger.

— Le temps ne me gêne nullement, continue David. Mais vous n'êtes pas obligé de venir, si vous croyez que c'est trop...

— Sincèrement, je serai heureux de vous accompagner.

— Avez-vous bien dormi ? J'oubliais que vous pouviez encore être fatigué. J'espère que Lucy ne vous a pas retenu trop longtemps. »

Faber se contraint à ne pas regarder Lucy mais du coin de l'œil il la voit rougir.

« J'ai dormi hier toute la journée », dit-il, en s'efforçant d'affronter le regard de David.

Effort inutile. David regarde sa femme. Il sait. Elle leur tourne le dos.

David sera désormais hostile et l'antagonisme amène la suspicion. Ce n'est pas dangereux, il y a déjà pensé, mais cela peut devenir gênant.

David semble reprendre son visage habituel. Il repousse son fauteuil de la table et roule vers la porte de derrière.

« Je vais sortir la jeep de la grange », dit-il, comme s'il se parlait à lui-même.

Il tire un ciré du portemanteau, le passe par-dessus sa tête, ouvre la porte et sort.

Pendant le bref instant où la porte reste ouverte, la tempête souffle dans la petite cuisine et inonde le sol. La porte refermée, Lucy frissonne et elle éponge l'eau qui mouille les dalles.

Faber tend la main et lui prend le bras.

« Non, dit-elle avec un signe de tête vers Jo.

— Vous êtes ridicule, lui dit Faber.

— Je suis sûre qu'il sait.

— Mais réfléchissez une minute. En réalité, ça vous est bien égal qu'il sache ou non, n'est-ce pas ?

— Peut-être mais je ne devrais pas être ainsi. »

Faber hausse les épaules. Dehors, la jeep appelle avec impatience. Lucy lui tend un ciré et une paire de bottes.

« Et ne parlez pas de moi », lui recommande-t-elle.

Faber passe les vêtements et va à la porte d'entrée. Lucy le suit et referme la porte de la cuisine.

La main sur la poignée, Faber se retourne et l'embrasse, et Lucy satisfait le désir qu'elle avait : elle lui rend son baiser, longuement, puis elle regagne la cuisine.

Faber court sous la pluie, dans une mer de boue et saute dans la jeep à côté de David qui démarre aussitôt.

La voiture a été adaptée pour être conduite par un homme privé de ses jambes : accélérateur à main, changement de vitesse automatique, et une poignée au volant pour permettre au conducteur de diriger d'une seule main. Le fauteuil roulant se plie pour tenir dans un compartiment aménagé derrière le siège du conducteur. Il y a un fusil de chasse dans un râtelier au-dessus du pare-brise.

David conduit adroitement. Il avait raison pour ce qui est du chemin : ce n'est qu'une trace dans la bruyère, formée par les pneus de la jeep. La pluie monte dans les ornières. La voiture chasse dans la boue. David paraît à son affaire. Il a une cigarette aux lèvres et une expression d'audace inattendue. Pour lui, la jeep doit remplacer l'avion qu'il n'a pu piloter, songe Faber.

« Qu'est-ce que vous faites quand vous n'êtes pas à la pêche ? demande David.

— Fonctionnaire,

— Dans quelle branche ?

— Les finances. Je ne suis qu'un petit rouage de la machine.

— Le Trésor ?

— Principalement.

— C'est un travail intéressant ? insiste David.

— Assez, dit Faber en faisant appel à son imagination pour inventer une histoire. Je sais à peu de chose près combien certaines pièces usinées doivent coûter et je passe une grande partie de mon temps à m'assurer que le contribuable ne les paie pas au-dessus du prix.

— Êtes-vous spécialisé dans certaine fabrication ?

— Mon domaine s'étend des trombones de bureau aux moteurs d'avion.

— Enfin... Chacun contribue à l'effort de guerre à sa manière. »

C'est de toute évidence une observation intentionnellement désagréable et David ne comprendrait pas que Faber ne la relève pas.

« Je n'ai plus l'âge de combattre, dit-il calmement.

— Avez-vous fait la première ?

— J'étais trop jeune.

— Le hasard fait bien les choses.

— Sans aucun doute. »

La piste court au bord de la falaise mais David ne ralentit pas. Il vient à l'esprit de Faber qu'il essaie peut-être de les tuer tous les deux. Il s'accroche d'une main à la carrosserie.

« Je conduis peut-être trop vite pour vous ? demande David.

— Vous m'avez l'air de bien connaître le chemin.

— Vous semblez avoir peur. »

Faber ne répond rien et David ralentit un peu, apparemment satisfait d'avoir marqué un point.

L'île est dans l'ensemble plate et nue, note Faber. Le terrain ondule légèrement en larges vagues mais jusqu'à présent il n'a aperçu aucune colline. La végétation est surtout faite d'herbages, de fougères, de quelques buissons clairsemés mais les arbres sont rares ; elle n'offre pas de protection contre la tempête. Les moutons de David doivent avoir une santé de fer, pense-t-il.

« Êtes-vous marié ? lui demande soudain David.

— Non.

— Heureux homme.

— Ce n'est pas si sûr.

— Je parierais que vous avez tout ce qu'il vous faut à Londres, sans parler de… »

Faber n'a jamais apprécié le ton désinvolte ni les allusions qu'emploient certains hommes pour parler des femmes. Il interrompt David brusquement.

« Je pense que vous avez beaucoup de chance d'avoir une femme comme la vôtre…

— Ah ?

— Oui.

— Pourtant rien ne vaut la variété, non ?

— Je n'ai pas encore eu la chance de découvrir les vertus de la monogamie. »

Et Faber décide de se taire désormais, chacune de ses paroles est comme de l'huile sur le feu. David devient ennuyeux.

« Je dois dire que vous n'avez guère l'air d'un comptable du gouvernement. Où avez-vous laissé votre parapluie et votre chapeau melon ? »

Faber a un mince sourire et ne répond pas.

« Et vous me paraissez remarquablement costaud pour manier un porte-plume.

— Je fais de la bicyclette.

— Il fallait être bougrement solide pour survivre à ce naufrage.

— Merci.

— Enfin vous ne me paraissez pas trop âgé pour être mobilisé. »

Faber se retourne pour regarder David.

« Où voulez-vous en venir ? demande-t-il calmement.

— Nous sommes arrivés. »

À travers le pare-brise, Faber aperçoit un cottage tout à fait semblable à celui de Lucy, avec des murs de pierre blanche, un toit d'ardoises et de petites fenêtres. Il est situé au sommet d'une colline, la seule que Faber ait vue dans l'île et bien peu élevée en vérité. La maison apparaît bien campée et solide sur ses assises. En gagnant la hauteur, la jeep contourne un bouquet de pins et de sapins et Faber se demande pourquoi le cottage n'a pas été construit à l'abri des arbres.

Au pied de la maison pousse une épine blanche ébouriffée. David arrête la voiture. Faber le regarde déplier le fauteuil roulant et quitter le volant pour s'y installer ; il serait furieux qu'on lui propose de l'aider.

Ils pénètrent dans la maison par une porte de planches sans serrure. Dans le petit hall, un colley blanc et noir leur fait fête – un petit chien à grosse tête qui remue la queue sans aboyer. La disposition du cottage est la même que chez Lucy mais l'ambiance est différente. Cette maison est nue, maussade et moins bien tenue.

David montre le chemin de la cuisine où le berger, le vieux Tom, est assis près d'un antique fourneau à bois auquel il se chauffe les mains. Il se lève.

« Je vous présente Tom MacAvity, dit David.

— Heureux de faire votre connaissance », dit Tom, très formel.

Faber lui serre la main. Tom est trapu, large d'épaules avec un énorme nez planté dans un visage de la couleur d'une vieille valise de cuir. Il porte une casquette de drap et fume une énorme pipe de bruyère fermée d'un couvercle. Sa poignée de main est solide et sa peau comme du papier de verre. Faber doit concentrer toute son attention pour comprendre ce que dit l'homme, tant est prononcé son accent écossais.

« J'espère que je ne vous dérangerai pas, dit Faber. Je suis venu uniquement pour faire un tour en voiture. »

David s'approche de la table.

« Oh ! je ne pense pas que nous fassions grand-chose ce matin, hein, Tom ? Nous jetterons tout juste un coup d'œil.

— Certes. Mais nous prendrons le thé avant de partir. »

Tom sert un thé presque noir dans trois grosses tasses de faïence et y ajoute une lampée de whisky. Les trois hommes boivent leur thé en silence ; David fume une cigarette, Tom tire lentement sur sa pipe et Faber pense que ses deux compagnons ont dû passer ainsi de longs moments ensemble, à fumer et à se chauffer les mains sans échanger un mot.

Lorsqu'ils ont fini leur thé, Tom place les tasses dans l'évier de pierre et ils sortent pour prendre la jeep. Faber s'assoit derrière. David conduit lentement maintenant et le chien, Bob, court le long de la voiture sans effort visible. On voit que David connaît fort bien le terrain : il roule à travers les herbages sans jamais s'enliser dans les parties marécageuses. Les moutons paraissent pitoyables. Avec leur toison trempée, ils se serrent dans les creux, près des ronciers ou au pied de pentes abritées du vent, trop découragés pour songer à brouter. Même les agneaux restent tranquilles et s'abritent sous les flancs de leurs mères.

Faber voit tout à coup le chien s'arrêter, pointer les oreilles un moment, avant de prendre sa course.

« Bob a flairé quelque chose », dit Tom.

La jeep suit le chien pendant cinq cents mètres. Quand elle s'arrête, Faber entend le murmure de la mer, ils sont près de la côte nord de l'île. Le chien est en arrêt au bord d'une ravine. En descendant de voiture les hommes peuvent entendre ce que le chien écoutait depuis longtemps, les bêlements d'une brebis ; ils vont au ravin et regardent.

La bête est couchée sur le côté, six mètres plus bas, en équilibre instable sur la pente abrupte, une de ses pattes de devant forme un angle bizarre. Tom descend, avec précaution et examine le membre blessé.

« Il y aura du gigot ce soir », crie-t-il.

David tire le fusil du râtelier et l'envoie au berger. Tom donne le coup de grâce à la malheureuse bête.

« Tu peux la remonter avec une corde ? demande David.

— Ben oui… à moins que notre visiteur ne descende me prêter la main.

— Certainement », dit Faber.

Il descend rejoindre le vieux Tom. Ils attrapent chacun une patte et tirent l'animal mort jusqu'en haut. Le ciré de Faber se prend dans un buisson épineux, il manque de tomber et se dégage en tirant : la toile se déchire à grand bruit.

Ils jettent le mouton dans la jeep et reprennent leur route. Faber sent que son épaule est trempée et il se rend compte qu'il a presque arraché le dos du ciré.

« Je suis désolé d'avoir déchiré votre suroît, dit-il.

— C'était pour la bonne cause », lui répond Tom.

Ils sont vite de retour au cottage de Tom. Faber quitte le suroît et son blouson bleu mouillé que Tom met à sécher auprès du fourneau. Faber reste auprès du vêtement.

Le berger pose la bouilloire sur le fourneau et monte chercher une bouteille de whisky. Faber et David se chauffent les mains.

Une détonation les fait sursauter. Faber court vers le hall et fonce dans l'escalier. David arrête son fauteuil au bas des marches.

L'Allemand trouve Tom dans une petite pièce nue, penché par la fenêtre et montrant le poing au ciel.

« Raté ! dit Tom.

— Raté quoi ?

— L'aigle. »

En bas, David se met à rire.

Tom repose le fusil près d'un carton d'où il tire une bouteille de whisky. Les deux hommes descendent rejoindre David.

Il est retourné dans la cuisine, à la chaleur.

« C'est la première bête que nous perdons cette année, dit-il en parlant de la brebis.

— Ouais, fait Tom.

— Nous clôturerons le ravin l'été prochain.

— Ouais. »

Faber sent que l'ambiance a changé, elle n'est plus la même que tout à l'heure. Ils sont là, à boire et à fumer comme avant mais David semble agité, nerveux. Deux fois, l'Allemand surprend son regard fixé sur lui.

Finalement David s'adresse au berger.

« Nous allons te laisser découper l'animal.

— D'accord. »

David et Faber s'en vont. Tom ne se lève pas mais le chien les accompagne à la porte.

Avant de mettre la jeep en route, David prend le fusil dans son râtelier, le recharge et le remet à sa place. Sur le chemin du retour, il change à nouveau d'humeur – un changement surprenant –, il a envie de bavarder et il parle de lui.

« Je pilotais des Spitfire, des zincs merveilleux. Quatre mitrailleuses dans chaque aile – des Browning américaines, douze cent soixante coups à la minute. Les Fritz préfèrent les canons, bien sûr – leur Messerschmitt 109 n'a que deux canons. Un canon fait plus de dégâts mais nos Browning sont plus rapides et plus précis.

— Vraiment ? répond Faber par politesse.

— On a armé les Hurricane de canons par la suite mais c'est le Spitfire qui a gagné la bataille d'Angleterre. »

L'Allemand commence à trouver son verbiage énervant.

« Combien d'avions ennemis avez-vous abattus ?

— J'ai perdu mes jambes alors que j'étais encore à l'entraînement. »

Faber regarde son visage : il est impassible mais il paraît tendu au point que la peau semble près de se rompre.

« Non, je n'ai encore jamais tué un Allemand. »

Faber se met immédiatement sur la défensive. Il n'a pas la moindre idée de ce que David a pu déduire ou surprendre mais il ne fait désormais aucun doute que cet homme sait quelque chose et qu'il ne s'agit pas seulement de la nuit que Faber a passée avec sa femme. L'Allemand se tourne légèrement de côté pour faire face à David, il plante son pied contre le tunnel de transmission et place sa main droite près de son avant-bras gauche. Il attend.

« L'aviation vous intéresse-t-elle ? demande David.

— Non.

— C'est devenu une distraction nationale, il me semble... le repérage des avions. Comme l'observation des oiseaux. Les gens achètent des manuels d'identification des appareils. Ils passent des après-midi sur le dos à observer le ciel à la longue-vue. Je croyais que vous étiez un adepte, vous aussi.

— Pourquoi ?

— Pardon ?

— Qu'est-ce qui peut vous faire croire que cela me passionne ?

— Oh ! je ne sais pas. »

David arrête la jeep pour allumer une cigarette. Ils sont à mi-chemin, à huit kilomètres du cottage de Tom et il en reste autant pour arriver chez Lucy. David laisse tomber l'allumette sur le plancher.

« Peut-être à cause du film que j'ai trouvé dans la poche de votre blouson... »

Tout en parlant, il lance la cigarette allumée à la face de Faber et s'empare du fusil fixé au-dessus du pare-brise.

XXVI

Sid Cripps regarde par la fenêtre et jure entre ses dents. Sa prairie est couverte de tanks américains – il y en a au moins quatre-vingts. Il sait bien que c'est la guerre, et tout et tout, mais si seulement ils l'avaient prévenu, il leur aurait proposé un autre pré où l'herbe n'était pas si grasse. Les chenilles des tanks vont ruiner sa meilleure pâture.

Il met ses bottes et sort. Il y a des soldats américains dans le champ et Cripps se demande s'ils n'ont pas vu son taureau. En arrivant à la clôture, il s'arrête et se gratte le crâne. Il se passe quelque chose de très curieux.

Les tanks n'ont pas écrasé son herbe. Ils n'ont laissé aucune trace. Et les soldats sont en train de « fabriquer » des traces de chenilles avec une sorte de herse !

Pendant que Sid essaie de comprendre ce qui se passe, le taureau lui aussi aperçoit les tanks. Il les observe un bon moment, pioche le pré du sabot, choisit dans le lot, se ramasse et fonce. Il va faire sentir à cet étrange rival la puissance de ses cornes.

« Satané crétin ! murmure Sid, tu vas te fracasser la tête ! »

Les soldats, eux aussi, regardent le taureau. Ils ont l'air de s'amuser beaucoup.

Le taureau en pleine course charge le tank… et ses cornes percent le blindage du véhicule. Et Sid se met à prier le Ciel que les tanks britanniques soient plus solides que ceux des Américains.

On entend un énorme sifflement quand le taureau dégage ses cornes. Le tank s'écrase comme un ballon dégonflé. Et les Américains se tiennent les côtes ou s'écroulent de rire.

Tout cela est bien étrange en vérité.

Percival Godliman traverse rapidement Parliament Square, un parapluie au bras. Sous son imperméable, il porte un complet rayé de couleur sombre, ses chaussures luisent comme des miroirs – enfin, elles brillaient avant qu'il les aventure sous la pluie. Ce n'est pas tous les jours ni, quand on y songe, tous les ans, qu'on peut avoir une entrevue particulière avec M. Churchill.

Un soldat de carrière serait inquiet à l'idée d'aller voir le chef suprême des Forces nationales et de lui apporter de si mauvaises nouvelles. Godliman n'est pas inquiet – il est convaincu qu'un historien distingué n'a rien à redouter d'un militaire et d'un politicien, à moins que ses conceptions historiques ne soient infiniment plus socialistes que celles de Godliman. Il n'est pas inquiet, donc, mais ennuyé. Extrêmement ennuyé.

Il songe aux efforts, à l'imagination, aux soins, aux deniers publics et à la main-d'œuvre qui ont été investis dans la création de cette FUSAG totalement imaginaire, campée dans l'East Anglia : les quatre cents péniches de débarquement – faites de toiles et d'une armature plantée sur des barils vides – qui grouillent dans les ports et les estuaires ; les reproductions gonflables si soignées de tanks, la fausse artillerie, les imitations de camions, de chenillettes et même de dépôts de munitions ; les plaintes apocryphes semées dans le courrier des lecteurs des gazettes locales au sujet de la dégradation des mœurs depuis l'arrivée de ces milliers de soldats américains ; le faux quai de ravitaillement en carburant de Douvres, dessiné par l'architecte le plus célèbre d'Angleterre, et construit, avec du carton et de la tuyauterie de rebut, par les ouvriers les plus habiles des studios de Londres ; il songe aussi aux rapports soigneusement contrefaits transmis à Hambourg par les agents allemands « retournés » par le Comité des Vingt ; aux messages incessants, émis au bénéfice des stations d'écoute allemandes, et rédigés par les meilleurs auteurs de romans dans le genre de celui-ci, par exemple : « Le 1er bataillon du Ve Queen's Royal Regiment signale la présence de femmes civiles, sans doute non autorisées, dans les convois de ravitaillement. Que doit-on faire d'elles – les amener jusqu'à Calais ? »

Il est indiscutable que rien n'a été épargné. Tout indique que les Allemands s'y sont trompés. Et voilà que cette formidable astuce est mise en péril à cause d'un maudit espion… d'un seul espion que Godliman n'a pas réussi à capturer. Ce qui lui vaut d'ailleurs cette invitation à se produire en représentation de gala tout à l'heure devant le puissant chef.

À petits pas de moineau, l'ancien professeur Percival Godliman arpente le pavé de Westminster, jusqu'au numéro 2 de Great George Street. La sentinelle armée, postée près du mur de sacs de sable, examine son sauf-conduit et lui fait signe d'entrer. Godliman traverse le hall et descend l'escalier qui mène au Q.G. souterrain de Churchill.

C'est un peu comme descendre dans l'entrepont d'un navire de guerre. Protégé des bombes par un plafond de ciment armé épais de plus d'un mètre, le poste de commandement est équipé de portes blindées et de piliers de bois. Au moment où Godliman pénètre dans la salle des cartes, un groupe d'hommes jeunes au visage grave sort d'une salle de conférences. Un aide les suit quelques instants plus tard et aperçoit Godliman.

« Vous êtes très ponctuel, sir, dit l'aide. Il vous attend. »

Godliman entre dans une salle de conférences, petite mais confortable. Des tapis jonchent le sol ; il y a un portrait du roi au mur. Un ventilateur fait tourbillonner l'épaisse fumée de tabac. Churchill est assis à l'extrémité d'une table ancienne polie comme un miroir et au centre de laquelle se dresse la statuette d'un faune – l'emblème du service d'intoxication et de renseignements créé par Churchill, la fameuse London Controlling Section.

Godliman se demande s'il doit saluer et s'abstient.

« Asseyez-vous, professeur », dit Churchill.

Le professeur s'aperçoit soudain que Churchill n'est pas grand – mais qu'il se tient comme un homme de haute taille : épaules tombantes, les coudes sur les bras de son fauteuil, le menton bas, les jambes écartées. Il a adopté le costume traditionnel de l'homme de loi britannique : court veston noir et pantalon gris rayé, avec un nœud papillon à pois bleus et une chemise d'un blanc éblouissant. En dépit de la courte stature et du ventre du Premier Ministre, la main qui tient son stylo est délicate et ses doigts déliés. Son teint est celui d'un bébé. Dans l'autre main, il tient un cigare et sur la table, à côté des papiers, il y a un verre qui contient un liquide qui ressemble bien à du whisky.

Churchill est en train d'annoter les marges d'un rapport dactylographié et il murmure parfois en griffonnant. Godliman n'est pas terrassé par l'image du grand homme. Comme homme d'État en temps de paix, Churchill était une sorte de désastre, estime Godliman. Cela dit, l'homme possède les qualités d'un grand chef de guerre et Godliman le respecte énormément pour cela. (Churchill a toujours repoussé avec modestie le surnom de « Lion britannique » qu'on lui a donné. Il disait qu'il avait simplement le privilège d'en pousser le rugissement et Godliman pense que cette assertion est à peu près la bonne.)

Churchill lève brusquement la tête.

« Je pense qu'il ne fait aucun doute que ce maudit espion a découvert notre manœuvre ?

— Sans aucun doute, sir.

— Vous croyez qu'il s'est échappé ?

— Nous l'avons retrouvé à Aberdeen. Il est à peu près certain qu'il en est parti avant-hier soir dans un bateau volé – sans doute pour se rendre à un rendez-vous en mer du Nord. Toutefois, il ne devait pas être encore bien loin du port lorsque la tempête s'est déchaînée. Il est possible qu'il ait embarqué à bord d'un U-boat avant la tempête mais c'est très douteux. Selon toutes probabilités, il s'est noyé. Je suis navré de ne pas pouvoir vous apporter des renseignements plus précis...

— Je le suis également», dit Churchill et il est pris d'un accès de colère qui ne vise d'ailleurs pas spécialement Godliman.

Il quitte son fauteuil, va se planter devant une horloge murale et comme en transe il en fixe l'inscription: «Victoria RI, Ministry of Works, 1889[1]». Puis, comme s'il avait oublié la présence de Godliman, il commence à aller et venir le long de sa table de travail en marmonnant entre ses dents. Godliman peut distinguer ses paroles et ce qu'il entend le renverse. Le grand homme murmure: «Cette silhouette trapue, légèrement voûtée, allant de long en large, soudain oublieux de tout ce qui n'est pas ses pensées...» On dirait que Churchill joue un scénario de Hollywood qu'il écrirait en allant et venant.

Le jeu de scène s'interrompt aussi soudainement qu'il a commencé et si l'homme s'est rendu compte de son excentricité il n'en laisse rien paraître. Il se rassied et tend à Godliman une feuille de papier.

«Voici l'ordre de bataille des forces allemandes tel qu'il apparaissait la semaine dernière.»

Et Godliman peut lire:

Front russe:	122 divisions d'infanterie
	25 divisions blindées
	17 divisions diverses
Italie et Balkans:	37 divisions d'infanterie
	9 divisions blindées
	4 divisions diverses

1. Victoria, reine et impératrice, ministère des Travaux publics.

Front occidental :	64 divisions d'infanterie
	12 divisions blindées
	12 divisions diverses
Allemagne :	3 divisions d'infanterie
	1 division blindée
	4 divisions diverses

Churchill poursuit.

« Sur les douze divisions de Panzers du front occidental, une seulement est déployée en Normandie. Les meilleures divisions S.S., Das Reich et Adolf Hitler, sont respectivement à Toulouse et à Bruxelles et ne manifestent aucune intention d'en bouger. Que dites-vous de cela, professeur ?

— Que votre ruse paraît avoir réussi et que nos plans véritables sont restés secrets, répond Godliman et il réalise soudain la confiance que Churchill vient de lui témoigner. Jusqu'à ce moment précis, personne, pas même son oncle, le colonel Terry, ne lui a jamais parlé de la Normandie, encore qu'il y ait pensé de lui-même, connaissant la menace artificielle dirigée contre Calais. Évidemment, il ignore la date du débarquement – le jour J – et il en est d'autant soulagé.

— Réussite totale, reprend Churchill. Ils sont déroutés et dans l'incertitude, et leurs prévisions les meilleures à l'égard de nos intentions sont complètement erronées. Et pourtant… (Churchill s'arrête pour souligner ce qu'il va dire.) Et pourtant, en dépit de tout, le général Walter Bedell Smith, le chef d'état-major d'Ike, me dit que… (Il prend une feuille de papier sur sa table et la lit à haute voix.) Nos chances de tenir la tête de pont, surtout lorsque les Allemands auront pu s'organiser, ne sont que de cinquante pour cent. »

Il pose son cigare et sa voix se fait douce.

« Il a fallu à toute la puissance militaire et industrielle du monde anglo-saxon – la plus grande civilisation depuis l'Empire romain –, il a fallu, dis-je, quatre ans pour obtenir cette chance à cinquante pour cent. Si cet espion nous échappe nous perdons même cela. Ce qui revient à dire que nous perdons tout. »

Churchill fixe un moment Godliman puis il prend son stylo de sa main délicate.

« Ne me ramenez pas de probabilités, professeur. Ramenez-moi Die Nadel. »

Il baisse les yeux et se remet à écrire. Un moment plus tard, Godliman se lève et quitte silencieusement la pièce.

XXVII

Le tabac d'une cigarette brûle à huit cents degrés. Mais le tabac incandescent est le plus souvent recouvert d'une mince couche de cendres. Pour provoquer une brûlure, la cigarette doit être pressée sur la peau pendant près d'une seconde – un contact en passant se ressent à peine. Cela s'applique également aux yeux : le clin d'œil est la réaction involontaire la plus rapide du corps humain. Seuls les amateurs utilisent cette arme et David Rose est un amateur – déçu de n'avoir pas pu combattre. Les professionnels s'amusent de ce genre d'adversaires.

Faber néglige donc la cigarette que David Rose vient de lui lancer. Et il a raison car la cigarette ricoche sur son front et tombe sur le plancher de métal de la jeep. Il essaie de saisir le fusil de David : c'est une faute. Il comprend aussitôt qu'il aurait dû plutôt tirer son stylet et poignarder son adversaire ; David aurait peut-être tiré mais il n'a jamais encore visé un être humain, aussi aurait-il certainement hésité et à cet instant Die Nadel aurait pu le tuer. Faber attribue cette erreur inadmissible à son récent retour à des sentiments humains. Ce sera la dernière.

David tient à deux mains le fusil – la gauche sur le fût, la droite sur la culasse – et il l'a déjà tiré du râtelier lorsque l'Allemand saisit le canon d'une main. David tire le fusil à lui mais la prise de Faber pointe le fusil sur le pare-brise.

Die Nadel est fort, mais David possède une puissance exceptionnelle. Ses épaules, ses bras, ses poignets manipulent son fauteuil et son corps depuis quatre ans et ses muscles ont pris un développement extraordinaire. De plus, il tient le fusil à deux mains devant lui alors que Faber ne le tient que d'une main et de côté. David tire encore, de toutes ses forces, cette fois, et le canon échappe à Die Nadel.

À ce moment précis, le fusil pointé sur sa poitrine et le doigt de David crispé sur la détente, Faber voit sa mort immédiate.

D'un sursaut, il s'arrache à son siège. Sa tête cogne contre l'armature de la capote au moment où le fusil tonne avec une force qui lui fait tinter les oreilles et mal aux yeux... La glace du côté passager vole en éclats et la pluie s'engouffre dans l'ouverture. Faber pivote sur lui-même et retombe non pas sur son siège mais sur David. Il lui saisit la gorge à deux mains et il serre.

David essaie de ramener le fusil entre leurs deux corps pour tirer la deuxième cartouche, mais l'arme est trop longue. Faber regarde l'Anglais dans les yeux et il aperçoit... qu'est-ce donc ? De la joie ! Cela s'explique d'ailleurs... l'homme a enfin une chance de se battre pour son pays ! Puis son expression change à mesure que l'oxygène fait défaut à ses organes et qu'il doit lutter pour reprendre sa respiration.

David lâche le fusil, écarte les coudes et frappe Faber des deux poings, de toutes ses forces au-dessous des côtes.

Faber grimace de douleur mais il ne lâche pas la gorge de l'Anglais : il sait qu'il pourra encaisser les coups plus longtemps que David ne pourra rester sans respirer.

Celui-ci a eu la même pensée. Il passe ses avant-bras entre eux et repousse Faber puis, lorsque l'espace qui les sépare le permet, il brise de ses deux mains la prise de Faber. Du poing droit il cogne : le coup puissant mais maladroit touche l'Allemand sur la pommette et le fait larmoyer.

Faber répond par une série de jabs au corps pendant que David continue de lui marteler la face. Ils sont trop près l'un de l'autre pour se faire grand mal mais la puissance de David commence à faire effet.

Avec un sentiment voisin de l'admiration, Die Nadel s'aperçoit que l'Anglais a admirablement choisi l'endroit et le moment du combat : il a eu l'avantage de la surprise, du fusil et de l'espace réduit dans lequel ses muscles comptent beaucoup et l'agilité supérieure de l'Allemand compte le moins. Il a fait une seule erreur, par bravade – compréhensible, sans doute – il a parlé de la bobine de pellicule, ce qui a donné l'alerte à Faber.

Faber bouge et sa hanche touche le levier de changement de vitesse qui se met en première. Le moteur tournait toujours, la voiture bondit et lui fait perdre l'équilibre. David saisit l'occasion et le frappe d'un direct du gauche qui – plus par chance que par adresse – touche l'Allemand à la pointe du menton et l'expédie de l'autre côté du siège avant. Sa tête cogne contre le montant de la capote, il glisse, son épaule touche la poignée de la portière qui s'ouvre et il tombe de la voiture dans une sorte de saut périlleux qui le jette dans la boue, face la première.

Un instant, Faber est trop secoué pour bouger. Lorsqu'il rouvre les yeux, il ne voit rien que des éclairs bleus dans un brouillard rouge. Il entend le moteur de la jeep qui s'emballe. Il secoue la tête pour arrêter le feu d'artifice qui lui trouble la vue et il s'efforce de se relever. Le bruit de la jeep s'éloigne puis se rapproche. Il tourne la tête vers ce bruit et lorsque les fusées bleues et le brouillard rouge se dissipent, il voit la voiture foncer sur lui.

David essaie de l'écraser.

Le pare-chocs avant n'est qu'à un mètre de sa tête lorsqu'il parvient à se jeter de côté. Le souffle de la voiture lui siffle aux oreilles. Un pare-chocs lui tord un pied. La jeep passe en grondant, ses pneus arrachent la terre spongieuse et font voler la boue. Die Nadel roule deux fois sur lui-même dans l'herbe mouillée puis se met sur un genou. Son pied le fait souffrir. La jeep prend un virage court et revient sur lui.

L'Allemand voit le visage de David à travers le pare-brise. Le jeune Anglais est penché en avant, courbé sur le volant, les lèvres retroussées sur ses dents dans un rictus sauvage et à demi fou…

Visiblement le guerrier déçu s'imagine dans le cockpit d'un Spitfire, fonçant, soleil dans le dos, sur l'avion ennemi, ses huit mitrailleuses Browning crachant leurs balles à 1 260 par minute.

Faber s'approche du bord de la falaise. La jeep prend de la vitesse. Faber se rend compte qu'il est incapable de courir. Il regarde au bas de la falaise – une pente rocheuse, presque verticale et la mer furieuse, trente mètres plus bas. La jeep fonce sur lui, droit vers le bord de la falaise. Faber cherche désespérément une corniche ; une simple saillie où poser le pied. Il n'y en a pas.

La jeep n'est plus qu'à cinq ou six mètres, roulant à plus de soixante à l'heure. Ses roues sont à moins de deux pieds du bord. Faber se laisse tomber, les jambes dans le vide, se retenant par les bras au bord du précipice.

Les roues le frôlent. Quelques mètres plus loin, un pneu passe par-dessus le rebord. Un instant, Faber pense que la voiture va basculer et aller s'écraser dans la mer, mais les trois autres roues ramènent la jeep sur la terre ferme.

La terre cède sous les bras de Faber. La vibration de la voiture l'a déstabilisée. Il se sent glisser. Trente mètres plus bas, la mer bouillonne sur les rochers. Faber allonge son bras autant qu'il le peut et croche ses doigts dans la terre molle. Il s'arrache un ongle sans y prendre garde. De l'autre bras, il fait le même mouvement. Ses deux mains ancrées dans le sol, il se hisse petit à petit – c'est atrocement long – mais finalement sa tête rejoint ses mains, son bassin reprend contact avec la terre ferme, il parvient en roulant sur lui-même à s'écarter du bord de la falaise.

La jeep revient, Faber cette fois court à sa rencontre. Son pied le fait souffrir mais il se rend compte qu'il n'est pas cassé. David accélère. Faber se retourne et court perpendiculairement à la course de la jeep, obligeant David à tourner le volant et à ralentir.

Faber sait qu'il ne pourra pas poursuivre longtemps cet effort. Il sait qu'il se fatiguera avant David. Il faut que celle-là soit la dernière passe.

Il accélère sa course. David manœuvre pour le couper, vise un point devant Faber. L'Allemand revient sur ses pas et la jeep se met à zigzaguer. Elle est toute proche maintenant. Faber pousse un sprint, force David à décrire un cercle étroit. La jeep roule plus lentement et l'Allemand s'en rapproche. Il n'y a plus entre eux que quelques mètres lorsque David comprend la manœuvre de Faber. Il donne un coup de volant pour prendre du champ mais il est trop tard. Faber court à côté de la jeep et se jette à plat ventre sur la capote.

Il reste là quelques secondes pour reprendre haleine. Son pied démis lui paraît plongé dans les flammes, ses poumons menacent d'éclater.

La jeep continue de rouler. Faber tire son stylet de sa gaine et éventre la capote. Le tissu tombe et Faber aperçoit la nuque de David.

L'Anglais lève la tête, la renverse, une expression d'étonnement se lit sur son visage. Faber arme son bras pour le coup de poignard...

David accélère à fond et tourne le volant. La jeep bondit en avant, se met sur deux roues et hurle en tournant sur elle-même. Faber essaie de se cramponner. La jeep fonce de plus en plus vite, retombe sur ses quatre roues et bascule encore. Elle roule ainsi dangereusement pendant quelques mètres, les roues glissent sur l'herbe mouillée et la voiture retombe lourdement sur le côté.

Faber se trouve expédié à plusieurs mètres et tombe maladroitement, la chute lui coupe la respiration. Il reste plusieurs secondes incapable de bouger.

La course folle de la jeep s'est arrêtée à l'extrême bord de la falaise.

Die Nadel aperçoit son stylet à quelques pas dans l'herbe. Il le ramasse et se tourne vers la voiture.

On ne sait comment, David a sorti son fauteuil roulant et il roule aussi vite qu'il le peut au bord de la falaise. Faber se lance à sa poursuite, en admirant malgré lui ce courage insensé.

David a dû entendre le bruit de ses pas : au moment où Faber va le rejoindre, le fauteuil s'arrête brusquement, tourne sur lui-même et David tient dans la main une lourde clef anglaise.

Faber heurte le fauteuil et le renverse. Sa dernière pensée est que lui, David et le fauteuil vont sûrement s'abîmer dans la mer qui gronde au pied du précipice – puis la lourde pince s'abat sur sa nuque et il s'évanouit.

Lorsqu'il reprend connaissance, le fauteuil gît toujours à côté de lui, mais David a disparu. Faber se relève encore étourdi et se met à sa recherche.

« Par ici ! »

La voix monte de la paroi de la falaise. David a dû avoir tout le temps de le frapper avant d'être arraché de son fauteuil et projeté dans le vide. Faber rampe vers le bord et regarde.

David tient d'une main la racine d'un buisson. Son autre main est enfoncée dans une fente du rocher. Il se trouve suspendu, exactement comme Faber l'était il y a quelques minutes. Toute idée de bataille l'a abandonné.

« Remontez-moi, au nom du Ciel ! » crie-t-il d'une voix rauque.

Faber se penche vers lui.

« Comment avez-vous compris, pour la bobine de pellicule ? demande-t-il.

— Aidez-moi, je vous en prie.

— Expliquez-moi d'abord pour la pellicule.

— Oh ! Seigneur ! souffle David en s'efforçant de se souvenir. Quand vous avez dû sortir pour vous isoler chez Tom, vous avez laissé votre blouson sécher dans la cuisine. Tom est monté pour aller chercher du whisky, j'ai fouillé vos poches et j'ai trouvé les négatifs…

— Et cela vous a suffi pour essayer de me tuer ?

— Oui et aussi ce que vous avez fait avec ma femme, sous mon toit… pas un Anglais ne se serait conduit de cette manière… »

Faber ne peut s'empêcher d'éclater de rire. Cet homme n'est au fond qu'un gosse.

« Où sont les négatifs ?

— Dans ma poche…

— Donnez-les-moi et je vous remonte.

— Il faut que vous les preniez vous-même. Je ne peux pas lâcher prise. Vite… »

Faber se met à plat ventre et cherche, sous le ciré, la poche de poitrine de la veste. Il pousse un soupir de soulagement quand ses doigts saisissent la bobine. Il la tire doucement. Un coup d'œil lui apprend que tous les négatifs sont là. Il glisse la bobine dans la poche de son blouson, la referme et avance la main vers David. Assez de fautes.

Il attrape le buisson auquel David s'est accroché et l'arrache d'un geste sauvage.

« Non ! » hurle David qui pioche désespérément pour trouver une nouvelle prise pendant que son autre main glisse inexorablement de la crevasse du rocher.

« Ce n'est pas loyal ! » hurle-t-il au moment où le rocher échappe à ses doigts.

Il semble rester suspendu un instant dans le vide puis il tombe, rebondit deux fois contre la paroi de la falaise et s'abat dans l'eau en soulevant une gerbe d'écume.

Faber reste un instant à observer la mer pour s'assurer que David ne remonte pas à là surface.

« Pas loyal ! Pas loyal !... Tu ne sais donc pas que c'est la guerre ? »

Pendant quelques minutes, il regarde la mer. Il lui semble apercevoir une seconde le ciré jaune à la surface mais il disparaît avant qu'il ait le temps de le voir vraiment. Il ne reste plus que la mer et les rochers.

Brusquement, Die Nadel se sent terriblement fatigué. Ses blessures se font sentir une à une : le pied démis, la contusion de sa nuque et celles de son visage. David Rose s'est conduit comme un idiot, c'est un vantard et un piètre mari et au dernier moment il a demandé merci ; mais il s'est montré brave et il est mort pour sa patrie – il a fait son devoir.

Faber se demande s'il mourra aussi bien.

Il tourne le dos au précipice et s'en va vers la jeep renversée.

XXVIII

Percival Godliman se sent dispos, plein d'ardeur et même inspiré – ce qui est rare chez lui.

Quand il y réfléchit, cela le met mal à l'aise. Les discours encourageants sont bons pour la troupe, pour le commun : les intellectuels se considèrent immunisés à cet égard. Et pourtant, bien qu'il sache que la représentation donnée par le grand homme ait été soigneusement préparée, les crescendo, les diminuendo du discours orchestrés comme pour une symphonie, il n'en reste pas moins que cela a produit sur lui son effet. Il a eu exactement l'impression d'un capitaine d'équipe de rugby d'université recevant les recommandations de dernière minute de son entraîneur.

Il regagne son bureau, dévoré du désir d'agir.

Il pose son parapluie, accroche son imperméable trempé et se regarde dans le miroir intérieur de son armoire personnelle. Indubitablement son visage s'est transformé depuis qu'il est devenu un des chasseurs d'espions de l'Angleterre. L'autre jour, il a retrouvé une photo de lui, prise en 1937 avec un groupe d'étudiants à l'occasion d'un séminaire à Oxford. Il paraissait réellement plus vieux en ce temps-là : il avait le visage pâle, les cheveux en désordre, le menton mal rasé et les vêtements mal ajustés d'un solitaire. Les cheveux en désordre ont disparu : il est maintenant chauve sauf pour une couronne d'aspect monacal. Son complet est celui d'un président ou, au moins, d'un membre de conseil d'administration et non plus d'un professeur. Il lui semble même – il est possible qu'il l'imagine, il est vrai – que son menton est plus ferme, son regard plus brillant et qu'il se rase avec plus de soin.

Il s'assoit à son bureau et allume une cigarette. Cette innovation n'est pas la meilleure : la cigarette le fait tousser ; il a essayé d'y renoncer pour découvrir qu'il ne peut plus s'en passer. Mais tout le monde ou presque fume en Angleterre depuis la guerre, même certaines femmes. Ma foi, elles font des travaux d'homme – elles peuvent bien se permettre des vices d'homme. La fumée le prend à la gorge et Godliman a une quinte de toux. Il éteint la cigarette dans un couvercle de boîte en fer-blanc qui lui sert de cendrier – la poterie est rare.

L'ennui avec l'inspiration et le désir de réaliser l'impossible, songe-t-il, c'est que l'inspiration ne vous donne pas la moindre idée des moyens pratiques pour réaliser l'impossible. Il se rappelle sa thèse de collège sur les pérégrinations d'un obscur moine du Moyen Âge appelé Thomas de l'Arbre. Godliman s'est infligé la tâche obscure mais ardue de retracer l'itinéraire du moine pendant une période de cinq ans. Il existait une faille inexplicable de huit mois pendant lesquels il devait être à Paris ou à Canterbury, sans que Godliman puisse le déterminer avec précision et cette lacune menaçait la valeur de tout son ouvrage. Les archives qu'il fouillait ne contenaient aucun renseignement à ce sujet. Et si le séjour du moine n'avait pas été retenu par l'Histoire, il était impossible de savoir où il avait séjourné, un point c'est tout. Avec l'ardeur de la jeunesse, Godliman a refusé tout simplement de croire que le renseignement n'existait pas et il s'est mis à l'œuvre en partant du postulat qu'il existait sûrement quelque part une trace de la vie de Thomas pendant cette période – en dépit de la vérité bien affirmée qui veut que presque tout ce qui s'est passé au Moyen Âge n'ait pas été enregistré. Donc, si Thomas de l'Arbre n'était ni à Paris ni à Canterbury, il devait se trouver quelque part entre les deux cités, raisonnait Godliman. C'est alors qu'il découvrit dans un musée d'Amsterdam les archives d'une compagnie de navigation qui lui apprirent que Thomas avait embarqué à bord d'un voilier à destination de Douvres, que ce voilier avait été dérouté par la tempête et avait fait naufrage sur la côte d'Irlande. C'est ce parangon de recherche historique qui a valu à Godliman son titre de professeur.

Pourquoi ne pas appliquer ce mode de réflexion au problème de la disparition de Faber ?

Il est très probable que l'Allemand s'est noyé. Sinon, il se trouve sans doute dans sa patrie en ce moment. Ni l'une ni l'autre de ces hypothèses n'offrent à Godliman un programme d'action, il faut donc les écarter. Il doit alors assumer que Faber est vivant et qu'il a abordé quelque part.

Il quitte son bureau et descend un étage, jusqu'à la salle des cartes. Son oncle, le colonel Terry, est là, debout devant une carte de l'Europe, une cigarette entre les lèvres. Godliman songe que c'est là une scène familière actuellement au ministère de la Guerre : des chefs de service hypnotisés, fixant des cartes et s'interrogeant en silence sur les possibilités de gagner ou de perdre la guerre. Il pense qu'il en est ainsi parce que maintenant tous les plans sont fixés, que l'énorme machine a été mise en branle et que pour ceux qui ont pris les décisions essentielles, il ne reste plus rien à faire sinon attendre et voir s'ils ont eu raison.

Terry le voit arriver et lui lance :

« Alors comment cela s'est-il passé avec le grand homme ?

— Il buvait du whisky, dit Godliman.

— Il boit du matin au soir mais ça ne paraît pas le gêner le moins du monde. Que t'a-t-il dit ?

— Il veut la tête de Die Nadel sur un plateau. »

Godliman traverse la pièce et s'arrête devant la carte de la Grande-Bretagne et pose un doigt sur Aberdeen.

« Si vous envoyiez un U-boat recueillir un espion, quel endroit le plus proche de la côte vous paraîtrait le plus sûr pour un sous-marin ? »

Le colonel est à côté de lui et regarde la carte.

« Je ne me hasarderais pas à l'intérieur de la limite des trois milles marins. Et, pour plus de sûreté, je resterais à dix milles de la côte.

— Vous avez raison. »

Godliman trace deux lignes parallèlement à la côte : l'une à trois, l'autre à dix milles.

« Et maintenant, si vous étiez un marin d'eau douce quittant Aberdeen dans un petit bateau de pêche, à quelle distance vous aventureriez-vous avant de commencer à vous inquiéter ?

— Tu veux savoir quelle distance on peut couvrir sans trop de danger dans ce genre de bateau ?

— Exactement. »

Terry hausse les épaules.

« Demande ça à la Marine. À mon avis, disons quinze ou vingt milles.

— Je suis de votre avis. »

Godliman trace un arc de cercle de vingt milles en partant d'Aberdeen.

« Et maintenant… si Faber est vivant, il est soit sur le continent britannique ou quelque part dans cette zone, dit-il en montrant du doigt la partie bordée par les lignes parallèles et l'arc de cercle.

— Il n'y a pas de terres dans cette région-là.

— N'avons-nous pas une carte plus détaillée ? »

Terry ouvre un tiroir et en tire une carte d'Écosse à grande échelle. Il l'étale sur le haut du classeur. Godliman reproduit les traits de crayon sur la carte à grande échelle.

Il n'y a toujours pas de terre dans les limites imaginées.

« Tenez, regardez », dit Godliman.

À l'est de la limite des dix milles se trouve une île longue et étroite. Terry regarde de plus près.

« Storm Island, l'île des Tempêtes. Le nom est admirablement choisi. »

Godliman claque des doigts.

« Il est bien possible…

— Peux-tu envoyer quelqu'un là-bas ?

— Dès que la tempête aura cessé. Bloggs est déjà à Aberdeen. Je vais lui envoyer un avion. Il pourra décoller à la première éclaircie, dit-il en allant à la porte.

— Bonne chance », lui lance le colonel Terry.

Godliman escalade les marches quatre à quatre, fonce dans son bureau et décroche le téléphone.

« Appelez-moi M. Bloggs à Aberdeen, s'il vous plaît. »

Il attend en griffonnant sur son buvard. Il dessine une île. Elle a un peu la forme d'une canne un peu courte, avec la poignée à l'extrémité occidentale. Elle doit avoir une quinzaine de kilomètres de long et moins de deux en largeur. Il se demande quel aspect elle peut avoir : un long rocher dénudé où une communauté de paysans prospère ? Si Faber s'y trouve, il a toujours la possibilité de contacter son U-boat : il faut que Bloggs soit dans l'île avant le sous-marin.

« M. Bloggs à l'appareil, annonce la standardiste.

— Fred ?

— Bonjour, Percy.

— Je crois qu'il se trouve dans une île appelée l'île des Tempêtes.

— Non, il n'y est pas, répond Bloggs, nous venons de l'arrêter. » C'est au moins ce qu'il espère.

Le stylet a près de vingt-cinq centimètres de long, une poignée gravée et une garde courte et solide. Sa pointe en aiguille est extrêmement acérée. Bloggs estime que c'est un outil de meurtre très efficace. Il a été astiqué tout récemment.

Bloggs et le Detective Chief Inspector, le commissaire principal Kincaid, l'examinent mais ils se gardent bien d'y toucher.

« Le type attendait le car pour Édimbourg, explique Kincaid. Un agent l'a repéré au guichet et il lui a demandé ses papiers. L'homme a lâché sa valise et a pris les jambes à son cou. Une contrôleuse lui a assené un coup de sa machine à oblitérer les tickets. Il lui a fallu dix minutes pour revenir à lui.

— Allons voir cet excellent homme», fait Bloggs.

Ils longent un couloir bordé de cellules.

«Le voilà», dit Kincaid.

Bloggs regarde par le judas. L'homme est assis sur un tabouret, dans un coin, le dos au mur de la cellule, les yeux fermés, les mains dans les poches.

«Il est déjà allé en taule», annonce Bloggs.

C'est un grand type, au visage long et régulier, aux cheveux noirs. Il pourrait bien être l'homme de la photo mais il est difficile d'en être certain.

«Voulez-vous entrer? demande Kincaid.

— Dans un instant. Qu'y avait-il dans sa valise, à part le stylet?

— L'attirail du parfait cambrioleur. Une forte somme d'argent en petites coupures. Un pistolet et des munitions. Une tenue noire et des chaussures à semelles de crêpe. Deux cents Lucky Strike.

— Pas de photos ni de négatifs?»

Kincaid hoche négativement la tête.

«Merde! lance Bloggs de bon cœur.

— Ses papiers le présentent sous le nom de Peter Fredericks, de Wembley, dans le Middlesex. C'est un outilleur au chômage qui cherche du travail.

—Un outilleur? fait Bloggs sceptique. Il n'y a pas un outilleur au chômage en Angleterre depuis quatre ans au moins. Un espion saurait ça. Pourtant…

— C'est moi qui l'interroge ou préférez-vous le faire? demande Kincaid.

— Passez le premier. »

Kincaid ouvre la porte de la cellule, Bloggs entre avec lui. Dans son coin, l'homme ouvre les yeux sans s'émouvoir. Il ne change pas de position. Kincaid s'assied devant une petite table nue. Bloggs s'adosse au mur.

« Quel est votre véritable nom ? attaque Kincaid.

— Peter Fredericks.

— Que faites-vous si loin de chez vous ?

— Je cherche du travail.

— Pourquoi n'êtes-vous pas mobilisé ?

— Faiblesse cardiaque.

— Où vous trouviez-vous ces jours derniers ?

— Ici, à Aberdeen. Et avant, à Dundee. Et avant encore, à Perth.

— Quand êtes-vous arrivé à Aberdeen ?

— Avant-hier. »

Du regard, Kincaid interroge Bloggs qui lui fait signe de continuer.

« Votre histoire ne tient pas debout, reprend le commissaire principal. Les outilleurs n'ont pas besoin de chercher du travail. Le pays en manque. Vous feriez bien de commencer à dire la vérité.

— Je ne fais que ça. »

Bloggs prend toute la petite monnaie qui se trouve dans sa poche et la noue dans son mouchoir. Il continue de regarder l'homme sans dire un mot, en balançant son mouchoir de la main droite.

« Où sont les pellicules ? » lui demande Kincaid que Bloggs a mis au courant de leur existence sans lui en révéler la nature.

L'homme demeure impassible.

« Je ne sais pas de quoi vous parlez. »

Kincaid hausse les épaules et regarde Bloggs qui lance :

« Debout !

— Pardon ?

— Je t'ai dit : Debout ! »

L'homme se lève tranquillement.

« Avance ! »

Il fait deux pas nonchalants vers la table.

« Ton nom ?

— Peter Fredericks. »

Bloggs quitte le mur et frappe avec le mouchoir lesté. Le coup, précis, touche l'arête du nez, l'homme pousse un cri et se couvre la face de ses mains.

« Garde à vous ! aboie Bloggs. Ton nom ? »

Le suspect se redresse, les mains le long de son pantalon.

« Peter Fredericks. »

Bloggs frappe exactement au même endroit. Cette fois, l'homme tombe sur un genou et ses yeux s'emplissent de larmes.

« Où sont les pellicules ? »

L'homme secoue la tête.

Bloggs le remet sur pied, lui donne un coup de genou au bas-ventre et un coup de poing à l'estomac.

« Qu'as-tu fait des négatifs ? »

Le prétendu Peter Fredericks s'écroule sur le plancher et il vomit. Bloggs lui administre un coup de pied en pleine figure. On entend un craquement sec.

« Et le U-boat ? Où est le rendez-vous ? Quel est le signal, espèce de… ? »

Kincaid ceinture Bloggs par-derrière.

« Ça suffit comme ça. Nous sommes dans mon commissariat et je ne peux pas fermer plus longtemps les yeux sur ce qui s'y passe, vous comprenez… »

Bloggs lui fait face.

« Nous ne sommes pas ici en train d'enquêter sur un vulgaire vol de lapins. Je suis du MI 5 et je ferai ce qui me plaît dans votre foutu commissariat. Et si le prisonnier doit en crever, j'en prends la responsabilité ! »

Il revient à l'homme resté sur le sol, le visage ensanglanté et qui regarde tour à tour les deux policiers avec une expression incrédule et horrifiée.

« De quoi parlez-vous ? fait-il d'une voix faible. Qu'est-ce que c'est que cette histoire ? »

Bloggs le remet brutalement sur ses pieds.

« Tu t'appelles Heinrich Rudolf Hans von Müller-Güder, né à Oln le 26 mai 1900 et connu également sous le nom de Henry Faber. Tu es lieutenant-colonel dans les services secrets allemands. Et dans trois mois, tu seras pendu pour espionnage à moins que tu ne nous sois plus utile vivant que mort. Alors, commencez donc à vous rendre utile sans plus tergiverser, colonel Müller-Güder.

— Non ! s'exclame le suspect ébahi. Non, non ! Je suis un simple voleur. Je ne suis pas un espion. Je vous en prie ! (Il s'éloigne de Bloggs qui levait le poing.) Et je peux le prouver… »

Bloggs cogne encore et Kincaid s'interpose pour la seconde fois.

« Attendez !… Bon, Fredericks – si c'est bien votre nom –, fournissez-moi la preuve que vous êtes un voleur.

— J'ai "cassé" trois maisons la semaine dernière

à Jubilee Crescent, hoquette le prisonnier. J'ai piqué environ cinq cents livres dans la première et des bijoux dans la suivante – des bagues de diamant et des perles – et je n'ai rien tiré de la troisième à cause du chien… vous devez savoir que je dis la vérité, on a bien dû vous signaler mon passage, hein ? Oh ! Seigneur… »

Kincaid se tourne vers Bloggs.

« Ces cambriolages ont été signalés, en effet.

— Il a pu le savoir en lisant les journaux.

— Non, le troisième n'avait pas été communiqué à la presse.

— D'accord, il est possible qu'il soit cambrioleur… ça ne l'empêcherait pas pour autant d'être un espion. Les espions sont généralement des experts de la cambriole. »

En vérité, il se sent écœuré.

« Mais cela s'est passé la semaine dernière… votre homme était à Londres à ce moment-là, non ? »

Bloggs garde le silence un bon moment.

« Oh ! et puis merde », lance-t-il en sortant.

Peter Fredericks lève vers Kincaid son visage couvert de sang.

« D'où sort donc ce type ? demande-t-il. De cette saloperie de Gestapo ? »

Kincaid le regarde.

« Estimez-vous encore heureux de n'être pas l'homme qu'il recherche. »

« Alors ? lance Godliman au téléphone.

— Fausse joie. (La voix de Bloggs est déformée et éraillée par la distance.) Un minable cambrioleur qui par malheur avait un stylet et qui ressemblait à Faber.

— Nous retournons donc à la case numéro un, dit Godliman.

— Vous aviez parlé d'une île ?

— Oui. L'île des Tempêtes... elle se trouve à peu près à dix milles de la côte, droit à l'est d'Aberdeen. Vous la trouverez sur une carte détaillée.

— Qu'est-ce qui vous fait croire que Faber y soit ?

— Je n'en suis pas sûr. Il reste à explorer toutes les possibilités... d'autres villes, la côte, tout... et le reste. Mais s'il a volé ce bateau, la...

— La *Marie II.*

— C'est cela. S'il a volé ce bateau, c'est que son rendez-vous était probablement fixé dans les parages de l'île et si cette hypothèse est la bonne, alors il a dû se noyer ou bien il a été jeté sur l'île par la tempête...

— Okay, c'est logique.

— Comment évolue le temps, chez vous ?

— Aucun changement.

— Pourriez-vous rejoindre l'île, disons, avec un bateau de bonne taille ?

— J'imagine qu'on peut étaler n'importe quel coup de temps sur un bateau de tonnage suffisant. Mais votre île ne doit pas offrir grand choix comme port d'accostage, n'est-ce pas ?

— On peut toujours espérer mais je pense que vous avez raison. Et maintenant, écoutez... il y a une base d'aviation de chasse près d'Édimbourg. D'ici que vous y arriviez, j'aurai un appareil amphibie prêt à décoller. Vous sauterez dedans dès que le temps le permettra. Demandez d'autre part aux gardes-côtes d'être prêts à intervenir dès qu'ils en auront reçu l'ordre... Je me demande qui arrivera le premier.

— Mais le U-boat doit attendre lui aussi que le temps soit favorable et c'est lui qui est le mieux placé.

— Vous avez raison, fait Godliman en allumant une cigarette et en cherchant l'inspiration. Bon, nous pouvons obtenir qu'une corvette de la Marine fasse le tour de l'île et essaie de capter le message radio de Faber. Dès que la tempête voudra bien cesser de souffler, elle enverra un canot dans l'île.

— Et les avions de chasse ?

— Bien sûr. Seulement, il leur faut, comme vous, attendre que le temps s'améliore.

— La tempête ne peut pas durer indéfiniment.

— Qu'en disent les météorologistes écossais ?

— Qu'il y en a encore pour vingt-quatre heures au moins. Cela dit, rappelons-nous que tant que nous sommes retenus à terre, il ne peut pas bouger, lui non plus.

— S'il est là-bas !

— Certes.

— Bon, résume Godliman, nous aurons donc une corvette, le garde-côtes, des avions de chasse et un appareil amphibie. Et maintenant, en route. Appelez-moi de Rosyth et soyez prudent.

— Promis. »

Godliman raccroche. Dans le cendrier improvisé, sa cigarette abandonnée s'est consumée pour ne laisser qu'un minuscule mégot.

XXIX

Couchée sur le côté, la jeep apparaît puissante et inutile, comme un éléphant blessé. Le moteur a calé. Faber pousse de toute la puissance de ses épaules et la voiture retombe majestueusement sur ses quatre roues. Elle est sortie sans dommages irréparables de la bataille. La capote n'existe plus, bien sûr ; la fente faite par le poignard de Faber est maintenant une déchirure qui s'étend de l'arrière à l'avant. Le pare-chocs avant qui a labouré la terre et bloqué le véhicule est écrasé. Le phare de ce côté-là est dans le même état. Et la vitre de la portière a été pulvérisée par le coup de fusil. Miraculeusement, le pare-brise est intact.

Faber se glisse derrière le volant ; il met le levier de vitesse au point mort et il essaie le démarreur. L'appareil tourne et ne donne rien. L'Allemand recommence et le moteur se met à ronronner. Il pousse un soupir de soulagement : il aurait été incapable d'affronter une longue marche.

L'espion reste un moment à faire l'inventaire de ses blessures. Il tâte d'un doigt prudent sa cheville droite : elle est énorme. Il a peut-être un os fracturé. Fort heureusement, cette voiture était destinée à un homme privé de ses jambes : Faber serait incapable de freiner avec le pied. Il a une bosse volumineuse à la nuque, de la taille d'une balle de golf, au moins ; et lorsqu'il la touche il en retire sa main gluante de sang. En se regardant dans le rétroviseur, il voit que son visage est couvert de petites coupures et de contusions, comme celui d'un boxeur qui vient de mener un dur combat.

Il a laissé son suroît au cottage de Tom, son blouson et ses bleus sont donc trempés de pluie et couverts de boue. Il a grand besoin de se sécher et de se réchauffer au plus tôt.

Il prend le volant… une douleur cuisante lui vrille la main : il avait oublié son ongle arraché. Il regarde son doigt : c'est la plus vilaine de ses blessures. Il lui faudra conduire d'une seule main.

Faber démarre lentement et retrouve ce qu'il espère être le chemin. Aucun danger de se perdre dans l'île, d'ailleurs – il n'a qu'à suivre le bord de la falaise jusqu'au cottage de Lucy.

Mais il faut aussi trouver un mensonge pour expliquer à cette femme ce qu'est devenu son mari. À cette distance, elle n'a pas pu entendre la détonation du coup de fusil, il en est certain. Il pourrait évidemment lui dire la vérité ; que pourrait-elle faire ? Mais si elle devient pour lui un obstacle, il sera obligé de la tuer et cette pensée lui répugne. Tout en roulant prudemment le long de la falaise, sous la pluie battante et dans les hurlements du vent, il s'étonne de ce sentiment tout nouveau, de ce scrupule. C'est bien la première fois qu'il hésite à tuer. Ce n'est pas de l'amoralité, au contraire. Il a décidé une fois pour toutes qu'il doit tuer comme on tue sur un champ de bataille et son réflexe de tueur est la conclusion d'un raisonnement très ancien. Pourtant, quand il vient de tuer, il a toujours la même réaction physique, ce vomissement, mais c'est une chose incompréhensible qu'il a décidé d'ignorer.

Alors, pourquoi ne veut-il pas tuer Lucy ?

Ce sentiment doit être le même, pense-t-il que celui qui l'a conduit à envoyer à la Luftwaffe des coordonnées erronées sur la cathédrale Saint-Paul : le désir de sauver une belle chose. Lucy est une création remarquable, aussi riche de beauté et de raffinement qu'une œuvre d'art. Faber s'accommode fort bien de vivre dans la peau d'un tueur mais pas dans celle d'un iconoclaste. Au moment où cette pensée lui vient, il se dit que c'est là une étrange façon d'être. Mais il est vrai que les espions sont des gens étranges.

Il se rappelle certains agents recrutés par l'Abwehr à la même époque que lui-même : Otto, le géant nordique qui faisait de fragiles sculptures de papier dans le style japonais et qui avait horreur des femmes ; Friedrich, le petit génie des mathématiques, tellement astucieux, mais qui avait peur de son ombre et qui faisait une semaine de dépression s'il perdait une partie d'échecs ; Helmut, qui dévorait les ouvrages sur l'esclavage aux États-Unis et qui s'était rapidement enrôlé dans les S.S… tous différents, tous bizarres. Si tous ces hommes-là et lui-même ont quelque chose de précis en commun, il se demande ce que cela peut bien être.

Il roule de plus en plus lentement et la pluie, la brume se font de plus en plus denses. Le bord de cette falaise, sur sa gauche, lui semble de plus en plus inquiétant. Il a très chaud mais il est en même temps curieusement saisi de frissons. Die Nadel se rend compte tout à coup qu'il parlait à voix haute d'Otto, de Friedrich, de Helmut et il reconnaît les signes de la fièvre. Il s'efforce de ne penser qu'à maintenir la jeep dans le chemin. Le bruit du vent affecte une sorte de rythme et il devient hypnotique. À un moment, il se surprend arrêté, regardant au loin la mer et il se demande depuis combien de temps il ne roule plus.

Il lui semble que c'est seulement des heures plus tard qu'il arrive en vue du cottage de Lucy. Il braque vers la maison en se disant : il faut absolument que je songe à freiner avant de heurter le mur. Une silhouette se détache sur le seuil et le regarde approcher sous la pluie... Il me faut garder ma présence d'esprit assez longtemps pour dire le mensonge... Il faut se rappeler, se rappeler.

Il est déjà tard dans l'après-midi lorsque la jeep revient. Lucy s'inquiète de ce qui a pu arriver aux deux hommes et elle est fâchée aussi qu'ils ne soient pas revenus pour le déjeuner qu'elle a préparé. À mesure que la journée s'avance, elle s'arrête de plus en plus souvent devant les fenêtres pour guetter leur retour.

Lorsque la jeep prend la pente douce qui descend vers le cottage, il devient manifeste qu'il s'est passé quelque chose. La voiture avance avec une lenteur désespérante, en zigzaguant et il n'y a qu'une personne dedans. Elle approche encore et Lucy aperçoit le pare-chocs et le phare écrasés.

« Oh ! mon Dieu ! »

Le véhicule s'arrête en oscillant devant la maison : la silhouette est celle d'Henry. Il ne fait pas un geste pour descendre. Lucy s'élance sous la pluie et ouvre la portière.

Faber est là, immobile, la tête renversée en arrière, les yeux clos, une main sur le frein. Son visage est ensanglanté et meurtri.

« Qu'est-il arrivé ? Que s'est-il passé ? »

La main lâche le frein et la jeep avance. Lucy se penche et remet la voiture à l'arrêt.

« … Laissé David au cottage de Tom… accident en revenant… »

Les mots lui coûtent visiblement un gros effort.

Maintenant qu'elle sait ce qui s'est passé, Lucy oublie ses craintes.

« Entrez vite », lance-t-elle.

Il perçoit le ton autoritaire, se tourne vers elle, se dresse sur le marchepied pour descendre et roule à terre. Lucy s'aperçoit que sa cheville a la taille d'un ballon de rugby.

Elle le prend sous les bras et le remet sur pied.

« Aidez-vous de l'autre jambe et appuyez-vous sur moi », dit-elle en lui passant le bras droit autour du cou et en le portant à demi jusqu'à la maison.

Jo ouvre de grands yeux en voyant sa mère qui soutient Henry, l'amène dans le living-room et l'étend sur le sofa. Les yeux fermés, Faber est là, dans ses vêtements trempés et boueux.

« Jo, monte dans ta chambre et mets ton pyjama, s'il te plaît, dit Lucy.

— Mais tu ne m'as pas raconté mon histoire… Il est mort ?

— Il n'est pas mort : il a eu un accident de voiture et il n'y aura pas d'histoire ce soir. Monte ! »

L'enfant pousse un grondement de protestation et Lucy lui lance un regard sévère. Il s'en va.

Elle prend ses grands ciseaux dans le nécessaire de couture et coupe les vêtements du blessé : le blouson d'abord, puis les bleus et la chemise. Étonnée, elle fronce les sourcils en apercevant le poignard fixé dans sa gaine à son avant-bras ; elle pense qu'il s'agit d'un outil pour nettoyer le poisson ou autre chose. Lorsqu'elle essaie de le détacher, Die Nadel lui repousse la main. Elle hausse les épaules et s'attaque à ses bottes. Celle de gauche et la chaussette ne présentent pas de problème mais son patient pousse un cri de douleur quand elle lui effleure la cheville droite.

« Il faut bien que je vous déchausse, dit-elle. Armez-vous de courage. »

Un curieux sourire vient aux lèvres de l'Allemand et il hoche la tête. Elle coupe les lacets, saisit doucement mais fermement la chaussure entre ses mains et elle tire. Cette fois, il ne souffle mot. Elle coupe ensuite la chaussette et l'enlève à son tour.

« Il est en caleçon ! s'exclame Jo qui est revenu.

— Eh oui ! Ses vêtements sont trempés, lui explique-t-elle en l'embrassant. Va te coucher tout seul, mon chéri. Je monterai te border tout à l'heure.

— Alors, embrasse Nounours.

— Bonne nuit, Nounours. »

Jo s'en va. Lucy regarde Henry. Il a les yeux ouverts et il sourit.

« Alors, embrasse Henry », dit-il.

Elle se penche et baise son visage meurtri. Puis elle découpe prudemment ses sous-vêtements.

La chaleur de l'âtre séchera vite sa peau nue. Elle va à la cuisine emplir un bol d'eau chaude et d'antiseptique pour bassiner ses blessures. Elle prend du coton et revient dans le living-room.

« C'est la deuxième fois que je vous trouve à demi mort devant ma porte, dit-elle en se mettant à l'œuvre.

— *Le message habituel* », dit Henry.

Les mots lui ont échappé.

« Comment ?

— *Attendre devant Calais une armée fantôme...*

— Henry ? Que voulez-vous dire ?

— *Chaque vendredi et chaque lundi...* »

Elle se rend bientôt compte qu'il délire.

« N'essayez pas de parler », dit-elle.

Elle lui soulève doucement la tête pour laver le sang séché autour de sa bosse, sur sa nuque.

Il se redresse brusquement, lui lance un regard perçant et crie :

« Quel jour sommes-nous ? Quel jour, bon Dieu !

— C'est dimanche. Calmez-vous.

— Okay. »

Il retrouve alors son calme et la laisse détacher le stylet. Elle lui nettoie le visage, met un pansement autour du doigt qui a perdu son ongle et enroule une bande autour de sa cheville démise. Lorsque c'est fini, elle reste un long moment à l'observer. Il paraît endormi. Elle effleure du doigt la longue cicatrice sur sa poitrine et la marque en forme d'étoile sur sa hanche. Cette étoile doit être une marque de naissance, se dit-elle.

Elle vide ses poches avant de jeter ses vêtements lacérés. Il n'y a pas grand-chose : de l'argent, ses papiers, un portefeuille de cuir et une bobine de pellicule. Elle les rassemble sur le manteau de la cheminée, près de son couteau à poisson. Il va falloir lui donner des vêtements de David.

Lucy abandonne Faber un instant pour monter voir Jo. Le petit garçon dort près de son nounours, les bras en croix. Elle embrasse la joue si douce et borde son fils. Puis elle sort pour aller garer la jeep dans la grange.

De retour dans la cuisine, elle se verse un verre d'alcool puis elle reste à regarder Henry en souhaitant qu'il se réveille et qu'il lui fasse l'amour.

Il est près de minuit lorsqu'il se réveille. Il ouvre les yeux et son visage exprime la série d'expressions qui sont maintenant familières à Lucy : la crainte, d'abord, puis le regard inquisiteur autour de la pièce et le retour au calme.

« De quoi avez-vous peur, Henry ? lui demande-t-elle tout à coup.

— Je ne comprends pas.

— Vous avez toujours l'air effrayé lorsque vous vous réveillez.

— Je ne sais pas pourquoi. »

Il s'étire et le geste le fait souffrir.

« Dieu, j'ai mal partout.

— Voulez-vous m'expliquer maintenant ce qui s'est passé ?

— Oui, si vous me donnez un verre de brandy. »

Elle va chercher la bouteille dans le placard.

« Je vais vous donner des vêtements de David.

— Dans une minute… à moins que vous ne soyez gênée. »

Elle lui tend le verre en souriant.

« Non, je crois que ça me fait plutôt plaisir.

— Qu'avez-vous fait de mes vêtements ?

— Il m'a fallu les découper. Je les ai jetés.

— Mais pas mes papiers, j'espère ? »

Il a dit cela en souriant mais on devine une autre expression, mal dissimulée.

« Ils sont sur le manteau de la cheminée, explique-t-elle en les montrant du doigt. Le couteau, c'est pour nettoyer le poisson ou quoi ? »

Sa main droite est allée instinctivement à son bras gauche où se trouvait la gaine.

« Quelque chose dans ce genre-là », fait-il.

Il semble gêné pendant quelques secondes puis il reprend contenance avec effort et boit une gorgée.

« C'est bon », fait-il.

Quelques instants plus tard, elle reprend :

« Alors ?

— Alors, quoi ?

— Comment avez-vous fait pour perdre mon mari et esquinter la jeep ?

— David a décidé de passer la nuit chez Tom. Des moutons se sont égarés dans un coin qu'ils appellent "La Ravine"…

— Je connais.

— … et il y en a une demi-douzaine de blessés. Ils sont dans la cuisine de Tom, ils les soignent et les bêtes font un bruit infernal. Alors, David m'a proposé de venir vous dire qu'il restait là-bas. Je ne sais vraiment pas comment je me suis arrangé pour abîmer la jeep. Je ne la connais pas bien, il faut deviner ce que vous appelez la route ; alors, j'ai heurté quelque chose, la voiture a dérapé et a fini par se coucher. Quant aux détails... (Il a un haussement d'épaules.)

— Vous deviez rouler trop vite... En tout cas, vous étiez dans un état pitoyable en arrivant.

— J'imagine que j'ai dû être pas mal cabossé dans la jeep. Je me suis à moitié assommé, tordu la cheville...

— Vous vous êtes arraché un ongle, écrasé la figure et vous avez manqué de peu la pneumonie. On peut dire que vous êtes doué pour les accidents. »

Il pose les pieds sur le plancher ; se lève et va à la cheminée.

« Mais vous récupérez de manière extraordinaire », dit-elle.

Il est en train de rattacher le poignard à son bras.

« Les pêcheurs sont des gars solides, dit-il. Et ces vêtements, au fait ? »

Elle se lève et s'approche de lui.

« En avez-vous vraiment besoin maintenant ? C'est l'heure de se mettre au lit. »

Il l'attire à lui, la serre contre son corps nu et lui baise durement les lèvres. Elle lui caresse les cuisses.

Quelques instants plus tard, il l'écarte et ramasse ses affaires sur le manteau de la cheminée. Puis il la prend par la main et, en boitillant, il l'entraîne au premier étage, vers le lit qui les attend.

XXX

La blanche et large autobahn se faufile dans les vallées bavaroises vers un sommet de la montagne. Sur le siège arrière de la Mercedes de l'état-major, le feld-maréchal Gerd von Rundstedt est immobile, écrasé de fatigue. Il a maintenant soixante-neuf ans et sait parfaitement qu'il aime un peu trop le champagne et pas assez Adolf Hitler. Son visage long et triste conserve les traces d'une carrière plus longue et mouvementée que celle de tous les autres officiers du Führer : il ne peut se rappeler combien de fois il a connu la disgrâce mais Hitler le rappelle toujours.

Pendant que la Mercedes traverse les rues de Berchtesgaden – un village du XVIe siècle qui en a vu et en verra bien d'autres –, von Rundstedt se demande pourquoi il obéit toujours à ces rappels lorsque Hitler lui pardonne. L'argent n'a pour lui aucun attrait ; il a depuis longtemps le grade le plus élevé ; les décorations du IIIe Reich ne signifient rien ; enfin il est intimement persuadé qu'il n'y a aucun honneur à retirer de cette guerre.

C'est Rundstedt qui, le premier, a surnommé Hitler

« le caporal de Bohême ». Le petit h
rien aux traditions de l'armée allemand
de ses éclairs de génie – à la stratégie gu
en était autrement, il n'aurait jamais déclenc
guerre ingagnable. Rundstedt est le meilleur sold
l'Allemagne ; il l'a prouvé en Pologne, en France, en Russie mais il ne croit plus du tout à la victoire.

Cela dit, il ne veut rien connaître du petit groupe de généraux qui – il le sait – sont en train de comploter pour renverser Hitler. Il refuse de les voir et le *Fahneneid*, le serment par le sang prêté par les guerriers germaniques, est trop fort en lui pour l'autoriser à se joindre à la conspiration. C'est ce serment, pense-t-il, qui explique pourquoi il continue de servir le IIIe Reich. Qu'elle ait raison ou tort, sa patrie est en danger et il n'a d'autre choix que de voler à son secours. Je suis comme un vieux cheval de cavalerie, songe-t-il, j'aurais honte de rester à l'écurie.

Actuellement, il est le chef des cinq armées qui se battent sur le front de l'Ouest. Un million et demi d'hommes sont sous son commandement. Ces armées ne sont pas aussi puissantes qu'elles le devraient – certaines divisions ne sont guère mieux que des infirmeries pour les rescapés du front russe ; il y a pénurie de blindés et l'on trouve de nombreux conscrits non allemands dans d'autres unités – mais Rundstedt peut encore interdire le débarquement des Alliés en France s'il déploie habilement ses forces.

Et c'est de cet ordre de bataille qu'il doit discuter aujourd'hui avec Hitler.

La voiture monte la Kehlsteinstrasse jusqu'à une énorme porte de bronze, au flanc du mont Kehlstein.

garde S.S. presse un bouton, la porte s'ouvre en ronronnant et la voiture pénètre dans un long tunnel de marbre éclairé par des lanternes de bronze. À l'extrémité de ce tunnel, le conducteur arrête la voiture, Rundstedt gagne l'ascenseur et s'assied sur l'un des sièges du cuir : la cabine doit se hisser à plus de cent vingt mètres pour arriver à l'Adlerhorst, le Nid d'aigle.

Dans l'antichambre, Rattenhuber prend le pistolet du feld-maréchal et le prie d'attendre. Von Rundstedt examine sans indulgence la collection de porcelaines d'Hitler et repasse dans son esprit ce qu'il va dire.

Au bout de quelques instants, le blond garde du corps revient pour le conduire à la salle de conférences.

La pièce rappelle au feld-maréchal un palais du XVIIIe siècle. Les murs sont couverts de tableaux et de tapisseries ; il y a aussi un buste de Wagner et une énorme pendule surmontée d'un aigle de bronze. Dans les vastes baies, le paysage est vraiment extraordinaire : on peut voir jusqu'aux collines de Salzbourg et le pic de l'Unsterberg, la montagne où, selon la légende, repose le corps de l'empereur Frédéric Barberousse qui attend l'heure de se lever de son tombeau pour sauver le Vaterland. Dans la salle de conférences, assis sur de curieux fauteuils rustiques, sont déjà Hitler et trois membres de son état-major : l'amiral Theodor Krancke, qui commande la Marine sur le front ouest ; le général Alfred Jodl, chef d'état-major, et l'amiral Karl Jesko von Puttkammer, l'aide de camp du Führer.

Rundstedt salue et on l'invite à s'asseoir. Un valet de pied lui apporte une assiette de sandwiches au caviar et un verre de champagne. Devant une des immenses fenêtres, Hitler regarde au loin, les mains croisées derrière le dos. Sans se retourner, il lance soudain :

« Rundstedt a changé d'avis. Il pense maintenant, comme Rommel, que les Alliés débarqueront en Normandie. C'est ce que mon intuition m'a toujours dit. Pourtant, Krancke en tient toujours pour Calais. Rundstedt, expliquez donc à Krancke comment vous en êtes arrivé à cette conviction. »

Rundstedt avale de travers une bouchée de caviar et tousse dans sa main.

« De deux manières, commence le feld-maréchal : en examinant une information toute récente et en suivant un nouveau mode de raisonnement. Voyons d'abord l'information. La dernière synthèse des bombardements alliés en France montre sans l'ombre d'un doute que leur objectif premier est de détruire tous les ponts sur la Seine. Il semble évident que s'ils débarquent à Calais, on ne voit pas ce que la Seine a à faire dans leurs plans de bataille ; mais s'ils ont prévu de débarquer en Normandie, toutes nos réserves seront obligées de traverser la Seine pour rejoindre la zone des combats.

« Venons-en maintenant au mode de raisonnement. J'ai longuement réfléchi en me demandant comment je m'y prendrais pour débarquer en France si je commandais les forces alliées. J'en ai conclu que le premier objectif est d'établir une tête de pont par laquelle pourront être acheminés rapidement les hommes et le ravitaillement. L'assaut initial doit donc être lancé dans une région où se trouve un grand port. Et le choix qui s'impose alors est naturellement Cherbourg. Le programme des bombardements alliés et leurs impératifs stratégiques indiquent la Normandie », conclut-il.

Il reprend son verre, le vide et le valet de pied vient le remplir.

« Mais tous les renseignements dont nous disposons désignent Calais… dit Jodl.

— … Et nous venons d'exécuter pour trahison le chef de l'Abwehr, coupe Hitler. Êtes-vous convaincu maintenant, Krancke ?

— Non, je ne le suis pas, répond l'amiral. Moi aussi j'ai envisagé comment je conduirais le débarquement si j'étais dans l'autre camp – mais j'ai fait intervenir un certain nombre de facteurs propres à la Marine que notre collègue Rundstedt n'a peut-être pas envisagés. Je crois que les Alliés attaqueront de nuit, au clair de lune, à marée haute pour passer au-dessus des obstacles dressés par Rundstedt et qu'ils attaqueront loin des falaises, des récifs et des courants violents. La Normandie ? Jamais ! »

Hitler hoche la tête pour marquer son désaccord.

Jodl reprend la parole.

« Il y a un autre aspect de nos renseignements que je crois significatif. La division blindée de la Garde a été transférée du nord de l'Angleterre à Hove, sur la côte sud-est, pour y rejoindre le 1er groupe d'armées des États-Unis sous les ordres du général Patton. Nous l'avons appris en surprenant un échange de messages – il s'est produit une erreur dans l'acheminement des bagages : une unité avait reçu la vaisselle d'une autre et ces idiots se disputaient sur les ondes. Cette division de la Garde est l'une des meilleures de Grande-Bretagne, triée sur le volet et commandée par le général Sir Allan Henry Shafto Adair. Je suis sûr qu'elle sera au cœur du combat lorsque l'heure sonnera. »

Hitler croise et décroise ses doigts et son visage frémit d'indécision.

« Généraux ! aboie-t-il. Ou bien on me fournit des avis contradictoires ou bien je n'en obtiens aucun. Il faut que ce soit moi qui vous apprenne tout... »

Avec son audace caractéristique, Rundstedt se lance.

« Mon Führer, vous avez quatre merveilleuses divisions blindées qui ne font rien ici, en Allemagne. Si mes calculs sont exacts, elles n'arriveront jamais à temps en Normandie pour repousser le débarquement. Je vous en conjure, envoyez-les en France et placez-les sous le commandement de Rommel. Si nous faisons erreur et si l'invasion débute par Calais, elles seront au moins assez proches pour intervenir dans la bataille dès les premières heures.

— Que faire ?... Que faire ?... »

Les yeux de Hitler s'écarquillent et Rundstedt se demande s'il n'est pas allé trop loin... une fois de plus.

Puttkammer parle pour la première fois.

« Mon Führer, nous sommes aujourd'hui dimanche...

— Et alors ?

— Demain soir, le U-boat nous ramènera peut-être cet espion, Die Nadel.

— Ah ! oui. Voilà enfin quelqu'un à qui je puisse me fier.

— Bien sûr, il peut transmettre incessamment son rapport par radio, encore que ce soit bien dangereux...

— Nous n'avons pas le temps de renvoyer la décision à un autre jour, fait observer von Rundstedt. Les bombardements aériens et les sabotages s'amplifient de manière inquiétante. Le débarquement peut avoir lieu d'un jour à l'autre.

— Ce n'est pas mon avis, intervient Krancke. Les conditions météorologiques ne seront pas propices avant le début de juin…

— Ce qui n'est pas si lointain…

— Assez ! crie soudain Hitler. J'ai pris ma décision ! Mes Panzers restent en Allemagne – pour le moment. Mardi prochain – et à ce moment-là, nous aurons le rapport de Die Nadel – je reconsidérerai le déploiement de nos forces. Si les renseignements que notre agent rapporte indiquent la Normandie – comme je le crois – je déplacerai les Panzers.

— Et si cet homme ne se manifeste pas ? demande calmement von Rundstedt.

— S'il ne se manifeste pas, je reconsidérerai le problème de toute manière. »

Rundstedt fait un signe d'assentiment.

« Avec votre permission, je vais retourner à mon poste de commandement.

— Accordé. »

Rundstedt se lève, salue militairement et sort. Dans l'ascenseur tapissé de plaques de cuivre, plongeant à cent vingt mètres plus bas vers le garage souterrain, il sent son estomac se nouer et il se demande si cette sensation lui vient de la vitesse de la descente ou de la pensée que le destin de son pays repose entre les mains d'un espion, d'un seul homme dont on ignore où il se trouve.

Sixième partie

XXXI

Lucy s'éveille lentement. Elle sort lentement, avec langueur, du vide tiède et profond du sommeil, en traversant des voiles d'inconscience pour revenir peu à peu au monde présent : d'abord, le corps dur et chaud du mâle à son côté, puis la sensation nouvelle du lit d'Henry, le vacarme de la tempête au-dehors, aussi sauvage et incessant qu'hier et le jour précédent, la vague odeur de la peau de l'homme, le bras qu'elle a croisé sur sa poitrine, sa jambe passée sur la sienne, comme pour le retenir, ses seins pressés contre son flanc, la lumière du jour contre ses paupières, la respiration légère et régulière qui lui évente le visage et puis, d'un seul coup, comme lui apparaîtrait la solution d'un rébus, le sentiment tangible qu'elle est couchée, scandaleuse et adultère, avec un homme qu'elle connaît seulement depuis quarante-huit heures et qu'ils sont nus dans un lit, sous le toit de son mari. Et pour la deuxième fois !

Ses yeux s'ouvrent et elle aperçoit Jo. Dieu du ciel ! Elle s'est endormie !

L'enfant est au pied du lit dans son pyjama froissé,

les cheveux ébouriffés, une poupée mutilée sous le bras ; il suce son pouce et regarde, les yeux grands ouverts, sa maman et l'étranger enlacés dans le lit. Lucy ne peut pas déchiffrer son expression car, à cette heure de la journée, il ouvre toujours de grands yeux sur les choses, comme si le monde lui était tout neuf et merveilleux chaque matin. Elle le regarde, elle aussi, muette, ne sachant que dire.

La voix grave d'Henry se fait alors entendre.

« Bonjour », dit-il d'un ton très naturel.

Jo retire son pouce de sa bouche, il répond « bonjour », tourne les talons et sort de la chambre.

« Mon Dieu ! Mon Dieu ! » souffle Lucy.

Henry glisse pour amener son visage au niveau de celui de Lucy et il l'embrasse. Il lui passe la main entre les cuisses et la retient d'un geste possessif.

« Arrêtez, pour l'amour du Ciel ! lance-t-elle en le repoussant.

— Pourquoi ?

— Jo nous a vus.

— Et alors ?

— Il parle, voyez-vous. Tôt ou tard, il dira quelque chose à David. Que vais-je faire ?

— Rien. Est-ce que cela compte ?

— Bien sûr.

— Je ne vois pas pourquoi, étant donné ce qu'il est pour vous. Je ne vois pas pourquoi vous vous sentiriez coupable. »

Lucy comprend tout à coup qu'Henry n'a simplement pas la moindre idée de l'ensemble complexe d'honnêteté et de devoir que constitue le mariage. Le mariage en général, et le sien en particulier.

« Ce n'est pas aussi simple que cela », dit-elle.

Elle descend du lit, traverse le palier pour regagner sa propre chambre. Elle met une culotte, un pantalon, un sweater, puis elle se rappelle qu'elle a découpé les vêtements de Henry et qu'elle doit lui en trouver d'autres dans la garde-robe de David. Elle y prend des sous-vêtements, des chaussures, une chemise de laine, un pull-over décolleté en V et enfin – au fond d'une malle – un pantalon qui ne soit pas coupé et cousu à la hauteur des genoux. Jo la regarde faire en silence.

Elle emporte les vêtements dans l'autre chambre. Henry est en train de se raser dans la salle de bains.

« Vos vêtements sont sur le lit », crie-t-elle à travers la porte.

Elle descend, allume le fourneau de la cuisine et met à chauffer une casserole d'eau pour les œufs à la coque du petit déjeuner. Elle débarbouille Jo dans l'évier, le coiffe et l'habille rapidement.

« Tu ne parles pas beaucoup ce matin », dit-elle avec un entrain affecté.

L'enfant ne répond pas. Henry descend et s'assied à table aussi naturellement que s'il faisait cela depuis des années. Lucy éprouve une sensation bizarre à le voir là, dans les vêtements de David, à lui servir un œuf et à lui mettre une assiettée de toasts à portée de la main.

« Est-ce que papa est mort ? » demande soudain le petit Jo.

Henry regarde le gosse sans rien dire.

« Ne dis donc pas de bêtises, répond Lucy. Papa est chez Tom. »

Jo ne l'écoute pas et s'adresse à Henry.

« Tu as les habits de mon papa et tu as ma maman. C'est toi qui seras mon papa maintenant ?

— La vérité sort de la bouche de l'innocence... souffle Lucy.

— As-tu bien regardé mes vêtements hier soir », lui demande Henry.

Jo hoche gravement la tête.

« Alors tu comprends pourquoi j'ai été obligé d'emprunter des habits à ton papa. Je les lui rendrai quand j'en aurai à moi.

— Et tu lui rendras maman ?

— Bien sûr.

— Jo, dit Lucy, mange ton œuf. »

L'enfant reprend son petit déjeuner, apparemment rassuré. Lucy regarde par la fenêtre.

« Le bateau ne viendra pas aujourd'hui, dit-elle.

— En êtes-vous heureuse ? » lui demande Henry.

Elle le regarde.

« Je ne sais pas trop », dit-elle.

Lucy n'a pas faim. Elle boit simplement une tasse de thé pendant qu'Henry et Jo finissent leur petit déjeuner. Ensuite, Jo remonte à sa chambre et Henry débarrasse la table. En empilant les assiettes et les tasses dans l'évier, il demande :

« Craignez-vous que David vous fasse du mal ? Physiquement ?

— Non, répond-elle en secouant la tête.

— Vous devriez l'oublier, poursuit Henry. Vous aviez déjà l'intention de le quitter. Que vous importe qu'il sache ou non ?

— C'est mon mari. Et cela compte. Le genre de

mari qu'il était… et le reste… ne me donnent pas le droit de le ridiculiser.

— Et moi je pense que cela vous donne le droit de ne pas vous soucier qu'il se sente ridicule ou non.

— Ce n'est pas un problème qui se résout selon la logique. Il s'agit uniquement de ce que je ressens. »

Il lève les bras en signe d'abandon.

« Je crois qu'il serait bon que je pousse jusque chez Tom pour savoir si votre mari a l'intention de revenir. Où sont mes bottes ?

— Dans le living-room. Je vais vous chercher une veste. »

Elle monte et prend dans l'armoire la vieille veste de chasse de David. C'est un tweed vert-de-gris, très élégant et à poches appliquées. Lucy a cousu des renforts de cuir aux coudes. Une veste impossible à trouver actuellement. Elle la descend dans le living-room où Henry est en train d'enfiler ses bottes. Il a lacé la gauche et s'essaie prudemment à faire entrer son pied démis dans l'autre. Lucy s'agenouille pour l'aider.

« L'enflure a bien diminué, constate-t-elle.

— Pourtant ce sacré pied me fait encore mal. »

Ils parviennent à enfiler la botte sans la lacer et ils ôtent le lacet. Henry se lève pour faire un essai.

« Ça ira », dit-il.

Lucy l'aide à passer la veste. Elle est un peu juste pour ses épaules.

« Nous n'avons pas d'autre ciré, annonce-t-elle.

— Eh bien, je serai mouillé. »

Il l'attire contre lui et l'embrasse âprement. Elle le prend dans ses bras et l'étreint un moment.

« Conduisez plus sagement aujourd'hui », lui dit-elle.

Il sourit en signe d'assentiment, l'embrasse encore – moins longuement, cette fois – et il sort. Elle le regarde aller en boitant jusqu'à la remise et elle reste à la fenêtre pendant qu'il met la voiture en marche, remonte la pente douce et disparaît. Après son départ, elle se sent soulagée mais aussi un peu seule.

Elle commence à remettre la maison en ordre, à faire les lits, à laver la vaisselle ; elle nettoie et range mais sans parvenir à s'intéresser vraiment à ce qu'elle fait. Elle est tourmentée. Inquiète, elle se demande que faire de sa vie et elle reprend les arguments familiers qui tournoient dans son esprit, incapable de consacrer ses pensées à autre chose. De nouveau, elle étouffe dans le petit cottage. Il y a le vaste monde, quelque part, au large, une existence de guerre et d'héroïsme, un monde plein de couleurs et d'êtres humains, de millions de gens ; elle a envie d'être ailleurs, au centre des choses, de rencontrer d'autres esprits, de nouvelles cités et d'entendre de la musique. Elle ouvre la radio – geste inutile : les bulletins d'information lui font, au contraire, ressentir davantage son isolement. Une grande bataille se déroule en Italie, le rationnement a été un peu adouci, l'assassin au stylet est toujours en liberté, Roosevelt a prononcé un discours, Sandy MacPherson se met à jouer de l'orgue de cinéma. Lucy tourne le bouton. Rien de tout cela ne la touche, elle ne vit pas dans ce monde-là.

Elle a envie de hurler.

Il faut sortir un peu de cette maison, en dépit de la tempête. Certes, ce ne sera qu'une évasion symbolique… après tout ce ne sont pas les murs de pierre du cottage qui l'emprisonnent ; mais ce symbole, c'est mieux que rien. Elle monte prendre Jo au premier, l'arrache difficilement à un régiment de soldats de plomb et l'habille de vêtements imperméables.

« Pourquoi sortons-nous ? demande-t-il.

— Pour voir si le bateau arrive.

— Mais tu as dit qu'il ne viendrait pas aujourd'hui.

— Nous y allons tout de même, à tout hasard. »

Ils se couvrent d'un ciré jaune brillant, attachent le suroît sous leur menton et passent la porte.

Le vent la frappe comme une bourrade, avec une telle force qu'elle trébuche. En quelques secondes son visage est aussi mouillé que si elle l'avait plongé dans une cuvette et les mèches de ses cheveux qui passent sous les bords de son suroît collent à ses joues et sur les épaules de son ciré. Jo pousse des cris de joie et saute à pieds joints dans les mares.

Ils marchent au bord de la falaise jusqu'au fond de la baie et regardent à leurs pieds les énormes lames de la mer du Nord qui viennent déferler sur la grève et s'écraser contre le roc. La tempête a arraché les algues à Dieu sait quelles profondeurs pour les jeter et les amasser sur les récifs et sur le sable. La mère et l'enfant se laissent captiver par le dessin éternellement changeant des vagues. Ils viennent souvent à cet endroit : la mer a sur eux un effet hypnotique et Lucy serait bien incapable de dire combien de temps ils demeurent dans leur contemplation silencieuse.

Aujourd'hui, leur rêverie est soudain brisée par une chose qu'elle aperçoit. C'est d'abord un reflet coloré au creux d'une vague, si fugace qu'elle n'a guère eu le temps d'en discerner la teinte, si petit et si lointain qu'elle se demande d'abord si ce n'est pas une illusion. Elle guette mais ne revoit rien et son regard s'éloigne vers la baie et la petite jetée sur laquelle l'écume et les épaves s'accumulent pour être bientôt emportées par une lame plus puissante que les autres. Quand la tempête sera finie, elle reviendra avec Jo dès qu'il fera beau explorer la plage et voir quels trésors la mer a apportés et s'en retourner vers le cottage les bras chargés de morceaux de bois d'origine mystérieuse, de pierres curieusement colorées, de gros coquillages et de fragments de métal tordu et rouillé.

Soudain la tache de couleur reparaît, beaucoup plus proche cette fois et elle reste visible quelques secondes. C'est jaune clair, de la couleur de leurs cirés. Lucy l'observe à travers les rafales de pluie mais elle ne peut pas en reconnaître la forme avant que la chose ne disparaisse de nouveau. Mais le courant l'apporte toujours plus près, comme il ramène tout vers la baie et il dépose sa moisson sur le sable, tel un homme qui vide ses poches sur sa table de chevet.

C'est bien un ciré : elle a pu le voir lorsque la mer l'a porté à la crête d'une vague et l'a montré pour la troisième fois. Henry est revenu hier sans le sien mais comment aurait-il pu tomber dans la mer ? La vague énorme roule sur la jetée, rejette la chose sur les planches mouillées et Lucy comprend que ce ne peut pas être le ciré d'Henry puisque celui qui le porte est encore dedans. Le vent emporte son cri d'horreur si brutalement qu'elle-même n'a pas pu l'entendre. Qui est-ce ? D'où vient cet homme ? D'un autre bateau qui aurait fait naufrage ?

Et puis elle pense tout à coup qu'il est peut-être encore vivant. Il faut aller voir. Elle se penche et crie à l'oreille du petit Jo :

« Reste ici... bien sagement... ne bouge pas », et elle s'élance au bas de la rampe. Elle est à mi-chemin lorsqu'elle entend des pas derrière elle : Jo la suit. Le passage est étroit, glissant, extrêmement dangereux. Elle s'arrête, se retourne et prend l'enfant dans ses bras.

« Vilain garçon ! Je t'avais dit de m'attendre ! »

Elle mesure la distance entre le corps et le sommet de la falaise, hésite un moment sur le parti à prendre ; elle redoute que la mer ne remporte le corps et elle se remet à descendre, tenant son enfant dans ses bras.

Une vague recouvre le corps et lorsqu'elle se retire, Lucy se trouve assez près pour voir que c'est celui d'un homme et qu'il est resté dans la mer suffisamment longtemps pour que l'eau ait gonflé et déformé les traits de son visage. Donc, cet homme est mort. Elle ne peut plus rien pour lui et elle ne va pas risquer la vie de son enfant et la sienne pour un cadavre. Elle est sur le point de s'éloigner lorsqu'un trait de ce visage distendu lui paraît tout à coup familier. Elle regarde fixement sans comprendre, s'efforçant de retrouver ce que ce visage lui rappelle et puis, brusquement, elle le reconnaît et une terreur totale, paralysante, s'empare d'elle ; il lui semble que son cœur cesse de battre et elle murmure : « Non, David, oh, non ! »

Sans plus songer au danger, elle avance. Une autre vague déferle à ses pieds, emplit ses bottes d'eau écumante et salée sans qu'elle y prenne garde. Jo se tortille dans ses bras pour regarder. Elle lui hurle à l'oreille : « Ne regarde pas ! » et lui presse la figure contre son épaule. L'enfant se met à pleurer.

Lucy s'agenouille près du corps et effleure de la main l'horrible visage. Le doute n'est plus possible : David est mort, et certainement depuis plusieurs heures. Poussée par un besoin impérieux d'en être bien certaine, elle relève le pan du ciré et elle aperçoit les jambes amputées.

Elle refuse d'abord d'accepter la certitude de cette mort. D'une certaine manière, elle a parfois souhaité ces jours derniers la mort de David, mais ce sentiment vague était un mélange de culpabilité et de la crainte qu'il ne découvre son infidélité. La peine, l'horreur, le soulagement... Ces impressions tournoient dans son esprit comme des oiseaux affolés sans qu'un seul consente à se poser.

Elle reste là, figée sur place, mais une vague énorme arrive, la renverse et lui fait avaler une quantité d'eau salée. Par pur instinct, elle garde Jo dans ses bras et demeure sur la rampe et quand la vague se retire, elle se relève et remonte en courant de toutes ses forces pour échapper aux serres avides de l'océan.

Elle va ainsi jusqu'au sommet de la falaise, sans un regard en arrière. En arrivant en vue du cottage, elle aperçoit la jeep arrêtée : Henry est de retour.

Toujours portant Jo dans ses bras, elle se met à courir en trébuchant : il faut qu'elle fasse part de sa douleur à Henry, qu'elle se réfugie contre sa poitrine et qu'il la console. Elle respire avec de grands sanglots saccadés et sur ses joues, ses larmes se mêlent à la pluie. Elle entre par la porte de derrière, s'élance dans la cuisine et pose aussitôt le petit Jo à terre.

« David a décidé de rester un jour de plus chez Tom », annonce calmement Henry.

Elle le regarde fixement, abasourdie et incrédule puis, tout à coup, elle comprend. Henry a tué David.

Cette conclusion s'impose d'abord, comme un coup à l'estomac et lui coupe le souffle ; les preuves suivent aussitôt. Le naufrage, le couteau à la forme étrange et auquel il tient tant, la jeep accidentée, les bulletins d'information sur l'assassin au stylet et les crimes de Londres – soudain, tout se met en place, comme les pièces d'un puzzle qu'on aurait jetées en l'air et qui, contre toute vraisemblance, retomberaient parfaitement assemblées.

« Ne soyez donc pas tellement étonnée, dit Henry avec un sourire. Ils ont beaucoup de travail là-bas mais je dois avouer que je n'ai pas fait grand-chose pour le presser de revenir. »

Tom ! Il faut qu'elle voit Tom. Lui saura quoi faire : il veillera sur Jo et sur elle jusqu'à l'arrivée de la police ; il a un fusil et un chien.

Sa terreur s'éclipse un instant, interrompue par un accès de chagrin, de regret de l'homme qu'elle a cru connaître, qu'elle a presque aimé, il est clair qu'il n'existait pas… qu'elle l'a simplement imaginé. Au lieu d'un être tendre, fort, aimant, elle voit devant elle un monstre froid, qui sourit et lui apporte, imperturbable, de faux messages du mari qu'il a assassiné.

Elle se contraint à ne pas trembler. Prenant Jo par la main, elle quitte la cuisine, passe par le hall et sort par la porte de devant. Elle monte dans la jeep, assied Jo à côté d'elle et met le moteur en marche.

Mais Henry est là, la botte nonchalamment posée sur le marchepied, le fusil de David au poing.

« Où allez-vous ? »

Si elle démarre maintenant, il peut tirer – quel instinct lui a dicté d'apporter le fusil dans la maison aujourd'hui ? – et si elle courrait, elle, volontiers, ce risque, elle ne peut pas mettre la vie de Jo en danger.

« Je vais garer la jeep, dit-elle.

— Et vous avez besoin pour ça de l'aide de Jo ?

— Il aime la voiture. Et ne me posez pas de questions ridicules ! »

Il hausse les épaules et s'écarte.

Elle le regarde un instant – il porte la veste de David et il tient si naturellement son fusil – et elle se demande s'il tirerait vraiment si elle démarrait. Et puis elle se rappelle ce caractère de glace qu'elle a deviné en lui dès le début et elle comprend que cet instinct profond, inné, implacable, lui ferait faire n'importe quoi.

Désespérée, elle passe la marche arrière et recule dans la remise. Elle coupe le contact, sort et rentre avec Jo au cottage. Elle n'a pas la moindre idée de ce qu'elle pourra dire à Henry, de ce qu'elle fera lorsqu'elle sera près de lui, comment elle pourra taire ce qu'elle sait – si même elle ne s'est pas trahie déjà.

Elle n'a aucun plan.

Mais elle a laissé ouverte la porte de la remise.

XXXII

« Voilà notre île, lieutenant », dit le capitaine en abaissant sa longue-vue.

Le second la regarde à travers la pluie et les embruns.

« Pas précisément le coin idéal pour des vacances, non, commandant ? Drôlement moche, même, si vous voulez mon avis.

— Très juste. »

Le capitaine est un officier de la Marine royale, un vieux loup de mer à la barbe grise qui naviguait déjà au temps de la première guerre contre l'Allemagne. Mais il consent à passer sur les tournures précieuses de la rhétorique de son second parce que le gamin s'est révélé – contre toute attente – un excellent marin.

Le « gamin », qui a passé la trentaine et qui, pour l'époque, est lui aussi un vieux loup de mer, ne se rend pas compte de quelle incroyable indulgence il bénéficie… Pour l'heure, il se cramponne à la rambarde et s'arc-boute sur ses jambes. La corvette escalade la pente verticale d'une lame, reste un instant en équilibre sur la crête et plonge dans le creux.

« Et maintenant que nous sommes arrivés, commandant, que faisons-nous ?

— Le tour de l'île.

— Très bien, commandant.

— Sans oublier d'ouvrir l'œil pour repérer les U-boats.

— Il y a peu de chances qu'un U-boat fasse surface par un temps pareil – et s'il se montrait on ne le verrait qu'à l'instant où l'on pourrait pratiquement lui passer la main sur le dos.

— La tempête va crever de sa belle mort toute seule cette nuit… ou demain au plus tard. »

Le capitaine se met à bourrer sa pipe.

« Vous croyez ?

— J'en suis sûr.

— Votre infaillible flair de marin, sans doute ?

— Non, le bulletin de la météo. »

La corvette double un cap et ils aperçoivent une petite anse et une jetée. Au-dessus, perché sur la falaise, un petit cottage semble se ramasser pour résister au vent.

« Nous débarquerons là une patrouille dès que la mer le permettra », dit le capitaine en pointant le doigt.

Le second hoche la tête.

« Tout de même, fait-il.

— Quoi ?

— Chaque tour de l'île nous demandera bien une heure, à mon avis.

— Et alors ?

— Alors, à moins d'une chance insolente et que nous arrivions à l'endroit voulu à l'heure voulue…

— … le U-boat fera surface, embarquera son passager et replongera avant même que nous ayons eu le temps d'apercevoir une ride sur l'eau, enchaîne le capitaine.

— Exactement ce que je voulais dire. »

Le capitaine allume sa pipe avec une adresse qui témoigne de sa longue expérience de cette manœuvre par gros temps. Il tire plusieurs fois sur sa bouffarde, s'emplit les poumons de fumée.

« Il ne nous appartient pas de nous demander pourquoi, dit-il en rejetant un double nuage de fumée bleue par les narines.

— Citation plutôt malheureuse, commandant.

— Pourquoi ?

— Elle est tirée de la fameuse *Charge de la Brigade légère.*

— Je n'en avais pas la moindre idée, avoue le capitaine en tirant sur sa pipe. Voilà l'un des avantages que vous donne le manque d'instruction, j'imagine. »

Ils découvrent bientôt un second petit cottage à l'extrémité orientale de l'île. Le capitaine l'examine à la longue-vue et remarque qu'il est surmonté d'une grande antenne de radio digne d'un émetteur de professionnel.

« Sparks ! crie le commandant. Tâchez donc d'appeler ce cottage. Essayez sur la longueur d'onde du Corps royal d'observateurs. »

Ils ont déjà perdu le cottage de vue lorsque l'opérateur revient annoncer que l'île ne répond pas.

« Bien, Sparks, fait le capitaine. Cela n'a pas d'importance. »

Les marins du cotre des gardes-côtes sont dans l'entrepont en train de jouer leur petite monnaie au blackjack et de s'entretenir du crétinisme qui leur semble toujours croître avec le nombre des galons.

« Carte ! » lance Jack Smith qui est plus écossais que son nom ne le laisserait supposer.

Albert « Slim » Parish, dit le Fluet, un gros et gras Londonien, bien loin des trottoirs de sa ville natale, lui donne un valet.

« Passe », annonce Smith.

Le Fluet ramasse la mise.

« Trois sous ! lance-t-il en feignant une surprise émerveillée. Dieu veuille que je vive assez longtemps pour dépenser tout ça ! »

Smith efface la buée du hublot et regarde les bateaux à l'ancre danser dans le port.

« À voir la trouille du pacha, on jurerait qu'on va jusqu'à Berlin et pas simplement à l'île des Tempêtes.

— On ne te l'avait pas dit ? C'est nous l'avant-garde du débarquement. »

Slim retourne un dix, tire un roi et annonce :

« Je paie vingt et un. »

Smith reprend la parole :

« Qu'est-ce que c'est que ce type, d'ailleurs ?... Un déserteur ? Si vous voulez mon avis, c'est un truc pour la police militaire, pas pour nous. »

Le Fluet bat les cartes.

« Je vais vous le dire qui c'est, moi... un prisonnier de guerre en cavale. »

Huées générales.

« Parfait. Ne me croyez pas. Mais quand nous le piquerons, écoutez bien son accent, dit-il en reposant les cartes. Dites-moi quels bateaux touchent l'île des Tempêtes ?

— Un seul, celui de l'épicier, dit quelqu'un.

— Donc, il ne peut revenir sur le continent que d'une seule manière : à bord de ce bateau-là. La police militaire n'a qu'à attendre le retour de l'épicier et ramasser le type quand il mettra pied à terre. Il n'y a donc aucune raison de nous laisser moisir ici, à attendre de lever l'ancre et de foncer là-bas à la vitesse de la lumière à la seconde où le temps le permettra... (Il s'arrête pour ménager son effet.) À moins que le gars n'ait un autre moyen de quitter l'île.

— Quel moyen ?

— Un U-boat, dame !

— Mon cul ! » fait Smith pendant que les autres se contentent de rigoler.

Slim distribue une autre donne. Cette fois Smith gagne mais tous les autres perdent.

« Me voilà avec un shilling d'avance, annonce Slim. Je crois que je vais pouvoir enfin me retirer dans ce joli petit cottage du Devon... On ne l'arrêtera pas, bien sûr.

— Le déserteur ?

— Le prisonnier de guerre.

— Pourquoi pas ? »

Smith se tapote le front.

« Sers-toi un peu de tes méninges. Quand la tempête s'arrêtera nous serons encore ici et le U-boat sera au fond de la baie de l'île. Alors qui arrivera le premier sur place ? Les Fritz !

— Alors qu'est-ce que nous foutons là ? demande Smith.

— Imagine-toi que les types qui donnent les ordres ne sont pas aussi futés que votre serviteur, Albert Parish... Rigolez toujours ! (Il distribue les cartes.) Faites vos jeux… Vous verrez que j'avais raison… Qu'est-ce que c'est que ça, Smithie, deux sous d'un coup ? Dieu me pardonne ! tu vas te mettre sur la paille… Je vais vous dire une bonne chose : je vous parie cinq contre un que nous reviendrons les mains vides de l'île des Tempêtes. Pas d'amateurs ?… Dix contre un ? Hein ? Dix contre un ?

— Pas d'amateurs, déclare Smith. Donne les cartes. »

Le Fluet donne les cartes.

Le chef d'escadrille Peterkin Blenkinsop – il a bien essayé d'abréger Peterkin pour en faire Peter mais ses hommes l'ont toujours découvert et ils s'obstinent –, Peterkin Blenkinsop, donc, est planté droit comme un I devant la carte et s'adresse à son escadrille.

« Nous volerons en vagues par trois, annonce-t-il. Les trois premiers décolleront dès que le temps le permettra. Notre destination est là. (Il pointe une longue règle sur la carte.) C'est l'île des Tempêtes. À l'arrivée, nous décrivons des cercles à basse altitude pendant vingt minutes, pour rechercher un U-boat. Vingt minutes plus tard, retour à la base. (Il prend un temps.) Ceux d'entre vous qui ont deux onces de matière grise ont déjà sûrement déduit que pour réaliser une surveillance ininterrompue, la seconde formation de trois appareils doit décoller très précisément vingt minutes après la première et ainsi de suite. Questions ?

— Capitaine ? interroge le lieutenant-pilote Longman.

— Oui, Longman.

— Que faisons-nous si nous repérons le sous-marin ?

— Vous le mitraillez, évidemment. Vous lui balancez quelques grenades. Il faut lui empoisonner l'existence.

— Mais nous sommes des avions de chasse, capitaine… Nous ne pouvons pas faire grand-chose pour couler un U-boat. C'est une mission pour des navires de guerre, non ? »

Blenkinsop soupire et déclare :

« Comme toujours, ceux d'entre vous qui ont découvert une meilleure stratégie pour gagner cette guerre sont invités à écrire directement à M. Winston Churchill, 10 Downing Street, London S.W.l. Et maintenant y aurait-il par hasard des questions intelligentes et non pas des critiques idiotes ? »

Il n'y a pas de question.

Les dernières années de guerre ont créé une nouvelle espèce d'officiers de la R.A.F., constate Bloggs enfoui dans un fauteuil confortable de la salle de rassemblement, tout en écoutant la pluie tambouriner sur le toit de zinc et en faisant de temps en temps un petit somme. Les pilotes de la Bataille d'Angleterre paraissaient d'une inlassable gaieté, avec leur argot d'étudiants, leur habituel verre de scotch à la main, leur endurance surhumaine et leur mépris cavalier de la mort fulgurante qu'ils affrontaient chaque jour. Cet héroïsme juvénile n'a pas résisté aux années qui se sont succédé, à la guerre qui se traîne loin de leurs foyers et le romantisme flamboyant du duel aérien a fait place à la routine mécanique des missions de bombardement. Ils boivent toujours autant et conservent leur jargon mais ils paraissent plus âgés – et certains le sont –, plus endurcis, plus cyniques ; il ne leur reste rien du jeune héros du manuel scolaire *Tom Brown's Schooldays*. Bloggs se rappelle soudain ce qu'il a fait à ce malheureux « casseur de chambres de bonnes » dans la cellule du commissariat de police d'Aberdeen et il comprend : nous avons tous changé.

Ils sont tous très calmes. Il les observe à la ronde : certains dorment, comme lui, d'autres lisent ou jouent aux dames ou aux échecs. Dans un coin, un navigateur à lunettes apprend le russe.

Pendant que, de ses yeux mi-clos, Bloggs passe la salle en revue, un nouveau pilote fait son entrée et le policier pense tout de suite que celui-là n'a pas encore été vieilli par la guerre. Il a le grand sourire des temps révolus et un visage lisse dont le menton semble n'avoir besoin du rasoir qu'une fois par semaine au plus. Son blouson ouvert, il porte son casque à la main. Il fonce droit sur Bloggs.

« Le détective-inspecteur Bloggs ?

— Lui-même.

— Formidable ! Je suis votre pilote, Charles Calder.

— Parfait, répond Bloggs en lui serrant la main.

— Le zinc est prêt et le moteur gazouille comme un canari. C'est un amphibie, j'imagine que vous le savez ?

— Oui.

— Formidable ! On se pose sur l'eau, on approche jusqu'à dix mètres de la rive et vous débarquez dans le canot pneumatique.

— Et vous attendez que je revienne.

— Exactement. Il ne nous manque plus qu'un peu de temps acceptable.

— Très juste. Et maintenant, Charles, écoutez : il y a six jours et six nuits que je cavale derrière ce type à travers le pays, alors j'essaie de rattraper un peu de sommeil chaque fois que j'en ai l'occasion. Ça ne vous ennuie pas ?

— Bien sûr que non ! »

Le pilote s'assied et tire un gros bouquin de son blouson.

« Je termine mes études, dit-il en montrant le bouquin. *Guerre et paix.*

— Formidable ! » dit Bloggs en fermant les yeux.

Percival Godliman et son oncle, le colonel Terry, sont côte à côte dans la salle des cartes ; ils boivent du café et laissent tomber la cendre de leur cigarette dans un seau d'incendie, à leurs pieds. Godliman répète :

« Je ne vois pas ce que nous pourrions faire de plus.

— Tu l'as déjà dit.

— La corvette est déjà sur place et les avions de chasse n'en sont qu'à quelques minutes. Dès qu'il fera surface, le sous-marin tombera sous leur feu.

— Si on le repère.

— La corvette enverra une patrouille à terre dès que possible. Bloggs sera là-bas tout de suite après et le garde-côte formera l'arrière-garde.

— Et aucun d'entre eux n'est assuré d'arriver à temps.

— Je le sais bien, souffle Godliman d'un ton las.

Nous avons fait tout ce qui était en notre pouvoir mais cela suffira-t-il ?»

Terry allume une cigarette.

«Et les habitants de l'île ?

— Ah ! oui. Il n'y a que deux maisons. Il y a un éleveur de moutons et sa femme dans l'une – ils ont un jeune enfant – et c'est un vieux berger qui habite l'autre. Le vieux berger a bien un poste de radio – il fait partie du Royal Observer Corps – mais on ne peut pas le contacter… il a laissé sans doute son poste branché sur "Émission". Il est âgé…

— L'éleveur me paraît le plus qualifié, dit Terry. S'il a deux pence de jugeote, il pourrait bien arrêter ton espion à lui tout seul.»

Godliman secoue la tête.

«Le pauvre gars est dans un fauteuil roulant.

— Mon Dieu ! nous n'avons vraiment pas de chance, hein ?

— Non, répond Godliman. Die Nadel semble avoir accaparé tout le stock disponible.»

XXXIII

Lucy retrouve vite son calme. La sensation la gagne progressivement, comme la vague glacée d'un anesthésique ; elle calme ses appréhensions et lui rend toute sa présence d'esprit. Les moments où elle se sent paralysée à l'idée qu'elle abrite un assassin sous son toit se font plus rares et il lui reste maintenant une froide vigilance qui la surprend elle-même.

Tout en faisant le ménage, en balayant autour d'Henry qui lit un roman dans le living-room, elle se demande s'il a remarqué le changement de ses sentiments. Il est très observateur : peu de détails lui échappent et il planait une nette inquiétude, sinon un soupçon précis, sur cet échange verbal dans la jeep. Il a dû comprendre que quelque chose l'a secouée. Mais il est vrai qu'elle a été bouleversée lorsque Jo les a découverts ensemble dans le lit... il est possible qu'il croie que c'est cela qui l'a troublée.

Pourtant elle a l'impression bizarre qu'il sait très exactement ce qui se passe dans son esprit mais qu'il préfère prétendre que tout va très bien, qu'il ne se passe rien de particulier.

Elle suspend sa lessive sur un séchoir dans la cuisine.

« Je suis gênée de laisser ce linge ici, dit-elle, mais je ne peux pas attendre indéfiniment que la pluie veuille bien cesser. »

Henry jette un regard indifférent sur cet étalage.

« Ça ne fait rien », dit-il en regagnant le living-room.

Parmi le linge humide, Lucy a mêlé des vêtements secs pour elle.

Pour le déjeuner, elle fait une tarte aux légumes – une recette de rationnement. Elle appelle Faber et Jo à table et elle les sert.

Le fusil de David est dressé dans un coin de la cuisine.

« Je n'aime pas voir un fusil chargé dans la maison, dit-elle.

— Je le sortirai après le déjeuner... La tarte est très bonne.

— Moi, je ne l'aime pas », déclare Jo.

Lucy prend l'arme et la pose sur le buffet.

« Bah ! il est aussi bien là, dit-elle, du moment que Jo ne peut pas y toucher.

— Quand je serai grand, je tirerai sur les Allemands, annonce l'enfant.

— En attendant, je veux que tu fasses la sieste cet après-midi », répond Lucy.

Dans la salle de séjour, elle puise dans un flacon un des somnifères de David. Deux sont une forte dose pour un homme d'environ soixante-quinze kilos, donc le quart d'un comprimé devrait suffire à endormir un gosse de vingt-cinq kilos tout un après-midi. Elle place le barbiturique sur sa planche à découper, le fend en deux puis en deux encore. Elle met le quartier dans une cuiller, l'écrase et mêle la poudre au verre de lait qu'elle tend au petit Jo.

« Tu vas m'avaler ça jusqu'à la dernière goutte. »

L'Allemand observe la scène sans faire le moindre commentaire.

Le déjeuner terminé, Lucy installe Jo sur le sofa avec une brassée de livres d'images. Il ne sait pas lire encore, bien sûr, mais on lui a lu si souvent les histoires qu'il les connaît pour cœur et qu'il peut tourner les pages et réciter les légendes de mémoire.

« Voulez-vous du café ? demande Lucy à Faber.

— Du vrai café ? fait-il, surpris.

— Oui. J'en ai mis un peu de côté.

— Avec joie, je vous remercie. »

Il ne la quitte pas des yeux pendant qu'elle s'affaire avec la cafetière. Elle se demande s'il ne craint pas qu'elle ne lui administre un somnifère, à lui aussi. On entend la voix du petit Jo dans l'autre pièce.

Je l'ai déjà demandé : Y a-t-il quelqu'un ? crie Pooh à pleins poumons.

Non, répond une voix...

... et comme toujours, Jo éclate de rire à l'enfantine plaisanterie. Oh ! mon Dieu, songe Lucy, qu'il ne fasse pas de mal à Jo, je vous en supplie...

Elle sert le café et s'assied devant Faber. À travers la table, il lui prend la main. Longtemps, ils restent silencieux, à boire leur café en écoutant la pluie et la voix de Jo.

Combien de temps faut-il pour devenir mince ? demande Pooh, inquiet.

À peu près une semaine, à mon avis.

Mais je ne peux pas rester ici toute une semaine !

Sa voix commence à s'ensommeiller et bientôt Jo cesse de parler. Lucy se lève pour le couvrir d'une couverture. Elle ramasse le petit livre que l'enfant a laissé tomber sur le plancher. Ce livre était à elle, lorsqu'elle avait à peu près le même âge et elle le connaît par cœur, elle aussi. Sur la page de garde on peut lire, de l'écriture moulée de sa mère :

« À Lucy, pour ses quatre ans, avec toute l'affection de Papa et Maman. »

Elle pose le livre sur le buffet et retourne à la cuisine.

« Il dort.

— Et… »

Henry lui tend la main et Lucy se contraint à la prendre. Il se lève et elle le précède dans l'escalier et dans la chambre. Elle ferme la porte et quitte son pull en le passant par-dessus sa tête.

Un instant, il reste sans bouger, les yeux fixés sur ses seins. Puis il commence à se déshabiller.

Elle se couche. Cela, c'est le rôle quelle n'est pas certaine de pouvoir jouer – faire semblant de supporter son contact alors qu'elle ne ressent que frayeur, répulsion et culpabilité.

Il la rejoint dans le lit et la prend dans ses bras.

Et très vite, elle s'aperçoit qu'après tout, elle n'a pas besoin de faire semblant.

Pendant quelques instants, elle reste dans le creux de son bras à se demander comment il est possible qu'un homme puisse faire ce qu'il a fait et puis caresser une femme aussi ardemment, aussi tendrement qu'il vient de le faire.

Mais elle ne peut que dire :

« Voudriez-vous une tasse de thé ?

— Non, merci.

— Eh bien, moi, si. »

Elle se dégage et se lève. Quand il fait mine de la suivre, elle pose la main sur son ventre plat et dit :

« Non, ne bougez pas. Je reviendrai prendre le thé ici. Je n'en ai pas encore terminé avec vous.

— Vous tenez vraiment à rattraper ces quatre années perdues », remarque-t-il en souriant.

Dès que Lucy a quitté la chambre, le sourire tombe de son visage comme on retire un masque. Son cœur bat contre ses côtes pendant qu'elle descend l'escalier. Dans la cuisine, elle pose bruyamment la bouilloire sur le fourneau et elle remue des tasses, puis elle met les vêtements qu'elle a mêlés à la lessive qui sèche. Ses mains tremblent tellement qu'elle n'arrive pas à boutonner son pantalon.

Elle entend le lit grincer au-dessus de sa tête et elle reste figée sur place à écouter, à essayer de deviner ses mouvements. Reste là-haut ! Bien, il changeait simplement de position.

Elle est prête. Dans le living-room, Jo dort profondément en grinçant des dents. Mon Dieu ! faites qu'il ne se réveille pas. Elle le prend dans ses bras. Dans son sommeil, l'enfant marmonne quelque chose à propos de Christopher Robin ; Lucy ferme les yeux et l'implore mentalement de ne pas parler.

Elle l'enveloppe dans une couverture, retourne à la cuisine et prend le fusil sur le dressoir. L'arme lui échappe, tombe en cassant une assiette et deux tasses dans un fracas assourdissant. Elle se fige sur place, comme une statue.

« Que se passe-t-il ? crie Faber.

— J'ai fait tomber une tasse », répond-elle sans pouvoir retenir l'émotion de sa voix.

Le lit grince de nouveau, il a posé, là-haut, le pied sur le plancher. Mais il est trop tard pour reculer. Elle ramasse le fusil, ouvre la porte de derrière et, serrant Jo contre elle, elle s'élance vers la remise.

Tout en courant, elle a un moment de panique – a-t-elle bien laissé la clef de contact sur la jeep ? Oui, certainement, elle le fait toujours.

Elle glisse dans la boue et tombe à genoux. Des larmes lui montent aux yeux. Une seconde, elle est tentée de ne plus bouger, de rester là, de laisser Faber la rattraper et la tuer comme il a tué son mari, mais elle pense à l'enfant dans ses bras, elle se relève et reprend sa course.

Elle se jette dans la remise, ouvre la portière de la jeep du côté passager et place Jo sur le siège. Il glisse et manque de tomber. « Mon Dieu ! » sanglote Lucy. Elle redresse l'enfant et cette fois il reste assis. Elle court de l'autre côté, saute sur le siège et laisse tomber le fusil entre ses jambes, sur le plancher.

Elle tourne la clef de contact.

Le moteur tousse et cale.

« Je vous en prie ! Je vous en supplie, mon Dieu ! »

Elle actionne encore la clef.

Le moteur tourne.

Faber sort de la maison en courant.

Lucy accélère et engage la première. La jeep semble bondir hors de la grange. Elle met pleins gaz.

Les roues patinent dans la boue un instant puis elles mordent. La jeep s'ébranle avec une lenteur angoissante. Lucy braque le volant pour distancer Faber qui court, pieds nus, dans la boue.

Lucy voit qu'il gagne sur elle.

Elle pousse de toute sa force l'accélérateur manuel, à casser le mince levier. Elle voudrait hurler de désespoir. L'Allemand n'est plus qu'à un ou deux mètres de la voiture, presque à sa hauteur ; il court comme un athlète, en s'aidant des bras, ses pieds nus piochant la terre boueuse, les joues palpitantes, la poitrine nue gonflée.

Le moteur hurle et la jeep sursaute quand le changement de vitesse automatique s'enclenche, puis elle bondit des quatre roues.

Lucy jette un regard de côté. Henry a compris qu'elle est en train de s'échapper et il plonge en avant. De la main gauche, il parvient à saisir la poignée de la portière et il ramène sa main droite. Tiré par la voiture, il fait plusieurs foulées le long de la carrosserie, ses pieds touchant à peine le sol. Lucy fixe ce visage si près du sien – il est cramoisi, grimaçant, les muscles du cou puissant gonflés par l'effort.

Soudain, elle comprend ce qu'elle doit faire.

Elle lâche le volant, passe la main par la portière et lui plonge dans l'œil l'ongle de son index.

Il crie, lâche prise et tombe, ses mains couvrant son visage.

La voiture s'éloigne rapidement maintenant et le laisse derrière.

Et Lucy se rend compte qu'elle pleure comme une enfant.

À trois kilomètres du cottage, elle aperçoit le fauteuil roulant.

Il est au sommet de la falaise, comme une espèce de monument commémoratif, son armature de métal et ses gros pneus indifférents à la pluie incessante. Lucy s'en approche du fond d'une légère dépression ; la silhouette sombre s'inscrit entre le ciel ardoise et la mer écumante. Le fauteuil est pareil à une chose mutilée, comme le trou laissé par un arbre déraciné ou une maison aux fenêtres brisées et béantes, comme si la personne qui l'occupait en avait été arrachée.

Elle se rappelle la première fois qu'elle l'a vu, à l'hôpital. Il était à côté du lit de David, tout neuf, étincelant ; son mari s'y était installé adroitement et il allait et venait dans le couloir pour lui faire voir.

« Il est léger comme une plume, fabriqué avec un alliage de métal réservé à l'aviation », disait-il avec un enthousiasme affecté en filant entre les alignements de lits. Puis il s'était arrêté au fond de la salle, le dos tourné ; elle l'avait aussitôt rejoint : il pleurait. Elle s'était agenouillée devant lui et lui avait pris les mains sans rien dire.

C'est la dernière fois qu'elle avait pu le consoler.

Ici, sur la falaise, la pluie et le vent terniront vite le métal et le fauteuil se couvrira de rouille ; il finira par se désintégrer, le caoutchouc, le siège de cuir tomberont en pourriture.

Lucy passe devant sans s'arrêter.

Cinq kilomètres plus loin, à mi-chemin entre les deux cottages, la voiture tombe en panne d'essence.

Lucy lutte contre la panique et s'efforce de réfléchir calmement pendant que la jeep continue de rouler sur sa lancée.

Les gens marchent à environ sept kilomètres à l'heure, se rappelle-t-elle avoir lu quelque part. Henry est un athlète, certes, mais il s'est démis une cheville et, bien qu'elle paraisse guérir rapidement, la course avec la voiture a dû aggraver la blessure. J'ai sûrement une bonne heure d'avance sur lui, se dit-elle.

Elle ne doute pas une minute qu'il se lance à sa poursuite : il sait aussi bien qu'elle qu'il y a un émetteur radio dans le cottage de Tom.

Donc, elle a le temps. À l'arrière de la jeep se trouve un bidon d'essence réservé aux pannes sèches. Elle descend, prend le bidon et ouvre le réservoir.

Puis elle réfléchit et l'idée qui lui vient la surprend par son caractère diabolique.

Elle referme le réservoir et va à l'avant de la voiture. Après avoir coupé le contact, elle soulève le capot. Elle n'a rien d'un mécanicien mais elle est tout de même capable de reconnaître la tête du delco et les fils qui la relient aux bougies. Elle amarre solidement le bidon contre le bloc moteur et le débouche.

Avec la clef spéciale qu'elle trouve dans le coffre à outils, elle dévisse une bougie, s'assure que le contact est bien coupé et la place dans l'embouchure du bidon où elle la fixe avec du chatterton. Puis elle referme le capot.

Lorsque Henry arrivera, il essaiera certainement de prendre la voiture. Il mettra le contact, le starter tournera, la bougie émettra une étincelle et le bidon d'essence explosera.

Elle n'imagine pas exactement les dégâts que pourra faire l'explosion mais elle est certaine que cela retardera Faber.

Une heure plus tard, elle regrette son astuce.

Pataugeant dans la boue, trempée jusqu'aux os, l'enfant endormi juché sur son épaule, elle ne désire rien tant que de se laisser tomber sur place et mourir. À la réflexion, le piège qu'elle a tendu lui semble hasardeux : l'essence peut s'enflammer sans exploser ; s'il n'y a pas assez d'air à l'embouchure du bidon, elle peut même fort bien ne pas s'enflammer ; pire encore, Henry peut flairer le piège, soulever le capot, démonter sa machine infernale, verser l'essence dans le réservoir et foncer sur ses traces.

Elle songe à s'arrêter pour prendre un peu de repos mais elle y renonce, si elle s'assied elle sera peut-être incapable de se relever.

Le cottage de Tom devrait être en vue maintenant. Il est impossible qu'elle se soit perdue – même si elle n'avait pas fait ce chemin tant de fois déjà, l'île n'est pas assez grande pour qu'on s'y égare.

Lucy reconnaît enfin un buisson où Jo et elle ont aperçu un jour un renard. Elle doit être à moins de deux kilomètres de chez Tom. Elle verrait sûrement le cottage s'il ne pleuvait pas à verse.

Elle charge Jo sur son autre épaule, change son fusil

de main et se force à reprendre sa route, en traînant ses pieds, l'un après l'autre.

Lorsque le cottage apparaît enfin à travers le rideau de pluie, elle pleurerait de joie. Il est plus près qu'elle ne craignait, à quatre cents mètres peut-être.

Du coup, Jo lui semble plus léger et bien que cette dernière étape soit escarpée – c'est la seule colline de l'île – elle a l'impression de la franchir en un clin d'œil.

« Tom ! crie-t-elle en arrivant devant la porte d'entrée. Tom ! Tom ! »

Les aboiements du chien lui répondent.

Elle pousse la porte.

« Tom ! vite ! »

Bob file le long de ses chevilles en aboyant furieusement. Tom ne peut pas être bien loin, dans l'appentis peut-être ? Lucy monte et étend Jo sur le lit de Tom.

L'émetteur est dans cette chambre : un ensemble complexe de fils, de cadrans et de boutons. Une pièce ressemble à un manipulateur de T.S.F., elle l'essaie et l'instrument fait un « bip ». Une pensée remonte à la mémoire de Lucy – souvenir d'un roman policier de sa jeunesse –, le symbole en morse de S.O.S. Elle actionne le manipulateur de nouveau : trois points, trois traits, trois points.

Où est Tom ?

Elle entend du bruit et court à la fenêtre.

La jeep est en train de monter la rampe qui conduit au cottage.

Henry a éventé le piège et il a versé l'essence dans le réservoir.

Où est Tom ?

Elle sort en courant de la chambre : elle voudrait

sortir et aller cogner à la porte de l'appentis mais elle s'arrête au sommet de l'escalier. Bob est devant la porte de l'autre chambre, celle qui est inhabitée.

« Ici, Bob », lance-t-elle.

Le chien ne bouge pas et continue d'aboyer. Elle s'approche pour le prendre dans ses bras.

C'est alors qu'elle découvre Tom.

Il est étendu sur le dos, sur le plancher nu de la chambre ; ses yeux fixent le plafond sans le voir, sa casquette est renversée sur le sol, derrière sa tête. Sa veste ouverte laisse voir une petite tache de sang sur sa poitrine. Sa main est près d'une caisse de whisky et il vient à Lucy une pensée incongrue : je ne savais pas qu'il buvait autant.

Elle lui tâte le pouls.

Tom est mort.

« Réfléchis, *réfléchis, voyons !* »

Hier, Henry est revenu au cottage, couvert de contusions comme s'il s'était battu. C'est à ce moment-là qu'il a dû tuer David. Aujourd'hui, il est revenu ici, « pour ramener David », a-t-il dit. Mais il savait bien que David n'était plus là. Alors pourquoi a-t-il fait ce voyage ? Pour tuer Tom, c'est évident.

Et maintenant, la voilà seule.

Elle prend le chien par son collier et l'éloigne du corps de son maître. Sans savoir pourquoi, elle revient sur ses pas et referme la veste sur la trace du stylet qui a tué Tom. Puis elle referme la porte, regagne l'autre chambre et regarde par la fenêtre.

La jeep s'arrête devant la porte. Henry en descend.

XXXIV

L'appel de détresse de Lucy a été reçu par la corvette.

« Capitaine, annonce Sparks, je viens de capter un S.O.S. de l'île. »

Le capitaine fronce les sourcils.

« Nous n'y pouvons rien tant qu'on ne peut pas mettre un canot à la mer, dit-il. Ont-ils dit quelque chose ?

— Rien, sir. Ils n'ont même pas répété.

— Rien à faire, répète le capitaine. Appelez le continent pour le leur faire savoir. Et restez à l'écoute.

— Entendu, sir. »

Le message est également capté par un poste d'écoute du MI 8 situé au sommet d'une colline d'Écosse. L'opérateur radio, un jeune gaillard que des blessures ont écarté de la R.A.F., est à l'écoute des émissions de la Marine allemande lancées de Norvège, et il néglige le S.O.S. Pourtant, comme il termine son quart, cinq minutes plus tard, il le signale à son officier.

« Il n'a été lancé qu'une seule fois, dit-il. Probablement un bateau de pêche au large des côtes d'Écosse – ce pourrait bien aussi être le bateau manquant qui a des ennuis en pleine tempête.

— Laisse-moi faire, lui dit son chef. Je vais appeler la Marine. Et je crois qu'il serait bon d'avertir Whitehall. La voie hiérarchique, tu saisis ?

— Oui. Merci beaucoup, sir. »

Au poste du Royal Observer Corps, il y a un début d'affolement. Certes, un S.O.S n'est pas le message réglementaire qu'un observateur doit envoyer quand il repère un avion ennemi mais ils savent que Tom n'est plus de la première jeunesse et qui peut dire ce qu'il est capable de transmettre s'il lui arrive quelque chose d'inhabituel ? On déclenche donc les sirènes d'alerte, tous les postes sont sur le qui-vive, toutes les batteries antiaériennes de la côte est de l'Écosse sortent de leurs abris et l'opérateur essaie fiévreusement de contacter Tom.

On ne voit pas l'ombre d'un bombardier allemand, bien sûr, et le ministère de la Guerre demande pourquoi on déclenche l'alerte générale quand il n'y a rien dans le ciel que quelques oies sauvages égarées ?

C'est du moins la question qu'il pose.

Les gardes-côtes eux aussi ont entendu le S.O.S.

Ils y auraient répondu si le message avait été transmis sur la longueur d'onde réglementaire, s'ils avaient pu établir la position de l'émetteur et si cette position était à distance raisonnable de la côte.

En fait, étant donné que le message était lancé sur la fréquence du Corps royal d'observateurs, ils en ont déduit qu'il venait du père Tom et ils font déjà tout ce qu'ils peuvent en ce qui concerne cette situation, quelle que soit cette foutue situation !

Quand la nouvelle arrive dans l'entrepont du cotre ancré dans le port d'Aberdeen, le Fluet distribue une nouvelle donne et il annonce :

« Je vais vous dire ce qui est arrivé. Le père Tom a attrapé le prisonnier de guerre et il est assis sur le crâne du type en attendant que l'armée vienne le chercher.

— Mon cul ! » dit Smith dont les paroles semblent exprimer le sentiment général.

Et le U-boat a capté également le S.O.S. »

Il est encore à plus de trente lieues marines de l'île des Tempêtes mais Weissmann fait tourner son bouton pour voir ce qu'il pourrait bien accrocher – dans l'espoir, improbable, d'entendre un disque de Glenn Miller sur le réseau radio de l'armée américaine en Grande-Bretagne et son syntonisateur se trouve par hasard sur la bonne longueur d'onde et à la minute convenable. Il passe le renseignement au lieutenant de vaisseau Heer, en ajoutant :

« Ce n'était pas sur la fréquence de notre homme. »

Le major Wohl, aussi agaçant que d'habitude, déclare :

« Alors, cela ne veut rien dire. »

Heer ne rate pas l'occasion de le remettre à sa place.

« Alors, cela veut dire une chose, déclare-t-il. Cela veut dire qu'il y aura peut-être une certaine activité là-haut quand nous ferons surface.

— Mais il est peu probable que cela nous gêne.

— Peu probable, en effet, concède Heer.

— C'est donc sans intérêt.

— C'est peut-être sans intérêt. »

Ils en discutent sans arrêt en approchant de l'île.

Et c'est ainsi qu'en quelque cinq minutes la Marine, le Royal Observer Corps, le MI 8 et les gardes-côtes téléphonent avec un ensemble touchant à Godliman pour lui parler du S.O.S.

Godliman appelle Bloggs qui a finalement réussi à s'endormir profondément devant la cheminée de la salle de rassemblement de la base aérienne. La sonnerie stridente le surprend ; d'un bond, il est debout, pensant que tous les avions sont sur le point de décoller.

Un pilote a pris l'appareil, il répond « oui » deux fois avant de le tendre à Bloggs en lui disant :

« Un certain M. Godliman vous demande.

— Allô, Percy ?

— Fred, quelqu'un de l'île vient de lancer un S.O.S. »

Bloggs secoue la tête pour chasser les restes de sommeil.

« Qui ?

— Nous n'en savons rien. Il n'y a eu qu'un signal ; il n'a pas été répété et il ne semble pas qu'ils nous reçoivent.

— Tout de même, cela ne fait plus guère de doute maintenant.

— Non, tout est prêt là-haut ?

— Tout, sauf le temps.

— Bonne chance.

— Merci. »

Bloggs raccroche et va vers le jeune pilote qui continue de lire *Guerre et paix*.

« Bonne nouvelle, lui dit-il. Le salaud est dans l'île, c'est confirmé.

— Formidable », répond le pilote.

XXXV

Faber referme la portière de la jeep et avance lentement vers la maison. Il a remis la veste de David. Son pantalon est couvert de la boue ramassée lorsqu'il est tombé et ses cheveux sont collés par la pluie contre son crâne. Il boite légèrement de la jambe droite.

Lucy s'éloigne de la fenêtre, sort en courant de la chambre et descend l'escalier. Le fusil est sur le plancher du hall, là où elle l'a laissé tomber. Elle le ramasse. Brusquement, elle le sent très lourd. Elle ne s'est jamais servie d'un fusil et elle ne sait pas comment s'assurer que celui-là est chargé ou non. Elle pourrait y arriver, certes, si elle en avait le temps mais elle n'a pas le temps.

Elle respire à fond et ouvre la porte.

« Arrêtez ! » crie-t-elle.

Sa voix est plus aiguë qu'elle ne le voudrait – stridente, hystérique.

Faber sourit gentiment et continue d'avancer.

Lucy braque le fusil ; elle tient le canon de la main gauche, sa main droite sur la culasse. Son index sur la détente.

« Je vais vous tuer ! hurle-t-elle.

— Ne dites pas de bêtises, Lucy, dit-il gentiment. Comment pourriez-vous me faire du mal, après ce que nous avons été ? Ne nous sommes-nous pas aimés, un petit peu ?... »

C'est vrai. Elle s'est bien dit qu'elle ne serait jamais amoureuse de lui et cela est vrai aussi ; mais elle a ressenti quelque chose pour lui et si ce n'était pas de l'amour cela y ressemblait beaucoup.

« Vous saviez tout sur moi cet après-midi, dit-il – et il n'est plus qu'à vingt-cinq mètres –, mais cela vous était bien égal à ce moment-là, n'est-ce pas ? »

C'est vrai en partie. Un instant, elle se revoit clairement : elle est à cheval sur sa poitrine, elle a offert ses seins à ses mains délicates puis elle comprend ce qu'il est en train de faire...

« Lucy, tout doit s'arranger, nous pouvons encore être l'un à l'autre... »

... Elle appuie sur la détente.

L'explosion est à lui briser les oreilles, l'arme se cabre entre ses mains sous l'effet du recul, la crosse cogne contre sa hanche. Le fusil lui a échappé à moitié. Elle n'avait jamais pensé qu'un coup de fusil pouvait faire cet effet-là. Elle reste sourde un bon moment.

La décharge passe bien au-dessus de la tête de Faber mais il se baisse quand même, se retourne et court en zigzag vers la jeep. Lucy est tentée de faire feu de nouveau mais elle se reprend à temps en songeant que s'il sait que les deux culasses sont vides rien ne pourra plus l'empêcher de revenir.

Il ouvre violemment la portière, saute dans la jeep et fonce dans la descente.

Lucy sait bien qu'il reviendra.

Mais, d'un seul coup, elle se sent heureuse, presque gaie. Elle a gagné le premier round – elle l'a forcé à fuir.

Mais il reviendra.

Pourtant elle a l'avantage. Elle est dans la maison et elle a le fusil. Et elle a le temps de s'organiser.

Se préparer. Elle doit être prête. La prochaine fois il s'y prendra plus habilement. Il essaiera certainement de la surprendre d'une manière ou d'une autre.

Elle espère qu'il attendra l'obscurité, cela lui donnera du temps…

D'abord, il faut recharger le fusil.

Elle gagne la cuisine. Tom gardait tout dans la cuisine – les vivres, le charbon, les outils, les réserves – et il avait un fusil pareil à celui de David. Elle sait que les deux armes sont semblables parce que David avait examiné celui de Tom et qu'il en avait commandé un exactement comme celui du berger. Les deux hommes discutaient souvent d'armes et de munitions.

Elle trouve le fusil de Tom et une boîte de cartouches. Elle pose les deux fusils et la boîte sur la table de cuisine.

La mécanique est chose simple, elle en est convaincue ; c'est l'appréhension et non l'inintelligence qui rend les femmes maladroites devant un mécanisme quelconque.

Elle manipule le fusil de David en gardant le canon pointé loin d'elle, jusqu'à ce que la culasse s'ouvre. Puis elle essaie de comprendre ce qu'elle a fait pour l'ouvrir et elle répète deux ou trois fois l'opération.

C'est extrêmement simple.

Elle charge les deux armes. Puis, pour être sûre qu'elle n'a pas fait d'erreur, elle pointe le fusil de Tom vers le mur de la cuisine et elle actionne la détente.

Le plâtre vole, Bob aboie comme un fou, elle se refait mal à la cuisse et s'assourdit. Mais elle est armée.

Il faut se rappeler de presser doucement la détente afin que le fusil ne tremble pas au moment où l'on tire. Les hommes apprennent sans doute ça à l'armée.

Que faire d'autre ? Tout pour retarder l'entrée d'Henry dans la forteresse.

Les portes n'ont pas de serrures, évidemment. Si l'un des cottages de l'île était cambriolé, le coupable ne pourrait qu'être quelqu'un de l'autre maison. Lucy fouille dans le coffre à outils de Tom et elle y trouve une hache au fer luisant et affûté. Elle se met en devoir d'abattre quelques barreaux de la rampe de l'escalier.

Ce travail lui fait mal aux bras, mais il lui procure quelques longueurs de chêne solide. Munie d'un marteau et de clous, elle fixe les barres de chêne en travers des deux portes, trois pour chacune, quatre clous pour chaque barre. Cela fait, elle a les poignets douloureux et c'est à peine si elle peut encore soulever le marteau mais elle n'en a pas terminé.

Elle prend une poignée de pointes de dix centimètres et cloue les fenêtres du cottage l'une après l'autre. Et elle fait une découverte, elle comprend maintenant pourquoi les hommes mettent toujours les clous dans leur bouche : parce qu'il faut les deux mains pour travailler et si vous mettez les clous dans votre poche, ils vous piquent la peau.

Quand elle a terminé, la nuit est venue. Elle n'allume pas.

Il peut encore s'introduire dans le cottage, mais au moins il sera obligé de faire du bruit. Il faudra qu'il casse quelque chose, elle sera prévenue et prête avec ses deux fusils.

Elle monte à l'étage, emportant les armes, pour voir Jo. Il dort toujours dans sa couverture, sur le lit de Tom. Lucy l'examine à la lueur d'une allumette. Le comprimé de somnifère l'a vraiment mis hors de combat, mais son teint et sa température paraissent normaux et il respire régulièrement.

« Ne bouge pas, continue de dormir, mon tout petit », murmure Lucy et ce soudain accès de tendresse ne fait qu'accroître son dégoût à l'égard d'Henry.

Elle parcourt sans arrêt la maison ; elle fouille l'obscurité qui l'entoure, le chien ne quitte pas ses talons. Elle finit par ne plus porter qu'un seul fusil – laissant l'autre au sommet de l'escalier – mais elle passe la hache dans la ceinture de son pantalon.

Puis elle se rappelle soudain l'émetteur et répète plusieurs fois son S.O.S. Elle ne se demande pas si quelqu'un peut l'entendre ou si l'émetteur fonctionne. Elle ne connaît rien d'autre de l'alphabet morse, c'est donc tout ce qu'elle peut transmettre.

Elle pense soudain que Tom, lui non plus, ne connaissait probablement pas le morse. Il doit donc avoir un manuel quelque part ? Si seulement elle pouvait dire ce qui se passe dans l'île… Elle fouille la maison, brûle des douzaines d'allumettes, terrifiée lorsqu'elle en allume une près d'une fenêtre du rez-de-chaussée. Elle ne trouve rien.

Bon, il connaissait peut-être le morse, après tout.

D'autre part, pourquoi devrait-il le connaître ? On

ne lui demandait rien d'autre que de signaler au continent l'approche d'avions ennemis et il n'y avait pas de raison pour que ce renseignement ne soit pas transmis – comment David disait-il ? – *en clair* et au micro.

Elle retourne dans la chambre et examine l'émetteur une fois de plus.

Sur l'un des côtés de l'appareil, dissimulé aux regards superficiels, se trouve un microphone.

Si elle peut parler, on peut lui parler aussi.

Le son d'une voix humaine – une voix normale, sensée, venant du continent – lui apparaît soudain comme la chose la plus précieuse au monde.

Elle prend le micro et se met à manier les boutons et les clefs.

Bob gronde doucement.

Elle repose le micro et, dans le noir, elle tend la main vers le chien.

« Qu'est-ce qu'il y a, Bob ? »

Il gronde de nouveau. Elle sent qu'il a dressé les oreilles. Elle a horriblement peur – la confiance qu'elle a acquise en repoussant Henry avec le fusil, en apprenant à recharger l'arme, en barricadant les portes et en clouant les fenêtres... sa confiance disparaît d'un coup avec le grondement d'un chien de garde.

« En bas, murmure-t-elle. Doucement. »

Elle saisit le collier et laisse le chien l'entraîner au bas de l'escalier. Dans le noir, elle tend la main vers la rampe, oubliant qu'elle l'a abattue pour se barricader et elle manque de tomber. Elle reprend son équilibre et suce son doigt, écorché par une écharde.

Dans le hall, le chien hésite puis il gronde plus fort et l'entraîne vers la cuisine. Elle le prend dans ses bras et lui serre le museau pour le faire taire. Elle entre silencieusement.

Lucy regarde par la fenêtre sans rien distinguer que le noir opaque.

Elle tend l'oreille. La fenêtre grince – d'abord, c'est presque inaudible puis le bruit se fait plus net. L'Allemand essaie d'entrer. Bob pousse un grondement plus menaçant, du fond de la gorge, mais il semble comprendre la pression soudaine qui lui comprime le museau.

La nuit est plus calme. Lucy a l'impression que la tempête s'apaise légèrement. Henry semble avoir renoncé à ouvrir la fenêtre de la cuisine. Elle va vers le living-room.

Elle y entend le même grincement de vieux bois qui résiste. Henry paraît maintenant plus décidé : on distingue trois coups étouffés, comme s'il frappait la menuiserie de la fenêtre avec sa paume enveloppée de chiffons.

Lucy laisse le chien et braque son fusil. C'est peut-être une illusion mais il lui semble distinguer vaguement la fenêtre, carré grisâtre dans l'obscurité. S'il parvient à ouvrir la fenêtre, elle tirera.

Un coup beaucoup plus violent. Bob réagit et aboie. Elle entend un bruit de pas au-dehors.

Puis une voix.

« Lucy ? »

Elle se mord les lèvres.

« Lucy ? »

Il a le même ton que lorsqu'ils étaient au lit – grave, doux, intime.

« Lucy, m'entendez-vous ? N'ayez pas peur. Je ne veux pas vous faire de mal. Répondez-moi, je vous en prie. »

Elle est obligée de refréner le désir de presser la détente sur-le-champ, simplement pour réduire une fois pour toutes au silence cette voix mauvaise et tuer les souvenirs qu'elle lui rappelle.

« Lucy, chérie... »

Il lui semble entendre un sanglot étouffé.

« Lucy, c'est lui qui m'a attaqué – j'ai été forcé de le tuer... J'ai tué pour ma patrie, vous ne pouvez pas me haïr pour cela... »

Qu'est-ce que cela peut bien signifier exactement ? C'est de la folie. Serait-il vraiment fou et aurait-il pu dissimuler pendant deux jours de tendresse ? En vérité, il semblait bien plus équilibré que bien des gens – et pourtant il avait déjà commis cet assassinat... mais elle en ignorait les circonstances, les raisons... Assez !... elle est en train de s'attendrir et c'est précisément ce qu'il veut.

Il lui vient une idée.

« Lucy, dites-moi seulement un seul mot... »

La voix s'estompe lorsqu'elle va sur la pointe des pieds à la cuisine. Bob l'alertera sûrement si Henry se hasarde à faire autre chose que de parler. Elle fouille dans la caisse à outils et y trouve une paire de tenailles. Elle retourne à la fenêtre et du bout des doigts, elle repère la tête des clous qu'elle y a enfoncés. Soigneusement, elle les arrache un à un en silence. Il lui faut toute sa force pour y arriver.

Cela terminé, elle regagne le living-room et elle prête l'oreille.

« ... Ne compliquez pas ma tâche et je vous laisserai en paix... »

Le plus silencieusement possible, elle soulève la

fenêtre puis elle retourne dans le living-room, prend le chien et revient à la cuisine.

« … vous faire du mal, pour rien au monde… »

Elle caresse le chien deux ou trois fois et elle murmure :

« Je ne ferais pas ça si je n'y étais pas forcée. »

… Et elle lance Bob par la fenêtre. Puis elle la referme et la recloue à coups de marteau.

Laissant alors tomber l'outil, elle prend son fusil, s'élance dans la pièce de devant et se plante près de la fenêtre, le dos au mur.

« … Je vous offre une dernière chance… »

On entend le bruit des pattes du chien qui s'élance, puis un hurlement terrifiant, tel que Lucy n'en a jamais entendu d'un chien de berger… un bruit de lutte et celui d'un homme qui tombe… la respiration hachée d'Henry qui geint, un nouveau bruit de pattes, un cri de douleur, un juron dans une langue étrangère, un autre aboiement horrible…

Les bruits s'assourdissent, s'éloignent et cessent soudain. Lucy attend, pressée contre le mur près de la fenêtre, elle écoute. Elle voudrait aller voir Jo, essayer de nouveau l'émetteur, elle a aussi envie de tousser mais elle n'ose pas bouger. Des images affreuses de ce que Bob a pu faire à Henry traversent son esprit et elle voudrait tellement entendre le chien renifler au bas de la porte.

Elle jette un coup d'œil vers la fenêtre et elle réalise soudain qu'elle la voit réellement ; et pas seulement un carré de gris plus clair mais les traverses de bois des carreaux. Il fait encore sombre mais à peine, et elle sait que si elle pouvait regarder dehors, le ciel serait vaguement éclairé d'une lumière déjà perceptible et non plus d'un noir impénétrable. L'aube va se lever d'une minute à l'autre, elle pourra distinguer les meubles dans la pièce et Henry ne pourra plus profiter de l'obscurité pour la surprendre…

Un bruit de verre brisé, tout près de son visage. Lucy sursaute. Elle ressent une douleur aiguë à la pommette, y porte les doigts et elle comprend qu'un morceau de verre l'a coupée. Elle ajuste le fusil, attendant qu'Henry paraisse à la fenêtre. Il ne se passe rien. Après un instant de réflexion, elle se demande ce qui a pu briser le carreau.

À ses pieds, au milieu des débris de verre, il y a une forme sombre. Elle constate qu'elle y voit mieux en regardant de côté que de face. Et lorsque sa vision se précise, elle reconnaît la silhouette familière du chien.

Elle ferme les yeux, puis détourne son regard. Elle ne ressent plus rien. Après ces heures de terreur, ces morts, sa sensibilité s'est émoussée : il y a eu David, d'abord, puis Tom, puis la tension insoutenable de ce siège de toute une nuit… Ce qu'elle éprouve pour l'instant, c'est la faim. Hier, l'angoisse l'a empêchée d'avaler une bouchée de toute la journée, ce qui veut dire que son dernier repas remonte à trente-six heures. Et maintenant, impression baroque, incongrue, elle a envie d'un sandwich au fromage.

Mais voilà qu'autre chose passe par la fenêtre.

Elle l'aperçoit d'abord du coin de l'œil avant de tourner franchement la tête.

C'est la main d'Henry.

Elle la fixe, hypnotisée, cette main aux doigts longs, sans une bague, blanche sous la boue, avec ses ongles soignés et ce pansement au bout de l'index ; cette main qui a caressé sa chair secrète, qui a joué de son corps comme d'un violon et qui a plongé un poignard dans le cœur d'un vieux berger.

La main détache un morceau de verre, puis un autre, élargissant l'ouverture dans le carreau. Elle continue d'avancer, jusqu'au coude, tâtonne le long de l'appui, à la recherche du loquet à ouvrir.

S'efforçant de ne faire aucun bruit, avec une lenteur angoissante, Lucy prend le fusil de sa main gauche et de la droite, elle saisit la hache passée dans sa ceinture, elle l'élève haut au-dessus de sa tête et l'abat de toute sa force sur la main d'Henry.

Il a dû sentir venir le coup, il a peut-être entendu dans l'air le sifflement du fer ou surpris vaguement l'ombre d'un mouvement dans l'ouverture de la fenêtre mais il retire sa main au moment où la hache tombe.

Elle s'enfonce dans l'appui de la fenêtre et y reste plantée. Une seconde, Lucy pense qu'elle l'a manqué mais au-dehors s'élève un hurlement de douleur et, à côté du fer de la hache, sur le bois poli, elle distingue, comme deux chenilles, deux doigts coupés.

Puis, il y a un bruit de pas précipités.

Elle vomit.

D'un seul coup, elle se sent épuisée et elle s'apitoie sur son propre sort. Mon Dieu ! n'a-t-elle pas assez souffert ? Il y a, sur cette terre, des policiers et des soldats pour affronter ce genre de situation : il n'est pas juste de demander à une simple ménagère, à une mère de famille de lutter indéfiniment contre un assassin. Qui oserait lui reprocher de renoncer maintenant ? Qui pourrait honnêtement prétendre qu'il aurait fait mieux qu'elle, qu'il aurait résisté plus longtemps, qu'il se serait mieux débrouillé une seule minute ?

Elle est à bout. Il faut qu'ils interviennent – le monde entier, les policiers, les soldats, n'importe lequel de ceux qui se trouvent de l'autre côté de cette liaison radio. Elle… n'en peut plus…

Elle détourne son regard des grotesques débris restés sur l'appui de la fenêtre et monte lentement l'escalier. Elle prend le deuxième fusil et emporte les deux armes dans sa chambre.

Jo dort toujours. Dieu merci. C'est à peine s'il a bougé de toute la nuit, heureusement inconscient de l'apocalypse qui se déroulait autour de lui. Elle se rend compte pourtant qu'il ne dort plus si profondément ; l'expression de sa frimousse, sa respiration lui disent qu'il va bientôt se réveiller et réclamer son petit déjeuner.

En cet instant, elle regrette les corvées matinales de chaque jour : le lever, la confection du petit déjeuner, la toilette de Jo – corvées ménagères banales et rassurantes, la lessive, le nettoyage, arracher les herbes sauvages dans le jardin et faire d'innombrables pots de thé… Il lui paraît incroyable maintenant d'avoir été si blessée du manque de tendresse de David, si lasse des longues soirées d'ennui, de l'éternel paysage dénudé d'herbe et de bruyère sous la pluie…

Cette vie-là ne reviendra jamais plus.

Elle aurait voulu les villes, de la musique, des gens auprès d'elle, des idées. L'envie de ces choses l'a abandonnée et elle ne comprend pas comment elle a jamais pu l'avoir.

La paix, il lui semble que c'est là tout ce qu'un être humain devrait désirer.

Elle s'assied devant l'émetteur et examine les boutons, les cadrans. Voilà ce qu'elle doit faire, la dernière chose qu'il lui faut faire avant de se reposer. Au prix d'un immense effort de concentration, elle se contraint à réfléchir. Voyons, il ne peut exister tellement de combinaisons différentes à partir d'un bouton et d'un cadran. Elle trouve un bouton qui offre deux positions, elle le tourne et manipule le levier du morse. Rien. Mais cela signifie peut-être que le micro, lui, est branché.

Elle l'approche de ses lèvres et parle.

« Allô ? Allô ? Quelqu'un m'entend-il ? Allô ? »

Il y a un levier placé entre deux mots : « Émission » et « Réception ». Il indique en ce moment « Émission ». Si le monde extérieur a décidé de lui répondre, il est évident qu'elle doit mettre le levier sur « Réception ».

« Allô ? M'entendez-vous ? » répète-t-elle et elle place le levier sur « Réception ».

Rien.

Et puis, soudain :

« Parlez, île des Tempêtes, je vous reçois cinq sur cinq. »

C'est une voix d'homme. D'un homme qui doit être jeune et fort, capable et rassurant, vivant et normal.

« Parlez, île des Tempêtes, nous essayons de vous avoir depuis hier soir... Où diable étiez-vous passé ? »

Lucy passe sur transmission, elle essaie de répondre et elle fond en larmes.

XXXVI

Percival Godliman a mal à la tête : il a trop fumé de cigarettes et pas assez dormi. Il a pris un peu de whisky pour pouvoir passer cette longue nuit d'attente dans son bureau : c'était une erreur. Tout lui semble accablant : le temps, son bureau, ce qu'il fait, la guerre. Pour la première fois depuis qu'il est entré dans ce service, il ressent la nostalgie des bibliothèques poussiéreuses, des manuscrits indéchiffrables et du latin médiéval.

Le colonel Terry entre, portant deux tasses de thé sur un plateau.

« Personne ne dort dans ce secteur, dit-il gaiement en s'asseyant. Un biscuit de marine ? »

Il tend une assiette à Godliman. Son neveu refuse le biscuit mais il accepte le thé. Cela lui donne un coup de fouet momentané.

« Je viens d'avoir le grand homme au téléphone, annonce Terry. Il passe la nuit debout, tout comme nous.

— Je me demande bien pourquoi, dit Godliman, amer.

— Il est inquiet. »

Le téléphone sonne.

« Ici Godliman.

— Je vous passe le Royal Observer Corps d'Aberdeen, sir.

— Bien. »

Une voix inconnue se fait entendre, celle d'un homme jeune :

« Ici, le Royal Observer Corps d'Aberdeen, sir.

— Oui.

— Est-ce à monsieur Godliman que j'ai l'honneur…

— Oui. » Bon Dieu, ces militaires prennent vraiment leur temps.

« Nous avons enfin pu avoir l'île des Tempêtes, sir… ce n'était pas notre observateur habituel qui appelait. En fait, c'était une femme…

— Qu'a-t-elle dit ?

— Rien encore, sir.

— Qu'est-ce que vous me racontez ? »

Godliman réprime son impatience exaspérée.

« Elle ne fait… que pleurer, sir. »

Godliman hésite.

« Pouvez-vous me la passer ?

— Oui. Ne quittez pas. »

Il y a une pause, ponctuée de cliquetis et un ronronnement. Et Godliman entend les sanglots d'une femme.

« Allô, m'entendez-vous ? demande-t-il.

— Elle ne pourra pas vous entendre tant qu'elle n'aura pas branché l'émetteur sur “Réception”, sir… Ah ! elle vient de le faire. Parlez.

— Allô, ma jeune dame, dit Godliman. Quand j'aurai fini de parler, je dirai “terminé”, vous brancherez sur “Émission” pour me parler et vous direz à votre tour “terminé” quand vous aurez fini. Avez-vous compris ? Terminé. »

On entend la voix de la femme.

« Oh ! Dieu soit béni, quelqu'un de normal ! Oui, j'ai compris. Terminé.

— Et maintenant, dit Godliman avec douceur, expliquez-moi ce qui s'est passé chez vous. Terminé.

— Un homme a fait naufrage sur les côtes de l'île il y a deux… non, il y a trois jours. Je crois que c'est l'assassin au stylet, celui de Londres, il a tué mon mari et notre berger et maintenant il est devant la maison et j'ai mon petit enfant avec moi… J'ai cloué les fenêtres et j'ai tiré un coup de feu sur lui et j'ai barricadé les portes et lâché le chien contre lui, mais il a tué le chien et je l'ai frappé avec ma hache quand il a essayé de passer par la fenêtre mais je ne peux plus rien faire. Alors, pour l'amour de Dieu, venez à mon secours. Terminé. »

Godliman pose la main sur le téléphone. Il est livide.

« Seigneur ! (Mais il reprend sur un ton décidé.) Il faut essayer de tenir encore un peu, commence-t-il. Il y a des marins, des gardes-côtes et des policiers, toutes sortes de gens, qui viennent à votre secours mais ils ne peuvent pas débarquer avant que la tempête ne s'apaise… Et maintenant, il y a quelque chose que je veux que vous fassiez, je ne peux pas vous dire pourquoi parce qu'on peut nous entendre mais je peux vous dire que c'est d'une importance capitale… M'entendez-vous bien ? Terminé.

— Oui. Continuez. Terminé.

— Il faut détruire votre émetteur. Terminé.

— Oh ! non, je vous en prie…

— Si, dit Godliman avant de comprendre qu'elle parle toujours.

— Je ne… je ne peux pas… » (On entend alors un hurlement.) « Allô ? Aberdeen ? Que se passe-t-il ? » demande Godliman.

Le jeune homme revient en ligne.

« Le poste est toujours sur "Émission" mais elle ne parle plus. Nous n'entendons rien.

— Elle a hurlé.

— Oui, nous l'avons entendue. »

Godliman réfléchit.

« Comment est le temps chez vous ?

— Il pleut, sir, répondit le jeune homme surpris.

— Je ne demande pas ça pour le seul plaisir de parler ! lance Godliman. La tempête donne-t-elle l'impression de vouloir s'apaiser ?

— Elle a molli depuis quelques minutes, sir.

— Bien. Rappelez-moi dès que l'île recommencera à émettre.

— Parfaitement, sir. »

Godliman s'adresse au colonel Terry.

« Dieu seul sait ce qui peut arriver à cette femme, là-bas. »

Il montre l'appareil.

Le colonel croise les jambes.

« Si seulement elle pouvait détruire l'émetteur, alors…

— Alors on se moquerait pas mal qu'il l'ait tuée ?

— Tu l'as dit. »

Godliman reprend le téléphone.

« Appelez-moi Bloggs à Rosyth. »

Bloggs s'éveille en sursaut. Dehors, c'est l'aube. Dans la salle de rassemblement tous tendent l'oreille. On n'entend rien. Et c'est justement ce qu'ils écoutent, le silence.

La pluie a cessé de tambouriner sur le toit en zinc.

Bloggs va à la fenêtre. Le ciel est gris avec une bande blanche au levant. Le vent s'est tu d'un seul coup et la pluie n'est plus que simple bruine. Les pilotes commencent à mettre leur blouson, leur casque, à lacer leurs bottes et à allumer une cigarette de plus.

Le klaxon retentit et une voix se répercute à travers l'aérodrome :

« Rassemblement ! Rassemblement ! »

Le téléphone sonne mais les pilotes ne s'en préoccupent pas et se bousculent à la porte. Bloggs décroche.

« Oui ?

— Ici. Percy, Fred. Nous venons enfin d'avoir l'île. Il a tué les deux hommes. La femme a réussi à lui résister jusqu'à maintenant mais elle ne tiendra certainement plus longtemps…

— La pluie a cessé. Nous décollons tout de suite, lui répond Bloggs.

— Faites vite, Fred. Au revoir. »

Bloggs raccroche et, du regard, cherche son pilote. Charles Calder s'est endormi sur *Guerre et paix*. Bloggs le secoue vigoureusement.

« Réveillez-vous, sacrée marmotte ! Debout ! »

Calder ouvre la moitié d'un œil. Pour un peu Bloggs le frapperait.

« Secouez-vous, bon Dieu ! Nous partons, la tempête est finie ! »

Le pilote bondit sur ses pieds.

« Formidable ! » dit-il.

Il se rue vers la porte et Bloggs le suit en hochant la tête.

La chaloupe tombe sur l'eau en faisant comme une détonation et une large éclaboussure en forme de V. La mer n'a pas encore retrouvé son calme mais dans l'abri précaire de la baie un bâtiment solide ne risque rien entre les mains de bons marins.

« À vous, lieutenant », dit le capitaine.

Le second attendait près du bastingage avec trois matelots. Il porte un pistolet dans un étui imperméable.

« Allons-y », leur dit-il.

Les quatre hommes descendent l'échelle et sautent dans le canot. Le second prend la barre, les trois matelots se mettent à ramer.

Pendant quelques instants, le capitaine les regarde avancer régulièrement vers la jetée, puis il remonte sur la dunette et donne des ordres pour que la corvette reprenne son tour de l'île.

La sonnerie stridente de la cloche interrompt la partie de blackjack dans l'entrepont.

Le Fluet en fait la remarque :

« Il me semblait bien qu'il y avait quelque chose de changé. On tangue beaucoup moins. C'est à peine si on bouge, même. C'est ça qui me fout le mal de mer. »

Personne ne l'écoute : les hommes d'équipage se précipitent à leur poste, quelques-uns ajustent en route leur gilet de sauvetage.

Les moteurs s'emballent avec un rugissement et le vaisseau commence à trembler légèrement.

Sur le pont, Smith est à la proue ; il savoure l'air frais et les embruns sur son visage, après un jour et une nuit dessous.

Au moment où le cotre quitte le port, le Fluet le rejoint.

« Nous v'là repartis, fait-il.

— Moi, j'étais sûr que l'alerte allait sonner, dit Smith. Tu sais pourquoi ?

— Non, mais tu vas me le dire.

— J'avais en main un as et un roi : vingt et un contre la banque. »

Le lieutenant de vaisseau Werner Heer regarde sa montre.

« Une demi-heure. »

Le major Wohl hoche le menton.

« Comment est le temps ?

— La tempête est finie », répond Heer à contre-cœur.

Il aurait préféré garder cette nouvelle pour lui.

« Alors, nous allons faire surface.

— Si votre homme devait être là, il nous aurait signalé sa présence.

— La guerre ne se gagne pas avec des hypothèses, capitaine, déclare Wohl. Je suggère fermement que nous fassions surface. »

À la dernière escale, pendant que le U-boat était à quai, il y a eu une discussion orageuse entre l'officier commandant Heer et Wohl, discussion dont Wohl est sorti victorieux. Heer est toujours le capitaine du bâtiment mais on lui a précisé en termes exempts d'équivoque qu'il lui serait bon d'avoir une solide raison la prochaine fois qu'il ignorerait l'une des « fermes suggestions » du major Wohl.

« Nous ferons surface à six heures précises », dit le lieutenant de vaisseau Heer.

Le major Wohl se contente de hocher le menton en détournant son regard bleu et insondable.

XXXVII

Un bruit de verre brisé, puis une explosion semblable à celle d'une grenade incendiaire : « Wouououf... »

Lucy lâche le micro. Que se passe-t-il en bas ? Elle prend l'un des fusils et descend quatre à quatre.

Le living-room est en flammes. Le centre de l'incendie est un bocal cassé sur le plancher au milieu de la pièce. Henry a fabriqué une sorte de cocktail Molotov avec l'essence de la jeep. Les flammes dévorent déjà le tapis élimé du vieux Tom et gagne les housses de ses trois fauteuils. Un coussin prend feu à son tour et les flammes menacent le plafond.

Lucy saisit le coussin et le jette par la fenêtre en se brûlant les mains. Elle arrache son manteau, le lance sur le tapis et le piétine. Elle le ramasse pour l'étendre ensuite sur le sofa fleuri.

Nouveau bruit de verre brisé.

Cela vient du premier étage, cette fois.

« Jo ! » hurle Lucy.

Elle lâche aussitôt son manteau, se précipite dans l'escalier et dans la chambre.

Faber est assis sur le lit avec Jo sur ses genoux. L'enfant est réveillé, il suce son pouce et ses yeux sont grands ouverts comme chaque matin. Faber caresse les cheveux en désordre du petit garçon.

« Jetez le fusil sur le lit, Lucy. »

Ses genoux se dérobent sous elle, ses épaules s'affaissent, elle obéit.

« Vous avez escaladé le mur et vous êtes entré par la fenêtre », dit-elle, découragée.

Faber fait descendre le petit Jo de ses genoux.

« Va près de ta maman. »

Jo accourt et elle le prend dans ses bras.

Faber s'empare des deux fusils et s'approche du poste. Il cache sa main droite sous son aisselle gauche et on voit une grande tache de sang sur sa veste. Il s'assied.

« Vous m'avez estropié », remarque-t-il.

Puis il réserve toute son attention à l'émetteur.

Et voilà que celui-là appelle.

« Parlez, île des Tempêtes ! »

Faber prend le micro.

« Allô ?

— Une seconde. »

Un instant de silence puis une autre voix se fait entendre. Lucy la reconnaît : c'est celle de l'homme de Londres qui lui a dit de détruire le poste. Il sera mécontent d'elle. La voix dit :

« Allô ? C'est encore Godliman. M'entendez-vous ? Terminé.

— Oui, je vous entends, professeur, dit Faber. Avez-vous visité des cathédrales intéressantes ces temps derniers ?

— Comment ?… Est-ce ?…

— Oui, dit Faber en souriant. Comment allez-vous ? »

Mais le sourire s'efface d'un seul coup, comme si le temps des plaisanteries était terminé et l'Allemand fait tourner le cadran des fréquences.

Lucy sort de la pièce. C'est fini. Elle descend distraitement l'escalier et entre à la cuisine. Il ne lui reste plus rien à faire qu'à attendre qu'il la tue. Elle ne peut pas s'enfuir – elle n'en a plus la force et il est clair qu'il l'a compris.

Elle regarde par la fenêtre. La tempête est finie. Le vent qui hurlait à la mort n'est plus qu'une forte brise, il ne pleut plus et le levant très clair annonce une belle journée. La mer…

Elle fronce les sourcils et ajuste son regard.

Oui, mon Dieu ! C'est un sous-marin.

Détruisez la radio, a dit l'homme de Londres.

La nuit dernière, Henry a juré dans une langue étrangère… *J'ai fait ça pour ma patrie,* disait-il.

Et lorsqu'il délirait, il a dit quelque chose à propos d'*attendre à Calais une armée fantôme…*

Détruisez la radio.

Pourquoi un homme emporterait-il une bobine de négatifs s'il allait à la pêche ?

Elle a toujours été persuadée qu'il avait tout son bon sens.

Le sous-marin est un U-boat allemand, Henry est sans doute un agent allemand… un espion ?… En ce moment même il doit essayer d'entrer en liaison radio avec le U-boat…

Détruisez la radio.

Elle n'a pas le droit de renoncer, c'est impossible maintenant qu'elle sait. Ce qu'il lui reste à faire lui apparaît clairement. Elle voudrait emmener Jo ailleurs, en un endroit où il ne pourrait pas voir – cette idée la tourmente davantage que la souffrance qui l'attend, elle le sait – mais elle n'en a pas le temps. Henry va sûrement trouver la longueur d'onde d'une seconde à l'autre et alors il sera trop tard peut-être…

Il faudrait démolir le poste mais il se trouve là-haut entre les mains de Faber qui a les deux fusils et qui la tuera.

Elle ne voit plus qu'un moyen.

Elle avance une des chaises de la cuisine au milieu de la pièce, se juche dessus, lève les bras et enlève l'ampoule du plafonnier.

Puis elle descend, va à la porte et elle enclenche l'interrupteur.

« Tu vas changer l'ampoule ? » demande Jo.

Lucy remonte sur la chaise, prend sa respiration et elle enfonce trois doigts dans la douille.

Une explosion, une seconde de souffrance suraiguë et puis plus rien, le noir total…

Die Nadel entend l'explosion. Il venait de repérer la bonne fréquence, de placer le levier sur « Émission » et de prendre le micro. Il allait parler quand l'explosion s'est produite. Immédiatement toutes les lampes du poste se sont éteintes.

Son visage se crispe de fureur. Elle a mis toute l'installation électrique du cottage en court-circuit. Il ne lui aurait jamais supposé autant d'ingéniosité.

Il aurait dû la tuer depuis longtemps. Que lui arrive-t-il ? Il n'a pourtant jamais hésité, pas une seule fois, avant de rencontrer cette femme.

Die Nadel s'arme de l'un des fusils et il descend.

Le gosse est en pleurs. Lucy a été projetée au pied de la porte, elle est totalement inconsciente. Faber aperçoit la douille du plafonnier qui se balance encore et la chaise placée dessous. Il n'en croit pas ses yeux.

Elle a fait cela avec sa main !

« Dieu tout-puissant ! » murmure-t-il.

Lucy ouvre les yeux.

Elle a l'impression que son corps vient de passer dans un concasseur.

Debout auprès d'elle, le fusil à la main, Henry lui parle.

« Pourquoi vous êtes-vous servie de votre main ? Vous n'aviez qu'à prendre un tournevis.

— Je ne savais pas qu'on pouvait faire ça avec un tournevis.

— Vous êtes vraiment une femme inimaginable », dit-il en secouant la tête...

Il braque le fusil... puis le laisse retomber.

« Que le diable... »

Il regarde par la fenêtre et il sursaute.

« Vous l'aviez vu ? » fait-il.

Elle hoche la tête affirmativement.

Il reste un instant d'une immobilité de pierre puis il va à la porte. Comme elle est clouée, il démolit une fenêtre à coups de crosse et l'enjambe.

Lucy se relève. Jo s'accroche à ses jambes. Elle ne se sent pas assez de forces pour le porter. Elle va en chancelant vers la fenêtre et regarde.

Henry court vers la falaise. Le U-boat est toujours là, à près de huit cents mètres au large. L'Allemand arrive au bord de la falaise et se met à descendre. Il va rejoindre le sous-marin à la nage !

Il faut l'en empêcher.

Mon Dieu, plus jamais…

Elle passe par la fenêtre à son tour, ignorant les pleurs de son fils, et elle se lance à la poursuite de l'Allemand.

En arrivant à la falaise, elle se couche sur le bord et regarde au-dessous. Henry est à peu près à mi-pente. Il lève les yeux et la voit, s'interrompt un instant puis il se remet à descendre plus vite, trop vite.

Sa première pensée est d'essayer de le rattraper. Mais que fera-t-elle si elle y réussit ? Même si elle le rejoint, elle est incapable de l'empêcher de partir.

Sous son corps, la terre a bougé légèrement. Elle s'écarte, de peur d'être précipitée sur les rochers.

Une idée lui vient alors.

Elle frappe des deux poings le morceau de roc. Il semble céder et une fissure apparaît. Se tenant d'une main au bord de la falaise, elle enfonce l'autre dans la crevasse. Une roche crayeuse de la taille d'une pastèque lui reste dans la main.

Elle regarde au-dessous et aperçoit l'homme qui descend.

Elle l'ajuste et lâche la pierre.

Le morceau de rocher paraît tomber lentement. Il le voit arriver et se protège la tête de son bras. L'a-t-elle manqué ?

La pierre frôle la tête de Faber et heurte son épaule

gauche. C'est de la main gauche qu'il se retenait. Il lâche prise et vacille dangereusement un instant. Sa main droite, sa main blessée, cherche une saillie. On dirait qu'il penche en arrière, qu'il s'éloigne de la paroi rocheuse, ses bras battent l'air désespérément, ce sont ensuite ses pieds qui glissent… un moment on le croirait suspendu dans le vide et, finalement, il tombe comme une masse vers les rochers.

Il n'a pas eu un cri.

Il s'écrase sur un rocher plat qui sort de l'eau. Le bruit de ce corps sur le rocher fait mal à Lucy. Il est là, sur le dos, les bras en croix, la tête dans une position impossible.

Quelque chose coule de son corps sur la pierre. Lucy s'en va.

Tout semble alors arriver en même temps.

Un rugissement dans le ciel : trois avions marqués de la cocarde de la R.A.F. surgissent des nuages et plongent sur le U-boat en faisant feu de toutes leurs mitrailleuses…

… Quatre marins accourent au grand trot vers le cottage et leur chef scande la cadence : « Gauche, droite, gauche, droite, gauche, droite… »

… Un avion se pose sur l'eau, un canot pneumatique en sort et un homme portant un gilet de sauvetage rame vers la falaise…

… Un petit navire double le cap et fonce vers le U-boat…

… Le sous-marin plonge…

… Le canot pneumatique donne du nez contre les récifs, le rameur en sort pour examiner le corps de Faber…

… Un autre bateau apparaît. Lucy le reconnaît : c'est le cotre des gardes-côtes… L'un des marins qui couraient tout à l'heure vers le cottage vient à elle.

« Tout va bien, petite madame ? demande-t-il. Il y a dans le cottage une petite fille qui pleure et qui réclame sa maman…

— C'est un garçon, dit Lucy. Il faut que je lui coupe les cheveux. »

Bloggs dirige le canot de caoutchouc vers le corps étendu. Le canot cogne contre le récif et l'homme de Scotland Yard prend pied sur la large roche plate.

En heurtant le roc, le crâne de Die Nadel s'est fracassé comme une coupe de verre. Bloggs regarde de plus près et constate que l'homme a été sérieusement malmené avant de tomber dans le vide : sa main droite a perdu deux doigts et il a un pied démis.

Bloggs le fouille. Le stylet se trouve bien là où il l'attendait : dans une gaine fixée à son avant-bras gauche. Dans une poche intérieure de la belle veste tachée de sang, le policier trouve un portefeuille, des papiers d'identité et une petite bobine de pellicule qui contient vingt-quatre négatifs, format 35 mm. Il les examine au jour levant : ce sont bien les négatifs des épreuves trouvées dans l'enveloppe que Faber avait envoyée à l'ambassade portugaise.

Du haut de la falaise, les marins envoient un cordage. Bloggs met les biens de Faber dans sa poche, puis il passe le cordage autour du corps désarticulé. Les hommes d'équipage le hissent jusqu'à eux, puis ils renvoient la corde à Bloggs.

Lorsqu'il atteint le sommet, le lieutenant en second se présente et les deux hommes prennent le chemin du cottage.

« Nous n'avons touché à rien, dit l'officier de marine, nous ne voulions pas brouiller ou effacer les empreintes.

— Ne vous en faites pas, lui répond Bloggs. Il n'y aura pas d'enquête. »

Pour entrer, ils doivent passer par la fenêtre démolie dans la cuisine. La femme est assise à table, l'enfant sur ses genoux. Bloggs lui sourit. Il ne trouve pas un mot à dire.

Son regard inspecte le cottage. C'est un champ de bataille... les fenêtres clouées, les portes barricadées, les traces d'incendie, le chien égorgé, les fusils, la rampe démolie et la hache plantée dans l'appui de la fenêtre à côté de deux doigts coupés.

Qu'est-ce donc que cette femme ? se demande-t-il.

Il met les marins au travail... l'un pour remettre de l'ordre, déclouer les portes et les fenêtres, un autre pour remplacer le fusible qui a sauté et un troisième pour faire le thé.

Bloggs s'assied devant la femme et il l'examine. Elle est habillée à la diable de vêtements plutôt masculins ; sa chevelure est trempée et en désordre ; elle a le visage sale. Et pourtant elle reste d'une remarquable beauté, avec ses grands yeux ambrés dans son visage ovale.

Bloggs sourit à l'enfant et se met à parler doucement à la femme.

« Ce que vous avez fait est d'une importance colossale, dit-il. Un jour prochain nous vous expliquerons pourquoi, mais je dois vous poser tout de suite deux questions. Êtes-vous disposée à y répondre ? »

Elle le fixe un long moment puis elle hoche le menton.

« Faber a-t-il réussi à entrer en contact par radio avec le U-boat ? »

La femme reste impassible.

Bloggs trouve un bonbon dans sa poche.

« Puis-je donner ce bonbon à l'enfant ? Il a l'air d'avoir faim.

— Merci, dit-elle.

— Bien, Faber a-t-il contacté le U-boat ?

— Il s'appelait Henry Baker.

— Ah ! Enfin a-t-il pu, oui ou non, parler avec le sous-marin ?

— Non. J'ai provoqué un court-circuit.

— C'était très astucieux. Comment avez-vous fait ? »

Elle montre la douille vide du plafonnier.

« Avec un tournevis, hein ?

— Non, je ne suis pas assez astucieuse. Avec mes doigts. »

Il l'examine, horrifié et incrédule. L'idée de faire délibérément… il se secoue, essayant de chasser l'image de son esprit. Et il se demande de nouveau : qu'est donc cette femme ?

« Bien, mais pensez-vous que quelqu'un du sous-marin ait pu l'apercevoir lorsqu'il descendait de la falaise ? »

L'effort de réflexion qu'elle fait se lit sur son visage.

« Personne n'est sorti du kiosque, j'en suis certaine. Mais peut-être l'ont-ils vu avec leur périscope ?

— Non, dit-il... Voilà une bonne nouvelle, une excellente nouvelle. Cela signifie qu'ils ne savent pas que leur homme a été... neutralisé. En tout cas... fait-il en changeant aussitôt de sujet, vous en avez vu autant qu'un soldat sur le front. Davantage, même. Nous allons vous emmener vous et le petit garçon, dans un hôpital.

— Bien », dit-elle.

Bloggs se tourne vers l'officier de marine :

« Y a-t-il ici un moyen de transport ?

— Oui... une jeep, là-bas, près de ce petit bouquet d'arbres.

— Très bien. Pouvez-vous emmener ces deux personnes jusqu'à la jetée et les prendre à votre bord ?

— Certainement. »

Bloggs revient à la femme. Il éprouve soudain pour elle une immense affection mêlée d'admiration. Elle paraît maintenant fragile et désarmée, mais il sait qu'elle est aussi forte et brave que belle. À la surprise de Lucy – et à la sienne – il lui prend la main.

« Quand vous aurez passé un ou deux jours à l'hôpital vous commencerez à vous sentir déprimée. Mais ce sera le signe que vous allez mieux. Je ne serai pas loin et les médecins me le feront savoir. Il faut que je vous parle encore mais pas avant que vous ne le désiriez. Okay ? »

Elle lui sourit enfin et il en est tout réchauffé.

« Vous êtes très gentil », dit-elle.

Elle se lève et sort en emmenant l'enfant.

« Je suis gentil ? murmure-t-il entre ses dents. Seigneur ! quelle femme ! »

Il monte et s'installe devant le poste de radio et prend la fréquence du Corps royal d'observateurs.

« L'île des Tempêtes appelle. Terminé.

— Parlez, île des Tempêtes.

— Branchez-moi avec Londres.

— Ne quittez pas. »

Un long silence puis une voix familière.

« Ici, Godliman.

— Percy. Nous avons arrêté le… contrebandier. Il est mort.

— Fantastique ! Merveilleux ! » La voix de Godliman est triomphante. « A-t-il pu contacter son "associé" ?

— Certainement pas, selon toute vraisemblance.

— Bien travaillé, bien travaillé, Fred !

— Ne me félicitez pas, coupe Bloggs. Lorsque je suis arrivé tout était terminé, il ne restait plus qu'à faire le ménage, si je peux dire.

— Et qui ?…

— La femme.

— Non ? Alors, ça ! Je veux bien être pendu ! Comment est-elle ? »

Bloggs sourit.

« Elle n'a peur de rien. C'est une héroïne, Percy. »

Et Godliman sourit à son tour à l'écouteur d'un air entendu.

XXXVIII

Devant la fenêtre panoramique, Hitler contemple les montagnes bavaroises. Dans son uniforme gorge-de-pigeon, il paraît fatigué et déprimé. Il a fait appel à son médecin au cours de la nuit.

L'amiral Puttkammer le salue et lui souhaite le bonjour.

Hitler se retourne et fixe longuement son aide de camp. Ce regard perçant ne manque jamais de mettre Puttkammer mal à l'aise.

« A-t-on embarqué Die Nadel ?

— Non. Il y a eu un contretemps à l'heure du rendez-vous – la police anglaise était à la poursuite de contrebandiers. Et il semble que Die Nadel se soit bien gardé de se montrer. Mais il a envoyé un message il y a quelques minutes », termine-t-il en tendant une feuille de papier.

Hitler la prend, met ses lunettes et il lit :

VOTRE RENDEZ-VOUS TRÈS DANGEREUX TAS DE CONS. JE SUIS BLESSÉ ET TRANSMETS DE LA MAIN GAUCHE. PREMIER GROUPE D'ARMÉES DES ÉTATS-UNIS RASSEM-

BLÉ EAST ANGLIA SOUS COMMANDEMENT PATTON. ORDRE DE BATAILLE CONSISTE VINGT ET UNE DIVISIONS INFANTERIE CINQ DIVISIONS BLINDÉES ENVIRON CINQ MILLE AVIONS PLUS NAVIRES DE TROUPE NÉCESSAIRES QUAND WASHINGTON FUSAG ATTAQUERA CALAIS QUINZE JUIN, MON MEILLEUR SOUVENIR À WILLI.

Hitler rend le message à Puttkammer et il soupire.

« Ainsi, c'est bien Calais après tout.

— Peut-on être sûr de cet homme ? demande l'aide de camp.

— Absolument. »

Hitler se détourne et traverse la pièce pour s'asseoir dans un fauteuil. Ses gestes sont raides et il paraît souffrir.

« C'est un Allemand fidèle. Je le connais. Je connais sa famille…

— Mais vos pressentiments…

— *Ach*... J'ai dit que je me fierai au rapport de cet homme et je ne changerai pas d'avis. »

Il fait un geste pour mettre fin à l'entretien.

« Dites à Rommel et à Rundstedt qu'ils n'auront pas leurs Panzers. Et envoyez-moi ce satané médecin. »

Puttkammer salue et sort pour transmettre les ordres.

ÉPILOGUE

L'Allemagne achève de battre l'Angleterre en quarts de finale de la Coupe du monde et grand-papa est rouge de colère.

Devant le récepteur couleur, il gronde dans sa barbe et il interpelle le petit écran.

« Astuce ! lance-t-il aux experts qui maintenant dissèquent le match devant l'objectif. Astuce et ruse ! Voilà le moyen de battre ces maudits Allemands. »

Rien ne peut l'apaiser avant que ses petits-enfants n'arrivent. Enfin la Jaguar blanche de Jo remonte l'allée et s'arrête devant la modeste maison. Jo en descend. Il porte un superbe blouson de daim et il entre avec Anne, sa femme, et leurs enfants.

« Tu as regardé le match, papa ? demande Jo.

— Horrible, nous avons joué comme des culs-de-jatte ! »

Depuis qu'il a quitté la police pour prendre sa retraite et qu'il a des loisirs, il s'intéresse au sport.

« Les Allemands étaient les meilleurs, explique Jo. Ils jouent bien. Nous ne pouvons pas gagner à tous les coups...

— Ne me parle pas de ces sacrés Allemands. L'astuce et la ruse, voilà ce qu'il faut pour les battre. »

Et s'adressant à son petit-fils qui est assis sur ses genoux :

« C'est comme ça que nous les avons battus pendant la dernière guerre, mon petit Davy... nous les avons eus jusqu'au trognon.

— Comment les avez-vous eus ? demande Davy.

— Eh bien, vois-tu, nous leur avons fait croire... (Il prend un ton de conspirateur et le petit garçon se trémousse de plaisir anticipé)... nous leur avons fait croire que nous allions attaquer à Calais...

— Mais c'est en France, pas en Allemagne... »

Anne le fait taire.

« Laisse ton grand-père raconter l'histoire.

— Oui, reprend grand-papa, nous leur avons fait croire que nous allions attaquer à Calais, alors ils ont rassemblé là tous leurs tanks et leurs soldats. »

Il prend un coussin pour figurer la France, un cendrier pour les Allemands et un canif pour représenter les Alliés.

« Mais nous avons débarqué en Normandie où il n'y avait pas grand monde devant nous, sauf ce vieux Rommel et quelques pistolets à amorce...

— Et ils n'ont pas pigé le truc ? demande David.

— Ils ont bien failli. En fait, un de leurs espions l'avait découvert.

— Que lui est-il arrivé ?

— Nous l'avons tué avant qu'il puisse parler.

— C'est vous qui l'avez tué, grand-papa ?

— Non, c'est grand-maman. »

Grand-maman arrive, armée de la théière.

« Fred Bloggs, es-tu encore en train de faire peur aux enfants ?

— Pourquoi faudrait-il le leur cacher ? ronchonne-t-il. On lui a donné une médaille, tu sais. Mais elle ne me dit pas où elle la cache parce qu'elle ne veut pas que je la montre. »

Elle est en train de verser le thé.

« Tout cela est de l'histoire ancienne. Il vaut mieux ne plus en parler », dit-elle en tendant une tasse et une soucoupe à son mari.

Il lui prend le bras et la retient.

« Ce n'est pas du tout de l'histoire ancienne », dit-il d'une voix soudain pleine de tendresse.

Ils se regardent un long moment. Sa belle chevelure s'argente maintenant et elle la noue en un chignon. Elle est un peu plus ronde qu'elle ne l'était. Mais ses yeux n'ont pas changé : grands, couleur d'ambre et merveilleusement beaux. Ces yeux-là regardent son mari en ce moment…

Et Lucy et Fred se taisent et se souviennent…

Et puis le petit David saute des genoux de son grand-père en renversant la tasse de thé sur le tapis et le charme est rompu…

Du même auteur :

L'ARME À L'ŒIL, Laffont, 1980.
TRIANGLE, Laffont, 1980.
LE CODE REBECCA, Laffont, 1981.
L'HOMME DE SAINT-PÉTERSBOURG, Laffont, 1982.
COMME UN VOL D'AIGLES, Stock, 1983.
LES LIONS DU PANSHIR, Stock, 1987.
LES PILIERS DE LA TERRE, Stock, 1989.
LA NUIT DE TOUS LES DANGERS, Stock, 1992.
LA MARQUE DE WINDFIELD, Laffont, 1994.
LE PAYS DE LA LIBERTÉ, Laffont, 1996.
LE TROISIÈME JUMEAU, Laffont, 1997.
APOCALYPSE SUR COMMANDE, Laffont, 1999.
CODE ZÉRO, Laffont, 2001.
LE RÉSEAU CORNEILLE, Laffont, 2002.
LE VOL DU FRELON, Laffont, 2003.
PEUR BLANCHE, Laffont, 2005.
UN MONDE SANS FIN, Laffont, 2008.
Le Siècle, 1. LA CHUTE DES GÉANTS, Laffont, 2010.
LE SCANDALE MODIGLIANI, Le Livre de Poche, 2011.
Le Siècle, 2. L'HIVER DU MONDE, Laffont, 2012.
PAPER MONEY, Le Livre de Poche, 2013.
Le Siècle, 3. AUX PORTES DE L'ÉTERNITÉ, Laffont, 2014.

PAPIER À BASE DE
FIBRES CERTIFIÉES

Le Livre de Poche s'engage pour
l'environnement en réduisant
l'empreinte carbone de ses livres.
Celle de cet exemplaire est de :
390 g éq. CO_2
Rendez-vous sur
www.livredepoche-durable.fr

Composition réalisée par Maury-Imprimeur SA

Imprimé en France par CPI
en juin 2016
N° d'impression : 3018118
Dépôt légal 1re publication : mai 1981
Édition 31 - juillet 2016
LIBRAIRIE GÉNÉRALE FRANÇAISE
21, rue du Montparnasse - 75298 Paris Cedex 06

30/7445/7